소리 6

초판 1쇄 발행 2014년 2월 2일

지 은 이	정상래
발 행 인	권선복
편　 집	김정웅
디 자 인	최새롬
마 케 팅	서선교
전 자 책	신미경
표지글씨	예광 장성연
발 행 처	도서출판 행복에너지
출판등록	제315-2011-000035호
주　 소	(157-010) 서울특별시 강서구 화곡로 232
전　 화	0505-613-6133
팩　 스	0303-0799-1560
홈페이지	www.happybook.or.kr
이 메 일	ksbdata@daum.net

값 13,500원
ISBN 979-11-5602-034-9 04810
　　　979-11-5602-000-4(세트)

도서출판 행복에너지는 독자 여러분의 아이디어와 원고 투고를 기다립니다. 책으로 만들기를
원하는 콘텐츠가 있으신 분은 이메일이나 홈페이지를 통해 간단한 기획서와 기획의도, 연락처
등을 보내주십시오. 행복에너지의 문은 언제나 활짝 열려 있습니다.

도서출판 행복에너지 홈페이지를 방문하여 회원가입 하시면 신간발행 소식과 함께 (주)휴넷 조영탁 대표님의
행복한 경영이야기 소식을 전송하여 드립니다.

소리

제 2 부 혼이 소리가 되어

정상래 대하소설

6

도서
출판 행복에너지

책을 펴내며

•

먼저 『소리』 제1부 〈한이 혼을 부르다〉 4권을 어려움 없이 출간하여 독자들 손에 쥐어주게 되었음을 기쁘게 생각한다. 제1부에서는 남도에 짙게 깔려져 내려오는 한의 정서와 소리문화를 한 여인을 통해 조명해보았다. 독자들은 한결같이 한의 정서와 남도의 소리문화를 실감 나게 맛볼 수 있어 좋았다고 했다.

여기 제2부 「혼이 소리가 되어」에서는 대를 이어 엄마가 이루지 못한 명창의 꿈을 혼으로 받아들이는 내용이다. 그녀는 스스로 신분제적 한계를 뛰어넘어 소리꾼이 되어 살아간다. 그러나 일제식민통치 제3기(1932~1945)에 해당하는 때라서 그리 쉽지 않았다.

당시 일제는 만주사변과 중일전쟁 그리고 태평양전쟁까지 일으켜 조선을 전쟁물자 보급창으로 여기고 병참기지화 정책을 펴나갔다. 거기에다 조선을 아예 일본으로 만들려는 '민족문화말살정책'을 수행해 나갔던 것이다. 그들의 혹독한 탄압은 결국 힘없는 사람들에게 더욱 가혹할 수밖에 없었다. 꿈을 펴보기도 전에 처녀공출(위안부)의 마수에 걸려 피신 길에 오르고, 민족적인 문화 활동을 금지하는 소용돌이 속에서 비참하다시피 살아가는 고회를 맛본다. 그리고 더 나아가 남편이 징용으로 끌려가며 한 많은 삶은 계속된다. 그러나 일념불생 소리를 혼으로 간직한 그녀는 결국 명창의 꿈을 이뤄내고야 마는 삶의 의지도 보여준다. 그러기까지는 훌륭한 스승이 있었기에 가능한 일이었다.

본 소설에서는 다음에 의미를 부여하고 싶다.

첫째 일제의 민족문화말살정책 과정에서 힘없는 민초들의 처절한 고통을 들여다볼 수 있다. 일제는 우리 땅을 무력으로 차지한 후 식민지화, 가혹한 수탈뿐만 아니라 민족자체를 지구상에서 소멸시키려 들었다. 그 과정에서 힘없는 소리꾼들이 겪은 고충은 더할 나위 없었다. 일제의 만행 앞에 그들의 삶을 진솔하게 들려주려 힘썼다.

둘째로 문화 창달은 각고의 고통 없이 이뤄질 수 없다는 것이다. 일제강점기에도 민족문화 창달에 기여한 선지자들도 있었음도 알려주고 싶었다. 자신의 모든 것을 바쳐가면서 훌륭한 제자들을 길러낸 위대한 스승이요 민족국악인이었으며 현대 판소리를 대표하는 보성소리를 일궈낸 송계 정응민 선생님의 숭고한 정신을 알려줄 수 있는 것이 큰 기쁨이라 할 수 있다.

다시 한 번 본 소설을 출판해준 행복에너지 권선복 대표이사님과 제1부를 읽고 큰 호응을 주신 많은 독자들에게 감사드리는 바이다.

2013년 11월
정상래

추천사

안양옥(한국교원단체총연합회 회장)

　문학은 삶의 현장에서 양분을 흡수하여 현실을 추상화시키는 동시에 현실성을 높여가는 언어예술입니다. 그 중심에 선 소설이 우리나라에 수용된 지 한 세기가 다 되었습니다. 단편과 장편에서 질적, 양적으로 괄목할 만한 성장세와 성과를 보여주었지만 한 시대를 다 담아낼 수는 없습니다. 독자들이 대하소설을 갈구하는 까닭이 여기에 있습니다.

　그래서 우리 전통문화를 바탕으로 한 시대를 조명하는 대하소설 『소리』의 출간에 큰 기대와 축하를 보냅니다. 저자는 한평생 교직생활을 해오면서 이 소설을 집필하는 데 십 년이란 인고의 세월을 보냈다고 합니다. 교직자이면서도 작가적인 열정을 뜻깊은 결실로 일구어냈다는 점에서 귀감이 될 만합니다.

　소설 『소리』는 우리 민족에 대한 일제의 탄압과 통제가 극에 달한 시대의 정서를 강렬하게 보여주고 있습니다. 잊혀 가는 우리 문화의 재조명과 역사적 비극이 가져다주는 교훈은 교육 현장에서 보존적 자료로 널리 활용할 수 있으리라 확신합니다.

채치성(국악방송 사장)

　요즘 들어 우리나라, 우리 것이 얼마나 소중한지 깨닫게 됩니다. 그리고 반만년 역사를 자랑하는 한민족은 그 어떤 민족보다 끈끈하고 뜨거운 연(緣)으로 서로를 묶고 있습니다. 그 까닭은 끊임없이 외세의 침략을 받아온 우리의 역사에 비롯되며, 그 중심에 '한(恨)'의 정서가 있습니다.

　소설 『소리』는 우리의 '소리'를 통해 그 '한'이 무엇인지 잘 드러내고 있습니다. 일제 강점기, 견딜 수 없는 핍박 속에서도 소리를 통해 그 고통을 승화하고자 했던 우리 민족의 삶이 고스란히 담겨 있습니다. 하나의 민족을 이끄는 정서는 쉬이 사라지지 않으며, 앞으로도 그 민족을 이끌 혼불과 다름없습니다. 우리 민족의 '한'이 아름답게, 영원히 타오르는 광경을 독자들은 소설 『소리』에서 확인할 수 있을 것입니다.

정종해(보성군수)

　　보성은 서편제의 비조 박유전 명창과 보성소리를 정립하신 정응민 선생을 배출한 우리나라 판소리의 본향이며, 또한 녹차로 유명한 고장입니다. 정상래 선생님께서는 천혜의 자연과 아름다운 전통문화를 간직하고 있는 고향 땅 보성에 대한 향수와 보성소리에 대한 애정으로 10년이라는 세월동안 피땀어린 열정을 쏟아내신 결과, 대하소설 『소리』라는 값진 작품이 세상의 빛을 보게 된 것을 온 군민과 함께 진심으로 축하드립니다. 우리 판소리는 오랫동안 소중히 이어져 내려온 세계무형문화유산이며, 앞으로도 자자손손 계승되어야 할 아름다운 문화의 자산입니다. 그런 의미에서 대하소설 『소리』의 탄생은 소리에 대한 새로운 지평을 열었다 할 것입니다. 보성을 배경으로 한 이 소설이 온 국민에게 읽혀 보성의 문화가 대한민국을 넘어 세계에 알려지고 수많은 독자들의 마음에 우리의 소리, 한민족의 정신과 긍지가 깊이 자리매김하기를 진심으로 기원합니다.

이인권(한국소리문화의전당 대표)

불과 백여 년 전 일제에 의한 국권 침탈을 당하고 6·25 전란을 겪는 동안 대한민국 여인네의 한(恨)은 절정에 달했습니다. 늘 눈앞에 없는 임을 그리워해야 했고 한편으로는 억척스럽게 삶을 꾸려 나가야만 했습니다. 개인적인 열망은 생각조차 할 수 없는 형편이었습니다. 그 어떤 작은 소망 하나도 이루지 못한 주인공 성요의 생은 참혹하기까지 합니다. 하지만 책을 읽는 내내 가슴을 먹먹하게 하는 그녀의 한이 감동으로 다가오는 까닭은 무엇일까요. 아마도 그 시대를 버티게 해준 우리의 위대한 어머니, 여인네의 피가 제 몸에도 흐르기 때문일 것입니다.

지금 제 마음에는 그 여인, 주인공 성요의 '소리'가 울려 퍼지고 있습니다. 그 거대한 울림에 가슴이 뜨겁습니다. 그녀의 애잔하면서도 당당했던 삶을 구성지게 풀어낸 소설 『소리』는 오늘날 풍요로움에 묻혀 '한'을 잊어가는 세대들에게 한국의 정서와 한국인의 정감을 보여주는 귀중한 역사자료가 될 것으로 믿습니다.

제2부

혼(魂)이 소리가 되어

제2부

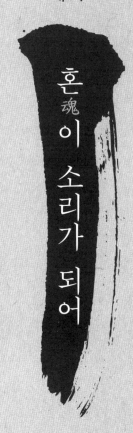

혼魂이 소리가 되어

10
소리로 맺은 연분

"스승님 계십니꺼? 스승님."

마당에서 사람을 찾는 소리가 들렸다. 민순은 작년 일이 생각이 나 가슴이 덜컹했지만 스승님이라 부르는 소리에 안심이 되어 얼른 마당으로 뛰어왔다. 처음 본 할머니가 부엌문을 들여다보고 기웃거렸다.

"누구신가요?"

민순이 방문을 열고 내다보니 반백머리를 곱게 빗어 낭자머리를 한 채 삼베를 검게 물들인 저고리에 왜바지를 입은 여인이 마당에 서 있었다. 얼른 봐서도 소리꾼 제자 행색임에 틀림없었다. 마루에는 광목천으로 싼 보따리를 놓아두었다. 그녀는 벌써 안면이 있는 사람처럼 웃음기를 머금어가며 말을 걸어왔다.

"자네가 민순인가?"

"그러는데요. 누구싱가요?"

"자네 엄마는 알것는디. 자네는 잘 모르겠네."

"예?"

"언제 왔능가?"

15

그녀는 묻는 말에 대답도 없이 되물었다.

"오늘로 닷새째구만요."

"그랬능가? 엄마보다 훨씬 이쁘구만. 아빠 탁했는개비네."

엄마를 들먹이는 탓에 그녀는 금방 시무룩해졌다. 말도 못하고 슬픈 눈으로 바라보았다.

엄마를 잘 아는 사람으로 봐서 아슴푸레 짐작이 가는 대목이 있었다. 같이 소리를 배운 사람이 아니고서야 알 턱이 없을 것만 같았다.

"능주로 갔다고 허드구만 왔능가?"

"며칠 전에 왔구만요. 그런디 우리 엄마를 어떻게 아시능가요?"

"같이 소리를 했응께 알제. 그런디 돌아가셨담서……?"

"예."

민순은 얼른 입이 떨어지지 않았다.

"스승님은 어디 가셨능가?"

"들깨 밭에 물 주러 가셨구만요."

"워매! 더운디. 늙은 양반이 더우 묵으면 어쩔라고 일만 허신당가?"

"오시라고 헐까라우?"

"그렇게 헐랑가? 그럼 빨리 오시라고 허소."

민순은 감나무 밭으로 빠른 걸음을 내딛었다. 산밭으로 올라 바라보니 학동영감은 들깨 밭 포기에 물을 부어가며 호미로 흙을 덮고 있었다.

"영감님! 손님 오셨어라우."

"뭐라고? 누가 왔능가?"

"예."

영감은 곧장 호미와 양동이를 그대로 놔둔 채 밖으로 나왔다.

"누가 왔든가?"

"저는 잘 모르는디 저희 엄마를 알고 계시든디요."

"그래?! 그럼 말순 할머니가 왔능갑구만."

"저희 엄마를 어떻게 아시능가요?"

"소리골에서 같이 창을 했응께 알제."

민순은 엄마를 아는 노인을 만나자 슬픔이 불쑥 치밀고 올라왔다. 젊은 나이에 외로운 멧기슭에 잠들어 계실 엄마 생각에 가슴이 미어지는 것 같았다. 마당으로 들어섰을 땐 한 분은 부엌에서 얼굴을 내밀고 또 다른 분은 돌아드는 도랑가에서 미나리를 뜯어 들고 마당으로 오고 있었다. 비가 오지 않은 탓에 뻣뻣한 미나리를 한 움큼 쥐어들고 부엌으로 들어갔다. 잠시 후 말순 할머니가 부엌에서 나와 공손하게 인사부터 챙겨들었다. 부엌 안에서는 향긋한 고깃국 냄새가 코를 찔러대었다.

"스승님 그동안 안녕하셨습니껴?"

"워매! 더운디 자네들이 왔능가?"

"예. 스승님."

"아침나절부터 어쩐 일로 왔능가?"

"오늘이 말복이랑께요. 스승님 건강하게 오래오래 사시라고 개장국 끓여갖고 왔구만요."

"어허! 더운디 이 먼 길을 찾아왔단 말잉가? 안 묵어도 괜찮은디 그랬능가?"

"스승님의 은덕을 생각한다면 개다리를 사다가 해드려야 허겄지만 벌이가 없어서 어쩔 수 없구만요."

"이런 흉년에 개장국을 묵다니 참말로 고맙네."

또 다른 노인이 고깃국을 데워가지고 부엌에서 가지고 나왔다. 그녀는 밥상을 마루에 놓고는 깍듯이 허리 굽혀 인사부터 했다.

"자 어서 드싯시요. 옛날부터 더위는 열로 풀어라고 헙디여. 그래서 복날에는 끓는 개장국이 최고라고 합디다. 어서 식기 전에 드셔야 한당께요."

그녀는 스승에 대한 정감이 철철 흘러넘치는 목소리로 말했다. 복날이라고 해서 개장국을 들고 왔던 것이었다. 땡볕도 마다하지 않고 십오 리가 넘는 길을 걸어 온 성의가 대단했다. 스승에 대한 고마움을 잊지 않은 마음이 참으로 장하다는 생각도 들었다.

"참! 인사드리소. 이분은 말순 할멈이고 또 이 분은 여우동이라고 허네. 소리골에서 나한테 소리를 배운 사람들이제."

학동영감은 두 노파를 가리키며 민순에게 소개해주었다.

"아까 인사는 했어라우. 능주로 보냈담서 돌아왔구만요."

말순 할머니가 서글서글한 눈매를 지어가며 다정함을 자아내었다.

"그랬다네. 꼭 일 년 만에 돌아왔구만."

"자네도 같이 먹어야제. 나만 묵겄능가?"

"지들은 묵고 왔구만이라우."

학동은 민순을 바라보며 권했다.

"그럼 아기씨라도 같이 묵어야제. 이리 숟가락 가지고 오소."

"아니어요. 저는 묵을 줄 몰라라우."

"아이고 처녀가 개장국을 어떻게 묵은다요. 어서 스승님이나 드시랑께요."

"어허! 자네 덕분에 복땜을 잘 하는구만."

"옛날부터 복날에는 개장국이 최고랑께요."

"하믄 이보다 몸보신 음식이 어디 있당가?"

영감은 땀을 뻘뻘 흘리며 개장국을 들었다. 민순이 부엌으로 가서 대접에 물을 떠서 받쳐 들고 나왔다.

"워매! 눈치도 빠르네! 어디서 배웠당가? 꼭 시아버지 봉양하듯 하는구만. 참말로 얌전하기도 허네."

학동영감이 말순을 보고 흐뭇하게 웃으며 말했다.

"집안 살림은 말할 것도 없이 잘헌당께. 정제 들어가봤제. 얼마나 깨끗하게 잘 해놨등가. 방이고 마루고 다 유리알처럼 깨끗하단 말이시."

학동은 민순이더러 정갈하게 집안일을 잘해주고 있다고 침이 마르게 칭찬을 하고 나섰다.

"스승님이 좋아하신 것을 봉께 한집 식구가 되어야 쓰겠구만."

여우동이 기꺼운 듯 뻥긋뻥긋 웃으며 사랑스럽게 민순을 바라보았다. 민순은 얼른 그 말이 무슨 뜻인 줄 알지 못했다. 잠시 곰곰이 생각해보니 무슨 말인 줄 알 것 같았다. 갑자기 이상한 예감에 사로잡혀 들기 시작했다.

"그건 그렇고 여기서 처녀공출 피하느라 도망쳤담서? 아부지한테로 가제 왔능가?"

말순 할머니가 걱정스러운 눈빛으로 바라보며 말했다.

"그것이 걱정이랑께. 지금도 처녀공출로 끌어간다고 허등가?"

학동영감이 숟가락을 든 채 못내 근심스러운 표정으로 중얼거리듯 말했다.

"허믄이라우. 작년보다 더한다고 허드랑께요."

여우동이 혀를 쑥 내민 채 고개를 살살 저어가며 말했다. 가뜩이나 큰 눈을 부릅뜬 채 덜덜 떠는 모습을 지었다.

"근래에도 끌려간 사람이 있단 말잉가?"

"첨에는 몰랐는디 인자 알고서는 딸들을 숨겨분께 억지로 와서 끄집어 가드란디요."

"누구 딸을 끄집어갔당가?"

"저기 모라실에서 있었담서요. 소를 잡고 다니는 도자(屠者) 행구라는 사람 딸이 끌려갔다고 허드랑께요. 아들 둘에 딸이 셋이 있는디 큰 딸이 올해 나이 열다섯이라고 헙디다. 일본 순사하고 면서기가 와서 고무 공장에 취직시켜 준다고 험서 가자고 해도 안 간다고 형께 긴 칼을 목에 들이대면서 팔을 꺾드라요. 어린 것이 무슨 힘이 있겠소? 꼼짝도 없이 끌려가드란요. 동리 사람들이 모두 봤지만 무서워서 말도 못험서 모른 척 했겠지라우. 알고 보니 고무 공장으로 가는 것이 아니라 배를 타고 타국으로 데려가부렀다요. 여자들도 군대로 보낸다고 소문이 확 퍼졌드랑께요."

여우동은 누가 듣지나 않을까 봐 눈알을 뛰룩거린 채 사방을 살펴가며 말했다. 표정이 돌덩어리처럼 굳어지면서 숨소리마저 시근대었다. 학동은 국을 떠먹다가 눈을 번득거리며 놀란 표정을 지었다. 민순도 잔뜩 겁을 먹은 듯 움츠려 들었다.

"천하고 가난한 사람들 딸을 먼저 노린다고 허드랑께요. 그래서 가난허고 힘없는 사람들이 모두 딸을 시집보낼라고 난리가 났다요."

말순 할머니도 말을 거들고 나섰다.

"왜 시집을 가면 괜찮당가?"

"아무리 나이가 어려도 시집을 간 여자는 안 데려간다요."

"왜 그런당가?"

"서방이 있는디 각시를 데려가불면 쓰겄소? 그래서 안 데려가는 갚습디다."

학동은 고개를 끄덕끄덕거리며 알았다는 시늉을 했다.

"집을 나왔어도 작년에 외갓집으로 갔으면 피난도 가지 않았을 것인디 멋한다고 이리 와갖고 능주까지 내빼느라 고생했능가? 자네 외할아버지 같은 분한테는 감히 외손녀 데려가겠다고 말도 못 꺼냈을 것인디. 영감집으로 오니까 만만하게 보고 잡아갈라고 했겄제."

여우동이 민순을 바라보면서 작년 일까지 들먹이고 나섰다. 하지만 민순은 아무런 말도 없이 멍하니 쳐다볼 뿐 말을 하지 못했다.

"어서 따뜻해서 드시랑께요. 우리가 맬갑시 들먹여갖고 입맛 떨어지게 했구만이라우."

여우동이 넉살 좋게 껄껄 우스며 아양을 떨었다.

"괜찮허네."

학동은 땀을 뻘뻘 흘려가면서 개장국을 먹어치웠다. 민순은 얼른 밥상을 들어 부엌으로 가지고 갔다. 부엌으로 들어간 그녀는 또다시 누군가에 쫓기는 사람마냥 불안한 마음을 잠재울 수 없었다.

"언제나 일본놈들을 몰아내고 나라를 찾을랑가 모르겄구만이라우. 당채 사람이 살 수가 없당께라우. 이래 갖고는 우리 소리꾼들은 살아남지 못하고 다 죽을 것만 같당께요."

말순 할머니가 서글픈 표정을 떠올리면서 탄식을 지어가며 말했다.

"왜? 소리하는 사람들에게 무슨 일이라도 있능가?"

"스승님은 잘 모르시겄지라우. 장마당굿도 못하게 헌당께라우. 사람이 모이지 못하게 허니 어떻게 굿을 헐 것이요? 한참 물이 올라 흥을 내고 있을 때 헌병이 나타나면 숨을 죽인 채 멈춰야 헌당께요. 그러고 나면 김이 쏙 빠진 통에 파장이 되어불지라우. 그렇게 되면 적선을 하고 싶어도 못 허겄지라우. 고약과 염색약도 팔리지 않는다는구만요. 잠시 그놈들이 가고 나면 다시 굿을 해보지만 그때야 무슨 흥이 나겄소? 이렇게 지내다보믄 하루 종일 고약 서너개 밖에 못 판다요. 그래갖고 밥묵고 살겄어요?"

"나도 잘 알제. 우리 득창이가 날마다 장에 다니고 있지 않능가? 새복에 나갔다 밤 늦게 와도 보리쌀 한 되 벌기가 힘들다고 허드랑께."

학동영감은 게슴츠레하게 눈을 감고서 딱한 표정을 지어보였다. 혀를 껄껄 차가며 비분을 참느라 애를 쓰는 모습이었다.

"장마당굿만이 아닌갚습다. 팽갑이 아들이 득음을 해서 명창을 따라다니는디도 배가 고프다고 허드랑께요."

"명창을 모시고 따라다니는디도 그렇단 말잉가?"

"신식 음악이 울려 퍼지고 고악(古樂)이 뒤로 밀려나면서 사람들이 모여들지 않는다는구만요. 그리고 일본 순사들이 사람을 모이지 못하게 헌담서라우."

"어서어서 나라를 되찾아야 쓸 것인디……. 나라를 찾는 꼴을 보고 죽을란지 모르겠네!"

학동은 목울대가 꿈틀거리도록 진한 한숨을 내뿜었다.

학동은 자정골로 쫓겨 온 뒤로부터 소리를 가르치는 일에 손을 놓고 있었다. 옛날 가르쳤던 제자들은 그를 잊지 못하고 틈만 나면 찾아왔다. 스승에 대한 고마움을 잊지 못한 사람들이었다. 그중에서도 젊었을 때부터 학동 제자로 창을 배운 박말순 할머니는 스승에 대한 보은을 아는 사람이었다. 젊어서는 득량 군머리에 살다가 마흔이 넘어 보성 가마실로 이사를 했다. 당골로서는 이름을 날렸다. 그가 덕석몰이를 당하고 소리골을 떠나려 해도 막상 오갈 곳이 없어 한숨짓고 있을 때 나기중을 찾아가 자정골로 올 수 있도록 알선한 이가 그녀였다. 그녀는 당골이기도 하지만 중매도 일가견이 있는 사람이었다. 사주궁합은 물론이요, 토정비결을 잘 보기로 유명했다. 묏자리와 집터 그리고 조상묘의 사초까지 다방면에 긍한 재주를 보였다. 그녀는 늘 자정골을 찾아들었다. 명절이면 스승의 옷을 사들고 좋아하는 음식을 장만하여 먼 길도 마다하지 않고 달려오곤 했었던 것이다.

말순 할머니와 여우동은 바짝 마른 산곡을 오르내리며 미나리와 약

22

쑥을 뜯어 들고 석양이 가까워지자 떠나갔다.

　…… 여름도 어느덧 끝자락으로 내몰리는 듯 입추가 지나고 말복이
돌아왔다. 아침부터 마지막 불볕더위가 맹위를 떨치고 있을 때였다.
스무날이 지나도록 비 한 방울 내리지 않았다. 아무리 하늘을 쳐다봐
도 비를 내려줄 기미마저 보이지 않았다. 하얀 새털구름이 둥실둥실
떠가고, 서풍이 불어오는 징조로 봐서 가뭄은 계속될 것 같았다. 마치
안개가 낀 것처럼 산곡을 더운 열로 가득 채워놓았다. 계곡물이 바짝
말라가고 곡식이 타들어가고 있었다. 민순은 자정골로 들어온 뒤로부
터 청소도 하고 빨래도 하고 부엌일을 하면서 지냈다. 마치 자기 집 마
냥 쓸고 닦고 하는 일로 하루를 보냈다. 잠잘 곳도 없어 안방에서 학
동영감과 함께 잤다. 꼭 할아버지와 손녀가 지내는 것과 다를 바 없었
다. 뒷방에는 세간을 놓아두었던 곳인데 민순이가 들어온 탓에 득창
이 사용했다. 민순은 득창이 나간 뒤로 뒷방까지 쓸고 닦았다. 남자만
살던 집에 여자가 들어오니 한결 부드럽고 여유가 묻어난 느낌이 들
었다. 민순은 이양할머니 집에서 배웠던 요리 솜씨를 십분 발휘하기
시작했다. 지천에 널린 미나리와 비름을 캐어 나물을 무치고, 오이를
따다 생채를 만들고, 가지는 밥 위에 쪄서 가지나물을 그리고 애호박
을 따다가 된장국을 끓였다. 대충 먹고 지내다가 그녀가 들어온 뒤로
부터는 밥상이 푸짐하면서도 그득했다.

　자정골 오막살이 주인집은 동윤동에 사는 나기중이라는 사람이었
다. 그는 나주 나씨 문장(門長)이나 다름없는 사람이었다. 고을에서
가장 영향력이 큰 유지이기도 했다. 활성산은 남도 맨 끝에 솟아있는
산으로 호남정맥을 이루는 산이었다. 산자수려한 산새로 명당의 터라
불려온 곳. 남쪽을 향해서는 남해바다를 굽어보고 북으로는 너른 기
름진 평야에 젖줄과 같은 보성강을 일구어내는 산이기도 했다. 나기

중은 선친의 유택을 돌보기 위해 산 아래까지 땅을 마련 산지기 집을 짓고 과수원까지 조성해두었다. 학동이 살고 있는 집이 바로 그 산지기 집이었던 것이다. 과수원 주변에는 자투리땅이 드문드문 있어 밭곡식을 심어 먹도록 내버려두었다. 학동은 이곳으로 들어온 뒤로 거의 밭농사에 매달렸다. 아들 득창은 북장구 고수로 옛날 부친이 가르쳤던 제자들과 함께 장마당엘 돌아다니며 굿판을 벌리기도 하고 고약과 염색약 그리고 쥐약과 파리약을 팔기도 했다. 당골들을 따라다니며 장구재비 역할도 했다. 그럭저럭 간신히 밥은 먹고 살 수 있지만 일본헌병들의 간섭에서 벗어날 수 없었다.

일본에서 들어온 신식 음악이 밀려들어오면서 소리가 점점 자리를 빼앗기는 형국이었다. 유행가는 급속히 대중 속으로 파고들면서 우리의 전통음악은 자체의 힘을 발휘하기가 너무 힘들었던 것이다. 1930년대에 들어와서는 유행가나 만담가가 인기를 누리게 되었고 소리 명창들의 위상은 점점 미미해졌다.

말복이 지나고 처서가 바로 턱밑으로 다가오자 오후부터 대숲에서 비비새의 울음소리가 들리기 시작했다. 그동안 더위에 지쳤는지 얼씬도 하지 않던 청개구리가 떼를 지어 마당에 모여들기도 했다. 제암산 산허리에 하얀 안개꽃이 피어나는 것 같기도 했다. 학동영감은 팔다리 마디마디가 쑤신 것으로 봐서 비가 올 징조라는 것을 알아차렸다. 말려놓은 나무며 고추를 집 안으로 들이고 장독 뚜껑도 덮어두고 막아두었던 도랑의 물길도 터놓았다. 오랜만에 비설거지를 했던 것이다. 아니나 다를까 해거름이 지나고 어두워지자 하늘이 끄무러지는 듯싶더니 먹구름이 몰려오기 시작했다. 잠시 후 하늘이 찢어지는 듯 번갯불이 번쩍였다. 순식간 칠흑같이 어두운 산골이 훤히 드러났다. 이내 활성산이 뒤집혀 무너져 내리는 우레 소리가 들렸다. 우르릉

우르릉하다가 닥다글거리는 천둥소리가 온몸을 옴찔옴찔하게 만들었다. 한동안 천둥번개가 산곡 오두막집을 뒤흔들어놓고 동쪽으로 비껴가는 것 같았다. 뒤를 이어 달려드는 것은 장대비였다. 하늘에 큰 구멍이라도 뚫려 양동이로 부어대는 것 같았다. 집시락에 떨어지는 낙숫물이 댓돌을 깨뜨리는 듯 요란한 소리를 내며 밤공기를 가르기 시작했다. 산곡에서 흘러내리는 계곡물도 불어난 덩치를 견디지 못하고 바윗돌을 밀어내느라 요동을 치는 소리를 질러대었다. 학동영감은 잠을 이루지 못하고 앉아 있었다. 밤이 깊어가는데도 아들이 오지 않기 때문이었다. 득창은 비가 오나 눈이 오나 평촌 재를 넘어 다녔다. 그 길은 으슥한 산기슭을 돌고 돌아 산길만도 반 십리 길이었다. 인적이라곤 찾아볼 수 없는 외딴길이어서 낮에도 혼자 갈 때는 머리끝이 쭈뼛쭈뼛 솟는다고 했다. 간혹 밤길에 늑대를 만날 때가 있다고 했다. 그는 산을 오를 때마다 헛들머리에 작대기를 놓아두고 다닌다고 했다. 산길로 접어들 때는 어김없이 작대기를 들고 걸었다. 산짐승을 만날 땐 작대기는 긴요한 무기가 될 수 있기 때문이었다. 밤은 깊어가는데 득창이 오지 않았다. 영감은 마루에 나가 사립문을 바라보며 기다리고 있었다. 올 시간이 지났는데도 아무런 인기척이 없자 헛간으로 다가가서 우장을 꺼내왔다.

"아기씨! 아무래도 마중을 나가 봐야 쓰겠네. 날이 궂은데 혼자서 산길을 올 것이라 생각하니 어쩐지 맘이 놓이지 않는구만."

방에 누워있던 민순이가 그 말을 들었다. 그녀는 갑자기 등짝에 얼음물을 끼얹은 것처럼 등골이 오싹해지면서 머리끝이 쭈뼛거렸다. 심장이 오므라들면서 피가 멈추는 것 같았다. 비 내리는 칠흑 같은 밤, 적막강산에 혼자 남는다는 것은 소름이 끼칠 일이었다. 모기장을 붙여놓은 방문 사이로 밖을 내다보니 금방 귀신이 긴 손톱으로 할퀴려 달려드는 것 같았다. 산매 귀신이 마당바위에 앉아 귀곡성 울음을 토해내는 것 같기도 하고. 업구렁이가 똬리를 튼 채 고리눈을 짓고 혀를 늘름늘름 내미는 것 같았다.

그녀는 벌떡 일어섰다. 방문을 열고 마루로 뛰쳐나갔다. 비오는 칠야라서 아무것도 보이지 않았다. 마루 끝에서 영감이 우장을 걸치고 막 길을 나설 찰나였다.

"영감님. 저도 갈라요."

"어허! 이 밤에 어딜 간다고 그러능가? 비를 맞으면 안 되제. 또 한속이 들면 어쩔라고? 나 혼자 갔다 올텡게 어서 들어가 있어."

"괜찮당께요. 혼자 가시면 무서웅께 같이 가요."

"이밤에 어떻게 간당가? 어서 들어가란 말이시."

"아니어라우. 저도 따라갈 거구만요."

그녀는 기어코 따라가겠다고 생다지를 걸고 나섰다.

"그러믄 이 우장을 입소. 하나는 내가 입고 하나는 들고 가야 쓰겄네. 득창을 만나면 입혀가지고 와야쓰겄지 않겠능가?"

그녀는 우장을 챙겨 걸쳤다. 턱밑까지 바짝 가려주어 몸이 아주 따뜻했다. 영감은 밀짚모자까지 씌워주었다. 이윽고 사립문으로 향했다. 깜깜하면서도 앞이 어렴풋이 보이는 것 같았다. 비는 그칠 줄 모르고 계속해서 쏟아지고 있었다. 산곡물이 마치 폭포수처럼 콸콸 넘쳐 흘렀다. 비에 젖은 길은 질퍼덕거려 발바닥도 다 젖어들었다. 산야에 비오는 소리만 들릴 뿐 적막 같은 밤길이었다. 어두운데다 질컥거리니 빨리 걸을 수가 없었다. 잘못했다간 언덕 아래로 굴러 떨어지기 십상이었다. 비탈길을 기어올라 산마루에 이르니 산꼬대가 일어나는 듯 으스스 비에 젖은 한기가 몰려들었다. 나무 이파리에 빗물 떨어지는 소리가 콩 타작을 하는 것같이 들렸다. 비가 오는데도 상큼한 산의 향기만은 물씬물씬 콧속으로 파고들었다. 어둠 속에서 도라지꽃이 그윽한 향기를 뿜어내고 있었다. 산마루를 넘어 내리막길로 접어들 즈음 저 아래에서 칠떡거리는 소리가 들려왔다. 그것은 분명 빗물이 일으키는 소리는 아니었다. 잠시 발걸음을 멈추고 내려다보았다. 소리가 나는 곳으로 시선을 모으고 있을 때 나뭇가지를 후려치는 소리가 들렸다. 작대기로 얻어맞은 오리나무에서 둔탁한 소리가 들렸다. 소름을 일게 하고도 남을 공포감이었다. 이어 그림자와도 같은 검은 물체가 번쩍거리며 길 아래 나타났다. 그녀는 온몸이 오싹거려 움찔했다.

"득창이냐? 득창아!"

영감은 아들이 오고 있음을 육감으로 알아차리고 아들을 불러대었다. 부자지간에 통하는 신묘한 감이 있는지는 몰라도 어두운 밤에도 단박 알아차렸다.

"예. 아부지!"

득창도 금방 아버지를 알아차리고 냅다 달음질을 치고 올라왔다. 그는 반가움을 감추지 못하고 재빨리 다가들었다.

"아부지. 비가 오는디 왜 오셨어요?"

"밤은 깊고 비는 억수같이 오는디 니가 안옹께 걱정이 되어서 잠이 안 오드라."

"저는 아무렇지도 않당께요. 아이고! 아기씨까지 나오셨구만이라우."

"예. 오빠."

"다음에는 오시지 않아도 된당께요."

"아니다. 하도 비가 많이 와서 우장이라도 입혀줄까 해서 왔다."

영감은 온통 빗물로 목욕을 하다시피 젖은 아들에게 우장을 걸쳐주었다.

"그런디 왜 이렇게 늦었냐?"

"그렇게 되었구만이라우."

"무슨 일이라도 있었느냐?"

"예."

"무슨 일이었는디?"

"오늘은 벌교장이었구만이라우. 아침나절부터 헌병보조원들이 나와서 장마당굿을 하지 못하도록 방해를 허드구만요. 사람이 모이지 못하도록 호각을 불면서 내쫓습디다. 우리가 팔라고 쌓아놓은 고약과 염색약도 짓뭉개드랑께요."

"그놈들이 왜 그런다냐?"

"일본놈들은 우리 소리를 좋아하지 않는당께요. 유행가를 부르는 사람들은 가만히 놔두고 우리한테만 해코지를 헌당께요."

"그래서 어떻게 했느냐?"

"못하게 허면 숨어 있다가 다시 굿판을 벌려 적선도 허고 약도 팔았지라우. 그러다보니 장사가 안되드랑께요."

"그래서 인자 온 것이냐?"

"파장이 될 때까지 약을 파느라 늦었구만요."

"약은 많이 팔았다냐?"

"아니어라우. 그것마저도 못하게 허드랑께요."

"그런 죽일 놈들! 같은 조선인이면서 일본 앞잡이 노릇을 허다니 천벌을 받을 놈들이제."

"명창들도 유행가와 만담을 하는 사람들에 밀려 밥 벌어 묵기가 힘들다고 헙디다."

"그런다면 명창이 된들 무슨 소용이 있겠냐?"

"그래도 명창이 되면 여러 군데서 초청을 허지라우. 잔치집은 말할 것도 없고 여러 행사에 불려간다고 헙디다.”

“그러겄지야.”

“혼자 밤길에 무섭지 않응가요?”

가만히 듣고만 있던 민순이 말허리를 붙들고 끼어들었다. 그녀는 캄캄한 밤에 산길을 다니는 것이 은근히 괴이쩍었던 것이다. 아무리 남자라고 하지만 비오는 밤 심산궁곡인데. 괜스레 두렵고도 가슴 아팠다.

“그러믄이라우. 날마다 다니는 길이라서 암시랑토 안 해요.”

득창은 남자답게 대담함을 보여주었다.

“부모를 잘못 만나서 니가 이 고생을 허고 산다.”

학동은 간장이 녹아드는 슬프고 애달픈 마음을 토해내었다.

“아니어라우. 어서 가시지요.”

“그래 어서 가자.”

학동은 이제야 마음이 놓인 듯 해사한 웃음을 머금은 채 앞장섰다. 그는 아들이 든든하면서도 밤낮 없이 고생하며 살아간 것이 늘 마음에 걸렸다. 어미 없이 건강하게 커준 것도 고마운데 심성이 비단결같이 곱고 착했다. 생전 부친에게 말대꾸 한번 한 적 없었고 부지런했던 아들……. 그에게는 나쁜 사람이 없었다. 세상은 내가 좋으면 남이 다 좋다는 학동의 신념을 그대로 답습하고 살아간 이였다. 글을 배워본 적도 없지만 쉬운 한자만 익혔을 뿐인데 오가며 어깨 넘어 배웠는지 한글을 더듬거리며 읽기까지 했다. 득창은 날마다 장마당을 떠도는 장돌뱅이로 살아가지만 소리꾼인 아버지가 자랑스럽고 존경스러웠다. 그가 늘 하는 말은

“아부지! 저는 아부지가 제일로 존경스럽당께요.”

“못 믹이고 못 입히고 가르치지도 못 했는디 존경스러울 것이 뭐가

있겄냐?"

그럴 때면 학동은 가슴이 찢어지는 쓰라린 심정을 목 멘 소리를 토해내곤 했다.

"아니어라우. 아부지만큼 제자를 둔 사람이 어디 있능가요? 사람이 즐겁고 재미나게 살도록 창을 가르쳤으니까 그보다 더 좋은 일이 어디 있겄습니까요?"

득창은 아버지가 소리꾼임을 자랑스럽게 여겼다. 비록 가난하고 천대를 받고 살지만 소리를 할 수 있다는 것이 좋았다.

"그렇기는 하다만……."

"소리는 아무라도 허는 것이 아니랑께요. 그래서 저는 죽는 날까지 소리를 할거구만요."

이런 소리를 들을 때마다 학동은 늘 흐뭇한 웃음을 지어왔던 것이다.

늦은 밤 그들은 빗속에 휘적휘적 어둠을 밟고서 집으로 돌아왔다.

다음 날 아침은 맑은 샘물보다 더 투명한 새벽이었다. 어제까지만 해도 뿌옇던 열 기운이 밤새 내리치는 벼락을 맞고 땅속으로 스며들었는지 어엿한 가을기운을 느끼게 해주었다. 하늘에는 구름 한 점 없이 맑게 개어 눈이 시렸다. 활성산 꼭대기가 바로 시야에 갇힌 느낌이고 저 멀리 제암산도 손을 뻗으면 잡힐 것만 같았다. 타들어가는 곡식들이며 시들부들하던 풀이파리와 나뭇잎이 솜사탕을 손에 쥔 어린아이들 얼굴마냥 상글거리듯 생기로 넘쳐나고 있었다. 단비는 목말라했던 온 산야를 밤새 적셔주고 어디론가 훌쩍 떠나고 없었다. 산곡물이 아침부터 맑고 깨끗한 노래를 불러대었다. 목이 말라 땅속으로 숨어들었던 달팽이도 풀잎에 매달리고, 개구리들이 신바람을 내며 폴딱거렸다. 산새들의 재잘거리는 소리도 어제와 달리 청명했다.

아침 일찍 득창은 또 장마당으로 떠났다. 학동영감은 밭으로 갔다.

30

내려치는 장대비에 맥을 못 추고 쓰러진 밭곡식을 세워주기 위해서
였다. 민순은 바구니를 들고 들로 나갔다. 미나리도 캐고 비름도 뜯
어 나물을 무칠 속셈이었다. 물기를 흠뻑 들이킨 나물들은 금세 갓난
아기 볼처럼 부들부들했다. 산도랑가에 수북이 돋아난 미나리가 비를
맞은 뒤 야들야들 윤이 좔좔 흐르고 비단결처럼 보드라웠다. 나물을
캘 때마다 언뜻 머리에 스쳐지나가는 것은 엄마와 산을 오르며 취나
물을 뜯던 기억이었다. 그럴 때면 엄마의 얼굴이 떠오르면서 보고 싶
어 갈쌍갈쌍 눈물이 언저리에 고여 사르르 흘러내리기도 했다. 엄마
가 이루지 못한 명창의 꿈을 이루고자 집을 나섰던 것인데…… 남의
집에 더불어 지내는 것이 비감스럽기 짝이 없는 심회로 다가올 뿐이
었다.

한동자가 찾아들어 잠자리부터 구겨놓는 꼴이 마냥 죄만스러웠다.
밤마다 문턱을 넘어 잠자리에 들 때면 무안해서 머무적거리며 지싯지
싯 뒷걸음질을 치고 싶을 때가 많았다. 언제 어디로 날아갈지 알 수 없
는 민들레씨앗 같기도 하고 해가 뜨면 떠나야 하는 초로인생 같은 예
감이 밀려들 때면 허허로운 속울음을 쏟아내었다.

활성산 머리 위로 햇덩이가 떠올랐다. 쏟아지는 햇살 아래 숲속 이
슬이 영롱한 일곱 빛 무지개를 그려내었다. 상상을 뛰어넘는 황홀한
실경, 숲속 이슬에 부서지는 햇살이 너무나 아름다웠다. 학동영감은
산밭으로 가면서 늘 일러두는 말이 "누가 와도 가까이 가지 말소."였
다. 큰 물가에 있는 어린 아이처럼 늘 불안했던 것이다. 혹시라도 수
상쩍은 심기일 땐 무조건 산으로 내빼라고 일러주었다.

"어야! 집에 있능가? 민순이!"

민순이 맑은 물이 흐르는 도랑가에서 보드라운 미나리를 캐고 있을
때 집 마당에서 인적의 기운이 들렸다. 그녀는 귀를 쫑긋 세웠다. 분

31

명 자기 이름을 부르는 소리였다.

"민순이! 어디 갔능가?"

귀에 익은 목소리였다. 지난번에 들었던 말순 할머니 소리임에 틀림없었다. 그녀는 안도의 한숨을 쉬고 바구니를 그대로 놔둔 채 뛰어나갔다.

"예. 할머니. 저 여기 있어라우."

민순은 무턱대고 허리를 넙신 굽혀 인사부터 했다.

"멋을 했쌌능가? 더운디."

"비가 와갖고 덥지 않구만이라우."

"그래. 지난번 비는 참말로 좋은 비였제. 비가 온 뒤로 가을 기운이 감돌드란 말이시."

"그러믄이라우. 계절은 못 속인당께라우."

여우동이 드맑은 가을 하늘을 쳐다보면서 허허로운 속심을 뽑아들었다.

"참말로 갂아놓은 밤맹키로 이쁘게 생겼네. 자네 엄니는 이렇게 이쁜 딸을 놔두고 어떻게 눈을 감았을까 모르겄네. 오목하게 패인 보조개며 눈매가 엄마 탁했기는 했지만 엄마보다 훨씬 이쁘구만. 아빠를 빼다 박았다고 했쌌드만 그랬능개비네."

여우동은 콧등을 쨍긋해가면서 고혹적인 눈웃음을 뿌렸다.

"자네 엄마가 생각나는구만. 얼매나 한이 되고 원이 되었으면 그놈의 쑥대머리를 목구멍에서 피가 나도록 불러댈 것잉가? 뭣한다고 일본 유학까지 갔다 온 사람한테 시집을 가갖고 그럴 것이냔 말이시. 그래서 옛말에 턱없는 관을 쓰면 박이 벌어진다고 허질 않든 개비네."

말순 할머니는 생그레하고 하얀 이빨을 드러내면서 고개를 수굿하게 떨어뜨린 채 말했다. 무심결에 던진 말이지만 민순에겐 간장을 눌러 짜는 소리와도 다름없었다. 일순간 그녀의 얼굴에 처연한 그림자를 그려주는 꼴이 되고 말았다.

민순은 알 수 없는 슬픔이 목덜미를 타고 올라 머리까지 치솟더니 정수리를 쪼갤 듯 후려치는 것이었다. 치밀어 오르는 아빠에 대한 의분이고 엄마에 대한 그리움이었다. 뼈에 사무치도록 보고 싶어 지금 당장 엄마랑 산다면 저승길로 찾아들고 싶은 심정이었다.

말순 할머니 복장차림이 어제와는 전혀 딴판이었다. 마치 들일을 하러 온 사람처럼 몸빼에 짧은 저고리를 입고 대나무 바구니를 하나씩 옆에 끼고 있었다. 바구니 안에는 호미가 담겨져 있었다. 말순 할머니가 기대에 찬 눈빛으로 바라보며 격려하듯 말했다.

"어야! 민순이 우리 따라서 가세."

어딘지는 몰라도 함께 가자고 한 것이 영 개운치는 않았다.

"어디를요?"

"따라와보면 알제."

더 이상 묻지 말라는 듯 눈웃음을 치며 말했다. 몸도 마음도 무겁고 복잡하지만 내색을 할 수 없었다. 침착하고 태연스러운 척하면서 고개를 소곳하게 숙인 채 물었다.

"뭣을 가지고 가야항가요?"

"우리 같이 호멩이하고 바구니 하나 준비해야 쓰겠네."

그녀는 무슨 영문인 줄 몰랐다. 시키는 대로 부엌 시렁에 걸려있던 바구니를 꺼내들고 헛간으로 가서 호미를 챙겨들었다.

"스승님은 오늘도 밭에 가셨능가?"

"예. 저기 밭으로 가셨어라우."

민순은 밤나무 밭을 호미자루로 가리켰다.

"어제는 물을 주시드만 비가 왔는디 뭣을 하신당가?"

"잘 모르겠는디요."

"늙으셨어도 한참을 쉬지 않고 부지런하시구만."

말순 할머니는 여우동을 데리고 밤나무 밭으로 향했다. 민순도 뒤를 따라갔다. 밤나무 밭 위에 산밭에는 고구마를 심어놓았다. 아직 밑도 들지 않았는데 꿩이란 놈이 헤집은 뒤 긁어 파서 쪼아 먹은 탓에 골칫거리였다. 학동영감이 대나무로 열십자를 만들어 헌옷을 입히고 볏짚 머리통에 밀짚모자를 둘러 씌워 세우고 있었다. 허수아비가 영락없이 사람과 같았다. 곁에는 찌그러진 양재기를 가져다 놓고 틈나면 두드려 꿩을 쫓기도 했다.

"스승님! 지가 또 왔구만요."

말순 할머니는 깍듯이 인사를 드렸다. 여우동이 마치 궤배를 하듯 허리를 넙죽 굽혀 인사를 드렸다.

"어서 오시게. 그런디 지금 어디를 가는 중인가? 놀러 온 것 같지는 않은 것 같고?"

학동은 두 사람의 행색을 훑어보면서 궁금증을 자아내는 눈짓을 보냈다.

"지들은 저기 활성산에 산도라지를 캐러 가는 중이구만요."

"어허! 그러능가. 그럼 요즘 캐야 쉽게 찾을 수 있제. 꽃이 떨어지고 나면 얼른 찾을 수가 없제. 많이들 캐가지고 오소."

"스승님께서도 젊어서 목을 많이 쓰셨응께 산도라지를 다려서 드서야할 것 같아서 민순이를 데리고 갈라요. 많이 캐가지고 올께라우."

"알았네."

학동은 흐뭇한 웃음을 지으며 잘 다녀오라고 손짓을 했다.

말순과 여우동 할머니는 민순을 데리고 골짜기를 따라 활성산으로 향했다. 골짜기를 따라 오르는 그들 앞에 불어난 골짜기 물이 하얀 물살을 일으키며 급물살을 일으키고 있었다.

민순은 야릇하게 떨리는 기분이었다. 속에서 진땀이 흘러내리는 것 같았다. 작년의 기억이 얽혀들었기 때문이다. 난데없는 처녀공출로 시달림을 받아 산속으로 숨어들어 종일 숨어 있었던 일이 머릿속에서 맴돌이쳤다. 그때 함께 놀아주었던 물총새도 보이고, 산 다람쥐도 반갑게 맞이해주는 것 같았다. 어디 갔다 이제 왔냐고 볼기짝을 긁어대었다. 중첩으로 포개진 바위들이 물살을 막아 소(沼)를 이룬 곳. 빙빙 도는 물살을 바라보면 일각에 소리골 마당바위 생각이 떠올랐다. 그럴 때면 어김없이 엄마 생각이 떠올랐다. 엄마가 찢어진 북을 치다가 저 세상으로 가신을 생각하면 어금니를 악물었다. 기어코 명창이 되어 엄마의 묘를 찾아가고 아빠한테도……. 자신도 모르게 심장이 멎고 피가 거꾸로 솟은 기분이었다. 엄마랑 함께 소리를 배웠던 사람들과 도라지를 캐러 갈 줄이야 꿈에도 생각 못했던 일이기 때문이었다. 세월이 흐르면 잊어질 법도 한데 억울하게 돌아가신 엄마의 원혼은 머릿속에서 맴돌았다. 그러나 또 한편으론 또다시 처녀공출이란 검은 마수가 뻗쳐올까 봐 조마조마했다. 이제는 피해 갈 곳도 없어 영락없이 끌려갈 판이어서 괴롭히면서 초조하게 만들었던 것이다.

오를수록 물소리가 도란거리고 새들의 지저귐도 점점 다정하게 들려왔다. 첩첩 심산유곡에서 청아한 목청을 뽑아 우짖는 꾀꼬리를 넋이 나간 모습으로 쳐다보았다. 여우동 입에서 손장단과 함께 삼산은 반락이 저절로 나왔다.

'삼산은 반락 청천외요 이수중분은 백로주로구나.'- 후렴

　1. 말은 가자 네 굽을 치는디 임은 꼭 붙들고 아니 놓네

　2. 치어다보느냐 만한은 천봉이요 내려 굽어보니 백사지구나

3. 치자 다래 그랬던 유문 지유사 이리 저춤 거리 저춤 무릎 밑에 진
득히 눌렀다 머리를 동 이고 반물치마 자락을 잘잘 끄네

4. 가노라 간다 내가 돌아 나는 간다 아주 간들 잊을소냐

5. 정이라 하는 것은 아니 줄려고 허였는디 우연히 가는 정을 어쩔
수가 없네

6. 옛 듣던 청산 두견이로다 자주 운다고 각 소

이 노래는 육자배기와 자진육자배기에 이어서 부르는 곡이다. 이
곡의 곡명은 이백의 시 중 한 구절에서 따온 것이다.

이어 말순 할머니가 새타령 한 구절이 읊어대니 저절로 덩실덩실
활개춤으로 이어졌다.

'저 꾀꼬리 울음 운다. 황금갑옷 떨쳐 입고 양유청청 버드나무 제 이
름을 제가 불러 이리루 가며 꾀꼬리루 저리로 가며 꾀꼬리루 머리 곱
게 빗고 시집 가고지고 게알 가가 심심 날아든다.'

활성산은 바위가 없는 순한 민둥산이어서 애쑥이며 냉이, 취, 고사
리와 같이 그윽한 향기를 풍기는 봄나물이 가득했다. 여름이면 산바
람을 타고 더덕이며 산도라지 냄새가 마을까지 감돌게 하는 곳이었
다. 소리꾼들은 특히 도라지를 좋아했다. 일명 길경이라고 부르는 도
라지는 뿌리가 인삼처럼 굵고 줄기는 곧았다. 자르면 흰색 진이 나오
고 인삼과 같은 성분이 많다고 했다. 한여름에 남보라색과 흰색 꽃을
피워내어 아름답기도 하지만 어린싹에서부터 뿌리까지 버릴 것이 하
나 없는 유용한 약초였다. 특히 목을 많이 쓴 사람들에게 인후통을 잘
다스려주어 소리꾼들에게 없어서는 안 될 약재라고 했다.

도랑처럼 좁아진 계곡을 건너 길켠 바위에 앉아 허리쉼을 하고 있
을 때 말순 할머니가 반반한 산자락을 가리켰다. 그곳엔 커다란 묘지

가 있었고 망부석도 보였다.

"여기가 좋겠네. 도라지꽃이 흐늘어졌구만."

"그럽시다. 성님. 벌써 다리가 팍팍하구만이라우."

여우동은 무릎을 손바닥으로 탁탁 두드리며 말했다. 벌써부터 비지 땀을 흘려가고 있었다.

먼저 묘역으로 기어 올라가는 이는 민순이었다. 눈앞에는 도라지 와 나리꽃이 지천에 깔려있었다. 얼른 남보라빛 도라지꽃을 꺾어 들 었다. 코끝에 꽃을 대고 킁킁 냄새를 맡았다. 노루목 거북바위 옆에서 맡았던 그 꽃이었다. 도라지꽃을 수놓아 꽃베개를 만들어 주신 엄마 생각이 또다시 떠올랐다. 꽃베개를 베고 자면 정신이 맑아진다고 하 던 엄마의 목소리가 귀청을 울리는 것 같았다. 참나리 꽃에 호랑나비 가 내려앉아 날개를 접었다 폈다 하면서 꿀을 빨고 있었다. 어제 저녁 하늘이 찢어질 듯 울려대는 천둥소리며 장대비를 어떻게 피하고 나왔 는지 나비가 기특하다 생각되었다.

"아이고 잘 왔네! 여기는 완전히 도라지 밭이구만. 자 어서 캐드라 고."

말순 할머니가 눈을 동그랗게 뜨고 놀라움을 감추지 못했다. 그녀 는 줄기를 잡고 호미로 득득 긁어 파기 시작했다.

"비가 오고 낭께 땅이 잘 파져서 좋구만."

때를 잘 맞춰온 것 같았다. 땅이 물러 호미로도 쉽게 팔 수 있었다. 상큼한 풀냄새가 꽃향기와 버무려져 코를 찔러대었다. 머리 위에까지 솟아오른 햇덩이는 구름 한 점 없는 하늘에서 사정없이도 뙤약볕을 내리쏟았다. 철을 만난 참매미들이 고막이 터지도록 왕왕 울어대고, 하늘에는 붉은 고추잠자리가 빙빙 맴돌며 가을을 재촉하고 있었다.

세 사람은 신바람이 돋았다. 따가운 햇살도 아랑곳하지 않고 도라지를 캐대었다. 한참동안 묵묵히 캐 담은 바구니마다 그들먹하게 채워졌다.

"인자 그만 허세. 이러다가 더우 묵겄구만."

말순 할머니가 등허리를 탁탁 두드리며 말했다. 체질인지는 몰라도 온몸이 땀에 후줄근히 젖어 범벅이 되어 있었다. 여우동도 마찬가지였다. 턱밑으로 땀이 뚝뚝 떨어졌다.

"앗따! 그럽시다. 더워서 더 이상 못하겄구만이라. 나 먼저 가서 씻을라요."

하고는 벌떡 일어나 계곡으로 향했다. 민순도 뒤를 따랐다. 계곡으로 내려간 여우동은 물가로 가자마자 마치 아이들처럼 웃옷을 훌훌 벗었다. 웃통을 홀라당 벗어 던지고 왜바지도 허벅지까지 걷어 올리고서 물속으로 걸어들었다. 민순은 바구니를 바위에 올려놓고 계곡물로 갔다. 참나무 가지를 부채삼아 부치고 온 말순 할머니가 여우동을 보고서 능글거리는 웃음을 지으며 말했다.

"워따매! 누가 보면 어쩔라고 홀라당 벗어부렀능가?"

"앗따! 이 산속에 누가 오겄소. 다 늙은 사람 젖통을 본들 또 어쩐다요?"

여우동은 엎드리고서 마치 술에 취한 사람처럼 뻘게진 얼굴부터 씻어대었다. 이어 젖 가슴에 물을 끼얹었다. 노인이 된 그녀의 젖무덤은 마치 쇠불알처럼 내리 쳐져 달랑거렸다. 팔뚝이며 겨드랑이까지 씻었다. 말순 할머니도 금세 웃통을 벗어 던지고 뛰어들었다. 물을 끼얹을 때마다 입을 쩍쩍 벌리고 차갑다고 소리 질렀다.

"아무도 없응께 자네도 벗고 씻어불소."

여우동이 민순을 향해 너스레를 피우며 씩 웃었다. 민순은 깜짝 놀랐다. 무안쩍어서 어찌할 바를 몰라 얼굴이 붉어진 채 고개를 숙였다.

"앗따! 성님도 이팔청춘 나이에 어디다 젖통을 내놓겠소."

"하기사 그러제. 이팔청춘이라 낭창낭창한 수양버들 가지처럼 한창 물오를 때 아닝가."

말순 할머니가 민순을 연신 바라보며 흐드러진 웃음을 지었다.

"자네 내 등 좀 밀어주소."

말순이 여우동에게 물었다.

"그럽시다."

여우동은 기다렸다는 듯이 바로 말순 할머니 곁으로 다가갔다. 두 팔로 엎드린 말순 할머니 등에 물을 끼얹고는 인정사정없이 문질렀다.

"때가 많이 나오능가?"

"위매. 생전 물가에도 못 가본 사람만이요. 무슨 놈의 떼가 이렇게도 많다요."

"놈부끄럽게 외쳐쌌능가?"

한참을 밀고 나서는 교대로 등목을 했다. 더위를 식힌 사람들은 바위로 가서 옷을 입고 시원한 물가에 앉아 도라지를 다듬기 시작했다. 황토밭에서 캐낸 도라지는 벌건 흙이 진득진득 묻어 있었다. 흐르는 물에 바구니 채 담가 흔들어대니 흙이 금방 씻어졌다. 이어 나뭇가지를 잘라 꼬챙이를 만들어 껍질을 벗기기 시작했다. 막 캔 도라지는 껍질이 잘 벗겨졌다.

산속은 물소리와 새소리밖에 들리지 않았다. 그 어디를 둘러봐도 적막강산이었다. 모두가 깨끗하고 기분이 상쾌해서 입가에 생글한 웃음기를 머금고 있었다. 말순 할머니가 쓴 도라지 뿌리를 하나 입에 넣어 씹어보고서 오만상을 찌푸리고 침을 퉤퉤 내뱉었다.

"윗따매! 겁나게도 쓰네."

"도라지가 써야제 달아서 쓴다요. 그래서 약이 된 것이제."

여우동이 어처구니가 없다는 표정으로 좁쌀방정을 떨고 나섰다.

"앗따! 이 사람이 쏭께 쓰다고 말했제, 안 쓴 것을 쓰다고 허겄능가?"

말순 할머니가 푸념을 섞어 쭝얼쭝얼거렸다.

"옛날부터 입에 쓴 것은 몸에 이롭고 단 것은 해롭다고 안 합디여. 그래서 몸에 좋다는 인삼이고 구절초도 다 쓰지라우. 말도 그런당께라. 말이 달면 실속이 없고, 내게 좋은 것은 듣기 거북한 것이고 듣기 좋은 말은 내게 해가 된다고 허는 것이랑께요."

"맞는 말이어! 그래서 옛말 그른 데 없다고 허질 않던가."

"그러믄이라. 사람이 오래 살면 지혜가 생기는 것이라고 하는 것이지라."

"그래서 노인 말 들어 손해 볼 것 없다고 헌 것이네. 이왕 말이 나왔응께 내가 한마디 해야쓰겄네. 어야 민순이 이 늙은이 말 좀 들어줄랑가?"

말순 할머니가 갑자기 정색을 하고 말부리를 따고 나섰다. 쓰다고 하면서도 도라지 곁가지를 따서 자근자근 씹고서 딱부리 눈으로 민순이의 온 몸을 훑어 내리며 말했다.

"내가 중매할 것잉께 시집갈랑가?"

느닷없는 질문이 날아들었다. 민순은 얼굴이 후끈거려 어리둥절한 표정을 감추지 못하고 말순 할머니를 쳐다보았다. 얼른 대답할 성질도 아닌 질문이었다. 그동안 여러 차례 쓰라린 상처를 입은 그녀는 마음부터 비척해지기 시작했다.

"나이가 들었응께 가겄지라우. 근디 자네 어매는 어쩌다 돌아가셔 부렀당가? 이렇게 이쁜 딸을 놔두고."

여우동 할머니가 예감에도 없었던 말로 가장 아픈 정곡을 찌르고 달려들었다. 민순은 단박 된서리를 맞은 호박잎처럼 휘주근하게 풀이 죽었다. 훤히 알고 있으면서도 물은 까닭을 알 수 없었다. 그녀는 마음이 내키지 않아 선뜻 말을 못하고 미적거리다가 입을 열었다.

"실성하셔갖고 소리골 마당바위 폭포 밑에서 돌아가셨어라우."

그녀는 일순간 비탄에 젖어들면서도 북받치는 슬픔을 참아가면서 사실대로 말했다.

"참말로 안 됐어. 논을 다섯 마지기나 가지고 시집왔담서 그렇게 시집살이를 시켜서야 쓸것잉가? 자네 할머니가 독살스러운 사람이제."

말순 할머니가 눈썹을 찡그리고서 고리눈을 지어가며 말했다.

"눈에 뻔하당께요. 소리골 헛간에 앉아 장구를 치며 쑥대머리를 불러대던 것이 엊그제 같은디 벌써 팔 년이 지나부렀구만이라우."

여우동이 가느다랗게 실눈을 뜨고 유난히 뜨겁게 쏟아지는 햇살을 바라보며 말했다.

"왜 집을 나왔능가?"

괜히 자신을 비웃고 있다는 예감이 들었다. 처절한 외로움 속에 마음이 무겁고 복잡한데 꼬치꼬치 파고드는 것이 예사롭지 않은 것 같았다. 그냥 내려갔으면 좋으련만 그녀는 덫에 걸린 느낌이었다.

"작은 아빠께서 시집을 가라고 해서 나왔어라우."

"뭐? 시집을 가라고 했단 말잉가?"

"예."

"누가?"

"작은 아빠가요."

"자네 아빠 허락이 있었능개비구만."

"아니어라. 오시지도 않았어라우."

"부모 승낙도 없이 작은 아빠가 나설 수 있당가?"

민순은 뭐라고 할 말이 없었다. 피가 끓어오르는 억울한 감정을 가라앉히기가 힘들었다.

"누구한테 가라고 허등가?"

집안일인데 자꾸 따지듯 물어대는 것이 못내 못마땅하였다. 그렇다고 모르쇠 할 수도 없는 일. 그녀는 매우 난감해하면서 얼굴이 달아오르고 등짝에서 진땀이 흐르는 것을 느꼈다.

"염전에서 일한다는 고흥 대서 사람이어구만이라우."

"멋이여? 염전?"

여우동이 삐딱하게 입술을 비틀어가며 되물었다.

"예."

"안가길 잘했제. 염부나 소리꾼이 같은 처진디, 소리꾼은 풍류를 알고 사는 사람잉게 더 낫제."

"그럼 시집을 안 갈 것잉가?"

여우동이 송곳 같이 날카로운 질문을 던졌다. 민순은 어정쩡한 표정으로 여우동을 쳐다보고만 있었다. 바윗덩이가 가슴을 누른 것 같아 온몸이 무거워졌다.

"시집은 가고 싶은 갚구만."

"시집을 갈라면 아빠가 살아 있응게 허락이 있어야 쓸 것이고, 하다 못해 첫날밤 덮고 잘 이불이라도 해가지고 가야제 몸뗑이만 누가 오라고 헌당가?"

말순 할머니가 새 주둥이처럼 입술을 삐죽하게 내밀어가며 말했다. 그것은 집 나온 그녀의 가슴을 쥐어짜는 소리였다. 가장 고민스러운 곳을 찾아 바늘로 콕콕 찌르는 것 같았다. 부모 없이 살아간 자신을 무시하려 드는 것 같기도 했다. 노인들은 고삐가 풀린 사람처럼 바쁜 것이 없었다. 말순 할머니가 또다시 강렬한 눈빛을 그녀에게 뿌렸다.

"집에는 안 들어 갈랑가?"

"예."

"그럼 어디로 갈 것잉가?"

"잘 모르것어요."

"아니 잘 모르다니. 그것이 무슨 말잉가?"

"학동영감님께 소리를 배우고 싶어 이리 왔구만요."

"그랬구만."

"명창이라도 되고 싶은가?"

"저는 꼭 명창이 되고 싶구만이라우."

민순은 골육에 사무친 한을 풀어내듯 조금도 거리낌 없이 쉽게 대답했다. 그냥 꼬꾸라져 죽든지 아니면 기생으로 팔려가는 한이 있어도 집에는 들어가고 싶지 않았다. 그런데 말순 할머니가 왜 묻는지 그 저의가 정말 아리송했다.

"잘되얏네."

할머니는 기다렸다는 듯이 반색을 하고서 호방한 웃음을 지으며 고개를 끄덕였다.

"예?"

잘되었다는 말에 민순은 두 사람을 번갈아 두렷거렸다. 도저히 알 수 없는 일, 무슨 꿍꿍이셈을 꾸미고 있는지 작년의 박실댁 생각이 덥석 떠올랐다. 볼그족족하던 얼굴색이 금방 외꽃이 피듯 누렇게 변하며 큰 눈을 휘굴렸다.

"왜 그리 놀라능가?"

"아니어라우. 뭣이 잘되었다고 허는지 궁금해서 그러구만요."

속이 부글부글 끓고 있으면서도 부러 조심스럽게 대답했다.

"내가 자네한테 해가 될 일을 시키겠능가? 죽은 자네 어매를 생각해서라도 그런 일을 해서는 안 되제. 딸 하나 낳아놓고 시집도 안 보내고 저승문턱을 넘은 자네 어매를 생각항게 솔직히 가슴이 미어질라고 허네. 나도 딸을 낳아서 시집을 보내봐서 잘 안당께. 그리고 자네가 이렇게 있다간 큰일 날 것 같단 말이시. 또다시 처녀공출을 보내겠다고 한다면 어떻게 할 것잉가? 집을 나와 있는 자네야말로 찬물에 떠있는 기름뎅이로 금방 잡아가겠제. 지금 일찍 시집을 보낼란다고 야단인 것을 알고 있능가?"

여우동은 부리부리한 눈을 반짝거리며 생글생글 웃는 표정을 지어가며 말했다. 능청을 떨듯 빌빌 꼬아대는 것이었다. 민순은 갈수록 꼬여가는 심사로 속이 타서 견딜 수 없었다. 그 순간 능주에 있을 때 중매쟁이 경심이 뇌리를 스치고 지나갔다. 그녀의 아양스런 농간에 넘어갈 뻔했던 일이 불쑥 떠올랐다. 내심 말순 할머니도 중매를 하러 다닌다는 소문을 이미 들었던 터라 얼핏 듣기엔 그럴 듯하게 들리는 것 같았다. 그녀는 허망한 한숨을 들이켰다. 또 무슨 일이 닥칠지 몰라 가슴부터 뛰기 시작했다. 처녀공출만 들먹여도 지난날 기억이 지긋지긋했다.

"내가 민순이 자네를 중매해야 쓰겠네. 괜찮겠능가?"

이번엔 말순 할머니가 정색을 하고 재우치듯 물었다. 이제야 본색을 드러내는 것 같았다. 민순은 다시 가슴이 뛰기 시작했다. 얼굴을 맞댄 지 불과 두 번째인데 중매를 하겠다고 나서는 것이 어쩐지 매운 고추를 먹은 것처럼 떨떠름했다. 괜시레 허방에 빠뜨리려는 음모가 숨어있을 수 있다는 생각부터 앞섰다. 그녀는 고개를 절레절레 흔들었다.

"내가 아무한테 중매를 허겄능가? 내가 봤을 땐 그만한 놈이 없당께. 원래는 양반이었지만 지금 그것까지는 들먹일 필요 없고. 술도 먹을 줄 모르고 담배도 안 피운당께. 어릴 때부터 엄마 없이 크면서 갖은 고생을 해봐서 여자 귀한 줄 알 것이고. 첩질 안할 것이니 그보다 좋은 남자가 어디 있겠능가?"

민순은 무슨 말인지 얼른 귀에 들어오지 않았다. 묻는 의미를 알지 못해서 우두커니 앉아 있기만 했다.

"하믄이라. 자고로 사내는 지 각시 중한 줄 안 사람이어야 한당께라우."

여우동이 맞장구를 치고 나섰다.

"말이라고 형가. 민순이 자네 아빠 보소. 마누라 데려다 시부모 모시라고 해놓고 한양 가서 오도가도 안항께 집안이 하루아침에 콩가루 집안이 되어버린 것이제. 아빠가 엄마를 귀하게 여겼으면 자네가 집을 나와서 얻어먹고 살겠능가. 벌써 한양에 가서 살겠제."

단 한 구절도 틀림없이 맞는 말이었다. 하지만 얻어먹고 산다는 말에 심장이 금방 터져버릴 것만 같았다. 괜히 울지 않고는 견뎌내지 못할 비분한 마음이 들었다. 공허하고 씁쓸할지라도 혼자 달래고 견디어야지 어찌할 도리가 없었다.

"심성이야 그보다 착한 사람은 없제. 누가 얼굴에 똥을 바르면 그냥 물가에 가서 씻고 말제 탓할 사람이 아니란 말이시. 또 시어머니가 안 계싱께 시집살이 걱정 없어서 좋고, 꿩 먹고 알 먹고. 참말로 좋아불 구만."

말순 할머니는 쓴 도라지 꼬리를 잘라 입에 넣고 잘근잘근 씹어가면서 말을 이었다. 씹다가 뱉어가면서도 연신 입에 넣어가며 말했다. 민순은 어딘지 모르게 알 듯 말 듯 마음에 와 닿는 것도 있었다. 그러나 그것은 예감일 뿐 이상야릇한 기분이었다.

"어째 시집갈 생각이 있능가 없능가?"

말순 할머니는 마른 장작에 기름을 짜려는 듯 고삐를 조이기 시작했다.

"저는 잘 모르겄어요. 할머니."

"권한 장사 밑 안 가는 것이네. 눈 딱 감고 내 말 듣소."

"앗따! 성님도 수박을 껍데기부터 묵을라고 헝께 무슨 맛인지 알겄소? 그놈이 누군지 톡 뿌러지게 말을 해불제 이리 돌리고 저리 굴렸쌌소."

급한 성미 탓에 참지 못한 여우동이 벌끈거리고 나섰다.

"거기 있어보랑께. 말은 다 서두가 있는 것이여."

"워매! 그놈의 서두 찾을라다가 하루 해 지겄소. 금방 배고파 오구만."

"잠깐만 기다리란 말이시."

"윗따매! 얼른 얼른 하란 말이요. 쓸개 빠진 사람 맹키로 왜 그리 느리쳐지요."

"자네가 명창이 되고 싶담서? 그것이 원이라면 참말로 천생연분개비네."

헤벌쭉 웃음 지으며 기대에 젖어 까만 눈을 반짝거렸다. 무릎을 탁 치며 일어서며

"그가 누군지 아능가?"

"잘 모르것는디요."

"어허! 밤낮으로 장마당에 다니며 자네 밥 벌어 먹인 놈이랑께. 자네하고 만나면 명창에 고수라 참말로 멋져불제."

여우동이 서글서글한 눈매를 날카롭게 치뜨면서 아양스럽게 말했다. 민순은 그제서 알 것 같았다. 부끄러움에 얼굴이 붉어졌다. 차마바로 바라보기가 민망스러워 골짜기의 양쪽 산등성이를 번갈아 쳐다

보는 척했다. 무슨 말을 해야 할지 궁색하여 어름어름 뜸을 들인 뒤 자리에서 일어났다. 한 발짝 앞서 나가던 말순 할머니가 뒤를 돌아보며 말부리를 붙들어 매고 계속해서 채근하고 나섰다.

"우리 스승님께서 자네를 받아준 것만도 참말로 고마운 분이제. 자네 할머니 때문에 덕석몰이를 당하고 살던 집까지 쫓겨난 마당인데도 자네를 받아준 분이잖능가? 다른 사람 같았으면 되레 복수를 한다고 처녀공출로 보내 부렀겠제. 하지만 스승님께서는 자기 동생 집으로 피신까지 시켜주겠능가? 아무래도 전생에 인연이었능개비제. 내일 내가 궁합이며 사주까지 봐갖고 올랑께 자네 태어난 날과 시만 가르쳐주소. 그리고 혼인이라는 것은 억지로 못한 것이여. 다 연분이 맞아야하는 것잉께 하기 싫으면 그만이제. 오늘 저녁에 깊이 생각해서 내일 나한테 알려주소. 알았능가?"

말순 할머니는 골짜기 어귀에 다다를 때까지 냉엄한 목소리를 토해내었다. 가만히 듣고 따라만 오던 여우동도 한마디 거들고 나섰다.

"이팔청춘이라 참말로 좋을 때 시집가는 것이제. 지금 시상에 처녀공출에 끌려가지 않은 것만도 다행이었고, 앞으로 끌려가지 않으려면 빨리 서방을 만나야 쓰지 않겠능가? 그렇지 않는다면 갈 곳이라고는 기생집밖에 더 있겠능가? 기생집에 들어가면 오는 놈마다 다 서방이어서 혼인은 무슨 놈의 혼인을 허겠능가, 그것도 젊어 한때뿐이랑께. 기생 환갑은 서른이라고 그때가 되면 몸은 다 망가져갖고 나와야 쓴 것이네. 자식을 낳겠능가, 아니면 서방이 있능가. 오갈 데 없이 떠돌다가 궁상맞게 이집 저집 가서 술잔 따르다가 늙어 죽는 것이제. 그것이 기생 팔짜랑께."

어느덧 세 사람은 계곡을 따라 자정골 감나무 밭으로 내려왔다. 가을이 가까워 오는지 감들이 제법 굵어졌다. 아직은 감잎과 똑같이 푸

47

른빛을 띠고 있었다. 머지않아 가을로 접어들면 누렇게 익어갈 것이었다. 밤나무에는 밤송이가 토실토실 살이 쪄서 주먹만 해졌다.

산밭에서 일을 하고 있던 학동영감이 보이지 않았다. 고구마 밭 가운데에는 밀짚모자를 쓴 허수아비가 두 팔을 쩍 벌리고 서서 허정거리는 것 같았다. 집으로 돌아온 말순 할머니와 여우동은 민순이 생년월일을 적어가지고 나중에 오겠다고 곧장 집을 떠났다.

민순은 곧장 부엌으로 가서 점심을 지었다. 말복을 넘겼다고 해서 더위는 여유로움을 주지 않았다. 한낮에 이르자 밤사이 장대비로 식혀놓은 산야가 다시 펄펄 끓는 것 같았다. 학동영감은 민순이가 들어오기 전까지는 점심다운 점심을 들지 못했다. 낮에 혼자 지내다보면 입맛도 없을 뿐 아니라 챙겨먹는 것이 귀찮아서 감자나 고구마로 때우는 것이 보통이었다. 무엇보다 반찬을 만들기가 쉽지 않았다. 그럭저럭 지내다 저녁에 아들하고 맛있게 먹을 욕심으로 고된 줄도 모르고 밭에 나가 살았다. 그런데 민순이가 들어와서는 하루 세 끼 꼬박꼬박 챙겨주는 것이 너무 고마웠다. 아내가 죽고 그리고 길례와 헤어지고부터는 아직껏 집에 여자를 들여본 적이 없었던 탓에 그 고마움은 곱으로 묻어나고 있었다.

뙤약볕이 내리쬐는 한여름인데도 따뜻한 밥을 지어 마루에 가져다 놓았다. 김이 모락모락 나는 밥상만 봐도 송골송골 땀이 맺히지만 내심은 한없이 고마울 수밖에 없었다.

"진지 잡수싯시요."

"그래. 더운디 따신 밥을 했능가?"

"더울수록 따뜻한 음식을 먹어야 한다고 배웠구만이라우."

"그래? 누가 가르쳐주등가?"

"저 능주 야학에서 배웠구만이라우."

"야학이 뭣하는 곳이당가?"

"밤마다 글공부 배우는 곳이랑께요."

"그럼 거기서 글을 배웠단 말잉가?"

"예."

"윗따매! 능주 가더니 눈을 떠갖고 왔구만. 참말 잘했네."

둘이서 시원한 마루에 밥상을 사이에 두고 앉았다. 내어놓은 밥상은 아주 푸짐했다.

감자를 듬성듬성 썰어 넣어 지은 쌀 한 톨 없는 꽁보리밥이었다. 그래도 반찬만은 온갖 정성이 배어들어가 있었다. 열무김치, 미나리나물, 가지나물, 오이생채, 아욱 된장국이 맛깔스럽고 혀끝에 감칠맛이 돌았다.

"앗따! 맛있네."

학동이 아욱 된장국 한 숟갈을 입에 떠 넣고서 짭짤 맛을 보고는 황감한 말을 쏟아내었다. 행복감에 젖어 눈빛이 반짝거렸다. 밥숟갈에다 나물을 얹어가며 맛있게 먹었다.

"예나 지금이나 꽁보리밥은 마찬가진디 어째서 밥맛이 이리도 좋은지 모르겠네."

"많이 잡수셔요."

"그래서 집에는 여자가 꼭 있어야 쓰는개비여."

영감이 밥을 먹다말고 민순을 기분 좋은 시선으로 바라보았다. 부드럽고 평화스러우면서도 신뢰하는 눈빛이 반짝거렸다. 무언가를 희구하는 절실한 감정이 드리워진 것처럼 보였다.

은근히 마음이 흔들려지는 것 같았다. 민순은 밥을 먹고 나도 공연히 울울하고 마음이 심란하여 갈피를 잡지 못했다. 괜히 무덤 속에 숨어든 사람처럼 침침하고 답답했다. 심장이 후끈거리고 울화가 치밀어

올라 속이 벌렁벌렁거렸다.

"영감님 저 도라지 캐가지고 올께요."

붉게 익은 고추를 따고 있던 학동영감이 몹시 염려스러운 표정으로 어색하게 웃으며 입을 열었다.

"또 캐고 싶은가?"

"꽃 떨어지기 전에 캐놓고 싶구만이라우."

"그럼 깊은 산으로 가지 말고 밤나무 뒤로 올라가도 많은께 그곳에서 캐도록 허소. 낮에는 집에 있지 말고 산에 가면 좋은 일이제. 그렇다고 외진 곳으로 가는 것이 아니네."

"예. 그럼 다녀올께요."

"무슨 일이 있으면 얼른 나를 불러 알았제?"

"예."

민순은 가벼운 웃음을 지으며 고개를 끄덕이면서 다시 계곡을 따라 올라갔다. 오전보다 유난히 눈부시고 부드러운 햇살이 쏟아져 내렸다. 자기도 모르게 계곡으로 발길을 돌렸다. 중첩으로 포개어진 바위틈 사이에 하얀 물살이 몸을 가눌 수 없을 정도로 세차게 쏟아졌다. 고즈넉한 산속의 고요함을 집어삼킨 채 유유히 흐르는 물살을 손으로 만져가며 발도 담갔다. 맑은 하늘을 쳐다보았다. 활성산곡 바위틈으로 손바닥만큼 작은 하늘이 눈이 시리도록 파랗다. 고즈넉한 묘역은 적요 속에 잠겨 있었다. 호미를 꺼내들고 도라지를 캐기 시작했다. 캐는 동안에도 무엇을 어떻게 해야 할지 질정(質定)을 할 수 없었다. 가는 곳마다 도마 위에 오른 생선처럼 느껴졌다. 자신이 마치 칼 앞에서 팔딱팔딱 뛰는 고기처럼 비춰졌다. 혼인을 하지 않겠다면 한시라도 떠나가야 할 형편이 된 기분이었다. 소리까지도 포기해야 할 지경이 되었다. 무슨 연유로 이곳에 왔는지 자신에게 물어본다면 도무지 대답할 말이 없었다. 잠시 잔잔한 호수에 물비늘이 일어나듯 득창의 얼굴이 아른거리기 시작했다. 억수같이 쏟아지는 캄캄한 밤, 비를 맞고 산길을 혼자 오르면서도 마중 나온 아버지부터 챙겨드는 모습이 떠올랐다. 심산궁곡의 무서운 길을 날마다 다니는 길이라서 암시랑토 않다고 의젓하게 말하던 늠름한 모습이…….

'아부지만큼 제자를 둔 사람이 어디 있능가요? 아부지께서는 잘 먹고 잘 입고 살라고 하신 것이 아니잖아요. 사람이 즐겁고 재미나게 살도록 창을 가르쳤으니까 더 좋은 것이지요.'

민순은 활성산 산마루 고갯길로 눈길을 돌렸다. 아침저녁으로 득창이 다닌 외딴 산골길이 눈 안으로 들어왔다. 대명천지에 봐도 모골이 오싹해지도록 무서운데 새벽잠도 팽개친 채 늦은 밤까지 외로움도 무서움도 고통까지도 운명으로 받아들이고 사는 득창이 무구한 심성의 소유자란 말에 의심이 가지 않았다. 그를 두고 늘 하는 말, 물도 씻어 마실 사람이라 부르는 까닭을 알 것만 같았다. 홀로된 아버지를 지극정성으로 모시고 살아가는 효성에 고개가 숙여지기도 했다. 여우동할머니의 목소리가 피가 나도록 귓속을 긁어 파기 시작했다.

"말이라고 헝가. 민순이 자네 아빠 보소. 마누라 데려다 시부모 모시라고 해놓고 한양 가서 오도가도 안항께 집안이 하루아침에 콩가루 집안이 되어버린 것이제. 아빠가 엄마를 귀하게 여겼으면 자네가 집을 나와서 얻어먹고 살겄능가. 벌써 한양에 가서 살겄제."

엄마가 가슴에 맺힌 천추의 한스러움을 눈물에 담아 그녀에게 전해준 말이 아직도 귓가에 그대로 맴돌았다.

'너는 이다음에 잘난 남자 만나지 말고, 배운 사람은 더더욱 안 되고. 죽으나 사나 손발이 닳도록 함께 오순도순 밥상에 마주 앉을 사람을 만나야 한다.'

오죽했으면 자식들 달고 빌어먹으러 가는 동냥치가 부러웠다고 하셨을까? 아무리 머리를 되작거려 굴려 보아도 뾰족한 수가 떠오르지 않았다. 민순은 몸살을 앓았을 때보다 더 견디기가 어려웠다. 노을이 어둠을 시샘하듯 진홍빛을 토해내고 있을 때 바람에 흔들리듯 흐느적거리는 발걸음으로 산길을 내려왔다.

말복이 지난 산골의 여름밤은 서늘한 산바람이 살살 불어오기 시작했다. 쓰르라미가 자지러지게 귀청을 울려대고 고적을 가르는 귀뚜라미 소리가 처마 밑에서 처량하게 들렸다. 밤마다 사연을 품은 소쩍새가 친구가 되어주겠다고 서럽게도 울어대었다.

그동안 학동영감을 마치 아버지처럼 따르고 같은 방에서 지내온 처지였는데 두 사람 사이에 병풍을 처놓은 것처럼 서먹서먹한 분위기를 만들어 놓았다. 한순간부터 학동영감을 볼 때마다 바늘방석에 앉은 듯 마음도 괴롭고 숨이 막힐 것 같았다. 바위덩이보다 더 무거운 것이 가슴을 내리누르는 것처럼 부담으로 다가왔다. 일순부터 방문 문턱을 넘어서기조차 오금이 조리고 눈을 뜨고 얼굴을 쳐다볼 수 없고, 말소리마저 달리 들렸다. 마치 사돈 영감 제상 바라보듯 아름작아름작 눈치만 살펴보는 처지가 되고 말았다.

밤이 깊어갈수록 지난 일들이 꿈결처럼 밀려와 머리를 쥐어뜯고서 헝클어놓았다. 남겨진 잔상들이 잠을 이루지 못하도록 머릿속을 들쑤셔대는 통에 설핏 눈을 감았다가 가위에 눌린 사람처럼 뒤척이며 날을 새웠다. 동쪽하늘로부터 희붐한 새벽이 활성산 산길을 넘어 달려오고 있었다. 밤새 가슴이 멍멍하도록 옥죄던 암울한 심정이 창공으로 날아든 새벽빛을 쐬고는 어디론가 훌쩍 달아나는 것이었다. 어둠이 산골을 떠나기도 전에 헝클어진 매무새를 추스르며 그녀는 마당으로 나갔다. 처마 밑으로 걸쳐진 거미줄에는 하얀 이슬이 얼키설키 서려있고 수거미 한 마리가 독니를 번쩍거렸다. 밤새워 잠을 설친 귀뚜라미가 마당에서 새벽의 정적을 쓸었다. 감나무 밑은 한결 어둠이 짙게 깔려 새벽빛이 슬몃슬몃 뭉그적거리며 다가가고 있었다. 한줄기 차가운 감정이 심장을 두드리는 소리가 날아들었다. 그것은 부엌에서 딸각거리는 소리였다. 아직 설익은 새벽, 여명이 밝아 오기도 전에 부뚜막에 쪼그리고 앉아 밥을 먹고 있는 이는 득창이었다. 식은 밥으로 아침을 때우고 새벽길을 떠날 채비를 갖추고 있는 득창은 매우면서도 차갑고 부지런하기 그지없는 사람이었다. 남에게 피해를 주지 않으려는 맘과 행동이 일괄하는 이였다. 찬밥으로 아침을 때우고 찬물로 입을 헹군 그는 민순을 바라보고 깜짝 놀랐다.

"아기씨! 더 주무시지 않고 왜 이리 일찍 일어나셨능가요?"

"벌써 가시능가요?"

"예. 오늘은 먼 길이어서 일찍 일어났구만요. 그럼 다녀올께요."

"조심해서 다녀오싯시요."

"예. 아기씨."

그는 새벽 쪽빛 어둠을 털고 사립문으로 향했다. 터덜터덜 사립문으로 걸어가는 그의 뒷모습을 물끄러미 바라보았다. 예전의 득창의 모습은 보이지 않고 새로운 인상으로 다가온 느낌이었다. 마치 처음 보는 낯선 얼굴처럼 비춰졌다. 예전의 감정은 어디로 가고 몸속의 피가 말라갈 것 같이 심장이 떨려왔다. 얼음같이 차가운 샘물에 머리를 담근 사람처럼 정신이 총명해지면서도 온몸이 야릇하게 떨리는 흥분을 억누를 길이 없었다. 한마디의 혼담이 그녀의 마음을 회오리치며 묘한 여운을 남겨주었다. 인간은 순간마다 다양한 감정의 변화를 일으키며 천차만별의 표정을 일구어내는지 몰라도 마음이 싱숭생숭해지는 것은 사실이었다.

백로(白露)가 지나가자 가을의 정취가 묻어나기 시작했다. 하늘은 구름 한 점 없이 청명했고, 아침저녁으로 서늘한 기운이 산자락을 타고 골짜기로 모여들었다.

밤나무에는 밤송이가 쫙 벌어지면서 알밤이 툭툭 떨어지고 감나무에는 대롱거린 감의 볼이 불그스름하게 익어가기 시작했다. 길가에는 희붉은 코스모스 꽃들이 하늘거리고 억새꽃이 바람에 날리기 시작했다. 도라지꽃이 시들고 난 자리에 보랏빛 산국화가 함초롬한 수를 놓았다. 귀뚜라미 소리가 한층 서글퍼지기 시작하고 파란 하늘에 고추잠자리가 물결을 치듯 날아다녔다. 가을의 정취가 물씬 풍겨나는 산골, 가을은 산골짜기에서부터 시작되는 것 같았다. 초가을 따스한 햇볕이 쏟아지는 산골짜기에 소조한 가을 풍경을 그려가고 있을 때 또다시 말순 할머니가 자정골을 찾아왔다. 아예 며칠 동안 머무르려는지 옷가지까지 싸들고 들어왔다. 민순은 말순 할머니를 보자마자 감정이 걷잡을 수 없이 뜨거워지기 시작했다. 물건을 훔치다 들킨 사람처럼 가슴이 두근거리고 당황스러웠다. 그녀는 보름 사이에 십 년의 세월을 살아버린 것처럼 얼굴이 까칠하고 자르르하던 윤태마저 보이지 않았다.

민순은 날마다 가을일에 여념이 없었다. 고추를 따서 말리고, 콩, 팥, 녹두, 수수, 조, 메밀을 수확하여 낟알을 털고, 고구마도 캤다. 학동은 해년마다 이맘때가 되면 산지기 역할을 다하기 위해 과수원에 나가 밤 따는 일을 도와주었다.

덕석 위에서 콩꼬투리를 따고 있던 민순에게 말순 할머니가 애써 웃음을 지어 보이며 다가왔다. 그녀는 입술에 침을 발라가며 더듬거리듯 어렵게 말을 건넸다.

"잘 생각해봤능가?"

민순은 말뜻을 알아듣는 둥 마는 둥 칙칙하고 무거운 마음부터 들었다. 얼른 입을 떼지 못하고 말끔히 얼굴만 쳐다보는 그녀를 향해 말순 할머니가 연거푸 말을 흘렸다.

"어째서 말이 없능가? 어른이 말을 하면 얼른 대답을 해사제 보고만 있는 것잉가?"

감지덕지하게 받아줄 것이라고 여겼던 것인데 침착한 얼굴표정으로 묵묵부답을 하는 그녀에게 마뜩찮은 눈치를 던졌다.

"예. 생각해 봤구만요."

그녀가 이윽고 입을 열자 금세 자신만만한 웃음기를 머금으며 반색을 했다. 배알도 없는 사람마냥 호탕한 웃음을 허허롭게 뿌려가며 곰살갑게 다가왔다.

"잘했네. 자네도 사람을 볼 줄 아는구만. 세상에 남자 믿을 놈 하나 없네. 그러나 득창만큼은 내 손에 장을 지진다고 해도 믿을 수 있는 놈이랑께."

"저도 잘 알고 있어라우."

"하믄, 한솥밥을 먹었응께 나보다 더 잘 알겠제. 우물가에서 목말라 죽을 수는 없는 일이고, 한 지붕 아래서 따로따로 잠을 자야 쓰겠능가? 이제 한 이불 덮고 자면 떳떳하고 좋겠제. 식칼이 제 자루 못 깎는다고 내가 나서야 쓸 것 같아서 내가 이리 또 왔제."

그녀는 자기가 중매자로의 역할을 하고 있음을 과시하고 나섰다. 오도카니 내려다보고 앉아 눈도 깜박이지도 않은 채 결혼하기를 은근히 꼬드기기 시작했다.

"내가 두 사람 궁합을 봐갖고 왔당께. 들어 볼랑가?"

말순 할머니는 품속에서 둘둘 말아놓은 종이를 꺼내어 펴기 시작했다. 그것은 하얀 창호지에 검정 글자가 써져있었다. 그녀는 천천히 읽어 내려가기 시작했다.

"잘 들어 보소. 득창이는 정사(丁巳)생이니 사중토(沙中土)요, 자네는 갑자(甲子)생이니 해중금(海中金)이네. 그래서 남화여수(男火女水)면 궁합도 좋다고 하더구만. 세상에서 어느 누가 궁합이 나쁜 사람을 배필은 맞이하고 싶겠능가? 그렇다고 자기 맘대로 되지 않은 일이 또 이것인 것이네. 천지신명이 점지해 놓은 연분이 아니고서야 어디서 이렇게 좋은 궁합을 만날 수 있겠능가? 그러니 눈 딱 감고 내 말을 듣소. 절대로 후회하지 않을 것이네."

마치 천당을 지어주고도 남을 정도로 입을 헤 벌린 채 눈웃음을 쳐가며 말했다. 민순은 일순간 지난날의 생각들이 부챗살처럼 갈기갈기 찢어져 혼몽의 정신으로 빠져 들어가는 것 같았다. 집을 나올 때부터 그동안 숱한 시달림을 더듬어볼 때면 마음이 지칠 대로 지친 상태여서 더 이상 피할 곳도 없다고 생각되었다. 한편으로는 명창의 꿈을 이룰 수 있다는 생각이 자욱하게 가슴속으로 스며들었다. 엄마가 이루지 못하고 한이 되어 저 세상으로 홀연히 떠나가신 명창의 꿈을 딸로서 꼭 이뤄보고자 찾아든 곳, 꿈을 이루기 위해선 떠날 수도 없고, 또 다른 곳으로 가기엔 이미 지쳐있었다.

한편 말순에게 이야기를 전해들은 학동은 늙은 얼굴에 수심의 그림자가 짙게 드리워졌다. 까닭은 불길한 두려움이 섬뜩하게 마음을 욱조이기 때문이었다. 그 순간에도 만장 앞에서 덕석몰이를 당하던 일이 스치고 지나갔다. 신분에 벽이 있음을 구별 못하고 술덤벙물덤벙하다가 감내하기 힘든 벌을 받고 쫓겨났던 일. 그것은 인간으로서 돌이킬 수 없는 멸시와 모욕이었고, 참으로 견디기 어려운 고통이었다. 처음 만날 적엔 선연이었던 것인데, 나중엔 악연으로 얽혀 들었던 기구했던 인연 앞에서 얼마나 마음이 쓰라려 울부짖었던가? 아직도 그때를 잊을 수 없었다. 가슴에 맺힌 슬픔을 한숨으로 토해내며 견뎌왔다. 그런데 그것도 인연이었다고 잊지 못하고 찾아들어 눈물을 짜대는 통에 차마 돌려보내지 못하고 기회만 노리는 중이었다. 잘못했다간 더 큰 화를 입을 수 있다는 생각을 단 하루도 지울 수 없었다. 그런데 난데없는 혼담을 귓가에 흘리니 큰바람 앞에 사시나무 떨 듯 했다. 누천한 소리꾼 신분이란 과민한 반응이 숨통을 조이는 긴장으로 몰고 가는 것이었다. 신분이 천양지간인데 돌아올 멸시를 어떻게 또 당할 것인가? 세상에는 가슴속에 숨겨놓은 비밀도 드러나기 마련이거늘 생각만 해도 끔찍했다. 그녀의 부친을 생각하면 등짝에 오소소 소름이 돋아났다. 아직까진 딸에게 무관심으로 일관하지만 사실을 알기라도 한다면 사정이 달라질 게 분명했다. 벼슬길로 나아가려고 한양으로 간 사람이어서 언제 변곡점이 생겨날지 예측할 수 없는 일이었다. 벼슬길에 오르고 나면 세상을 떡고물 주무르듯 할 터인데 제살붙이 딸을 소리꾼이 데리고 산다고 한다면 허물을 감추고 싶어서라도 능지(陵遲)를 하려고 달려들 것이 불을 보듯 뻔했다.

"그것은 어렵네."

"앗따! 무엇이 어렵겄소. 즈그 둘이 눈이 맞아 산다고 허는디사 누가 뭐라고 허겄소."

"아니네! 세상살이가 그렇게 쉽게 되능 것잉가? 명색이 우리하고는 신분이 다르단 말이시. 더군다나 벼슬길로 나아갈 아비가 있는데 그것을 어떻게 감당할 것잉가? 잘못했다간 여우가 무섭다고 호랭이를 불러들이는 꼴이 되고 말 것이랑께."

학동의 얼굴에는 두려움이 잔뜩 도사리고 있었고, 무언가를 애써 호소하듯 말했다. 끝없는 절벽으로 떨어지는 공포감이 그의 속마음을 훑고 지나간 것 같았다.

"용도 물 밖으로 나오면 개미가 범한다고 협디여. 즈그 아버지가 벼슬헌다고 해서 집을 나온 주제에 시집도 안 가고 늙도록 밥만 얻어 묵고 살아야 쓴다요. 사람은 다 때가 있는 것인디 꽃다운 나이 지나면 누가 거들떠보기라도 헌다요."

"어허! 이성지합이란 인륜대사라서 만복의 근원이질 않능가? 그래서 부모의 허락 없이는 이뤄질 수 없는 법이랑께. 자네가 중매를 헐라치면 민순 아기씨 부친을 만나 허락을 받아가지고 오면 될 것이 아닝가."

학동은 거두절미하고 말순을 나무라듯 채근하고 나섰다. 하지만 열다섯 해가 지나도록 뚜쟁이로 살아온 그녀가 쉽게 물러날 기세는 아니었다. 세찬 역경에도 굴하지 않고 산전수전을 다 겪어온 그녀는 기어코 이루고 말겠다고 어금니를 옥물었다. 그것은 제자로서 스승에 대한 보은의 길이기도 했다. 지궁스러움을 다한다면 나중에는 도리어 좋아하실 것이라 믿어 의심하지 않았다.

"아이고! 차돌에 바람이 들면 쑥돌보다 못하는 것이고, 집에서 새는 바가지는 들에 가서도 새는 것이랑께요. 지가 맘이 없으면 여기 왔겄소? 그리고 득창은 늙어 죽도록 짝도 없이 놔둘 것이요? 지가 좋다고 헐 때 그럭저럭 귀밑머리 올려주고 나면 즈그 아비가 와서도 집을 나가 기생이 되어갖고 남의 남자 품속에 놀아나는 것보다 낫겄지라우. 그때는 지가 곤장을 맞을지라도 나서서 말해 줄라요. 장마가 무서워 호박을 못 심어서야 쓰겄냔 말이요?"

그녀의 말에도 일리는 있었다. 얼핏 그럴듯하고도 남았다. 차근차근 조리지게 말하는 꼴이 어색함도 없어 보였다. 산전수전 겪으며 뚜쟁이로 살아간 것이 결코 헛되지 않아 보였다. 집을 찾아온 것을 생각하면 전혀 끌리지 않고서야 찾아오지 않았을 것이고, 그만한 마음의 각오도 있었을 것이라는 생각이 들었다. 또 받아주지 않았다면 처녀 몸으로 어디로 가서 무슨 짓을 할지 모를 일이었다. 말순이 말마따나 만에 하나 기생집으로 빠졌다면 소리꾼보다 더 못한 백정 같은 놈한테 몸을 팔며 살아갈 것이 아닌가? 심성이 착한 데다 얼굴도 미색이어서 며느릿감으로 욕심났던 것도 사실이었다.

이렇게 말순 할머니는 사나흘이 멀다 하고 자정골을 찾아다니면서 장작불을 들쑤시듯 하여 혼인을 성사시키고 말았다. 그녀는 우여곡절 끝에 부부로 태어나는 둘에게 손이 없는 날을 택해 혼인 날짜를 정했다. 또 신랑 신부 둘 다 어미가 없는 탓에 양가 어미 역할을 도맡아 할 요량이었다. 마치 자기가 양어미라도 되는 것처럼 혼수를 챙겨들기 시작했다.

II
소리꾼과 백년가약을 맺다

……활성산 산자락에 산도라지 피던 여름이 어우렁더우렁 지나고 참 억새꽃 날리는 가을이 찾아왔다. 가을햇살은 시시각각으로 활성산의 모습을 신비롭게 바꿔놓고 있었다. 청청한 하늘에서 명주실 같은 햇살이 쏟아지면서 산굽이에 가을빛깔을 찍고 찍어 노르족족 발그족족 꽃단풍을 일구어놓을 때 자정골에 혼인잔치가 열렸다. 찬 서리 내리는 국월(菊月)의 중양절(重陽節). 서리를 맞으며 국화꽃이 아름다운 교태를 자랑하는 날, 구추(九秋)의 구일은 가장 큰 양수(陽數)가 겹치는 날. 국화주를 마시며 혼인을 하면 무병장수 해로한다는 날이라 해서 득창이 민순의 머리를 얹어주기로 이날을 택일했다.

울긋불긋하게 단풍으로 물든 활성산에 지절지절거리는 새들이 이날따라 유난히 즐거운 음상(音像)을 뿌려대었다. 소리의 빛을 밝힌 박유전 국창이 새소리를 듣고 아귀성을 얻었던 명소임을 자랑이라도 하려는 듯이…….

민순이 득창과 필부필부로 만나 백년가약을 맺는 날. 그녀는 가슴이 찢어질 듯 마음이 아팠다. 며칠 동안 잠을 이루지 못하며 슬픔에 잠겨 있었다. 배필이 마땅찮아서가 아니라, 인륜대사(人倫大事)를 부모 없이 혼자 치러야 한다는 것이 너무 서글펐다. 엄마의 돌아가심이 너무 가슴 아프고 아빠에 대한 증오심마저 생겨났다. 아빠가 원망스러워서 눈시울이 뭉개지도록 울고 싶었다. 살붙이 하나 없이 시집을 간다는 것만큼 애통한 일은 없었다.

하나부터 열까지 모든 것이 막막하여 며칠 동안 거의 뜬눈으로 지새웠다. 혈혈단신으로 견뎌오며 혼자라는 생각만 했을 뿐이었는데 막상 시집을 간다고 생각하니 이렇게 허접스러운 인간이 되어 잡풀 같은 신세일 줄이야 몰랐던 것이다. 혼인대사가 목전에 이르니 그 고적함이야 이루 말로 표현할 길이 없었다. 혼수를 마련할 길이 없어 몸만 가기로 했다. 첫날밤 덮고 잘 이불 하나에 깔고 잘 요 하나 달랑 마련하고, 남편 옷 한 벌 해주었다. 그것마저도 이양할머니께서 떠나올 때 일 년 새경으로 백미 두 가마를 주신 덕분이었다. 할머니께서는 그녀의 운명을 예감이라도 하셨는지 꽃분홍색 비단 갑사 치마저고리 감도 마련해 주신 것이었다. 그분이 아니었으면 신혼 이불마저도 없이 맨바닥에 잘 뻔했다.

아침 일찍부터 자정골을 향해 사람들이 가뿐해진 발걸음을 재촉하고 있었다. 그들은 하나같이 옛 스승님을 찾아오는 이들이었다. 동석, 팽갑, 진쇠, 재기, 춘달, 하금, 보순, 기채, 종복, 영배, 도채가 아내와 자식들을 데리고 새벽부터 모여들었다. 스승님의 외아들 혼인 잔치에 초대를 받았으니 마음이 설레도록 기뻐 어쩔 줄을 몰라 했다. 모두가 하루 품을 밀치고서 가쁜 걸음으로 삼십 리가 넘는 길을 단걸음에 달려왔다. 득창과 민순은 청혼은 있었어도 허혼이 없는 혼인이었다. 부모 허혼의 편지를 받지 못한 채 이뤄진 혼사였다. 납채는 물론 납폐까지도 없는 혼인식을 치르기로 했다.

아침부터 득창의 얼굴엔 해맑은 가을 햇살 같은 미소가 가시지 않았다. 그러나 민순은 원망스러움이 가득 묻어난 채 서글픔에 적신 눈시울이었다. 제자들은 한결같이 행복한 웃음을 머금고 오자마자 안마당에 차일을 치고 덕석을 깔았다. 자정골 오두막집 안마당에 차일이 쳐진 것은 난생처음, 좁은 마당에 후줄근하게 늘어진 차일이 잔칫집 분위기를 고조시켰다. 마당 한 구석에서는 돼지다리를 삶느라 장작불이 모아졌고, 부엌에서는 고기 전(煎)을 부치고, 한쪽에서는 빚은 술을 걸러 내는 냄새가 콧속을 후볐다. 동백나무 가지에 국화꽃을 매달고 붉은 맹감을 꽂아 화병을 만드는 모습도 눈에 띄었다.

구름 한 점 없는 청청 동쪽 하늘에 둥근 햇덩이가 중천을 향해 기어오르고 활성산을 불태우는 꽃단풍이 아침햇살에 반짝거릴 때 혼인식이 시작되었다.

신랑이 신부 집으로 가는 혼행이며 친영예식을 그냥 약식으로 할 수 밖에 없었다.

신랑 득창이 일생에 한 번 입어볼 수 있는 사모관대에 목화(木靴)를 신고서 방에서 나왔다. 예장(禮裝)을 갖춘 득창이 부친 학동영감 앞에 머리를 조아리며 꿇어앉았다.

"아버지. 저 오늘 배필을 맞이하러 다녀오겠습니다요."

"오냐. 잘 다녀오니라.

"예. 아버지."

"혼인이란 인생에 가장 큰 대사다. 이제 혼인식이 끝나면 부부로서 일생을 함께 살아가야 허는 것잉께 부부유별(夫婦有別)의 뜻을 잘 받들고 살아가야 허는 것이다."

"예. 아버지 말씀 명심하고 살겠습니다요."

"오냐. 예의 어긋나지 않도록 허그라."

62

"예."

학동은 득창에게 부부유별의 옳은 뜻을 말해주었다. 그가 말하는 대로 부부유별이란 남편과 아내가 부부로 살아가는 데는 분별함이 있어야 한다는 것이다. 남편은 남편으로서 그리고 아내는 아내로서 본분이 따로 있으니 서로가 잘 헤아려 침범하지 않고 잘 지켜야 한다는 것이 부부유별이다. 생리적으로 또는 정신적으로 남자는 씩씩하고 굳세며 강함이 있는 것이요, 여자는 유순하고 섬세하며 아름다운 특성이 있음이오니 비로소 결합함으로써 하나가 되어 살아가라는 것이 혼인인 것이다. 하나가 된다는 것은 서로 부족한 것을 메꿔가면서 원만한 삶을 살아가는 것이며 여기에는 반드시 부부사랑이 있어야 필수적이다. 사랑은 서로 인격을 존중할 때 가능한 것이고 자신의 본분을 아낌없이 발휘할 때 비로소 영원할 수 있다.

일생에 한 번 입어볼 수 있는 성복을 입은 득창, 혼례는 인륜의 대사라 하여 반상을 가리지 않고 사모단령 착용이 허용된 옷을 입고 밖으로 나왔다. 사모를 쓰고 청색 단령을 입은 득창의 단학(單鶴) 흉배가 찬연스럽게 내리쬐는 가을햇살에 번쩍 빛났다. 흑각대를 두르고 목화(木靴)를 신은 신랑이 가뜩이나 큰 입을 뺑시레 웃었다.

신랑은 혼행을 가지 않으면서도 마치 신부 집에 든 것처럼 전안(奠雁)례 의식을 거행하기 위해서였다. 이는 아내가 되어준 민순의 외로운 마음을 조금이라도 달래주어야겠다고 마음먹었던 것이다. 신부는 친정어머니의 대리역할을 해준 말순 할머니와 함께 안방에 있었다. 감태같은 낭자머리를 틀어서 옥비녀를 꽂고 족두리를 썼다. 양쪽 볼에 연지를 찍으며 청색 저고리와 홍색 치마를 입고 활옷을 곱게 차려입었다. 눈에도 왜밀기름을 발랐다. 곁에는 젊은 아낙 두 사람의 수모가 있었다. 말순 할머니는 신부에게 신부로서 살아가야 할 교훈을 말해주고 있었다. 이제 아내가 되면 먼저 언행을 삼가고, 홀시아버지 영(領)을 거역하지 말 것이며 시아버지를 늘 공경해야 한다고 일러주었다. 남편은 곧 하늘이며 하늘처럼 받들어 살아가야 한다고 말해주었다. 그리고 첫날밤 남편을 어떻게 받아들여야 할지 그 절차도 가르쳐 주었다. 마루에는 기러기를 맞이하기 위해 돗자리를 펴고 안상(雁床)을 준비해놓았다. 마당으로 나간 득창은 마치 혼행을 온 신랑처럼 전안례를 시작했다. 전안례란 천상의 자미성군(紫微星君)이 인간의 수(壽)와 복을 맡은 천관(天官)이어서 혼례도 자미성군이 마련했다고 믿고 기러기를 선물로 올리는 예식이다. 백년해로를 맹세하며 수와 복, 그리고 후손의 번영을 비는 의식이다. 기러기를 바치는 까닭은 신의를 지키는 새이며 한번 짝을 지으면 평생 다른 상대와는 짝을 짓지 않기 때문이라고 했다.

신랑이 사립문 밖으로 나가 혼행을 온 사람처럼 서있었다. 나이 많은 동석이 그날의 홀기(笏記)를 부르기로 했다. 그는 하얀 무명 두루마기에 평량갓을 쓰고 있었다. 말순 할머니가 사립문으로 나가 신랑을 맞이할 준비를 했다. 주례는 주인영서우문외(主人迎壻于門外)를 외쳤다. 말순 할머니는 회색빛 나는 갈맷빛 치마에 흰색 깨끼적삼을 입은 수수한 차림새로 신랑을 반갑게 맞이했다.

"어서 오소. 먼 곳 오시느라 수고 많았네 그랴."

말순 할머니는 신랑을 보자마자 생긋거리는 웃음기를 매달았다. 얼굴에는 굵게 잡힌 주름이 오글오글거리면서도 반가워 어쩔 줄 모르는 표정이었다.

"예. 장모님."

주례는 다시 서읍양이입(壻揖讓以入)하고 외쳤다. 신랑은 읍부터 하고서 흠뻑 웃음을 머금은 채 사립문 안으로 발을 내딛었다. 이어 주례는 시자집안이종(侍者執雁以從)을 읊었다. 그날의 시자(侍者) 하금이 목기러기를 들고 신랑을 안으로 안내했다. 말순 할머니는 앞장서서 시자 앞을 걸어 안방으로 향했다. 마당으로 들어온 신랑이 서취석(壻就席)을 알리자 안방 앞에 자리를 잡고 섰다. 포안우좌기수(抱雁于左其手) 신랑이 기러기의 머리가 왼쪽을 향하도록 들고서 북향궤(北向跪) 북쪽을 향하여 무릎을 꿇고 앉았다.

결혼식 하례객은 모두가 마당으로 나와 싱글벙글 웃음 지으며 지켜보았다.

치안우지(置雁于地)를 알리자 신랑이 기러기를 소반위에 올려놓았다. 면복흥(俛伏興) 일어나서 소퇴재배(小退再拜) 뒤로 조금 물러나서 두 번 절을 했다. 주인시자수지(主人侍者受之) 여우동이 기러기를 치마폭에 싸가지고 방으로 들어갔다. 아랫목에 놓인 시루 밑에 기러기를 넣어두었다. 치마폭에 감싸는 것은 알을 잘 낳으라는 뜻이고, 시루로 덮는 것은 숨쉬기 좋게 함이라 했다.

이어 신랑과 신부가 처음으로 백년해로를 서약하는 예식 교배례와 근배례가 시작될 차례였다. 햇덩이는 어느덧 골짜기에 서린 안개를 모조리 거둬내고 밝은 햇살을 뿌려주고 있었다. 따스한 가을 햇볕 아래 마당에 교배상이 차려지기 시작했다. 커다란 나무 절구통을 가운데 놓고 널따란 판때기를 잇대어 그 위에 돗자리를 깔았다. 교배상을 활성산을 바라보도록 동서로 차리고서 남북을 가로질러 병풍도 쳤다. 교배상 양쪽에는 한 쌍의 촛대에 불이 밝혀지고, 동백나무에 산국화가 초례식장을 싱그러움을 더해주었다. 백미 두 그릇, 닭 암수 한 쌍도 날개와 다리를 묶어 양쪽에 놓았다. 까닭도 모르고 잡혀온 닭들은 겁에 질려 눈알을 뛰룩거리며 퍼드덕 몸부림을 치기도 했다. 작은 대야속에 수건을 깔고 그 위에 물 두 종지도 함께 놓아두었다. 청실홍실로 길게 늘어뜨려 놓은 표주박 술잔도 가운데 자리 잡았다.

하례객들은 모두 초례상을 빙 둘러싸고 혼례식 구경을 할 요량이었다.

초례청의 준비가 다 되었고, 사모관대로 차린 신랑이 차일 밑 초례상 앞으로 나와 섰다.

얼굴에는 긴장과 불안이 감도는 가운데도 입가에 벙글벙글 웃음을 매달았다. 평량갓을 쓰고 흰 두루마기를 입은 동석이 홀기를 부르러 초례상 가운데로 자리를 잡았다. 마냥 즐거운 듯 텁수룩한 턱수염과 코밑수염 사이로 입을 벙글벙글거리며 홀기 책을 들고 있었다.

드디어 초례식이 시작되었다. 동석의 입에서 서지동석(壻至東席)이 떨어졌다.

이는 신랑보고 동쪽 자리로 들어와 서라는 뜻이었다. 늠름한 풍채에 활달한 모습으로 신랑이 동쪽에 자리를 잡았다. 그의 얼굴에는 썽긋한 웃음이 떠날 줄 몰랐다.

"아이고 장가를 강께 좋은 개비네."

옥니박이 재기가 키들거리며 간살스런 소리를 해대었다.

"하믄! 말이라고 헝가. 장가 가는 것보다 더 좋은 일이 뭣이 있당가?"

곱슬머리 진쇠가 머리에 수건 띠를 두르고 맞장구를 치고 나섰다. 이때 학동영감이 마루로 나와 초례청을 바라보고 서 있었다. 스승을 본 보순이 아부하는 말투로 호들갑스러운 소리를 내뱉었다.

"앗따! 스승님. 아드님이 사모관대를 입응께 이목구비가 시원시원해서 백의정승이 부럽지 않구만이라우."

학동도 해사한 웃음을 머금고서 고개를 끄덕거렸다. 동냥젖을 먹이다시피 해서 길러온 아들이 초례청에 든 것을 보고 그의 얼굴은 만감이 교차하는 기분이었다. 자식 낳아 기른 보람과 기쁨이 몰려들어 머릿속에서 북장단을 치듯 울려대었다. 이보다 더 좋을 수야 세상을 다 얻은 기분이었다.

　이어 동석이 신부출(新婦出) 소리가 들리자마자 기다렸다는 듯이 진쇠 부인 교순이가 안방 문을 열고 하얀 당목 천을 깔았다. 이어 팽갑이 부인 점순이와 춘달이 부인 얌례가 신부를 부축하고 나왔다. 그 뒤에는 말순 할머니와 여우동이 신부의 치맛자락을 살짝 들어 올려주며 따라왔다. 감태같이 곱게 빗어 올린 낭자머리에 옥비녀를 꽂고 검은 비단 민족두리를 썼다. 녹의홍상 차려입고 양 볼에 연지를 찍었으며 입술에도 빨간 립스틱을 칠했다. 눈이 부시도록 아름다운 신부가 방을 나섰다. 앳된 얼굴에 요요함까지 새색시의 모습이 참으로 고왔다. 사람들의 모든 시선이 신부에게 붙들린 느낌이었다.

　깍지걸이로 손을 맞잡고 얼굴을 가린 채 초례청으로 들어왔다. 신랑은 동쪽을 향해 읍을 하고 있어야 하는데도 곁눈질로 슬금슬금 신부를 보고서 벙글 웃음꽃을 머금고 서 있었다. 서동부서(壻東婦西). 동석의 목소리가 날아들었다. 신랑은 동쪽이요, 신부는 서쪽에서 초례상을 향하라는 말이었다. 신랑이 신부와 초례상을 사이에 두고 마주섰다. 아직도 신부는 깍지걸이로 얼굴을 가리고 있었다. 수모 점순이와 얌례는 신부의 양쪽에서 팔을 잡고 있었다. 이어 진관진세서관우남부관우북(進盥進洗壻盥于南婦盥于北)이라는 홀기소리에 재기는 세수 대야를 신랑 앞으로 가져가 손을 씻고 남은 물을 남쪽에 놓았다. 교순이 신부의 손을 씻기고 나서 그 물을 북쪽에 놓았다. 이어 수건으로 손을 닦아 주었다. 대례에 몸과 마음을 정갈하게 하기 위한 의식으로 손만 씻는 것이라고 했다. 몸과 마음을 정갈하게 가꾸어 항상 맑은 물처럼 깨끗한 마음으로 일생을 살아가기 위한 예식이었다. 얼굴을 가리던 팔을 내리고 손을 씻는 민순이 참 예뻤다. 화사하게 내리쬐는 가을햇살 아래 도드라진 그녀의 얼굴은 꽃단장을 하고 하늘에서 내려온 선녀보다 더 아름다웠다. 백옥 같은 고운 살결에 도화색 볼이 발그스름하고 쌍겹눈에 보조개까지 그 위에 연지를 찍었다. 오뚝한 콧날에 도톰하면서도 얄브스름한 입매와 선명한 인중까지 활짝 핀 장미꽃과 다름없는 절세미인이었다.

부선재배(婦先再拜) 신부가 두 번의 절을 할 차례였다. 수모의 부축을 받은 신부가 두 번의 큰 절을 올렸다. 신랑은 절을 하는 신부를 바라보며 입을 벙그레하고 웃었다.

하례객은 신부가 얌전하게 절하는 모습을 보고는 웃음소리를 내질렀다.

"워매 너무 이쁘게도 절을 허구만. 그만 안 해도 됭께 힘들이지 말고 싸게싸게 허랑께."

"신랑이 얼매나 좋은지 웃다가 입이 모로 돌아가부네."

보순이 우스갯소리 입담에 장내가 떠나갈 듯 파안대소를 만들어놓았다.

"워매! 신부가 웃으면 못써! 내년에 보리흉년 든당께."

다시 한 번 진쇠가 소리쳤다. 구경꾼들은 또 한 번 배를 싸쥐며 까르르 웃음을 쳐대었다. 서답일배(壻畓一拜) 신랑은 홀기가 떨어지기도 전에 덥석 엎드려서 절을 했다.

"절하는 것을 봉께 각시가 이쁜갚구만."

"말이라고 헝가? 하늘에서 내려온 선녀도 저만 못 하겠네그랴."

말순 할머니가 밝은 미소를 지어가며 흉금을 털어놓았다. 그녀는 연신 흐뭇한 표정으로 신부를 바라보았다.

부우재배(婦又再拜) 다시 신부는 곁부축을 받아가며 두 번의 절을 했다.

청색 저고리와 홍색 치마가 꽁지를 편 공작처럼 너울거리며 절을 했다. 사람들은 신부의 예쁜 모습을 보려고 고개를 비틀어가며 외오 빼었다. 하지만 학동영감은 우울한 표정으로 신부를 바라보고 있었다. 웃음꽃이 담뿍 묻어나야 할 혼인의례에 학동영감의 얼굴이 밝지 못했다. 골 주름이 가득한 얼굴에 엷은 안개처럼 수심이 서린 듯했다. 그것은 슬픔에 젖어 잠 못 이루던 지난 밤 모습이 떠올랐기 때문이었다. 부모 없이 혼인대사를 치러야 하느냐고 신음 소리를 내며 울부짖던 그 얼굴이…… 초례청에 선 그녀의 눈빛에 애처로이 울부짖던 그 여운이 아직도 남아 있었다.

이어 서우답일배(壻又答一拜) 또다시 득창이 답으로 일배를 했다. 이어 합근례가 시작되었고 신랑과 신부가 그 자리에 꿇어앉았다. 손을 내려 무릎에 올린 신부의 얼굴이 훤히 드러났다. 연지 곤지를 찍은 얼굴은 신부의 얼굴이 가을햇살에 마치 백옥같이 반짝거렸다.

하지만 얼굴에는 어두운 그늘이 드리워진 표정이었다. 얼굴 한 구석에는 마치 눈물이 흘러 어룽이 든 것 마냥 슬픈 자국도 비춰졌다. 인류대사에 살붙이라곤 하나 없는 애달픈 심정을 알아줄 이는 자신뿐이었다. 민순은 그 순간에도 엄마 생각이 가슴을 짓눌렀다. 웃음소리에도 아랑곳없이 시종 무표정한 얼굴이었다. 마치 허상이라도 아른거린 것처럼 원망스러워하는 눈빛으로 득창의 얼굴만 바라보았다. 득창도 그녀의 심정을 모를 리 없었다. 겉으로는 허허로운 웃음을 지어가면서도 내심은 한없이 구슬프고 처량했다.

서읍부각궤좌(壻揖婦各蛫坐) 다시 홀기를 부르는 소리가 들렸다. 신랑은 신부에게 읍한 뒤에 꿇어앉으라는 말이었다. 득창은 아무 표정도 없이 읍하고 자리에 꿇어앉았다.

시자진찬(侍者進饌) 신랑과 신부에게 재기가 각각 술잔을 건넸다.

앞으로 잔을 가져왔다.

시자각짐주(侍者各斟酒) 재기가 신랑과 신부의 잔에 술을 따랐다. 집에서 좁쌀로 빚은 시금털털한 술이었다. 서읍부제주거효(壻揖婦祭酒擧肴) 신랑은 읍하고 술을 땅에 조금 부은 후 젓가락으로 안주를 집어 초례상 위에 놓았다. 우짐주(又斟酒) 재기와 교순이 신랑과 신부의 잔에 다시 술을 따랐다. 서읍부거음부제무효(壻揖婦擧飮不祭無肴) 홀기 소리였다. 신랑은 읍하고, 신부가 술을 마시되 안주는 먹지 않았다. 우취근서부지전(又取卺壻婦之前) 이어 청실홍실로 묶어놓은 표주박 술잔을 신랑과 신부 앞에 놓았다. 시자각짐주(侍者各斟酒) 시자가 표주박 술잔에 술을 따랐다. 거배상호서상부하(擧盃相互壻上婦下) 잔을 서로 바꾸는데 신랑의 잔을 위로, 신부의 잔은 아래로 하여 바꿨다. 각거음(各擧飮) 신랑과 신부는 각각 술을 마셨다. 서로 술을 마셔야 하는 까닭에 신랑은 억지로 잔을 비웠다. 하지만 신부는 아직껏 술을 입에 대본 적이 없어 잔에 입맞춤으로 그쳤다. 이어 예필철상(禮畢撤床)이라는 마지막 홀기 소리가 날아들었다. 예식이 다 끝났다. 민순은 이제 득창과 부부가 되어 한 몸이 되었다. 만인 앞에서 합근례를 치른 민순은 많은 우여곡절 속에 남편으로 맞이한 득창을 쳐다보며 엄마의 말씀을 떠올렸다. '잘난 남자 만나지 말고, 배운 사람은 더더욱 안 되고. 죽으나 사나 손발이 닳도록 함께 오순도순 밥상에 마주 앉을 사람을 만나야 한다.'

그녀는 인생의 새 출발을 다짐했다.

교례상이 치워지고 신부를 방으로 안내했다. 말순 할머니와 여우동이 신부 뒤를 따랐다. 방에서는 구고례 즉 폐백이 열릴 차례였다. 우귀(于歸) 절차가 없는 관계로 곧바로 방에서 폐백이 시작되었다. 폐백상에는 대추가 놓여있었다. 학동영감은 마음이 쓸쓸했다.

부인도 없는데다 며느리 얼굴표정이 밝지 않았기 때문이다. 이것저것 생각하면 마치 혼인이 하나의 꿈길 같은 것이었다. 정렬 어른 손녀가 며느리가 되리라고는 상상도 할 수 없는 일, 도저히 믿기지 않은 일이 이뤄진 것이었다. 어미 없이 혼자서 키운 아들에게 짝을 맺어주었다는 기쁨과 함께 불길한 예감마저 어두운 그림자가 되어 뇌리를 스치고 지나갔다. 돌이킬 수 없었던 지난 상처를 다 용서해야 하는 순간이 되었다. 부부로 연을 맺게 했으니 앞으로 구만리장천 같은 인생을 순탄하게 살길 바랄 뿐이었다. 부러 몸도 마음도 다 비우고 허심하게 웃음을 지어냈다. 아들부부가 고개를 다소곳하게 숙인 채 절을 했다. 그는 폐백 상에 놓인 대추를 며느리 치마에 던져주었다.

"워매! 대추만 주면 된다요? 덕담이 없어야 쓰겠소."

말순 할머니가 딱부리 눈을 굴리며 머리를 살살 흔든 채 말했다.

"하믄이라. 사람이 맨밥만 어떻게 묵고 산다요. 반찬이 있어야제. 어서 진수성찬 같은 덕담 한마디 허시랑께라우."

이번에는 여우동이 능청스러운 웃음을 지어가며 썰컹썰컹 밥 먹은 소리를 해대었다. 하지만 학동은 얼른 입이 떨어지지 않았다. 그는 흘금 며느리 눈치를 살폈다. 아직도 며느리의 얼굴 표정이 밝지 못했다. 심연에 뿌리박힌 정한(情恨)을 걷어내지 못하고 있는 듯했다.

그는 자신도 모르게 무의식중 입에 맺힌 말을 쏟아내면서 대추를 다시 던졌다.

"아기씨. 무병장수허고 두꺼비 같은 아들을 낳아서 안겨주면 좋겠네."

덕담이 끝나자마자 말순 할머니가 마치 후려치기라도 할 듯 옥박지르는 소리를 내질렀다.

"앗따! 스승님도 아기씨가 무슨 소리당가요? 초례청을 거쳐 나와 시아부지한테 절을 올리는디 아기씨라니요? 원 세상 그런 덕담이 어디 있다요."

학동은 엉겁결 착각으로 큰 실수를 저질렀다. 하지만 그는 그 사실도 몰랐다. 이제껏 해온 일이라서 일순에 고치지 못한 탓이었다. 그는 무안하여 멋쩍어 하다가 이내 허허로운 웃음을 지으며 담담히 말했다.

"그렇고 봉께 내가 실수를 했구만. 오늘부터는 내 며느리인디 말이여. 어제로 생각했구만. 며느리 될 사람하고 석 달 동안이나 한방을 쓰며 지내다봉께 그리 되얏네. 누가 들으면 이상하다고 허겄제. 일러치면 키워갖고 며느리 만든 꼴이네 그랴."

"인자는 '아가 꼭 첫아들 낳아서 내 품에 안겨주거라' 하고 말씀하시랑께라우."

여우동이 어색하게 웃으면서도 덜컹대는 소리로 장난스럽게 말했다. 방안에 세워둔 병풍이 자빠질 것 같은 웃음소리가 터져나왔다.

"알았네. 내 그리험세."

학동은 목청을 다듬느라 생기침을 한번 하고서 안색을 부드럽게 한 뒤 입을 떼었다.

"아가. 이제 내 며느리제. 이 대추 묵고 꼭 아들 낳아서 내 품에 안겨주그라."

"진작 그렇게 하셔야지라우. 며느리한테 아기씨라고 헌 사람이 조선팔도 어디 있다요."

방안은 삽시간에 박수소리가 요란스럽게 울려 퍼졌다. 하례객들은 하나같이 마당으로 나왔다. 신랑 신부도 옷을 갈아입고 하객들과 함께 했다. 하객이라고 해보았자 아들딸을 합해서 서른 안팎이었다. 그들은 남다른 회한이 갖고 있는 이들이었다. 한때는 함께 모여 소리골에서 스승님께 소리를 배웠던 이들인데 팔년 전 스승이 쫓겨난 뒤로부터 다 같이 모일 기회가 없었다. 끼리끼리 모여 장마당을 돌며 굿판을 벌리기도 하고, 씻김굿을 따라다니며 창부도 되었다. 그마저도 소리를 배운 탓에 무가를 부르고 창부역할도 할 수 있었다.

그들은 만사를 제쳐놓고 스승님의 아들 혼인잔치에 찾아들었던 것이다. 바쁜 품을 밀치고 찾아왔지만 마음만은 편치 않았다. 까닭은 얽히고설킨 인연 때문이었다. 죽산 댁 모략으로 스승님께서 덕석몰이를 당하고, 정들었던 소리골을 떠나야 했던 것인데 이제 다시 그 사람과 사돈이 된 기구한 운명 앞에서 할 말이 없었다. 서로들 생콩을 씹은 사람들처럼 말을 못하고 눈치를 살살 살피면서 떨떠름한 표정만 지을 뿐이었다. 그러나 한편 생각하면 스승님께서는 아주 잘된 일이기도 했다. 양반에다 예쁘고 착한 며느리를 맞이했으니 행운을 낚았음에 틀림없었다. 득창의 처지로 봐서는 세상을 다 뒤진다 해도 민순이 같은 색시를 맞이한다는 것은 불가사의한 일이었다. 어쩌면 하늘의 별을 따는 것보다 어려울 일이었다. 또랑광대 소리꾼에 딸을 줄 사람이 어디 있으며, 설령 있다고 해도 오갈 데 없는 천한 딸이나 가능한 일이었다. 이런 것을 두고 벼락 맞고도 속병을 고쳤다는 천복(天福)이라 하는 것인지도 모를 일이었다. 모두들 신부 엄마 성요와는 잘 아는 사이였다. 소리골에서 같이 소리를 했기 때문이었다. 양반집 며느리로 소리골을 찾아온 이는 그녀뿐이었다. 남편에 대한 배신의 한을 소리로 극복해보려고 안간힘을 썼던 아낙이 비운으로 요절했다는 비보에 가슴이 아팠던 것이었는데 그 딸이 자라서 스승님의 며느리가 될 줄이야 운명이란 기묘하면서도 불가제항(不可制抗)이란 말이 딱 맞는 듯싶었다.

그들은 그동안 회포를 풀기라도 하려는 듯 신랑신부와 오붓하니 한 자리에서 잔치 음식을 나눠먹었다. 잔칫상을 비운 그들은 얼근한 술기에 볼이 불그뎅뎅해졌다. 소리꾼 입으로 술이 들어가면 나올 것은 소리뿐, 장돌뱅이 소리꾼들만이 혼인잔치에 초대를 받았으니 소리가 빠질 순 없는 일이었다. 소리꾼들은 청명한 하늘과 명월만 바라만 봐도, 맑은 물 흐르는 소리만 들어도, 소슬한 바람이 옷깃을 스치고 지나가기만 해도 한 가락 정도는 뽑을 줄 아는 이들이었다. 더군다나 혼인잔치 뒤끝인데 그냥 갈 수는 없었다. 좋은 일에는 좋은 대로, 슬픈 일에는 슬픈 대로 소리 한마당 즐기지 않고 떠나갈 사람들이 아니었다. 오랜만에 스승님의 소리도 한번 들어볼 수 있는 좋은 기회였다. 장구 재비 말순 할머니가 둥당둥당 흥이 오른 장구소리를 먼저 울려대었다. 여우동은 어깨춤을 더덩실더덩실 으쓱거리며 흥에 겨운 손춤을 추어대었다. 모두들 북과 장구를 얼러치니 신바람 나는 춤사위가 간드러진 노래를 타기 시작했다.

덩 − − 덩 − 덕 쿵 덕. 덩 − − 덩 − 덕 쿵 덕. 세마치장단이 울려 퍼지자 모두들 어깨를 들썩거리며 자리에서 일어섰다. 그동안에 쌓인 회한을 떨어버리기라도 하려는 듯 멋들어진 소리판에 걸쭉한 창이 구성지게 흘러나왔다. 동석이 산아지타령으로 소리판을 열었다.

　−에야아 뒤야 에헤에 에에에 헤야 어허야 뒤여라 으어 산아리로구나
(후렴)
　1. 치어다보느냐 만학(萬壑)은 천봉(千峰) 내려 굽어보니 백사지로구나
　−에야아 뒤야 에헤에 에에에 헤야 어허야 뒤여라 으어 산아리로구나
(후렴)
　2. 건곤(乾坤)이 불로월장재(不老月長在)허니 적막강산(寂寞江山)이 금백년이로구나

3. 춥냐 더웁냐 내 품 안으로 들어라 베개가 높고 낮거든 내 팔을 비어라

4. 해당화 한송이 와자지지끈 꺾어 우리님 머리 우에다 꽂아나 볼까

5. 서산에 지는 해는 지고 싶어서 지느냐 나를 버리고 가신님은 가고 싶어서 가느냐

6. 우리가 살며는 몇 백 년 사나 짧은 세상 웃으면서 둥글둥글 삽시다.

　　　　　　　　　　　　　　　　　-이하생략-

산아지타령은 고흥, 보성, 승주 일대와 여천 화순 둥지에서 부르는 소리였다.

이어 천구성이 좋기로 이름 난 팽갑이가 부인 점순을 데리고 가운데로 나왔다. 팽갑은 오른손에 부채를 들고 아내와 두 손을 잡고 팔을 어깨에 얹어가면서 사랑가를 불렀다.

팽갑이가 타령조에 맞추어 으쓱으쓱 춤을 추어대니 점순도 이에 뒤질새라 긴 옷을 너울거리며 신기에 가까운 춤 솜씨를 보여주었다. 마당은 금세 춤판으로 변했다. 마치 굿판을 벌인 것처럼 모두들 부인과 손을 잡고 흥에 겨워 북장단에 맞춰 더덩실더덩실 춤을 추었다. 새신랑 득창이 북장단을 자청하고 나서 신명나게 북을 쳐대었다. 학동영감은 장구를 매고 설장구장단을 쳐주었다. 흥도 많고 정도 많은 스승이 고개를 들썩들썩거리며 팔을 흔들어 장구춤사위를 보여주니 마치 뜨거운 불길이 훨훨 타오르는 기분이었다. 모두들 마주치는 눈길마다 웃음으로 가득 찼고, 피어오르는 물안개처럼 사뿐사뿐 너울거렸다. 얼굴마다 빨간 능금 빛이요, 생글거린 웃음 속에 곰살가움이 넘쳐흘렀다. 새 신부 민순도 가만히 서 있을 수가 없었다. 사랑가를 알지 못해도 덩싯덩싯 춤을 추었다. 밝은 미소를 짓고서 너울춤을 추어가며

홍얼거렸다. 너무너무 흥에 겹고 좋았다. 자신도 모르게 저절로 온몸이 춤사위로 빠져들고 있었다. 송학을 타고 하늘로 오르는 기분이었다. 학동도 득창도 민순을 바라보고서 흐뭇한 웃음을 지어가며 신명을 더해가고 있었다. 사람들마다 신부 앞으로 다가와 손목을 잡고 이끌어 주었다. 신부의 탈을 벗어던진 채 소리 속으로 빠져들고 있었다. 소리의 삼매경에 빠져든 사람처럼 현란하면서도 황홀한 자태를 드러내었다.

그녀는 그 순간에도 꿈으로 간직해온 소리꾼이 될 것이라고 속다짐을 해가면서 춤을 추었다. 소리꾼 남편을 만났으니 이제부터 꿈을 이루기 위해 힘찬 출발을 할 것이라고…….

〈아니리〉
"애, 춘향아. 우리 한번 업고 놀자."
"아이고, 부끄러워서 어찌 업고 논단 말이요?"
"건넌방 어머니가 알면 어떻게 허실라고 그러시오?"
"너의 어머니는 소시 때 이보다 훨씬 더 했다고 허드라."
"잔말 말고 업고 놀자."
〈중중모리〉
이리 오너라 업고 놀자. 이리 오너라 업고 놀자.
사랑 사랑 사랑 내 사랑이야. 사랑이로구나, 내 사랑이야.
이이이이 내 사랑이로다. 아매도 내 사랑아.
니가 무엇을 먹으랴느냐? 니가 무엇을 먹으랴느냐?
둥글 둥글 수박 웃봉지 떼뜨리고, 강릉 백청을 따르르르 부어,
씰랑 발라 버리고, 붉은 점 움벅 떠 반간 진수로 먹으랴느냐.
아니 그것도 나는 싫소. 그러면 무엇을 먹으랴느냐?

니가 무엇을 먹으랴느냐? 당동지지루지허니

외가지 당참외 먹으랴느냐? 아니 그것도 나는 싫소.

그러면 니 무엇 먹으랴느냐? 니가 무엇을 먹으랴느냐?

앵도를 주랴, 포도를 주랴, 귤병 사탕으 혜화당을 주랴?

아매도 내 사랑아. 그러면 무엇을 먹으랴느냐. 니가 무엇을 먹을래?

시금털털 개살구, 작은 이도령 서는듸 먹으랴느냐?

아니 그것도 나는 싫어. 아매도 내 사랑아.

저리 가거라. 뒤태를 보자. 이만큼 오너라 앞태를 보자.

아장 아장 걸어라. 걷는 태를 보자. 방긋 웃어라.

잇속을 보자. 아매도 내사랑아.

〈아니리〉

"이 애 춘향아 나도 너를 업었으니, 너도 날 좀 업어다오,"

"도련님은 나를 개벼워서 업었지만,"

"나는 도련님을 무거워서 어찌 업고 논단 말이요?"

"내가 널더러 무겁게 업어 달라드냐?"

"내 양팔을 니 등 위에 얹고, 징검징검 걸어다니면 다 그 안에 좋은

수가 있느니라."

춘향이가 이제는 파급이 되어 도련님을 낭군자로 업고 노는듸.

〈중중머리〉

둥둥둥 내 낭군. 어허 둥둥 내 낭군.

도련님을 업고 보니, 좋을 '호'자가 절로 나~

부용 작약의 모란화, 탐화봉접이 좋을 '호',

소상동정 칠백리 일생으 보아도 좋을 '호'로구나.

둥둥둥 어허 둥둥 어허 둥둥 내 낭군.

도련님이 좋아라고, 이 애 춘향아, 말 들어라.

너와 나와 유정허니 정자 노래를 들어라.

담담장강수 유유원객정 하교불상송허니,

강수의 원함정 송군남포불승정 무인불기으송아정,

하염태수의 희유정 삼태육경으 백관조정.

주어 인정 복 없어 방정. 일정 실정을 논정허면,

니 마음 일편단정. 내 마음 원형이정.

양인심정 탁정타가, 만일 파정이 되거드면

복통절정 걱정되니, 진정으로 완정허잔 그 정자노래라.

판소리 춘향가 이 도령과 춘향이 서로 사랑을 피워가는 노래. 백년가약(百年佳約)을 맺고 깊은 사랑을 노래로 표현하는 대목이 사랑가이다.

북장단은 계속해서 사랑가를 서너 번 휘돌리고 있었다. 지칠 줄도 모르는 소리꾼들은 시간이 흐를수록 더 신명을 더해주었다. 자정골은 바람조차 죽어 버린 듯 창 소리만 산굽이를 타고 울려 퍼졌다. 중양절에는 하늘 길도 접어졌는지 햇덩이가 어느덧 중천에 걸려 비단실 같은 밝은 햇살을 뿌려대었다. 억새풀이 무성한 활성산 둔덕엔 단풍이 어루룽더루룽 여물어 가고, 이름 모를 새들의 지저귐 소리가 소리꾼들의 보조를 맞추려 들었다.

이어 학동영감이 장구를 벗어 동석에 물려주었다.

"자! 자네가 장단을 쳐보소."

"예. 스승님."

"이 활성산으로 말할 것 같으면 예로부터 새들의 천국이라고 허는 곳이네. 오죽 했으면 강산 국창께서 새들의 울음소리를 들으러 이곳으로 오셨겠능가? 여기서 새와 대화를 허셨다네. 그리고 이 산에서 아

귀성을 얻으셨다고 했네. 활성산을 바라보면서 새타령을 안 해서야
쓰겄능가."

"아이고! 스승님. 스승님의 새타령이야 일품이지라우."

여우동이 입이 찢어지도록 외로 빼어 웃음기를 매달며 말했다. 잦
은 중중모리 장단을 두드리자 학동영감이 목청을 다듬은 뒤 새타령을
뽑아대었다. 실하면서도 무겁고 애원성이 드러난 창으로 노익장을 과
시했다.

> 삼월 삼짇날 연자 날아들고
> 호접은 편편 나무 나무 속립나무 가지 꽃 피었다 춘몽을 떨쳐
> 원산은 암암 근산은 중중 기암은 죽죽
> 뫼산이 울어 천리 시내는 청산으로 돌고
> 이 골 물이 주루루루 저 골 물이 쾰쾰
> 열의 열 두 골 물이 한데로 합수쳐
> 천방자 지방자 얼턱쳐 구비져
> 방울이 버큼져 건너 병풍속에다 아주 쾅쾅 마주 때려
> 산이 울렁거려 떠나간다 어디메로 가잔말
> 〈이하 생략〉

새타령은 남도 잡가 중 널리 불리는 곡으로 유명한 명창들이 즐겨
부른 노래다. 중국 한시에 나오는 내용을 고사 성어가 삽입되어 길면
서도 자연 속 온갖 새들의 울음소리와 날아다니는 모습과 풍경, 그리
고 명시의 일부분을 인용한 것이다.

소리꾼들은 불길처럼 타오르는 흥을 이기지 못하고 북장구 장단에
맞추어 창을 해대며 춤을 추었다. 육자배기, 남원산성, 농부가, 물레타

령, 호남가를 연이어 부르며 신명에 사로잡혔다. 가슴에 묻힌 회포를 돌려 빼려고 온몸이 나른하고 뻑적지근할 때까지 여흥에 빠져들었다. 술잔을 비워가며 옛 감흥에 도취한 그들이 소리판을 접을 땐 이미 중천의 햇덩이가 일락서산을 향해 비틀걸음을 걸을 때였다. 그들은 하나같이 떠나가야 할 사람들이었다. 가까운 곳이라고 해야 이십 리 길이요, 먼 곳은 사십 리가 넘는 사람도 있었다. 해가 지기 전에 떠나도 자정이 되어야 당도할 수 있는 거리였다. 자정골에는 잠을 잘 만한 여유로운 곳이 없었다. 다만 말순 할머니와 여우동은 안방에서 자고 갈 때가 많았다. 그 날도 두 사람은 묵고 갈 요량이었다. 한바탕 여흥이 끝나고 모두들 한자리에 모였다.

이제 떠날 때가 된 것이었다. 그들은 스승님의 잔치에 소신껏 선물을 가지고 왔었다. 쌀을 가져오는 사람이 있는가 하면 돈으로, 닭을 가지고 오기도 하고, 보리쌀, 콩, 팥은 물론 찰밥, 엿, 식혜, 조청, 한과, 튀밥, 떡을 해서 이고 오는 이도 있었다. 그들은 올 때 가져왔던 그릇에 먹고 남은 음식을 조금씩 나눠 담고서 스승님에게 인사를 드렸다.

"스승님! 이제 며느리를 보싱께 마음이 편하시지라우?"

동석이 뚜벅 물었다. 학동영감이 합죽한 입으로 함박웃음을 지어내며 좋아했다.

"그러제. 이보다 좋은 일이 어디 있겠능가. 그리고 자네들이 와줘서 고맙네."

"당연히 와야지라."

보순이 허리를 굽실거리며 의당 그리해야 옳은 일임을 말했다.

"인자 한사코 건강하게 오래오래 사셔야지라우. 조만간 또 찾아 뵐라요."

팽갑이 만나자마자 곧장 헤어짐이 못내 아쉬운 듯 허전한 표정을 지었다.

"잘 알았네. 종종 얼굴이라도 보고 지내면 좋제."

"며느리가 이뻐서 잘 지키셔야 쓰것구만이라우."

진쇠가 넉살을 뿌려가며 생글생글 웃었다.

"이쁘게 봐줘서 고맙네."

"참말로 이쁘당께요. 같은 여자인데도 반하겠당께요. 절세가인이 틀림없겄어요."

진쇠 부인 교순이가 망설임 없이 입에 침이 마르도록 추어올렸다.

"이쁘다고 집에만 가둬놓지 말고 지 남편을 따라 장마당에도 내 보 내싯시오."

팽갑이 부인 점순이가 대뜸 말했다. 그는 득량 바닥에서 이름난 당 골이었다. 장마당 굿판에서도 한 가락 뽑아대는 솜씨가 대단하여 인 기가 있는 사람이었다. 솔직히 말해서 민순이 같은 예쁜 여자가 장마 당 굿에 나온다면 상황이 달라질 것이라는 예감도 작용했다. 그저 남 자들은 예쁜 여자를 보면 사지를 못 쓰기 때문이었다. 창은 못할지라 도 적선 바가지만 들고 다녀도 은전보다는 지전을 내놓을 수 있을 것 같았다. 자못 기대가 큰 눈빛으로 학동영감을 바라보았다. 하지만 학 동영감의 표정이 전에 없이 싸늘하게 굳어지기 시작했다. 침통한 얼 굴로 고개를 흔들었다.

"아니네."

"아니라니요? 무슨 말씀이싱가요?"

"내가 자네들한테 부탁하고 싶은 것이 있네. 나를 소리스승이라고 여긴다고 허면 꼭 지켜줘야 할 일이 있당께."

무슨 뜻인지 알 수가 없는 듯 서로들 어리둥절한 모습으로 부릅뜬 눈을 맞추기 시작했다.

"다름이 아니란 말이시. 아들 장가를 보냈으니 좋기는 허나 마음은 그게 아니랑께. 마치 간지대 끝에 올라앉은 기분이고, 산간 절벽 낭떠러지에 매달린 기분이구만."

뭔가 짚이는 것이 있는 듯 고개를 까딱까딱거리는 이도 있는가 하면, 뒤통수에 몽둥이를 얻어맞은 사람처럼 어리둥절하여 꺼벙한 얼굴로 쳐다보기도 했다. 학동은 다시 처처한 표정으로 말을 이어나갔다.

"내가 지금 마음을 놓을 수가 없는 처지네. 덕석 속으로 말려들어간 기분 같당께. 친정집에서 알기나 한다면 가만 놔두겠능가? 그러니 오늘 있었던 혼사 이야기는 어디 가서라도 입도 뻥긋해서는 안 되네. 그것이 이 늙은이를 살리는 길이네. 무슨 뜻인지 알것제?"

갑자기 장내가 숙연한 분위기로 바뀌고 말았다. 서로들 알았다는 듯 고개를 끄덕이기 시작했다. 애달픈 심정으로 아무 말도 하지 못하고 스승의 얼굴만 바라보았다. 이때 동석이 나서서 신의를 강조하기라도 하려는 듯 불쑥 소리치듯 말했다. 엄밀히 따지고 보자면 그날의 혼사가 있게 된 것도 동석이 단초를 제공했기에 이뤄진 일이었다. 민순이 집을 나온 것도 학동영감의 주소를 알았기에 가능했는데 그 주소를 알려준 이가 동석 내외였다.

"모두들 명심들 해야 쓰겄구만. 행여 스승님께 누가 되지 않도록 해야 쓰게 입을 꼭꼭 다물고 다니랑께. 벽을 때리면 대들보가 울리는 것인 줄 알제. 하찮은 말 한마디가 생사람 잡을 수 있응께 잘들 알아서 허란 말이시."

그들은 하나같이 스승의 마음을 아는 듯 고개를 끄덕였다.

여흥(餘興)을 마친 그들은 나중을 기약하고 싸리나무 잎 끝에 석양 노을이 내려앉을 때 왔던 길로 되돌아갔다. 소리꾼이 떠나가자 산곡의 안통이 텅 비어버린 채 고요함으로 채워가고 있었다. 침묵 속으로 빠져든 자정골. 석양빛을 머금은 찬바람이 살랑살랑 불어대자 연지곤지 찍은 단풍잎들이 땅바닥으로 파르르 나뒹굴었다. 찬 서리 내리는 달밤이 못내 아쉬운 듯 귀뚜라미의 울음소리가 청승을 떨어대고 대숲으로 날아든 멧새들의 지저귐 소리가 호젓함을 달래주었다. 산그늘을 타고 내려온 어둠이 금세 산골을 휘어 감으며 장막을 치기 시작했다. 신부 민순도 이제 떠나가야 할 때가 되었다. 안방에서 뒷방으로 옮겨 가는 일. 그동안 할아버지처럼 의지하고 살았던 학동영감을 놔두고 뒷방 남편 곁으로 가야 했다. 일순에 인생의 궤도가 바뀌는 순간이었다. 묘한 감회가 심적 갈등을 자극하기 시작했다. 아쉬움이 뒤엉킨 감정이 머릿속에서 부스럭거렸다. 생각해볼수록 괴이한 운명과도 같은 질긴 인연이었다. 전생에 무슨 업보로 맺어진 인연이었기에 선연으로 만나 악연이 되고, 악연이 시아버지요 남편으로 만나야 하는 것인지 알 수 없지만 그 인연의 고리는 소리라는 생각이 파뜩 머리에 떠올랐다. 이제 소리를 떠나서 살 수 없고 피할 수도 없는 필정(必定)과도 같은 운명이 되었다. 득창은 그동안 신방을 꾸민다고 해서 세간을 헛간으로 옮긴 뒤 방을 치웠다. 호박, 고구마, 잡곡은 안방으로 가져다 놓고, 다른 허접쓰레기는 헛간으로 옮겼다. 둘이서 잠을 자는 데는 지장이 없어보였다. 흙벽에 창호지를 바르고, 죽석바닥을 거둬내고 방지를 바른 다음 생콩을 으깨어 문질렀다. 불을 지필 때 나는 연기 구멍도 막고, 부서진 문창살도 잇대어 튼튼하게 해뒀다. 콩기름이 잔뜩 묻은 방바닥에선 은은한 풀냄새와 비리비리한 콩댐냄새가 코를 찔렀다.

말순 할머니와 여우동이 밥상을 차려서 안방으로 들고 들어왔다. 신랑 신부 두 사람에겐 평생 다시 올 수 없는 날이라고 해서 저녁상을 둘이서 준비했다. 신랑신부와 학동영감은 그날만은 아랫목에 앉아 밥상을 맞이했다. 쌀밥에 기름진 고기로 진수성찬이었다.

말순 할머니가 눈가에 잔웃음을 그려가며 입을 떼었다.

"오늘밤을 무엇이라 부르는 줄 아능가?"

득창은 얼른 말뜻을 알아들었으나 어벌쩡하면서 민순만 바라보았다. 민순도 모를 리 없었다. 부끄러운 듯 눈을 피해 고개를 숙였다. 얼굴도 벌겋게 달아올랐다. 이번에는 여우동이 어깨를 으쓱거리면서 짐짓 깨를 볶듯 키들거리고서 너덜거리기 시작했다.

"앗따! 성님 그것도 모르겄소. 첫날밤 화촉동방(華燭洞房)을 얼매나 기다렸겄소. 어서들 묵고 들어가서 꼭 아들을 만들어야 써. 알았능가?"

"하믄. 꼭꼭 눌러 아들 만들어야제."

"꼭꼭 누른다고 아들 낳간디. 잘못했다간 딸 만든 것이여."

중매쟁이로 굴러다닌 말순 할머니는 귀동냥으로 얻어들은 상식으로 모르는 것이 거의 없을 정도였다. 청산유수 같은 입심을 뽑아 들었다.

"워매! 내가 아들 낳게 다 해 놨당께. 다 먹었으면 득창이 자네가 먼저 방에 들어가 앉아있소. 그러믄 이쁜 자네 마누라가 들어갈 것잉께. 들어가자마자 허는 것이 아니고 내가 요기상을 넣어 놨응께 간단하게 술도 한잔해야 쓰네. 첫날밤에는 꼭 밤을 먹어야 쓴다고 허는 것이여. 밤알이 불알 같이 생겨서 아들이 된다는 것잉께 신부가 먼저 먹어야 써."

저녁식사가 끝나자마자 성미가 괄괄한 여우동이 무섭게 몰아치기 시작했다.

"어야! 신랑이 날 따라오소. 자네가 먼저 가 있어야 쓴 것이네."

여우동이 벌떡 일어서며 신랑 소매를 끄집다시피 했다. 그는 못 이긴 척하며 자리에서 일어났다. 벌써부터 신부를 보고서 좋아 어쩔 줄을 모르고 싱글벙글 웃었다.

"벌써 웃능가? 꼭 뿌사리가 암내를 맡고 웃는 것 같구만."

여우동이 연신 키들대며 입정을 놀렸다. 그녀는 득창을 데리고 작은 방으로 갔다. 아랫목에는 병풍이 쳐져 있고 이불을 깔아놓았다. 윗목에는 주안상도 차려다 놓았다. 예상대로 껍질을 벗겨놓은 굵은 알밤이 수북이 쌓여 있었다.

"있다가 색시가 들어오면 주안상에 요기를 해야 쓰네. 밤은 꼭 먹어야 쓴 것이여. 그러고 나서 자네가 먼저 색시 비녀를 빼주소. 다음에는 웃웃 옷고름부터 풀어 벗겨야 하네. 아래까지 다 벗겨놓고 나서 색시한테 자네를 벗겨주라고 허소. 혹시 불을 끌라고 허면 입으로 불면 복이 달아난다고 허는 것잉께 손으로 끄도록 해야 쓰네. 알겠능가?"

득창이 알았다는 듯 고개를 끄덕이자 여우동이 덕담을 쏟아내었다.

"참말로 자네 선산에 봉이 운 것이제. 저런 색시를 맞이한 것이 쉬운 일이겠능가. 이날 생전 살아왔지만 저렇게 이쁜 색시는 나 못 봤단말이시."

득창의 얼굴에 웃음이 좀처럼 그치지를 않았다. 좋아서 웃음집이 오므라질 줄 몰랐다. 잠시 후 마루에 인기척이 나고서 말순 할머니가 신부를 데리고 방문을 열었다. 안으로 들어온 민순은 부끄러움에 고개를 숙인 채 윗목에 서서 망설였다.

"이리로 앉소."

여우동이 손으로 가리키며 자리를 정해주었다. 득창은 아랫목에 앉아 있었다. 눈치를 살핀 뒤 두 사람은 조용히 방문을 열고 나갔다. 그날만은 촛불이 일렁거리며 방안을 훤히 밝혀주었다. 득창은 이제껏 한 식구처럼 지내온 터인데도 이상한 감회가 울연히 솟구쳤다. 그것은 지난날과는 달리 초례청을 거쳐 왔다는 의식 때문이었다. 바로 지척의 방에 두고 지내다 이제 한 몸으로 만났으니 어마지두 놀라지 않을 수 없는 일이었다. 전생에 원수나 은인이 금생에 부부로 만난다는 것이고 보면 분명 은인이었음에 틀림없어 보였다. 그렇지 않고서야 이렇게도 기막힌 사연을 간직한 채 부부가 되었을까 싶었다. 득창이 먼저 행복한 미소를 머금으며 그녀에게 다가갔다. 그는 그녀의 손목을 살포시 잡았다. 민순은 정신이 얼떨떨한 듯 팔만 내밀며 고개를 돌려 숙였다. 그는 가늘게 방싯 웃음을 지어가며 살며시 잡아당겼다. 실버들나무처럼 낭창거리는 몸이 마치 물 위에 뜬 나룻배처럼 당기는 대로 끌려왔다. 슬그머니 쳐들어 올린 얼굴은 쌍겹눈에 보조개까지 찬연스레 예뻤다. 백옥같이 흰 얼굴은 일렁거리는 촛불에 눈이 부셨다. 그는 상 위에 놓인 밤을 집어 들었다. 도톰하고 열브스름한 입술에 가져다 대었다. 민순은 고혹적인 눈웃음을 보시시 지으며 입에 넣었다. 그도 밤 한 톨을 넣고 눈을 맞춰가며 오독오독 씹었다. 이어 득창은 민순을 둘러앉히고 옥비녀를 뽑았다. 온몸이 펄펄 끓는 듯 뜨거워지면서 피가 솟구치는 것 같았다. 손이 덜덜 떨려오기 시작했다. 얼굴이 후끈거리며 능금 빛으로 변하기 시작했다. 그의 손은 그녀의 옷고름으로 향했다. 청색 저고리를 받쳐주는 홍색 옷고름 매듭이 사르르 흘러내렸다. 그는 뛰는 숨결을 눌러가며 슬금슬금 소매 끝을 잡아당겼다. 광목 속적삼이 드러났다. 가슴에 모닥불을 피워놓은 것처럼 타오르며 온몸의 피가 심장을 두드리기 시작했다. 그는 다시 속적삼 누름단추를 풀었다. 치마 말속에 슬그머니 꼭지를 숨긴 우윳빛 나는 젖무덤이 뭉클하게 드러났다. 그는 두근거린 가슴을 달래가며 젖무덤을 향해 시선을 쏟았다. 그의 손은 어느새 치마끈을 만지작거리고 있었다. 질끈 동여맨 치마끈이 스르르 풀려지면서 그는 민순을 일으켜 세웠다. 버팀목을 잃은 홍색 치마가 힘없이 무너져 내렸다. 이제 남은 것은 속옷 두 벌뿐이었다. 그는 다시 속치마 단추를 풀었다. 힘없는 속치마는 뭉클한 젖무덤만 남기고 미끄럼을 타듯 밑으로 내려앉고 말았다. 그녀의 겉껍질이 하나씩 하나씩 떠나가는 순간이었다. 그녀는 마지막 보루를 하나만 남긴 채 몸을 움츠렸다. 순간 득창은 떨리는 가슴을 진정이라도 하려는 듯 눈을 감았다. 이번에는 그녀의 손이 득창을 더듬기 시작했다. 그의 껍데기가 위에서부터 하나씩 그녀의 손놀림으로 떠나가기 시작했다. 어느새 아랫도리까지 꼬투리를 벗어난 청대콩처럼 맨살을 드러내고 있었다. 그는 눈을 떴다. 그녀도 실오라기 하나 걸치지 않은 채 완전 나신으로 득창을 바라보았다. 그는 견딜 수 없는 흥분 속에서 아내의 젖무덤에 얼굴을 문지르기 시작했다. 포동포동 감 홍시처럼 물컹거리는 젖무덤을 혓바닥으로 더듬었다. 솜털처럼 부드러우며 착착 감기는 곳을 손으로 문질러가면서…… 마치 갓난아기처럼 입에 넣고서 주무르고 빨아대었다. 허물을 벗어던진 그녀를 이불 위에 뉘고 불덩이처럼 달궈진 몸으로 더듬었다. 밑에 누운 그녀의 까만 눈이 행복감에 젖어 반짝거렸다. 그는 마지막 남은 부분으로 향했다. 무너지는 처녀성에 서운함을 신음으로 토해내려다가 그만 어금니를 으물며 된 숨만 내쉬었다. 그녀는 처녀성을 벗어던지고 어른이 되어가려 몸부림을 치기 시작했다. 허탈감을 냉엄하게 받아들이며 당당해하는 기색이었다. 따스한 봄볕 아래 파릇하게 피어나는 풀잎과 같은 순결한 몸을 마음에 담아 한꺼번에 바치는 순간이었다. 속살이 서로 부딪히는 소리가 나도 아무렇지도 않은 듯이 육감(肉感)을 희열로 바꿔가려 들었다. 한 여자로서 생을 찬미하는 정렬의 순간을 놓치지 않으려고 이를 악물었다. 인생이 도글도글 여물어가는 감격을 맛보면서 얼굴에 미소의 잔주름을 그려내었다. 고결한 마음은 뚜껑을 활짝 열어젖혀 꺼내주고 몸은 맨살이 드러나도록 나신이 되어 고스란히 바치고 말았다.

가을바람이 소슬히 부는 중양절 밤, 화촉동방(華燭洞房)을 치르고 어엿한 새색시가 된 민순은 산국의 들척지근한 향기 난만한 달빛을 찾았다. 서쪽 하늘에 높이 뜬 반달은 교교한 달빛을 자정골에 뿌리고 있었다. 백년가약을 맺은 민순이 남편과 함께 청청하늘에 교결히 빛나는 달빛을 바라보니 지난 감회에 젖어들기 시작했다. 금세 두 사람은 스스럼도 없었다. 감출 것도 없이 알몸을 드러냈으니 부끄러울 것이 뭐가 있겠는가? 득창은 아내의 베갯머리가 되어주듯 무릎에 누이고 머리칼을 쓸어가며 아내의 냄새를 맡고 있었다.

든든한 후원자 남편의 무릎을 베고 누운 민순은 억울하게 돌아가신 엄마의 원혼이 달빛에 아른거린 것 같아 찬이슬을 맞은 풀잎처럼 마음이 여려지면서 엄마 생각이 울컥 치밀어 올랐다. 그동안 혼자서만 가슴에 묻고 살아왔던 정한(情恨)을 허심탄회하게 들려줄 수 있는 우군이 생겼다는 뿌듯함에 하나도 감추지 않고 털어놓고 싶었다.

"엄니가 나 시집간 줄 알까 모르겄구만요."

"그럼 알고 계시겄제."

"어떻게?"

"딸 시집가는데 안 오셨겄어? 영혼으로 오셨겄제."

"부모도 없이 혼인을 한 것을 보고 얼마나 울고 가셨을까?"

민순은 긴 한숨을 들이쉬며 처연한 심회에 젖어들기 시작했다. 어느새 눈언저리에는 물비늘이 선연히 달빛에 아롱지고 있었다. 득창은 그녀의 눈을 쓸어주면서 위로의 눈길을 건네주었다.

"엄마가 나 보고 시집 잘 갔다고 하셨을까?"

촉촉하게 젖은 목소리가 심금을 두드리는 애절한 사연으로 날아들었다. 그러나 그는 뭔가 켕기는 것이 있는 사람처럼 말을 꺼내지 못하고 머뭇거렸다. 득창은 민순의 엄마를 잘 알고 있는 까닭에 뭐라고 할 말이 없었다. 북장구장단을 쳐가며 함께 창을 했던 아리따운 모습을 떠올리며 한숨을 내쉬었다. 그래서 누구보다 아내의 애틋한 심정을 잘 이해할 수 있을 것만 같았다.

"엄마가 살아계시면 얼마나 좋을까?"

"살아계시면 민순이가 내 색시가 되지 않았겄제."

득창은 망설임도 더듬음도 없이 머쓱한 말을 토해내고서 그녀를 바라보았다. 그는 아내와의 만남이 악연(惡緣)의 산물인지 선연(善緣)의 결과인지 알 수 없었다. 아무래도 전생에는 악인으로 만났던 인연이었던 것인데 금생에서 부부가 된 것임에 틀림없어 보였다. 열 번을 생각해도 만날 수 없는 인연이 부부가 되었다는 생각을 지울 수 없었다. 하지만 한순간 한순간마다 꿈처럼 펼쳐져 왔던 사연들, 냉엄하게 받아들일 수밖에 없었던 운명이라 여기며 꼭꼭 접어 가슴 속에 묻었다. 이제 몸과 마음을 다 받쳐 섬겨야 할 사람이 되었다.

"아니어요. 인연이 없는데 부부가 되었겄소? 분명 엄니의 영혼이 우리 둘이 부부가 되어라고 이끌어주셨을 것이랑께요. 엄니가 혼이 명창이 되도록 해 주셨당께요."

득창은 귀가 번쩍 뜨였다. 더없이 흡족한 말, 고고하면서도 위엄이 넘쳐흐르는 말, 묘한 감회가 가슴에 뭉클하게 젖어들었다. 그는 아내를 꼭 껴안았다. 백년가약이 헛되지 않다는 다짐이라도 하려는 듯…….

"맞어. 맞는 말이여. 그랬응께 만났제."

그는 희색이 만면한 웃음을 지으며 밤하늘을 쳐다보았다. 창천에는 반딧불을 박아놓은 것 같은 별들이 반짝거리며 속삭이고 있었다. 서리를 머금은 은하수가 가을 하늘을 덮었고, 아직도 갈 길이 먼 조각달이 추위에 떨면서 어뜩비뜩 은하수를 건너고 있었다.

"나도 명창이 될 수 있을까요?"

민순은 세 살 먹은 아이처럼 생글거리는 낯빛으로 득창을 바라보며 침울하게 가라앉은 목소리로 말했다. 지나간 일들을 잊을 수가 없어 자꾸만 문득문득 떠올리는 것 같기도 했다.

엄마가 품고 가신 한을 잊지 않고 따라가려는 정성이 참으로 가상스러웠다. 하지만 명창이란 쉬운 것이 아니어서 떨떠름히 말을 할 수밖에 없었다.

"그럼 할 수 있겄제. 사람이 하는 일인디 못하겄어."

그는 아내의 마음속을 꿰뚫어보듯 손을 꼭 잡아주며 말했다.

"나는 하늘이 두 조각이 나도 명창이 될라요. 엄니가 나를 명창이 되도록 만들어준 혼이랑께요."

민순은 손목이 부러지도록 남편의 손목을 힘껏 쥐었다. 그의 손에서 비장한 결심을 읽을 수 있었다. 득창도 아내와 손을 맞잡고 자신에 찬 결의를 보여주고 싶었다.

"그래. 내가 도와줄게. 명창이 되어서 엄니의 원혼을 달래드려야제."

"고마워요. 참말로 고맙구만요."

"고맙긴 뭐가 고마워. 내 색시가 하고 싶다는디 내가 도와줘야제 누가 돕겄능가?"

득창은 득의만만한 표정을 지어보이며 아내의 손을 잡고 일어섰다. 민순은 청순가련한 앳된 눈빛으로 남편을 바라보며 만족스러운 미소를 그렸다. 미소는 분명 애원의 눈길이었고 가슴이 메어 오는 뿌듯함을 드러내었다. 밤이 이슥히 깊어 가고 있었다. 산새들도 잠결로 빠져들었는지 사방이 죽음처럼 조용한데도 두견새가 서글피 울음을 쏟아내고 있었다. 활성산 산바람이 산꼬대를 해대는 것 같았다. 찬 서리 머금은 산바람이 오싹거리듯 등허리를 선득대기 시작했다. 은하수를 건너간 반달이 서산마루에 한 뼘을 그려놓고 하얀 이불 속으로 얼굴을 감추고 말았다. 어슴푸레하게 내려앉았던 산골짜기의 달빛이 어둠에 밀려가고 있을 때 득창은 아내를 데리고 방안으로 들어왔다.

……민순은 다음날 새벽닭이 홰를 치기도 전에 남편을 따라 자리에서 일어났다. 남편은 일찍 일어나던 습관 때문에 늦잠을 자지 못했다. 그녀는 남편과 함께 시아버지께 문안부터 드리려 머리부터 빗고 다소곳이 단장하고 나왔다. 마루에서 안방 문을 열고 시아버지께 아침 문안을 여쭈었다.

"아버님. 아침문안 여쭙니다요."

둘이는 현숙(賢淑)한 아들며느리로서 큰절을 올렸다.

"오냐! 별고 없이 잘 잤느냐?"

"예. 아버님."

민순은 나름대로 예의범절에 맞게 깍듯이 공대를 다했다. 학동영감은 조금 면구스러운 데가 있었다. 하루 만에 아기씨에서 며느리로 다가온 것이 어쩐지 부담스러운 느낌이었다. 그러나 이내 그지없는 흐뭇한 미소를 지어보였다.

민순은 곧장 부엌으로 달려들었다. 남편에게 아침을 먹여 보내야 하기 때문이었다. 그날은 벌교에 장이 서는 날이었다. 벌교는 예로부터 농산물과 수산물 집산지여서 고장에서 제일 큰 장마당이 열리는 곳이었다. 소화다리 옆 강변에서 굿판이 열리면 구경꾼으로 넘쳐난다고 했다. 적선을 하는 사람도 많아 꽤 많은 수입을 얻을 수 있다고 해서 그 장만은 놓치지 않고 다녔다. 벌교를 가려면 보성역에서 아침 여덟 시 기차를 타야 하고 집에서 보성역까지는 빨리 걷는다고 해도 한 시간 반 정도는 걸어야 했다.

부리나케 아침을 지어 속을 채운 득창이 사립문 쪽으로 걸어 나갔다. 죽장망혜에 패랭이 갓을 쓰고 그는 어깨에 큰북을 메고 다녔다. 득창은 장마당 굿에서는 북장단을 치고 시킴 굿에서는 창부 역할을 했다. 어둠속에 자욱한 안개까지 앞길이 잘 보이지 않아도 그는 바쁜 걸음을 보채기 시작했다. 사립문까지 따라 나온 그녀는 손을 흔들어 배웅해주었다. 남편도 흐뭇한 표정을 지어 보였다.

"나 갔다올게 잘 있어."

"조심해서 갔다와요."

"걱정 마."

남편은 활성산 비탈길로 내달음질을 치기 시작했다. 혼인식 다음날 곧바로 장마당으로 달려간 남편이 안타깝기도 했다. 그녀는 어둠 속으로 사라진 남편이 보이지 않을 때까지 눈길을 떼지 못했다. 장돌뱅이들은 장마당을 돌며 한구석을 차지하고 각설이 장타령을 걸쭉하게 불러대어 사람을 모으고, 해학이 넘치는 재담과 만담으로 얼굴을 후끈하게 만들어 배꼽을 쥐도록 했다. 그 다음에는 흥부가를 중심으로 마당극을 벌려 사람들 혼을 빼놓고서 적선을 청하곤 했다. 구경꾼들은 그냥 가지 못하고 엽전 한 닢을 놓고 가는 것이 관습적으로 내려왔던 것이다.

12
소리공부에 빠져들다

민순은 온종일 집에서 남편을 기다리며 지내야 했다. 낮에는 종일 일을 했다. 그녀는 몸을 사리지 않았다. 밭에 나가 콩이며 팥도 뽑아 꼬투리를 따고 수수모가지며 조대가리를 잘라 방망이로 두드려 털었다. 고구마도 캐고 고추도 땄다. 들깨도 털고 땔감도 해대었다. 민순은 일을 하면서도 가뭄에 타들어간 논에 물을 대는 사람처럼 점점 마음이 조급해지고 있는 것이 있었다. 어서 소리공부를 시작하고 싶은 마음에 서였다. 가을걷이도 다 끝난 마당이어서 그녀는 틈나는 대로 글공부를 하고 있었다. 소리공부를 하고 싶어 시아버지에게 다가갔다.

"아버님! 소리 잘하는 사람 중에서 김 아기라는 사람을 아시능가요?"

민순은 부러 광산 속골에 갔을 때 일부터 꺼내들었다. 솔직히 이양 할머니와 속골에 갔던 일이 뇌리에 박혀 잊을 수가 없었다. 더운 여름 기차를 타고 효천까지 가서 김 아기 할머니를 만나 소리 책을 받아 오던 그 기억이 한순간도 기억에서 멀어지지 않았다.

학동은 금세 고개를 갸우뚱거리며 깊은 생각에 빠져들었다. 잠시 후 화들짝 놀란 표정을 지으며 되물었다.

93

"아가! 니가 어찌 그 분을 아느냐?"

"지가 그 사람을 만나 뵈었어요."

"뭐 그 분을 만났다고?"

"예."

"어디서?"

"지가요 광산 속골 구암 마을에 다녀왔당게요."

도무지 감이 잡히지도 않고 가늠할 수도 없는 말이었다. 황당하여 턱을 쳐들며 입맛을 다시듯 말했다.

"그분이 나를 안다고 허드냐?"

"예. 아버님을 안다고 하셨어라우."

"아직도 살아계시드냐?"

"예. 아버님하고 소리를 같이 배웠다고 하시더구만요."

"그럼. 같이 김채만 명창님께 심청가를 배웠단 말이다. 내가 누님이 라고 불렀제."

"그런데 그 명창께서는 마흔일곱 살 일찍 돌아가셨다고 허드구만 요."

"그랬다. 최고 명창이 될라고 고생을 많이 하신 분이란다. 목침보 다 두 배나 큰 대추나무 죽비가 다 닳도록 북을 쳐대셨단다. 삼 년 동 안 새벽부터 밤늦게까지 소리만 하다가 고통을 견디지 못하고 일찍 가셨당께."

"그분이 저에게 소리책을 주셨당게요."

"뭐? 소리책을 주셨단 말이냐?"

"예. 그 책이 어디 있냐?"

민순은 「춘향심청가」라고 써진 책과 「수궁적벽가」라는 책을 꺼내었 다. 책을 바라본 학동은 감회가 새로운 듯 눈을 지그시 감고 추억을 더

94

듣기 시작했다. 삼십 년 전에 있었던 일을 더듬어가며 그분에 대한 향수를 들먹이고 나섰다.

"그 누님은 원래 고향이 영광이어서 불갑사에서 수련을 하셨제. 끝내 명창반열에 오르지 못했지만 목청 하나만은 나무랄 데가 없는 분이셨는디. 지금껏 살아 계셨능개비다. 어떻게 알고 그 분을 찾아갔느냐?"

민순은 얼른 말을 하지 못하고 있다가 서슴서슴 무거운 입을 열었다.

"능주에 있을 때 집주인 할머니께서 저를 데리고 가셨어요. 옛날 생각을 더듬고선 광산 속골을 기억해 내시드구만요."

"그랬구나. 주인 할머니께서 소리를 좋아하셨든 개비다."

"예. 처녀 때 김채만 명창께서 소리를 하신 것을 직접 봤다고 허십디다."

"오래된 일인데도 잊지 않고 있다니."

"지가 명창이 되고 싶다고 말씀드리면서 혹시 학동이란 분을 아느냐고 물었어요. 그랬더니 금방 기억해내시드랑께요. 같이 소리를 배웠고 하시드구만요. 아마 보성 어디서 살 것이라고 하시면서 원래 나주에서 양반 중 양반이라고까지 말해주든디요."

"그때 소리를 배우겠다고 온 사람이 하도 많아서 다 기억할 수는 없제. 그러나 그 누님하고는 유난히 가까이 지냈었당께."

"저희 할아버지를 들먹였더니 잘 모른다고 하셨어라우."

"그러제. 그 형님은 조금밖에 안 계셨응께 잘 모르겠제. 그건 그렇고 지금도 명창의 꿈을 버리지 않았느냐?

"예. 아버님."

"엄마가 명창이 되려다 돌아가신 것을 보고서도 몸서리치지 않는 것이여?"

"아니어라우. 저는 꼭 명창이 되고 말거구만요."

"명창이 되는 길이 쉽지 않다는 것을 알기라도 허는 것이냐?"

"조금은 들어서 알고 있어요."

"어허! 뼈를 깎고 육신이 찢어지도록 힘든 일인디 굳이 할려고 그러느냐?"

"아무리 힘들어도 기어코 해보고 싶구만요."

"알겠다마는 권하고 싶지는 않다. 다만 니 남편은 이름난 고수가 되었으면 하는 것이 내 꿈이기도 하다만……."

"남편이 쳐주는 장단에 지가 명창이 되어 소리를 한다면 얼마나 좋겠어요."

"그보다 더 좋을 수는 없제. 하지만 너무 힘든 일을 하라고 권하고 싶지는 않당께."

"아니어요. 이왕 부부가 되었으니 꼭 이루고 싶구만이라우."

"소리를 할라치면 글자를 깨우쳐야 하고 한자를 익혀 삼강오륜이며 명심보감까지는 알아야 허는 것인디 득창은 아직 글자를 깨우치지 못했단 말이다."

"지가요 밤으로 가르쳐줄라요. 야학에서 글을 깨우쳤구만요. 한자는 조금밖에 몰라요."

"나는 우리글은 잘 몰라도 어려서 조부님 서당에서 한자를 배워 잘 알제."

"아버님! 그러면 지들에게 한자를 좀 가르쳐 주싯시요."

"사람 구실을 하고 살라믄 눈을 가져야 하는 것잉께 글자를 배운다면야 가르쳐주마."

이마에 깊게 팬 주름살을 쭉 펴며 눈을 번쩍이며 말했다.

하지만 민순은 너무 기뻐 목이 메면서도 춤을 덩실덩실 추고 싶었다. 기쁨의 눈물이 솟구쳐 올랐다. 마치 새털구름을 타고 하늘을 나는 기분이었다. 뼈가 휘고 살이 묻어나는 고통이 따르더라도 기어코 명창이 되자고 마음먹었다. 명창이 되어 엄마 묘에도 찾아가고, 한양으로 가서 아빠도 만나고, 많은 군중 앞에서 멋들어지게 소리 한바탕을 뽑아내어 박수갈채도 받고, 제자도 많이 두는 스승이 되고 싶었다. 지금도 한양을 향해 쑥대머리를 부르는 엄마의 모습이 눈앞에 아른거렸다. 비명(悲鳴)에 가신 엄마의 목소리가 귓전에 날아들고 있었다.

혼인식을 올린 지도 보름이 훨씬 지나서 시월상달이 다가왔다. 가을 밭일도 대충 끝나가고 이제 앞에 놓인 일은 겨우살이밖에 남지 않았다. 자정골은 겨울도 빠른 탓에 일찍부터 채비에 들어가야 했다. 김장도 해야 하고 가을에 뽑았던 무도 땅을 깊이 파고 얼지 않도록 묻어둬야 했다. 이보다도 더 무겁고 힘든 일은 땔감을 마련하는 일이었다. 민순은 낮이면 활성산에 보득솔 소나무 밭을 찾았다. 수북이 쌓인 누런 솔잎을 긁어모아 갈퀴질을 한 다음 새끼로 묶어 머리에 이고 날렸다. 송진이 많은 솔잎은 불땀이 좋고 더디 타서 나무로써 안성맞춤이었다. 산골짜기 겨울은 유난히 춥고 눈도 많다고 했다. 더 춥기 전에 땔감을 넉넉하게 마련해야 겨울나기가 수월할 것 같았다. 싸늘한 산바람이 불어와도 땀을 뻘뻘 흘려가며 땔감 마련에 온 정성을 쏟았다.

산골의 가을은 너무 짧았다. 단풍이 불그죽죽 물들기 시작한가 싶더니 어느새 나뭇가지만 엉성하게 드러난 채 허무한 느낌만 가져다주었다. 홀라당 겉옷을 벗어던진 나뭇가지를 보노라면 을씨년스러우면서 허무한 생각이 들 때가 많았다.

바람은 더욱 차가워지고 햇살은 따스함을 잃어가고 있었다. 하늘이 반으로 접혔는지는 몰라도 가을의 햇덩이는 떴다 하면 숨이 가쁘게 서쪽 하늘로 줄달음쳤다. 산 위에서 불어오는 바람은 음산한 냉기를 몰고 오면서 추위를 불러들이는 것 같았다. 새들도 겨울이면 우짖지 않아 산골은 고즈넉하기만 했다. 해가 짧아지면서 남편이 집으로 돌아오는 때는 밤이 이슥해진 뒤였다. 그녀는 남편이 올 때까지 기다리면서 글공부를 하기 시작했다. 소나무 관솔 호롱불 밑에서 야학에서 배웠던 책을 꺼내놓고 읽기도 하고 쓰기도 했다. 소리 책도 꺼내어 읽었다. 읽어볼수록 재미있고 심금을 울려주는 것 같았다. 밤이 깊어가는 줄도 모르고 공부에 빠져들었다. 학동영감은 한자를 가르쳐주기 시작했다.

천자문 책을 놓고 차례대로 설명해주고 독송에서부터 읽고 쓰기를 반복해나갔다. 무엇보다 소리 책에 나온 한자를 중심으로 배워나갔다. 산골에서는 연필과 공책을 구하는 것이 힘들었다. 학동은 족제비를 잡아 꼬리털을 잘라 붓을 만들어주었다. 종이 대신 맹감 잎을 양잿물에 담가 색이 우러나면 바탕에 글자를 쓰도록 해주었다. 그것만이 아니었다. 먹 대신 관솔을 태우고 난 불꽃의 그을음을 모아 물에 개어 먹까지 만들어 주었다.

칼바람이 불어오기 시작했다. 추운 겨울이면 장마당굿을 열어도 구경꾼들이 모여들지 않았다. 추운 까닭에 장을 보면 곧장 집으로 달려가기 때문이었다. 소리꾼도 마찬가지였다. 한낮 동안 장마당에 서 있으려면 손도 곱고 발도 시려 있을 수가 없었다. 때문에 이때가 되면 소리꾼들은 아예 장마당 굿을 접고 창을 하면서 고약과 벼룩빈대를 죽이는 약을 팔았다.

그러나 그것마저도 잘 팔리지 않았다. 그럴 때면 집에 머물면서 아내로부터 글자를 익혔다. 오다 가다 어깨너머 우리글을 익히기는 했지만 받침이 들어간 글자는 읽지 못했던 것이다. 반면 한자는 어려서부터 부친으로부터 배워 곧잘 알았다. 부부는 겨울 동안 열심히 공부하여 글자를 깨우치며 삼강오륜도 외우고 명심보감을 배우기 시작했다. 소리를 배우려면 반드시 알아야 할 것들이었다.

"소리가 있기에는 먼저 청중이 있어야 허고 다음에는 고수, 그다음에야 명창이 있어야 허는 것이다. 청중이 없으면 소리를 잘한들 무슨 소용이 있겠느냐? 다음은 고수가 있어야 허는 것이제. 그만큼 장단이 중요하다는 것을 말하는 것이제. 그래서 소리를 배울라치면 장단부터 익혀야 허는 것이다."

학동은 소리꾼이 갖춰야 할 조건으로 장단부터 익혀야 한다고 일러주었다. 소리꾼 곁에는 고수가 있어 장단을 쳐주지만 명창이 되기 위해서는 자신이 먼저 장단을 익혀야 한다고 강조해주었다.

"소리를 헐 땐 무엇보다 장단이 더 중요한 것이다. 음은 다소 틀려도 장단이 틀리면 안 되는 것이니 장단부터 익혀야 헌다. 김채만 명창은 장단을 익히기 위해 목침보다 두 배나 큰 대추나무 죽비가 다 닳도록 북을 쳐대셨단다. 그래서 그분을 훌륭한 명창이라고 허는 것이여. 글자도 익혀가면서 함께 장단을 익히도록 해야 헌다."

"예. 아버님."

"득창이 네가 장단을 가르쳐주도록 해라."

"예."

득창은 먼저 아내에게 장단을 들려주기 시작했다. 명창이 되려면 득음도 해야 하지만 그보다 중요한 것은 소리에 대한 감성을 키워주는 것이다. 창이란 사람을 즐겁게 해주는 조직화된 소리이고 그 안에는 뜻이 담겨있다. 노래며 춤은 기본 장단으로 구성되어 있어 이를 모르고서는 그 어떤 것도 제대로 할 수 없는 것이다. 장단은 인간의 호흡 구간을 길게 혹은 짧게 질서화 시킨 것. 호흡의 느리고, 빠르기가 체계화된 장단이 소리의 출발이었다. 소리를 배우기 위해서는 장단을 익히는 것이 필수적일 수밖에 없는 까닭이 여기에 있다.

득창은 북장구 장단을 잘 쳤다. 특히 소리마당에서 많이 사용하는 엇모리와 중모리를 잘 쳐가며 창을 했다. 나이 일곱 살부터 스물세 살이 되도록 북장구장단을 익혀온 까닭에 그를 당할 자가 없었다. 창을 듣기만 해도 가락에 맞는 고흥을 자아내기 일쑤였다. 득창은 아내가 좋아하면서도 잘 부르는 강강술래와 농부가부터 장단을 쳐주며 함께 불렀다. 이어 고흥, 보성에서 많이 불리는 산타령(산아지타령)을 익히고 남원산성, 진도 아리랑, 성주풀이, 육자배기에 이어 이어 남도 흥타령까지 두루 섭렵하며 익혀 나아갔다. 장단도 중모리에서 엇모리, 세마치, 자진모리, 휘모리까지 듣고 알아낼 수 있도록 꾸준히 반복으로 익혀나갔다. 그는 장단에 맞춰 춤사위도 가르쳐주었다. 민순은 천성적으로 늘씬한 몸매를 타고 났다. 얼굴도 예쁜 데다 간드러지면서도 가냘픈 허리는 유연했다. 춤을 추는 데 적격이었다. 이팔청춘 꽃나이에다 마치 수양버들이 바람에 흐늘거리는 것처럼 가녀린 몸과 섬약한 팔로 춤을 추었다. 야들야들하고 보들보들한 살결, 수려한 면모, 천진스러운 손놀림으로 나비처럼 추어대는 춤 솜씨를 본다면 첫눈에 반하지 않을 사람이 없을 것만 같았다. 예술적 감각을 타고 난 사람인지는 몰라도 창이며 춤까지 익히는 재주가 비범했다. 글공부에는 아내가 스승이 되었다가 제자가 되기도 하며 남편이 스승과 제자를 오가며 추운 겨울을 지냈다.

……자정골은 한번 눈이 내리면 쉽게 녹지 않았다. 인적이 뚝 끊기는 곳이어서 숫눈길이 되고 말았다. 눈은 솜이불처럼 산골짜기를 도톰하게 덮었다. 눈으로 덮인 활성산은 쓸쓸하기 그지없었다. 산짐승 발자국만 선연하게 보이고, 간혹 칼바람 소리가 유령의 울음처럼 다

가을 뿐이었다. 칼날 같은 북풍이 불어오고 눈보라가 휘날리는 겨울이었지만 그해 겨울은 마냥 즐거웠다. 신혼 첫 해 겨울을 명창의 꿈을 키워가는 일로 보냈다.

어느덧 활성산이 겨울잠에서 깨어나는 듯 푹신한 이불을 걷어차고 기지개를 폈다. 바위틈 응달에는 아직도 눈얼음이 땅속으로 뿌리를 박고 있는데도 양지바른 산비탈에는 파릇한 새싹이 움트고 있었다. 따사로운 봄볕에 새 생명이 볼쏙볼쏙 얼굴을 내밀 때면 활성산이 조금씩 들먹거리며 기지개를 펴는 소리가 울려오는 것만 같았다. 그것은 할미꽃, 제비꽃, 대사초, 왜쑥부쟁이가 땅속을 뚫고 솟구치는 숨소리였다. 기나긴 겨울 눈 속에 파묻히고, 살 끝을 에는 매서운 칼바람을 이겨낸 뒤 다사로운 햇살을 향해 자신을 드러내는 생명의 손짓이었다. 인간의 생명탄생과 별반 다를 것도 없이 엄숙하면서도 신비롭기 그지없었다.

햇살이 엉켜들면서 봄을 알리는 계곡물소리가 쫠쫠 거리고, 이름 모를 새들도 제철을 맞은 듯 우짖으며 벌레들의 소리도 날아들었다. 길 숲에서 참새 떼들이 요동을 치듯 지저귀며 소스라치기 시작했다.

따뜻한 봄이면 만물이 소생하듯 사람들의 가슴도 마찬가지인 듯했다. 겨우내 움츠렸던 까닭인지는 몰라도 봄이면 장마당 굿판에도 구경꾼으로 가득 차곤 했다. 이때가 되면 제법 실속도 있고 해서 소리꾼들도 신바람이 쌩쌩 돌며 생기가 넘쳐. 득창이 이른 새벽부터 장마당을 향해 달려갔다. 장마당을 얼쩡거리며 굴러다니는 장돌뱅이지만 아내를 맞이한 뒤로는 어깻바람이 나서 싱글벙글거렸다. 세상 태어나 가장 재미난 것은 지금의 아내를 만나 함께 살아가는 것이었다. 생의 최고의 즐거움이라면 지금의 아내를 맞이한 일이었다. 그렇다고 꼭 좋은 것만은 아니었다. 온종일 오직 머릿속에는 아내 생각밖에 없었다. 혹시 아내에게 무슨 일이 일어나지나 않을까 소마소마한 마음을 가눌 수 없었다. 산속에 숨어 지내며 사는 것도 억울한데 혹시 그것마저도 들통이 날까 봐서 오금이 조렸다. 산짐승도 아닌데 젊은 나이에 산골을 벗어나지 못하고 지내야 하는 안타까움에 가슴이 저렸다.

장마당에서 간혹 아내를 아는 득량 사람들을 만나면 죄인처럼 온몸이 굼벵이처럼 오므라들었다. 일부러 외면을 하려들지만 어떤 이는 다가와 아는 체하는 통에 가슴이 철렁 내려앉으며 십년 수명이 감해지는 기분일 때가 많았다. 그의 가슴을 조이게 하는 또 다른 괘념은 처녀공출이라는 명분으로 데려갈까봐 전전긍긍하기도 했다. 작년과는 달리 혼인을 한 탓에 안심은 되지만 그래도 세상일이 어떻게 바뀔지 알 수 없어 불안했다.

또 다른 걱정이 있다면 아내가 너무 예쁜 탓이었다. 날이면 날마다 장마당을 이 잡듯이 헤집고 다녀도 아내만큼 예쁜 여자는 눈에 띄지 않았다. 너무 예쁜 것도 그의 마음을 초조하게 만들었다. 힘 있는 사람이 음탐이나 품지 않을까 두려운 것도 사실이었다.

맞난 음식에 고운 옷만 입혀주고 싶지만 그리 못한 처지가 너무 슬펐다. 벌이가 시원찮을 때도 많았다. 팔이 빠지고 손이 붉힐 정도로 북장구를 두드려도 지전 한 장 들지 못하고 집으로 향할 때가 한두 번이 아니었다. 그럴 때면 너무 허망스럽고 아내를 바라볼 면목이 없었다. 벌이가 없을 땐 무거운 짐을 날라다 주고 한 푼 챙길 때도 있지만 그때는 짐꾼들의 눈치를 보아야만 가능한 일이었다. 아내가 좋아하는 엿을 날마다 사다주고 싶지만 맘과 뜻대로 되지 않을 땐 가슴이 아렸다.

온 산천에 봄기운이 가득한 삼월 중순 보성장날이었다. 그날도 학동영감의 제자인 동석, 팽갑, 진쇠, 재기, 춘달, 하금이 내외들과 득창이 아침 일찍 장마당에 모였다. 장이 서면 곧바로 장마당 한 귀퉁이에서 굿판을 벌일 요량이었다. 그들은 북장구와 징 그리고 새납을 들고 있었고 여자들은 고약과 빈대벼룩약과 쥐약 그리고 파리약을 들고 있었다. 굿판을 벌리면 여자들은 관중들을 찾아가 약을 팔기도 하고 적선 바가지를 들고 구걸하였다.

따사로운 햇덩이가 동천을 떠나 반공으로 기어오르자 장마당에 사람들이 모여들면서 시끌벅적해졌다. 소리꾼들은 싸전의 한 모퉁이에 자리를 정하고 나서 장마당굿 준비에 바빴다.

13
일제의 탄압에 장마당굿이 멈추다

……1941년 신사(辛巳)년이 밝았다. 이월 영등달이 다가오자 봄바람이 살살 불어왔다.

자정골에 봄을 알리는 안개가 자오록 피어나고, 봄을 품은 계곡물의 노랫소리가 신춘의 새싹을 불러대고 있었다.

영등 초사흘 날, 보성장이어서 소리꾼들은 이날을 잔뜩 벼르고 있었다. 굿판을 처음 시작하는 날이기도 하지만 항상 겨울동안 움츠리고 있던 사람들이 봄을 맞이하여 오랜만에 어깨 한번 활짝 펴고 장마당으로 몰려들기 때문이다. 신명나는 굿판으로 춤과 노래로 흥을 돋워주면 적선만은 아끼지 않을 것이고 봄이 되면 쥐란 놈들이 들끓을 터이니 쥐약이 많이 팔릴 것이라 생각되었다. 거기에다 오랜만에 고약도 많이 팔릴 것이라 여겼다.

이날을 대비해서 소리꾼들은 여러 날 동안 마당 굿 연습까지 세심히 준비해왔다.

득창은 새벽부터 신바람이 났다. 지난겨울 너무 혹독한 시련을 겪은 탓에 이날이 돌아오기만을 학수고대하고 있었다. 새벽 음기가 아직 부유스레한 여명을 맞이하지 못하고 있을 때였다.

"아버지. 다녀올라요."

"오냐. 조심해서 댕겨오그라."

학동은 고사리처럼 허리를 구부정한 몸으로 흐뭇한 웃음을 머금으며 손을 흔들었다.

"예."

민순도 마냥 즐거운 표정을 지었다. 오랜만에 남편이 일터로 떠나는 것을 보니 무척 기쁠 수밖에 없었다. 그녀는 아직 으스름한 어둠이 짙게 깔려 있는데도 사립문까지 나와 배웅해 주고 싶었다.

"자, 아직 쌀쌀헝께 어서 들어가."

"조심해서 다녀오싯시요."

"그래 알았어."

가다가도 뒤를 돌아보고 손을 흔들어대는 득창은 큰북을 등에 짊어지고 산길을 내달렸다.

곧장 장마당으로 달려가 동석이 이끄는 소리꾼들과 장마당 굿패가 되었다. 소리꾼들은 모두들 들뜬 마음이었다. 이날만은 예전과는 달리 비장한 각오가 넘쳐흐르는 표정들이었다. 작년 가을과 같은 전철을 밟아서는 안 된다고 입술을 깨물었다.

마수걸이부터 수월하게 넘지 못하면 쭉정이 농사를 짓는 꼴이어서 싸라기 됫박 농사는 짓지 말자고 눈에 살기가 서려있는 것 같았다.

동석, 팽갑, 진쇠, 춘달, 보순이는 마누라까지 대령했다. 겨울동안 연습해둔 살풀이춤까지 선보일 요량이었다. 얼씨구, 절씨구 지화자 좋네. 각설이의 장타령에다 꼽추 춤, 그리고 단가를 부른 뒤에 심봉사 눈 뜨는 대목을 마당놀이로 벌려 사람들의 마음을 사로잡을 작정이었다.

"단단히 준비들 했제?"

"그러믄이라우. 사람들만 모여들면 한바탕 간을 살살 녹여줄라요."

동석이 준비 상태를 묻자 모두들 이를 악물며 자신감을 드러냈다.

"아직은 조깐 이른께. 해가 요만치 올라오거든 한바탕 벌여보세."

"예. 알았구만이라우."

진시(辰時)가 지나서야 장은 온전히 서기 마련이었다. 아침 일찍부터 득창은 설장구 춤으로 흥을 돋워가고 있었다. 진쇠는 징을 치고, 춘달이는 꼽추 흉을 내가며 북장단을 치고 있었다. 장단이 울려야 사람들이 모여들기 때문이었다. 사람들에게 미리 알리는 데는 장단만큼 효과적인 것은 없었다. 첫 마수걸이가 예상대로 잘되어 가고 있었다. 오랜만에 소리꾼을 바라본 사람들이 구름 몰려오듯 모여들었다. 마음 떨렸던 예상은 완전히 빗나간 것 같았다. 사람들이 어찌나 모여들었던지 키 작은 사람들은 까치발을 딛느라고 야단들이었다. 그들은 신바람을 내며 장단을 이어가기 시작했다.

"자 시작을 허세."

동석이 상기된 낯빛으로 흥겨움을 자아내려 안간힘을 보여주었다. 진쇠는 원래부터 품바였다. 그러던 중 소리를 배운 뒤로는 소리꾼으로 옷을 바꿔 입은 사람이었다. 품바타령을 하기 위해 거지로 변장하고 나왔다. 머리에는 찢어진 갓을 쓰고 헝겊조각을 덕지덕지 붙인 누더기 옷을 입었다. 왼쪽 바지는 발목까지 덮었는데 오른쪽 바지는 무릎에 걸쳤다. 얼굴에 숯검정을 바르고 신발도 흰 고무신 한 짝에 검정 고무신을 신었다. 턱에는 허연 염소수염을 길게 늘어뜨리고 볼에는 붉은 연지까지 찍었다. 손에는 엿가락 가위를 들고 쨍그랑쨍그랑거렸다. 팽갑이는 진쇠의 보조를 맞추려 들었다. 그는 꼽추가 되어 굼벵이처럼 허리를 굽히고 나왔다. 머리에는 하얀 수건을 두르고 작은북을 들었다. 진쇠 부인 교순은 붉은색 짧은 치마를 입고 쪽빛 적삼을 입고

106

긴 머리를 올려 묶었다. 한발은 버선을 다른 발은 양말과 함께 짚신을 신었다. 얼굴에는 하얀 분을 바르고 이마와 볼에 진한 연지를 찍었다. 이어 북장구 장단에 맞춰 나팔 소리가 울리며 걸쭉한 장타령이 울려 퍼졌다.

「얼시구나 잘한다, 품바나 잘한다. 작년에 왔던 각설이. 죽지도 않고 또왔네.

어허 이놈이 이래도. 정승판서 자제로, 팔도감사 마다고 돈 한 푼에 팔려서,

팔설이로만 나섰네. 저리시구 저리시구 잘한다. 품바하고 잘한다.

네 선생이 누군지, 남보다도 잘한다. 시전서전을 읽었는지, 유식하게 도 잘한다.

논어맹자를 읽었는지, 대문대문 잘한다. 냉수동이나 먹었는지, 시연 시연 잘한다.

뜨물통이나 먹었는지, 걸직걸직 잘한다. 기름통이나 먹었는지, 미끈 미끈 잘한다.」

(중략)

「일자 한자 들고보니, 일편단심 먹은 마음. 죽으면 죽었지, 못 잊겠 다.」

(중략)

「열에 장자나 들고 봐라. 저 건너 장한 숲에, 범이나 열 마리 들었는 데 장안 포수 다모아.

그 범 한 마리 못 잡고, 총소리만 내는구나.」

만담가와 재담수가 다 된 그들은 꼽추 춤에 병신 춤, 만담에 재담까 지 익살을 넣어 우스갯소리를 해대었다. 만담과 재담이 장마당을 수 놓자 구경꾼이 벌떼처럼 모여들었다. 소리꾼들은 구경꾼 안에 갇힌

꼴이 되고 말았다.

이어 덕석을 깔아놓고 마당극을 펼쳤다. 동석이 상투를 틀고 머리에 흰 수건을 두르고 하얀 바지저고리를 입었다. 점순은 녹의홍상을 걸쳐 입고 채선을 들고 나왔다. 사람들을 황홀지경으로 몰고 가고도 남을 만큼 예쁘게 단장을 하고 한들한들거렸다.

그들은 신명나게 심봉사 맹인잔치에 참석하여 눈뜨는 대목 마당극의 주인공들이었다.

〈잦은머리=진계면〉

「심황후(沈皇后) 이말 듣고, 산호주렴(珊瑚珠簾)을 걷어버리고, 보선발로 우르르르, 부친(父親)의 목을 안고, 아이고 아버지. 심봉사(沈奉士) 깜짝 놀라. 아니, 아버지라니, 뉘가 날더러 아버지여. 에이 나는 아들도 없고, 딸도 없소. 무남독녀(無男獨女) 외딸 하나, 물에 빠져 죽은지가, 우금(于今) 삼년(三年)인데, 뉘가 날더러 아버지여. 아이고 아버지, 여태 눈을 못 뜨셨소. 인당수(印塘水) 풍랑중(風浪中)에, 빠져 죽던 청(淸)이가, 살아서 여기왔소. 어서 어서 눈을 떠서 저를 급(急)히 보옵소서. 심봉사(沈奉士)가, 이 말을 듣더니, 어쩔 줄을 모르는구나. 아니 청이라니, 에잉 이것이 웬 말이냐. 내가 지금 죽어, 수궁에 들어 왔느냐. 내가 지금 꿈을 꾸느냐. 죽고 없는 내 딸 청이, 여기가 어디라고, 살아오다니 웬 말이냐. 내 딸이면 어디 보자. 어디 내 딸 좀 보자. 아이고, 내가 눈이 있어야, 내 딸을 보제. 아이고 답답하여라. 두 눈을 끔적, 하더니만은 눈을 번쩍 떴구나.」

〈아니리〉

「이게 모두, 부처님의 도술(道術) 이것다. 심봉사(沈奉士) 눈 뜬 훈(薰)김에, 여러 봉사들도, 따라서 눈을 뜨는데,」

〈잦은머리=단계면〉

108

「만좌(滿坐) 맹인(盲人)이 눈을 뜬다. 어떻게 눈을 뜨는고 하니, 전라도(全羅道) 순창담양(淳昌潭陽), 새 갈모 떼는 소리로 짝 짝 하더니마는, 모두 눈을 떠버리는구나. 석달 동안 큰 잔치에, 먼저 나와 참여하고, 내려간 맹인들도 저희집에서 눈을 뜨고, 미처 당도 못한 맹인, 중로(中路)에서 눈을 뜨고. 가다가 뜨고, 오다가 뜨고, 서서 뜨고, 앉아 뜨고, 실없이 뜨고, 어이없이 뜨고, 화내다 뜨고, 울다 뜨고, 웃다 뜨고, 떠보느라고 뜨고, 시원히 뜨고, 앉아노다 뜨고, 자다 깨다 뜨고, 졸다번뜻 뜨고, 지어(至於) 비금주수(飛禽走獸)까지, 일시(一時)에 눈을 떠서, 광명천지(光明天地)가 되었구나.」

〈아니리〉

「심봉사, 정신(精神)을 차려, 궁(宮)안을 살펴보니, 칠모금관(金冠) 황홀(恍惚) 하여, 딸이라니, 딸인줄 알지, 전후불견초면(前後不見初面)이라. 가만히 살펴보니.」

〈중머리=계면〉

「옳지 인제 알겠구나. 내가 인제야 알겠구나. 갑자(甲子) 사월(四月) 초파일야(初八日夜), 꿈속에 보던 얼굴, 분명한 내 딸이라. 죽은 딸을 다시 보니, 인도환생(引導還生)을 하였는가. 내가 죽어서 따라 왔느냐. 이것이 꿈이냐. 이것이 생시(生時)냐. 꿈과 생시, 분별(分別)을 못 하겠네. 나도 이제까지 맹인(盲人)으로 지팽이를 짚고 다니면은, 어디로, 갈 줄을 아느냐. 올 줄을 아느냐. 나도 오늘부터, 새 세상(世上)이 되었으니, 지팽이 너도, 고생 많이하였다. 이제는 너도, 너 갈 데로 잘 가거라. 피르르 내던지고, 얼씨구나 얼씨구나, 좋네 지화자자, 좋을시구.」

〈중중머리=계면〉

「얼씨구나 절씨구. 지화자 좋을시고. 어둡던 눈을 뜨고 보니, 황성궁궐(皇星宮闕)이 웬일이며, 궁(宮) 안을 살펴보니, 창해만리(滄海萬

109

里) 먼 먼 길에, 인당수(印塘水) 죽은 몸이, 환세상(還世上) 황후(皇后)
되기, 천천만만(千千萬萬) 뜻밖이라. 얼씨구나 절씨구. 어둠침침 빈
방 안에, 불킨듯이 반갑고 산양수(山陽水) 큰 싸움에, 자룡(子龍) 본듯
이, 반갑네. 흥진비래(興盡悲來) 고진감래(苦盡甘來), 나를 두고 이름
인가. 얼씨구나 절씨구, 지화자자 절씨구. 일월(日月)이, 밝아 조림(眺
臨)하여, 요순천지(堯舜千地)가 되었네. 부중생남(不重生男) 중생녀
(重生女), 나를 두고 이름이로구나 얼씨구나 절씨구, 여러 봉사들도, 좋
아라 춤을 추며 노닌다. 얼씨구나 얼씨구나. 얼씨구 좋구나. 지화자 좋
네. 얼씨구나 절씨구. 이 덕(德)이 뉘덕(德)이냐. 심황후(沈皇后), 폐하
(陛下)의 덕(德)이라. 태고(太古)적 시절이후(時節以後)로, 봉사 눈떳단
말 처음이로구나. 얼씨구나 절씨구. 송천자(宋天子), 폐하(陛下)도 만만
세(萬萬歲). 심황후(沈皇后) 폐하(陛下)도 만만세(萬萬歲). 부원군(府
院君)도 만만세(萬萬歲). 여러 귀빈(貴賓)들도 만만세(萬萬歲), 천천
만만세(千千萬萬歲)를, 태평(太平)으로만 누리소서. 얼씨구나 좋을시
고.」…… 이상 보성소리 심청가 중에서

햇덩이가 반공을 벗어나 중천을 향해 줄달음질을 하고 있을 때까
지 사람들이 떠나갈 줄 모르고 있었다. 도대체 알 수 없는 일이 벌어진
꼴. 쥐약이며 고약이 있는 대로 팔려나가고 있었다. 적선을 해대는 사
람도 예상보다 많았다. 이렇게 나아가다가는 논을 사고도 남을 일이
었다. 닷새 동안 준비해온 굿판이 대성황으로 치닫고 있었다. 소리꾼
들은 얼굴에 웃음기를 감추지 못하고 해낙낙하고 있을 때였다. 갑자
기 난데없이 휙 소리와 함께 헌병보조원과 순사들이 떼거지로 몰려들
었다. 일장기를 팔뚝에 차고 제복을 입은 이들이었다. 매끈매끈한 방
망이를 손에 쥐고 허리춤에는 사벌과 홍사(紅絲)를 차고 있었다.

"멈춰라!"

110

그들은 관중을 뚫고 안으로 들어와 소리꾼을 에워쌌다. 방망이를 휘두르고 겁을 주면서 긴 장화발로 북장구를 걷어차기도 했다.

"굿판을 이끌고 있는 놈이 누구냐?"

우두머리로 보이는 자가 눈을 지릅떠 데굴데굴 굴리며 소리쳤다.

"지입니다요."

동석이 잔뜩 겁을 먹은 채 고개를 쳐들며 말했다.

"네 이름이 무엇이냐?"

"천동석입니다요."

"뭣이라? 천동석?"

"예. 그렇습니다요."

"굿을 시작하기 전에 황국신민으로서 선서를 하고 시작했나?"

그는 눈알을 부라리며 생트집을 잡기 시작했다.

"할 줄 몰라서 못했구만이라우."

동석은 짓질린 채 말끝을 얼버무렸다.

"이 깐나새끼! 일본과 조선은 본래 하나의 나라라는 것을 모르능가? 때문에 조선인은 신(神)으로 살아계신 천황폐하께 황국신민의 선서를 해야 한다. 지금 하도록 하라."

순사는 방망이로 내려칠 듯 윽박질렀다.

"할 줄 몰라서 그랬구만이라우."

동석은 겁을 잔뜩 먹고서 벌벌 떨었다. 솔직히 소리꾼들은 황국신민의 서사를 외우지도 못할 뿐 아니라 해본 적도 없었다.

일제는 우리문화 말살정책의 하나로 황국신민의 서사를 강요했다. 학교에서나 관공서는 물론 모든 행사가 시작될 시엔 일본이 있는 동쪽을 향해 "저희는 대일본 제국의 신민입니다. 마음을 합해 천황 폐하께 충의를 다하겠습니다."로 시작되는 선서를 하도록 강권을 발동했다. 하찮은 장마당 굿판에서조차 선서를 강요하고 나선 것이었다.

"네놈들을 황국신민이라 할 수 있겠나? 그리고 이름을 왜 바꾸지 않았나?"

순사는 칼벼락을 치듯 다몰아세우고 나섰다. 이름을 일본식으로 바꾸지 않은 것을 트집 잡고 나선 것이다. 그는 함께 있는 이에게 방망이로 어깻죽지를 쿡쿡 찔러가면서

"너는 이름이 뭣이냐?"

"팽갑입니다요."

"성은?"

"서 가구만이라우."

"너도 이름을 고치지 않았단 말이냐?"

"아직 고치지 못했구만요."

팽갑은 겁에 질려 부르르 떨면서 대답했다. 그는 두려움에 고개를 숙인 채 말했다. 또 다른 사람에게 물어도 창씨개명을 한 사람이 없었다. 그도 그럴 것이 소리꾼들은 대부분 성보다는 이름 두자만 부르고 사는 경우가 대부분이었다.

일제는 1936년 11월 제령(制令) 제19호로 '조선민사령'을 개정하고 1940년 8월 10일까지 조선인의 성명을 일본식으로 바꾸라고 면강을 부렸다. 조선인이 성명을 변경하지 않을 경우 사회활동을 할 수 없도록 갖가지 제약을 가해왔던 것이다.

"아이고 죽을죄를 지었구만요. 당장 이름도 바꾸고 선서도 헐랍니다요. 이번만 봐주시면 다시는 그럴 일이 없을 거구만요."

동석은 허리를 굽실거려가며 조아리듯 말했다.

"이 자식들을 모조리 끌고 가라! 다시는 이따위 짓을 못하도록."

우두머리 순사는 다짜고짜 헌병보조원들에게 소리쳤다. 그리고는

구둣발로 약을 담아놓은 상자를 냅다 걷어찼다. 헌병보조원은 득달같이 소리꾼들에게 달려들어 팔을 움켜쥐었다.

"이놈들은 황국신민으로서 서사를 선서하지 않았고, 창씨개명도 하지 않았기에 당장 체포한다. 알았나?"

순사는 만장 가운데서 선전포고를 하듯 외쳤다. 헌병보조원들이 급히 남자 소리꾼들을 홍사 줄로 팔목을 묶었다. 구경꾼들은 눈을 힐끔거리며 슬금슬금 떠나가고 말았다. 여자 소리꾼은 몸을 움츠리며 바들거렸다.

"끄집고 가라!"

순사는 또다시 벼락방망이를 내려치듯 고성대질했다. 헌병보조원은 소리꾼들은 시래기 다발 엮듯 줄줄이 묶은 다음 끄집기 시작했다. 순간적으로 죄수가 되어 팔목이 묶인 그들은 몸을 휘청거리며 다리를 비척거렸다. 겁에 짓질린 그들은 금방 눈알이 쏟아져 나올 것처럼 휘굴리면서 연신 아내를 바라보았다.

"예 말이요. 순사님! 우리가 몰라서 그랬응께 한 번만 봐주싯이오. 이다음엔 절대로 그런 일이 없도록 헐라요. 예? 순사님!"

여자들이 순사 앞으로 달려가 제발 한 번만 봐달라고 애걸복걸해보지만 막무가내였다. 쳐다보지도 않은 채 방망이로 쭉쭉 밀치고 나아갔다. 그들은 곧바로 신작로로 나아가지 않았다.

굴비두름 엮듯 줄을 세워 장마당 골목을 누비며 끌고 다녔다. 계속해서 여자들은 뒤를 따르며 울고불고 매달려보지만 밀어젖히는 그들의 군화 발을 견디지 못하고 땅바닥에 나뒹굴었다. 또다시 달려들어 애고지고 눈물을 쥐어짜는 여인들을 방망이로 떠밀어내는가 하면 목에 긴 칼을 겨누며 따라오지 못하도록 맹박을 가했다. 장마당을 돌면서 일부러 호각을 불러대었다. 뭇사람들의 시선을 끌기 위한 음흉한

술책을 부리는 것. 만장 앞에 잡혀가는 모습을 보여줌으로써 모두에게 경각심을 불러일으키려는 의도도 다분히 깔려 있었다. 힘없는 소리꾼을 대상으로 본보기로 한 전시효과를 노리려 들었던 것이다. 소리꾼들은 우리 문화의 전수자이기에 본보기로 삼아 본때를 보여주려 했던 것이다. 힘없는 약자이기도 해서 아무런 거리낌 없이 소기의 성과를 거둘 수 있었다. 그러나 소리꾼들은 그 까닭을 알지 못했다.

세계 제국주의 국가는 약소국가를 침략하면서 정치적 탄압과 경제적 수탈을 자행하는 것은 보편적인 일로 삼았던 것이다. 그러나 일제는 이에 그치지 않고 조선인의 민족문화를 말살함으로써 민족적 자부심을 파괴, 일본에 동화시키려 들었다. 조선의 존재를 완전히 지우고자 교묘하고도 악랄한 방법으로 우리 민족을 탄압하였던 것이다. 그들이 우리 문화를 말살하기 위한 정책으로는 식민주의 교육을 뿌리 내리게 하고, 식민 사관을 앞세워 역사를 왜곡하며 일본종교를 침투시키려는 온갖 힘을 기울였다. 천조대신(天照大神), 명치천황(明治天皇)을 제신(祭神)으로 하는 조선신사를 건립하고 신사참배를 강요했다. 황국신민서사를 선서할 때도 카미타나(神棚)앞에서 하도록 했다. 1933년부터 신사(神社)를 세워 황국신민화를 위한 정신운동을 강요하기 시작했다. 그때부터 신사가 급격히 증가하였다. 1938년에 이르러서는 신사보급정책이 더욱 가속화되어 매월 1일을 애국일로 정하고 각 지방까지 조선인을 동원하여 신사참배토록 했다. 이때엔 일장기 게양, 황국신민서사 제창, 근로봉사 등의 월례 행사를 강요했다. 이를 거부한 인사를 투옥하고, 학교와 교회는 폐쇄하기까지 이르렀다. 조선어를 말살하려 들고 성명을 일본식으로 개명하는 일명 창씨개명(創氏改名)도 강요했다. 조선의 문화재를 파괴하고 약탈하려는 데 혈안이 되기도 했다.

남자 소리꾼이 끌려가고 난 장마당은 황량하기 그지없었다. 여자 소리꾼들은 관중 하나 없는 마당에서 서로 눈물바람을 지으며 짐을 챙길 뿐이었다. 맥이 풀린 채 억울함을 견디지 못하고 하소연을 쏟아 내었다.

"워매! 징한 놈들! 우리 같은 사람도 사람이라고 천벌을 받고도 남을 일이제. 첫 마순디 손뼉을 치게 헌단 말잉가?"

동석의 부인이 허탈한 심정으로 하늘을 쳐다보며 푸념을 털어놓았다.

"워매 어째야 쓸 것이라요? 일본으로 끌어가불면 어쩔 것이냔 말이요?"

팽갑이 부인이 한숨에서 새어나오는 목소리를 내질렀다.

"이놈의 웬수녀러 시상 땅하고 하늘하고 딱 붙어갖고 모두 한날한 시에 저승으로 가부렀으면 좋겠구만."

진쇠 부인이 불만 섞인 신세타령을 내셍겼다.

"윗따매! 그렇게 된다면 두 손으로 박수를 처감서 염라대왕 앞으로 갈라요."

얌례가 땡감을 씹은 얼굴표정으로 넋두리를 쏟아내었다.

"다 그놈의 웬수녀러 나라 때문이랑께. 염라대왕은 뭣하고 있는지 모르겄어. 그놈들을 잡아가지도 않고 왜 놔둬갖고 우릴 못살게 하느냔 말이여, 남의 나라 사람들 피를 빨아 묵고 사는 거머리 같은 놈들을 왜 가만 놔둔당가?"

점순이 푸념을 털어놓으면서도 혹시 헌병이나 순사가 없는지 두리번거렸다.

"워매! 순사라고 허면 이가 갈리요. 시상천지 사람으로 태어나서 어째서 그런 못된 짓만 허고 산단 말이요. 지옥이 맬갑시 있간디 다 그런

놈들을 위해 있는 것이제.”

“어서 가자니까. 그런 소리 그만혀. 순사라도 들으면 제삿날이 되는
것도 모롱가?”

까닭도 없이 남편이 끌려가자 하염없는 탄식을 쏟아내며 짐을 꾸렸
다. 분하고 억울하면서도 두근거리는 가슴을 부여안고 자리를 떠났
다. 북장구를 머리에 이고 슬금슬금 장마당을 떠났다. 스무 해가 넘도
록 장마당을 삶의 터전으로 살아온 그녀들이었기에 가슴이 더욱 쓰렸
다. 굿판으로 그럭저럭 생계를 이어왔던 것인데……. 이제 한 발짝 앞
도 내다볼 수 없는 처지가 된 것 같았다.

헌병보조원들은 그들을 포박한 채 보성읍내 신작로를 질질 끄집고
다녔다. 만인들에게 공포 분위기를 조성하여 시위효과를 노린 것. 길
을 가다 그들을 바라본 사람들은 쩍쩍 혀를 차며 혼잣말을 되뇌기도
했다.

“자들이 무슨 죄가 있다고 저러는 것잉가? 왜놈 없이 사는 날이 언
제 올 것이랑가?”

“숭악하고 더러운 놈들! 할 짓이 그리도 없어 왜놈들한테 빌붙어 산
당가?”

모두들 밧줄에 묶여 끌려간 그들을 안타까운 심정으로 바라보았다.
비탄에 젖어 눈물짓지만 정작 그들 앞에서 고개를 숙일 수밖에 없었
다. 서슬 퍼런 그들의 총칼 앞에선 뾰족한 방법이 없었다.

점심마저 굶은 채 경찰서로 끌려간 그들에게 다가온 것은 인정 없
는 구타였다. 닥치는 대로 몰매질을 가해왔다. 모질고도 악랄한 수법
으로 혹독한 고문까지. 소름이 쪽쪽 끼치고도 남을 만큼 비명소리를
질러대도 아랑곳하지 않았다.

“황국신민으로 임무를 다하지 못한 느그들에게 누가 굿판을 벌리라

고 했나?"

헌병보조원들은 소리꾼에게 사정없이 채찍을 휘두르면서 조롱하며 비웃었다.

"지들이 잘못했구만이라우. 이제는 시킨 대로 헐 테니 한번만 봐 주싯시요."

채찍에 맞아 이마에서 선혈이 낭자한 춘달이가 두 손을 모아 빌면서 애걸하듯 말했다. 그러나 그들은 닥치는 대로 인정사정도 없이 또다시 방망이를 휘둘렀다.

"다시는 장마당에서 굿을 하지 않겠다고 손도장을 찍도록 해라."

순사는 굿을 하지 말라고 막다짐을 해대며 종이를 내밀었다. 엉겁결에 붉은 인주를 엄지손가락 끝에 묻힌 후 연명으로 도장을 찍고 말았다. 최후 생계수단까지 박탈당한 그들은 억장이 무너지면서 낯빛마저 하얗게 질려버렸다.

"또다시 굿을 했다간 그때는 형무소로 보내겠다. 알았능가?"

"예. 알았구만이라우."

"이번만은 한 번 봐주겠다. 황국신민으로서 지켜야 할 일을 철저히 이행토록 하라. 알았능가?"

순사부장이란 사람이 경고를 주고서 풀어주도록 명령했다. 이윽고 포박이 풀리고 조사실 문이 열렸다. 그들은 하나같이 넙죽넙죽 엎드려 다짐을 하고서 밖으로 나왔다.

일제는 이토록 조선인들이 좋아하는 일을 하지 못하도록 압력을 가했다. 일종의 문화말살정책이었다. 심지어 소리꾼들에게 무당굿도 하지 말고 천조대신 카미타나 앞에서 신사참배할 것을 다짐하라고 윽박질렀다. 신사참배에 역행하는 행위여서 허용할 수 없다고 했다. 자연스럽게 신사참배, 동방요배, 군사교육, 황국신민서사(皇國臣民誓詞)

의 암송, 정오묵도 등으로 이어지도록 강요하고자 함이었다. 이에 불응하는 자는 엄벌로 다스리겠다고 엄포를 놓으면서 황민화정책을 폭압적으로 추진했다. 마지막으로 창씨개명을 강요했다. 일명 성명말살정책이었다. 일제는 우리말 말살정책에 이어 1936년 11월 제령(制令) 제19호로 '조선민사령'을 개정하고 1940년 8월 10일까지 한국인의 성명을 일본식으로 바꿀 것을 강요했다. 조선인이 성명을 변경하지 않을 경우 사회활동을 할 수 없도록 갖가지 제약을 가했던 것이다.

공포에 짓질린 소리꾼들이 정문을 나설 때는 이미 해거름이 다 되어서였다. 모두들 만신창이가 되어 있었고 온통 피투성이였다.

"아이고! 아이고! 이것이 무슨 꼴이다요? 무슨 죄가 있다고 사람을 이렇게 죽이냔 말이요?"

아내들은 발을 동동 구르며 기다리고 있다가 남편이 나타나자 아이고땜을 놓으며 달려들었다. 모두들 남편을 붙들고 통곡을 해대었다. 길바닥은 이내 울음바다로 변했다. 온몸이 상처투성이가 되어 벌건 선혈로 얼룩진 남편을 바라본 부인들은 아연실색하지 않을 수 없었다. 그러나 정문에 총을 들고 서있는 헌병보조원이 눈을 부릅뜨고 쳐다보자 질겁하고 슬금슬금 골목길로 사라졌다.

뜻하지 않게 경찰서로 끌려가 그악스럽게 매를 맞고 나온 득창은 피칠갑이 된 채 집으로 향했다. 탈탈 곯은 데다 어둠마저 몰려들지만 그는 터벅터벅 걸음을 재촉했다. 금방이라도 쓰러질 듯 비척거리다 다시 몸을 가누어 비탈진 길을 올랐다. 아직은 초봄이라서 살랑거리는 봄바람이 을씨년스럽기 그지없었다. 평촌뒷산으로 오른 그는 몸도 고달프지만 하늘이 무너지는 기분이었다. 이제 할 일이 없다는 것이 그의 가슴을 짓눌렀다. 장돌뱅이 생활을 접으면 당장 먹고 살 것이 없었다. 장마당을 얼쩡거리며 굴러다니면서도 아내를 맞이한 뒤로는 어깻바람이 나서 싱글벙글거렸던 것인데……. 세상 태어나 가장 기쁜 일이란 지금의 아내를 맞이한 일이었는데……. 생의 최고의 즐거움이라면 아내를 만나 함께 살아가는 것이었다. 그런 아내를 굶길지도 모른다는 생각을 하면 간장이 찢겨나가는 아픔이 밀려들었다. 오직 머릿속에는 아내 생각이 매대기질을 할 뿐이었다. 산짐승도 아닌 사람이 산속에 숨어 사는 것도 서러울 일인데 밥까지 굶겨야 한단 말인가? 억장이 무너지면서 숨통이 뭉개지는 느낌이었다. 매를 맞아 상처 난 자국이 아리고 쑴벅거려 걸음을 제대로 걸을 수가 없어도 그것은 아무것도 아니었다. 당장 일자리를 잃었다는 비통한 심경이 가슴을 짓눌렀다. 오직 죽고 싶을 따름뿐 마음을 돌릴 만한 묘안이 떠오르지 않았다. 어두운 산길을 오르면서 별 궁리를 다해보지만 뾰족한 수가 생각나지 않았다. 고작 머릿속에 잡힌 것은 혼자서 약장사를 해보는 것이 떠오를 뿐이었다. 엉클어진 감정을 추스르며 집에 다다른 시각은 사경(四更)이 되어서였다.

득창은 장마당 가는 일을 접고 아버지 밭일을 도왔다. 가을보리밭 북을 돋우고, 하지감자도 심고, 봄채소를 심기 위해 밭고랑도 파고, 봄나물도 캐며 하루를 보냈다. 밤에는 아내와 함께 북장단을 쳐가며 소리공부에 정열을 쏟았다. 아내는 소리를 배우는 것만으로도 더할 나위 없이 행복하다고 말했다. 겨울 동안 익힌 장단과 춤사위는 그녀를 소리의 매혹에 빠져들게 하고 있었다. 단 하루도 소리를 하지 않고서는 입에 가시가 돋을 것만 같다고. 산바람 소리도, 산새 소리도, 산계곡물 소리도, 풀벌레 울음소리까지 모두 장단으로 다가와 귀청을 울려댄다고 말할 정도였다. 일하는 손도 마치 도드락망치가 되어 장단을 두드리기 일쑤였다. 이제 소리를 떠나서는 살 수도 없고, 밥은 굶는다고 해도 소리만 할 수 있으면 좋다는 것이었다. 오직 명창이 되려는

119

일념뿐이었다. 창을 배운 뒤 반드시 득음하여 명창이 되겠다고 벼르곤 했다. 부부는 날마다 밤늦게까지 소리책을 외우고 장단을 쳐가며 소리공부로 빠져들고 있었다. 그러나 득창은 날이 갈수록 걱정이 태산이었다. 식량이 얼마 남지 않았던 것이다. 이제 집에 남은 식량이라곤 겉보리와 메밀과 서숙 정도였다. 그것마저도 보름 정도 지나면 동이 날 지경. 그는 불고염치를 무릅쓰고 함께 지내왔던 소리꾼들을 찾아가 장마당굿을 해보자고 졸랐다. 그러나 그들은 하나 같이 형무소로 끌려갈 수 없다고 손사래를 활활 쳐대는 것이었다. 결국 혼자서 약을 들고 사방으로 헤맸다. 역 대합실이며 점방을 찾아다니며 쥐약과 고약 그리고 빈대 벼룩약을 외치며 팔러 다녀보지만 예상과는 달랐다. 종일 쏘다녀 봐도 사주는 사람이 없었다. 장마당 굿판에서 사주던 사람들마저도 못 본 체 냉소를 흘렸다. 발이 닳도록 떠돌아보지만 땡푼 한 닢 벌지 못하고 돌아올 때가 많았다.

그는 약 팔러 다니는 일을 접고 말았다. 하는 수 없이 다시 산밭농사를 거들었다.

14
씻김굿

어느덧 꽃피는 춘삼월이 돌아왔다. 발록거리는 이른 봄이 망울망울 피어나는 개나리꽃에 사뿐히 내려앉았고, 만산에는 붉은 물감을 뿌려 놓은 것처럼 진달래가 흐드러져 있을 때였다. 득창은 아버지와 함께 산밭에서 하지감자 붓을 하고 그의 아내는 밭둑에서 나물을 캐고 있었다. 겨우내 꼼짝도 하지 않던 말순 할머니와 여우동 할머니가 자정골을 찾아왔다.

일하고 있는 모습을 보고는 곧장 산밭으로 올라온 여우동의 손에는 작은 보따리가 들려있었다.

"스승님! 겨울 동안 잘 지내셨습니까요?"

"앗따 오랜만이네. 자네들도 그동안 잘 있었능가?"

"예. 스승님. 스승님께서 건강허신 것을 봉께 마음이 놓이구만요."

"고맙네. 나도 자네들을 봉께 마음이 푹 놓이구만."

"자네들도 잘 있었능가?"

여우동이 민순을 향해 살가운 웃음매를 지었다.

"예. 할머니."

"어째 소리공부도 해쌌능가?"

이번에는 말순 할머니가 입을 헤벌쭉 벌리며 물었다.

"예. 장단도 배우고, 글공부도 하고 춤도 배웠구만요."

"왓따매! 잘했네. 춥다고 가만히 누워 있기만 하면 쓴당가. 그럴수록 활동을 해사제."

여우동 할머니가 싱긋거리는 눈웃음을 쳐가며 칭찬했다. 민순은 칭찬을 들으니 기분이 상큼해진 듯 밝은 표정을 지었다.

"그런디 얼굴이 왜 말라부렀당가?"

말순 할머니가 갑작스럽게 눈을 휘둥글며 놀란 빛으로 소리치듯 말했다. 그러나 민순은 아무렇지도 않은 듯 화사한 봄꽃 같은 해맑은 웃음만 짓고 있었다.

"워매! 정녕 자네가 묵은 것이 시원찮은개비네. 그놈의 장굿을 못하게 형께 벌이가 없어 그러것제."

말순 할머니가 안타까운 듯 얼굴을 뻔히 쳐다보면서 말했다.

"얼굴은 몰랐어도 원래 이쁜 얼굴이라 괜찮허네."

여우동이 넉살 좋게 느물거리며 말했다.

"가을볕은 딸을 쬐여주고 봄볕은 며느리를 쬐여준다고 하더니만 그 말이 딱 맞네. 시집온 지 얼마 되었다고 봄볕에 일을 헌당가? 아이고! 우리 스승님도 너무하시는구만."

말순 할머니가 투정이라도 부리듯 의미심장한 미소를 지으며 넉살을 피웠다. 이어 눈길을 돌려 활성산을 바라보고서는

"워매! 꽃 좀 보소. 여기를 옹께 극락이 따로 없네그랴."

말순 할머니는 활성산을 바라보고 넋이 나간 사람처럼 소리쳤다.

"저렇게 이쁘다가도 금방 지는 것이 봄꽃이랑께요. 그래서 열흘 붉은 봄꽃 없다고 합디여. 우리 인생도 마찬가지랑께라우. 금방 핀다 싶더니 쉰이 넘었으니 인자 다 살았는 갚소."

"그런 소리들 허지 말소. 괜히 마음이 슬퍼지고 눈물이 날라고 허네."

"말한다고 늙고 안 한다고 안 늙는다요? 세월은 유수 같이 흘러가는 것인디 누가 붙잡을 수 있간디라우?"

"쓸딱갱이 없는 소리 그만허고 꽃이나 좀 보소. 참말로 속이 확 터져부네."

말순 할머니가 밭둑 옆에 바위에 걸터앉아 보자기를 풀면서 소리쳤다.

"며느리에게 글도 가르치고 장단도 가르치셨가요?"

"지가 배우고 싶다고 헝께. 도와줬제."

"명창이 되고자 하는 마음은 아직도 변함이 없능가?"

여우동이 민순을 향해 보시시 눈을 뜨고서 빙긋 웃으며 물었다.

"예."

민순은 얼굴이 붉어지며 무안쩍은 표정을 지으며 대답했다.

"시아버지 계실 때 부지런히 배우소. 며느리한테는 잘 가르쳐 주시겠제."

말순 할머니가 보자기를 풀고서 작은 대나무 석 짝을 꺼내어 뚜껑을 열었다. 거기에는 이른 봄 쑥을 캐어 찹쌀로 만든 떡이 들어있었다. 그녀는 한 조각을 꺼내어 들고 학동영감에게 다가갔다.

"스승님! 입 좀 벌리싯시오. 봄 떡은 처녀하고도 안 바꾼다고 했당께라우."

떡을 입에 넣어주면서 야살을 떨었다.

"그러제. 참말로 쫄깃쫄깃함서 맛있네. 자네들도 같이 먹어사제."

학동은 떡을 씹으면서도 푼더분한 웃음을 내뿜었다.

"지들은 먹고 왔응께. 이리 오셔서 드싯시오."

학동은 들고 있던 호미를 내려놓고 손을 털면서 바위로 왔다.

"아가! 너도 이리 오니라. 그리고 득창이 너도."

학동 영감은 아들 며느리를 불러대었다.

"워매! 이리 귀한 것을 이렇게도 많이 가져왔능가?"

"어제 저녁에 시깽굿을 했구만이라우. 그래서 가져왔당께요. 이것은 돼야지 개기여라우. 묵은 김치 넣어갖고 뽀땃하게 끓여 잡수시라고 갖고 왔봤당께요."

석짝에는 떡과 삶아놓은 돼지고기가 있었다. 학동은 눈알을 뙤록 굴리면서

"워매! 고맙네. 자네들 안 묵고 가져왔능가?"

"지들은 굿을 하고 나서 묵었구만이라우."

"자네들 아니면 이런 춘궁기에 개기맛을 어떻게 볼 수 있겠능가?"

"그렇지라우. 지금 보릿고개가 시작되어갖고 사람들 모두 쑥이 크기만을 기다리고 있당께요. 쑥을 캐서 보릿가루와 버무려 나물죽을 쒂먹지 않고서는 살 수가 없지라우."

"그러제. 우리도 그래야 할 형편이랑께."

학동은 며느리와 아들에게 떡을 먹으라고 손짓을 하면서 말했다. 여우동이 떡을 집어 민순이에게 건네주었다. 민순은 거의 일 년 만에 인절미 떡을 보았다. 그 순간 능주 이양할머니 집에 있을 때 봄이면 쑥을 캐다 떡을 해먹던 일이 불쑥 떠올랐다. 설이 돌아오면 가마솥에다 조청을 우글지글 끓여놓고서 강정도 만들고 봄까지 떡을 찍어 먹던 기억이 아른 거렸다. 그는 떡을 입에 넣었다. 말랑말랑하면서도 쫄깃쫄깃해서 입에 넣자마자 혀끝에 감칠맛이 돌았다. 곱삶아 지은 꽁보리밥과 고구마로 끼니를 때워왔던 터에 인절미 맛을 보니 깔끄러웠던 혀가 부드러워지면서 목구멍으로 넘어갈 것만 같았다. 여우동은 연신 떡을 집어 민순이에게 건네주며 많이 먹으라고 권했다.

"춤도 많이 배웠능가?"

말순 할머니가 싱긋이 웃으며 민순을 바라보고 물었다. 민순은 대답대신 생그레 웃음을 지으며 고개를 끄덕였다.

"잘했네. 이래배도 시아버지 춤 솜씨가 보통이 아니단 말이시. 잘 배워두소."

"워매! 그 이쁜 얼굴로 장마당에 나가서 춤을 추면 여러 놈이 오줌을 질질 쌀 것인디."

여우동이 넉살 좋게 느물느물 웃으며 소리쳤다.

"앗따! 금세 잊었능가? 지금 장마당에를 어떻게 간당가?"

말순 할머니가 점잖게 나무라듯 말막음을 하고 나섰다.

"일러치면 그렇다 그말이지라우."

"그래도 그렇제. 말을 함부로 허면 못쓴 것이랑께. 혹시 호음동 사람들 눈에 띄기라도 하면 어쩔라고 그런 말을 허냔 말이시?"

말순 할머니가 입술을 비죽거리며 꾸중을 하고 나섰다. 여우동은 이렇게 가끔 실없는 소리를 내뱉어 말순 할머니로부터 호된 나무람을 듣곤 했다. 때로는 면전에서 낯박살을 당하기도 했다. 일순간 모두들 눈빛이 시무룩해지면서 시선이 민순을 향했다. 그녀의 눈꺼풀 사이로 비쳐지는 눈자위가 붉어진 것 같았다. 학동도 며느리가 너무 안쓰러웠던 것이 사실이었다. 산골 밖으로 나가보지도 못하고 집에서만 지내야 하는 처지가 한없이 가련했다. 남편을 따라 장마당에라도 한 번씩 다녀왔으면 좋으련만 얼굴을 들고 나설 수 없는 것이 못내 아쉬웠던 것이다. 이제 아들놈마저 갈 수 없는 세상이 되었으니 속이 부글부글 끓어올랐다. 생각하면 할수록 일제가 원망스럽기 그지없었다.

분위기가 싸늘해지자 말순 할머니가 활성산을 향해 고개를 두렷거리고 나서 꽃을 보고 감응에 젖어든 소리를 내질렀다.

"활성산 창꽃이 이쁘다고 허드니만 참말로 곱네요."

여우동도 이에 뒤질 새라 벌떡 일어서서 활성산을 휘돌아보고서는 넉살스러운 흠탄(欽歎)을 늘어놓았다.

"워매 워매! 나 집에 못 가겠소. 열흘 붉을 꽃이 없다고 했는디 그동안만이라도 나 여기서 살아야 쓰것구만이라우."

산을 바라본 모두들 얼굴에 웃음꽃이 피어나기 시작했다.

활성산은 말 그대로 빨간 물감을 부어놓은 것 같았다. 산자락이며 굽이굽이에 흐드러지게 피어있는 철쭉꽃은 마치 서로 경염하는 것과 다름없어 보였다. 여기에 뒤질 새라 산 벚꽃이 산곡을 휘돌아 흐드러지게 피어 꽃잎파리를 날려대었다. 마치 한겨울에 눈이 날리는 것처럼 사금파리같이 반짝반짝거렸다. 길섶에는 짙은 붉은빛에 자주색 오랑캐꽃이 연약한 모습으로 피어나 바람에 한들거렸다. 벌써 하얀 꽃을 피워낸 냉이가 묵은 밭을 휘덮었다. 산 아래 땅가시 우거진 숲에서 묵은 장끼 한 마리가 긴 목을 늘어 빼고서 퍼드덕퍼드덕거리더니 목청 떨린 소리로 까투리를 불러대었다. 멧비둘기 한 쌍이 내려앉아 구구구구거리며 사랑놀이를 해대었다. 따가운 봄 햇살이 머리 위로 쏟아져 내리고 춘풍에 꽃향기가 콧속으로 파고들었다.

"스승님께서 일하시는 것을 봉께 아직도 한참 나이 같구만요."

말순 할머니가 은근히 안타까움을 내비쳤다. 한평생 소리로 살아오시던 스승이 그냥 묻혀 지내시는 것이 무척 아깝기도 했다.

"힘든 일은 못하고 그저 밭에만 왔다 갔다 하며 지내고 있네."

"아직도 소리를 가르칠 수는 있으시겠능가요?"

"하믄. 소리는 잘 내지르지는 못한다 할지라도 가르치기야 허겠제."

"그럼 다시 배울 사람들을 모아봐야 쓰것구만요."

"아니네. 여기는 소리골과는 다르네. 마땅히 가르칠 방이 없지 않능가?"

두 사람은 오막살이집을 내려다보고서 수긍이 가는 듯 고개를 끄덕였다.

"하기사 소리골은 집 뒤로 너른 마당바위도 있고, 폭포도 있고, 너른 대청 같은 헛간이 있었응께 좋았지라잉."

여우동이 자라목 같은 목을 길게 빼어내 이리저리 휘둘러보면서 아쉬운 목소리로 말했다.

"하믄. 오가기는 힘들어도 소리를 하기엔 거기보다 좋은 데가 없제."

학동도 맞는 말이라며 얼른 여우동을 거들고 나섰다. 학동은 소리골을 떠나온 지 여덟 해가 되었는데도 그때의 추억을 잊지 못했다. 명주실처럼 얽혔던 끈끈한 정을 지울 수 없어 애참한 마음으로 눈물을 흘릴 때도 있었다. 그러나 며느리가 집에 들어온 뒤로부터는 그런 내색을 할 수 없었다. 눈물겨웠던 그 곡절이 마음에 상처가 되지 않을까 싶어 들먹이지 않았다. 소리골을 들먹이고 나오자 민순의 얼굴이 일순간 싹 달라지곤 했다. 인절미를 입에 넣고 좋아하던 천진난만한 미소가 안개처럼 빠져나가는 것 같았다. 민순은 소리골만 들먹이면 얼굴표정부터 굳어졌다. 쉽게 표정이 드러나지 않던 얼굴인데도 얼른 알 수 있었다. 엄마에 대한 애달픈 심사를 달래지 못하는 것 같았다. 금세 애애처처한 눈빛으로 고개를 숙인 며느리 얼굴표정을 보고서 에둘러 말을 바꾸려 들었다.

"여기에도 그런 소리방이 하나 있으면 좋겠지만 어디 맘대로 허겄능가?"

그것은 분명 며느리를 염두에 두고 하는 말이었다. 명창이 되겠다고 하는 굳은 의지를 보였기 때문에 덜렁 꺼내들었지만 망연스러운 말이었다.

"앗따 며느리가 명창이 되겠다고 나선 마당잉께 한 칸 지어야 쓰겠소. 그래야 소리공부를 하제 땅바닥에 앉아서 헐 것이요. 잠자는 방도 손바닥만 하드구만요."

말순 할머니가 강 건너 불 보듯 대수롭지 않게 헤벌쭉 웃어가며 말했다.

"그게 어디 쉬운 일잉가. 바늘 꽂을만한 땅 한 되지기도 없고 돈도 없는디, 무슨 재주로 짓는당가. 생각헐 수도 없는 일이제."

학동영감은 하릴없는 짓이라는 듯 넋두리 가득 찬 말을 늘어놓았다. 그는 입맛을 쩝쩝 다시며 실의에 찬 눈빛마저 흘려보냈다.

"아 저기 집 옆에다 붙여서 지으면 되겠구만 왜 땅 타령을 허시는 것이오?"

여우동이 바위 옆에 있는 너른 마당을 가리키며 입을 뗐다.

"어허! 저 땅이 내 것이라면 걱정도 않겠네. 남의 땅에 집을 짓다가 허물라고 하면 어쩔 것인가. 공들여놓고 도로아미타불이 되는 꼴이제."

"그렁께 그냥 짓는다요. 땅 주인에게 말을 허고 지어야지라우."

"허락을 헌다는 보장도 없는 일이제. 설령 지어라고 해도 손에 쥔 것이 없으니 그것이 어디 쉬운 일이겠능가? 집짓는 데는 흙 한 덩이에 밥 한 덩이라고 허질 않던가부네. 아무래도 내 살아생전에는 어려운 일이것제."

"그러믄 명창이 되겠다고 해서 들어온 며느리를 모른 척 할라고 허시는 것이오? 뒷간에 갈 때 마음과 올 때 마음이 다르다고 허드니만 스승님을 두고 한 말잉갑네요. 인자 시집왔응께 뉘 알아서 해라 그 말씀잉가요? 나는 모르겠다 그 말씀이지라우?"

여우동이 마치 시시비비며 잘잘못을 따지기라도 할 듯 시시콜콜 참견하고 나섰다. 듣기에도 좀 거북스러운 면이 있었다. 도드라진 입으로 느물거리는 모습이 귀살머리스럽게 보였다. 가만히 듣고만 있던 말순 할머니가 아니꼬운 듯이 입을 비죽거려가며 채근하고 나섰다.

"이 사람아 스승님헌테 무슨 말 버릇이 그렁가? 말이라고 헌 것은 아 해 다르고 어 해 다른 것인디 함부로 지껄이다니 몹쓸 사람이구만."

말순 할머니가 더럭 신경질을 내면서 쏘아붙였다. 그제야 자신의 실수를 알아차린 여우동은 계면쩍었던지 무색한 웃음을 입 끝에 매달며 시러베장단을 쳐댔다.

"앗따 성님도 그것이 아니어라우. 스승님께 며느리 속 좀 알아주시라고 헌 것이랑께라우."

"알았네."

말순 할머니는 앙가슴에 화살이 꽂히듯 한바탕 무안을 줘놓고는 실뚱머룩하게 입을 삐죽거렸다. 괜한 스승님께 떡 한 조각 드리고서 들어치고 메어치는 꼴이 되고 말았다. 학동영감도 심기가 편치만은 않은 것 같았다. 무능한 시아버지라는 자책감인지는 몰라도 자조 섞인 한숨을 내쉬었다. 말순 할머니는 분위기를 바꾸기라도 하려는 듯 자정골을 찾아온 까닭을 들먹거리고 나섰다.

"어쩨 소식은 있능가?"

느닷없는 질문에 민순은 무척 당황한 눈빛을 보였다. 눈을 두렷거려가며 두 사람을 바라보았다. 학동영감도 영문을 모르고 자못 궁금한지 눈동자를 휘굴렸다.

"소식이라니요?"

혹시 무슨 소식을 듣고 온 것이 아닌가 싶어 민순은 겁부터 덜컹났다.

"워따매 시집을 왔으면 그 값을 해야 쓸 것이 아닝가?"

"예? 그것이 뭣인디요?"

"새색시가 밤일을 해놓고도 모른단 말잉가?"

여우동이 틈새를 노리고 끼어들어 신소리를 내질렀다. 민순도 그제야 알아차리고 쑥스러운 듯 얼굴을 붉혔다. 학동영감은 기분 좋은 시선으로 바라보았다. 여우동은 다시 능청스럽게 다가가 민순이 배를 살살 문지르며 말했다.

"여기다 따다 담어놨제? 얼마나 되었능가?"

민순은 말을 못하고 고개를 살살 돌려가며 얼버무리려는 듯이 웃음만 지었다.

"그래 알겠네. 여자가 시집을 왔으면 그 값을 해야 쓴 것이네. 뚜깨비 같은 아들을 나서 시아버지 품에 안겨 들여야 쓸 것 아닝가? 잘 했구만. 인자 내가 발 뻗고 잠을 자겠네."

말순 할머니가 호활한 웃음을 지었다. 마치 친정어머니처럼 다정다감한 모습을 보여주었다. 너른 바다처럼 어질고 숭굴숭굴한 마음 같았다.

"자네 춤 잘 추제?"

여우동이 변탈을 부리듯 느닷없는 질문을 하고 나섰다. 학동영감도 민순도 무슨 영문인지 어리둥절한 표정을 지으며 눈만 말뚱거렸다.

"아니어라우. 이제야 배우는 중이라서 아직은……."

민순은 사실대로 말했다. 지난겨울부터 장단에 맞춰 춤을 추는 연습을 했지만 아직은 서툴렀다. 비좁은 방에서 연습을 했던 까닭에 춤사위다운 춤을 출 수 없었다. 하지만 후리후리한 키, 늘씬한 몸매, 예쁜 얼굴은 잘 춘 사람 못지않았다.

"자네 친정어머니 닮았으면 안 배워도 잘 출 것인디. 자네는 워낙 이뻐서 옷만 입고 꾸물거려도 태가 날 것이네."

여우동은 혀가 닳도록 민순을 칭찬하고 나섰다. 민순은 빈말일지라도 칭찬을 들으니 과히 기분 나쁘지는 않았다.

"자네도 알다시피 나야 평생을 당골로 살아왔제. 인자 나이가 들고 봉께 예전만 못하는 것이 사실이여. 늙은 사람이 소리를 하고 춤을 추면 궁상맞게 보이기도 허고, 구경꾼도 좋아하지 않드란 말이시. 이번에 내 곁에서 춤을 추어줄 수 없겠능가? 자네 서방님하고 같이 와주면 고맙제. 아무리 찾아보고 궁리를 해봐도 자네만 한 사람이 없을 것 같아서 염치를 무릅쓰고 부탁을 하러왔네."

여우동은 마치 그물을 쳐서라도 기어코 끌어내리려는 듯 안달복달하는 표정을 지었다.

민순은 굿이 뭣인지도 모를뿐더러 구경조차도 해본 적도 없었기에 무척 당황한 눈빛을 보였다. 두려운 마음에 가슴마저 저리기 시작했다. 명창이 되려는 것이지 당골이 되려는 것은 절대로 아니었다. 또 한편으론 그녀는 하루하루가 마치 줄을 타고 사는 기분이었다. 세상 눈을 피하여 산속에 꼭꼭 숨어 살고 있는 것이었다. 작은 아빠는 말할 것도 없고 고향사람들 눈에 띄기라도 하면 큰일이었다. 갑자기 가슴에서 두방망이질을 해대는 것 같았다. 밖에 나갔다가 들키기라도 하면 모든 것이 끝장이 날 일. 작은 아빠를 만나면 죽이고 말지 가만 놔두지 않을 것임이 명약관화한 일이었다. 너무도 생뚱스러운 일이었다. 그렇다고 모른 채 거절할 처지도 못되었다. 마치 친척처럼 더 임의롭게 지내는 사이라서 칼로 무 자르듯 할 사이가 못되었다. 이러지도 저러지도 못할 진퇴양난에 빠진 기분이었다. 학동영감도 당황한 기색이 역력했다. 마음이 무겁고 심사가 복잡한지 말없이 눈치만 살폈다. 긴 한숨을 섞어가며 말문을 열었다.

"창도 할 줄 모르고 아직 춤도 서투른디 어떻게 할 것잉가?"

"겨울 동안 배웠담서요?"

"아직 남 앞에 나서서 출 만한 솜씨는 아니랑께."

"워따메, 솜씨는 무슨 솜씨다요. 그냥 와서 곁에 서있기만 해도 된당께라우. 첫 숟가락에 배부르다요? 해보다 보면 금방 잘 하지라우. 춤을 못 춘다고 할지라도 저 이쁜 얼굴로 얼씬만 해도 좋겠구만이라우."

여우동이 능청스럽게 웃음을 지어가며 수다를 떨었다.

"득창이 자네는 어떻게 생각허능가?"

가만히 듣고 있던 득창이 깜짝 놀라 눈알을 되록 굴렸다.

"또 시깽굿이 있능가요?"

"그래서 자네를 찾아왔단 말이시. 엊저녁 같은 집이면 말도 꺼내지도 않제. 이번에는 자네는 물론이고 팽갑이 아들도 불러야 쓰겠당께."

"큰 굿을 하시능가요?"

"사혼까지 대판 굿을 해야 한단 말이시."

"이땅 주인 나기중 어른 집이랑께."

말순 할머니가 집주인 나기중을 들먹이고 나서자 모두들 눈알이 한 쪽으로 희뜩 돌아가는 모습을 지었다.

"그런 양반집에도 무슨 액운이 있단 말잉가?"

학동이 호들갑스럽게 놀란 표정을 지으며 물었다.

"그 집에는요 죽은 혼신이 저승엘 들지 못하고 항상 담 밖에서 집을 넘어다보고 있당께요.

그 혼신이 누구냐고 허면 나기중 형님이다요. 총각 때 광주에 있는 학교를 다녔다는디 어느 날 공부를 하다 말고 까닭도 없이 죽었담서라우. 저녁에만도 멀쩡한 사람이 아침에 봉께 죽어 있드라요. 말 못할 변고가 생긴 것이지라우. 장자가 죽은 탓에 나기중 어른이 장자가 되었담서라우. 그런디 죽은 형님을 내처봐뒀는 갑습디다. 몽달귀신이

되어갖고 구천과 이승을 넘나들며 집안을 기웃기웃하고 다닌 담서
라우."

"어허, 집안에 그런 일이 없어야 하는 것인디."

학동영감이 혀를 쩍쩍 차며 얼굴이 딱딱하게 굳어졌다.

"그래도 그렇제. 할 줄도 모르면서 얼쩡거리면 굿판을 망칠 것 아
닝가?"

학동은 염려스러운 듯 되뇌며 불안기를 감추지 못했다. 여우동이
만면희색을 머금고 어린아이 새살을 떨 듯 웃음을 지어가며 말부리를
따고 나섰다.

"걱정없당께요. 우리 둘이 하지마는 곁에 있어주는 것으로도 충분
허지라우. 하도 이쁘께 사람들 눈요기감이 되어줬으면 한당께요. 반
면에 삯은 통통하게 줄라요."

아양스러운 콧노래를 부르듯 말했다. 원래부터 짧은 혓바닥으로 사
람을 달콤하게 꼬드기는 데는 일가견이 있는 사람이었는데 늙었어도
변함이 없었다.

"혹시 아는 사람이라도 보면 어떻게 할 것잉가?"

학동이 아직도 어딘가 모르게 미덥지 못한 듯 새퉁맞게 토를 달고
나섰다.

"아이고 득량 사람들이 거기를 뭣하러 오겠소. 설령 왔다고 헌들 밤
인디 알아본요. 하얀 고깔을 써불면 내 각시라 할지라도 잘 몰라 본
당께요."

기어이 끝장을 보려고 매섭게 몰아붙였다.

"언제 할 것잉가?"

"열나흘 날로 잡혀있구만요."

"홀몸도 아닌데……."

"아직은 괜찮은 것 같응께 서방 따라서 한번만 구경삼아 보내주시
지요."

여우동이 민순이 배를 바라보면서 능청스럽게 말했다.

"자네들이 정 그렇게 말을 허니 지 남편도 가는 길이니 같이 갔다오
도록 했으면 쓰겄네."

"아이고! 감사하구만이라우. 인자 지들은 늙어갖고 젊은 여자가 꼭
끼어야 헌당께요."

"그렇다고 당골이라고는 허지 말소. 이래 봐도 명창이 될 사람이네."

학동은 맺고 끊는 것이 정확한 사람이었다. 그러나 그날만은 딱 잡
에 떼지 못하고 하루정도는 보내줄 수 있는 것으로 타협점을 찾고 말
았다. 그렇다고 해서 기분이 썩 좋을 리는 없는 노릇이었다. 시킴 굿
을 하려면 밤을 새워야 할 터라 며느리가 어떻게 견딜까 싶어 걱정이
앞서기도 했다. 안타까운 마음으로 며느리에게 조심스럽게 물었다.

"하루 정도는 다녀올 수 있겠냐?"

민순은 얼른 대답을 못하고 빙긋이 웃었다.

"아참! 그렇고 봉께 잘 꺼냈네! 명창이 될라고 하면 소리방이 있어
야 연습을 할 것 아닝가. 마침 잘 되얐당께. 주인한테 방 하나 지어달
라고 생떼를 써보소. 이쁜 자네가 부탁을 허면 거절을 못할 것 아닝
가? 주인은 재물을 주체하지 못하고 산다네. 그까짓 방 하나 못 지어
주겄능가? 우리도 뒤에서 거들어줄 것잉께 말해보랑께."

말순 할머니가 은근슬쩍 살살 꼬드기고 나섰다.

"부자라고 해서 해 주겄능가?"

"앗따! 자기 땅에 지으면 자기 것이제 남의 것이다요? 어사 덕분에
큰기침해본다고 소리방이 생기면 우리들도 와서 소리도 하고 가고 또
배우러 올 것 아니겄소?"

"그렇고 봉께 아귀가 딱 맞아부렀네. 없이 사는 놈은 이웃집 잔칫상에 부모님 지방(紙榜) 붙여놓고 절을 해서 제사를 때운다고 하더니만 꼭 그 꼴이 났구만. 쇠뿔은 당김에 빼라고 했다고 굿을 한 날 부탁을 해보소. 그럼사 안 들어주겠능가."

여우동은 흥에 겨운 듯 했다. 눈빛은 마치 이른 새벽하늘에 총총히 빛나는 샛별 같았고, 말하는 입술은 피어나는 철쭉꽃 봉오리처럼 봉싯봉싯 여미어 들었다. 좌우지간 넉살 하나는 타고 난 여자였다.

"돌아올 열나흘 날이 기다려지는구만. 입을 벌려 밥을 벌어야제 그냥 밥이 입으로 들어온다요? 그래서 입이 보배라고 헙디여."

말순 할머니가 입에 꿀을 바른 소리를 내질렀다.

"열나흘 날이라고 해봤자 사흘 밖에 남지 않았네 그랴."

"그렇게 알고 지들은 돌아가야 쓰겄구만이라우."

나기중은 천석이 넘는 부자로 보성읍 부평동에 살고 있었다. 1897년 정유(丁酉)년에 태어난 그는 열일곱에 장흥 임(任) 씨를 배필로 맞아 혼인하여 그해 나이 마흔 넷이었다. 선친께서 참봉벼슬에 올라 가문을 일으킨 덕에 고장에서는 명문의 반열에 이름을 올려놓았다. 삼남 육 녀 중 차남이었으나 형님의 변고에 의한 괴사로 인해 장자가 되었다. 종손이기도 한 그는 문중을 이끌고 관아는 물론이요 지역유지들과 친분을 교류하며 유명세를 과시하고 있었다. 하지만 그의 얼굴에는 항상 먹구름 같은 그늘이 서려있었다. 나이 마흔이 되도록 대를 이을 아들이 없었기 때문이었다. 연거푸 딸만 일곱을 낳은 통에 걱정이 이만저만이 아니었다. 다행이도 마흔 한 살에 일곱 번째로 귀한 아들을 낳았다. 늦게나마 대를 이을 아들을 얻은 그는 세상을 다 얻은 것처럼 기뻤고 집안은 잔치분위기였다. 부인은 더 말할 것도 없었다. 탯줄을 자르기도 전에 아들이라는 말을 듣고는 기쁨에 그만 실신하다시피 했던 것이다. 그동안 참고 견디며 살아온 설움이 한순간에 퍼뜩 떠오르면서 눈물이 앞을 가로막기까지 했다. 삼년 전 일곱 번째 딸을 낳았을 때 마주쳤던 시어머니의 얼굴이 떠올랐다. 마치 서방질이나 하고 온 사람처럼 두 눈을 부릅뜨고 경멸에 가까운 원망의 눈초리였다.

"내 살아생전 손자를 못 안아본단 말이냐? 무슨 놈의 삼시랑을 싸짊어지고 시집을 왔기에 아들도 못 낳냐?"

피가 거꾸로 흐르는 소리를 해대었다. 노인의 넋두리는 날로 커졌고 며느리를 죄인 취급했다. 말마다 아들도 못난 주제에 무슨 할 말이 있냐고 이죽이죽 비꼬며 경멸에 찬 눈길로 대했다. 때문에 부인은 시어머니를 똑바로 쳐다보지도 못하고 항상 고양이 앞에 쥐처럼 달달 떨며 살았다.

시어머니는 간혹 더 이상 두고볼 수 없다고 씨받이를 봐야 하느니, 첩을 드려야 한다느니, 심지어 양자까지 들먹거렸다. 그럴 때마다 부인은 그냥 죽고 싶은 심정이었다. 그녀가 아들을 낳기 넉 달 전에 시어머니는 지병으로 저 세상으로 떠났다. 끝내 손자를 안아보지도 못하고 간 시어머니께 너무 죄송스럽고 못내 아쉬웠다. 그러나 부인은 나중에라도 아들을 낳고 보니 지난날 눈물 흘리면서 살아온 서러움이 한순간에 싹 날아가고 말았다. 집안에 웃음꽃이 피어나고 살맛나는 세상이 돌아왔던 것이다.

그러나 그것도 잠깐 얼마가지 않았다. 예기치 못한 잿빛 먹구름이 집안을 덮쳐왔다. 늦게 낳았던 아들이 돌이 지나도록 팔다리를 움직이지 못한 것이다. 말도 못하고 눈만 말똥말똥거리며 젖만 빨아대었다. 이제나 저제나 좋아질까 촌음을 세어가며 기다렸건만 두 돌이 지나고 세 돌이 다가와도 엎드리지도 못한 채 눕혀놓은 그대로 있을 뿐이었다. 뼈 없는 낙지발처럼 온몸이 흐물흐물했다. 남의 도움 없이는 한 순간도 살아갈 수 없는 아이였다.

부인은 되레 아들을 낳지 못했을 때보다 더 많은 근심과 걱정에 빠져들기 시작했다. 부모뿐만 아니라 온 식구가 고통의 늪에 빠져 허우적거리는 느낌이었다.

일 년 전에 있었던 일이었다. 꽃피는 춘삼월이었다. 셋째 딸 혼사 날을 정해놓고 집으로 돌아온 부인은 아들을 쳐다보니 비통함을 감출 수 없었다. 네 살이 넘도록 움직이지 못하고 누워만 있는 것을 보니 천불도 났다가 불쌍하기도 했던 것이다. 슬픔에 젖어 울다가 그만 방에 쓰러지고 말았다. 순간 의식을 잃은 부인은 여러 날이 되어도 차도가 없었다. 의원의 진맥에 의하면 중풍이라고 했다. 부인은 입을 다물지 못하고 늘 침을 흘리고 있었다. 심장 기능의 장애로 인해 생긴 탓에 입을 벌린다는 것이었다. 기중은 사방팔방 백방으로 수소문을 해가며 명의를 불러 처방을 해보지만 병세는 전혀 차도가 보이지 않았다. 딸들과 함께 온갖 정성으로 병 수발을 해오고 있었다. 네 살이 넘도록 꼼지락도 못한 아들은 종일 엄마 곁에 누워 울어대었다. 기중은 하도 답답하고 원통하기까지 해서 무당을 찾아가 물었더니 죽은 형님의 원혼이 구천을 떠돌다가 간혹 담장을 넘어다보며 집안을 기웃기웃거리기 때문이라는 것이었다. 몽달귀신이 되어 집안을 괴롭히니 손말명(처녀귀신)을 찾아 명혼(冥婚)시켜주지 않으면 우환(憂患)이 그치지 않을 것이라 점괘를 말해주었다. 사람이 죽은 혼을 사령(死靈)이라 하는데 이는 두 갈래로 나눠진다고 한다. 하나는 조령(祖靈)이요 다른 영혼은 원귀(冤鬼)다. 이 세상에서 순조롭게 살다가 저승으로 잘 들어간 영혼은 조령 혹은 선령(先靈)이 된다. 반면 생전의 원한이 남아 저승으로 들어가지 못하고 인간을 괴롭히는 악령(惡靈)을 원귀(冤鬼)라고 말한다. 몽당귀신과 손말명은 원귀에 해당된다. 이밖에도 객귀(客鬼), 왕신, 영산, 수비, 수부 등이 해당된다.

생자(生者)와 사자(死者)로 구분지어지는 이승과 저승간의 거리는 지척도 아니거늘 생자(生者)는 망자(亡者)를 두려워하며 경계해야 하고 망자(亡者)는 왜 이승에 대한 미련을 못 버리고 저승의 문 밖에서 서성이는 것인지 알 수 없는 일이다. 무가(巫家)에서는 비명횡사로 생(生)을 달리한 혼백은 죽음을 깨닫지 못해 저승길로 속히 못 가고 배회한다고 믿는다.

그들은 죽었으면서도 살아있다는 착각 속에 구천엘 들어가지 못하고 죽은 장소를 헤매고 있다가 생자를 괴롭히고 혼란에 빠뜨리는 일을 저지른다는 것이다.

소 잃고 외양간 고친 격으로 늦게나마 형님에 대한 사혼을 위해 백방으로 손을 써 보았지만 처녀귀신을 찾을 길이 없었다. 백미 두 가마를 중매구전으로 내건 결과 비록 스무 살 차이가 나지만 대상자를 구할 수 있었다. 복내 장촌 마을에 석 씨 손으로 십 년 전 열여섯 나이로 물에 빠져 죽은 처녀였다. 나기중은 만사를 제쳐놓고 달려갔다. 궁합을 맞춰 보니 호배(好配)로서 손색이 없었다. 드디어 양가의 합의를 보았던 것이다.

이리하여 늦게나마 저승혼사굿을 하게 되었다.

학동은 내심 걱정이 되었다. 며느리를 보낸다고는 했지만 아무것도 모른다고 해서 그냥 장승처럼 서 있다가 돌아오게 할 순 없었다. 당골들에게 무가를 가르쳐온 탓에 무속 춤에도 조예가 깊었다. 씻김굿에서 추어지는 춤에는 지전춤이 있었다. 그는 며느리에게 지전춤을 가르치기 시작했다. 지전춤이란 흰 창호지 수십 장을 오려서 지전을 약 80㎝가량 길게 내려뜨린 것을 양손에 쥐고 사방으로 휘저으며 추는 것을 말한다. 신을 부르는 청신(請神), 영혼을 씻는 세령(洗靈), 신에게 즐거움을 주는 오신(娛神), 잡신을 쫓는 축귀(逐鬼), 신을 보내드리는 송신(送神)을 제의(祭儀)의 순서에 따라 추는 것이었다. 일정한 형식이 없기 때문에 장단에 맞춰 유연한 춤사위가 요구되었다. 원래 늘씬한 몸매에다 수양버들처럼 낭창낭창해서 금방 터득해 잘도 추었다. 사나흘 정도 연습을 하더니만 춤사위가 제법이었다.

절기상으로 어느덧 청명절이 지나가고 있었다. 자정골은 온통 싱그러운 꽃향기내음으로 가득 찼다. 마당에는 살구, 자두, 앵두꽃이 피고. 울타리에 개나리, 산에 진달래가 봉곳봉곳하게 피어오르자 산골짜기는 꽃향기 속에 묻히고 말았다. 싱그러운 봄바람이 남쪽에서 불어오자 논두렁에는 제비꽃과 할미꽃이 피어나고 제비가 남쪽나라에서 날아들어 처마 밑에 집을 짓기 시작했다.

민순이가 자정골에 들어온 지 꼭 여덟 달 만에 바깥세상으로 나들이를 할 수 있어 마음이 설레기도 했다.

"아버님 잘 다녀올라요."

"그래라. 너는 홀몸이 아닝께 한사코 몸조심해야 헌다."

"예 아버님."

"득창아! 니 처는 당골이 아닝께 너무 오래까지 있지 말고 그냥 흉내만 내고 있다가 일쩍 데리고 오니라. 괜히 날밤을 새웠다가 몸에 탈이라도 나면 큰일이단 말이다."

"예. 따뜻한 방에서 쉬도록 해야지라우."

"꼭 그래야 쓴다."

"예. 아부지 . 그럼 다녀올랍니다."

"그래, 조심해서 다녀오니라."

득창이 부부로 만나 처음 함께하는 나들이였다. 그것도 해거름이 되어갈 즈음에 길을 나선다는 것이 마음도 내키지 않고 기분도 언짢았다. 당골의 부름을 받았다는 것 또한 그리 탐탁스러운 일은 아니었다. 그러나 아내는 그다지 싫지 않은 듯 수줍어하기만 하던 표정과는 달리 붉게 상기된 모습이었다. 득창은 불안함을 감추지 못하고 처녀 때와 진배없이 삿갓을 씌워주었다. 밤에 삿갓을 쓰고 간다는 것이 어색해 보이지만 어쩔 수 없는 일이었다. 혹시 아는 사람이라도 만날까 봐 얼굴을 드러낼 수 없었던 것이다.

사립문을 나서 비탈진 산허리를 돌아서니 온통 붉은 꽃으로 물들여 놓은 것 같았다. 뻘그죽죽히 물든 석양빛이 활성산 자락까지 집어삼키며 자주색을 칠해놓았다. 저녁놀을 뒤로 하고 산길을 내려온 그들은 어느새 평촌 마을로 내려왔다. 마을 앞길에는 사람들로 붐볐다. 민순은 인기척이 날 때마다 삿갓을 푹 눌러쓰고 남편의 발자국만 따라 걸었다. 한적한 길에서는 삿갓을 슬그머니 밀어올렸다가 인기척이 나면 다시 눌러쓰면서 길을 걸었다. 세상의 눈을 피해 산다는 것이 얼마나 큰 괴로움인지 현연히 알 것만 같았다. 들판으로 나와 장거리로 들어섰다. 서산에 걸려있던 해가 뉘엿뉘엿 마루턱을 넘어들자 어둠이 내려앉기 시작했다.

부부의 마음은 한결 가벼워지기 시작했다. 이제 삿갓을 벗어도 얼굴을 쉽게 알아볼 수 없을 것만 같았다. 그들은 보성 읍내를 지나 대팡골로 향했다. 신작로엔 사람들로 붐비고 오가는 길마다 헌병과 순사들도 눈에 띄었다. 민순은 그들을 지나칠 때마다 물건을 훔치다 들킨 사람처럼 소스라치게 놀라 소름이 오싹했다. 가슴이 뜨끔하여 신작로를 피해 인사동 골목길로 휘돌아들었다. 북문고개를 지나 대팡골 안길에 다다랐다. 집들이 다닥다닥 붙어 있었다. 우람진 기와집도 즐비했다.

기와집 중에서 대문 밖으로 남포등이 훤하게 내걸려있는 집이 눈에 띄었다. 대문 밖뿐만이 아니었다. 마당에도 군데군데 남포등들이 훤한 빛을 비춰주고 있었다. 고랫등과 같은 육 칸 기와집이 부잣집 위엄을 보여주었다. 마당에는 덕석이 깔렸고 차일도 쳐져 있었다. 마당 가운데는 생자(生者)들의 혼례식과 똑같이 식장을 꾸며놓았다. 남북으로 가로질러 병풍도 쳐놓고 동서를 향해 교배상도 차려놓았다. 한 쌍의 촛대에 촛불이 타오르고, 동백꽃을 꺾어 대나무와 소나무 가지와 함께 만들어놓은 화병도 눈에 띄었다. 백미 두 그릇, 닭 암수 한 쌍도 날개와 다리를 묶어 양쪽에 놓았다. 죽은 사람 혼인잔치에 산 닭이 묶여져 있었다. 대야 속에 수건을 깔고 그 위에 물 두 종지도 놓아두었고, 청실홍실로 길게 늘어뜨려 놓은 표주박 술잔도 보였다. 대추, 곶감, 떡, 각종과일, 돼지머리, 쌀, 나물, 제주(祭酒), 적(炙), 과실(果實), 조과(造菓), 포혜(脯醯), 소채(蔬菜), 어육(魚肉), 병면(餅麵), 반갱(飯羹) 시접(匙楪), 탕(湯)을 진설했다. 다만 살아있는 사람들의 혼인과 달리 제사음식이 차려진 것이 달랐다.

대문을 기웃거리자 마당에는 상복을 입은 사람들이 서성거리고 구경꾼으로 보이는 사람들로 붐볐다. 대문에 붙어있는 방에서 말순 할머니와 여우동이 굿복을 입고 준비하고 있었다.

당골들은 그날의 창부 팽갑이와 보순이 그리고 득창과 말순 애비가 징 제비가 되어 호흡을 맞춰 씻김굿을 할 작정이었다.

"할머니 안녕하셨어요?"

"어서 오소. 워매! 와줘서 참말로 아심찮허네."

말순 할머니는 인형을 들고 있었다. 볏짚을 다듬어 엮은 뒤 사람을 만들었다. 남자 인형에는 사모를 씌워놓고 청색 단령을 입혔다. 단학(單鶴) 흉배까지 선명하게 드러났다. 이어 신부 인형은 청색 저고리와 홍색 치마를 입고 활옷을 곱게 차려입었다. 머리에는 은비녀를 꽂고 검정 종이를 만든 족두리를 씌워놓았다. 인형일 뿐이지 영락없는 혼인식 신랑신부와 흡사하였다. 민순은 참 신기하면서도 인형에 죽은 영혼이 내려앉을 것이라는 예감에 은근히 괴이쩍은 생각이 들었다. 이때 여우동이 보따리를 풀어 헤쳐 옷을 꺼내주며 말했다.

"자, 이왕지사 왔응께 이 옷으로 갈아 입소."

그 옷은 하얀 치마저고리였다. 옥양목으로 만든 옷이 눈부시도록 희고 밝았다. 거기에 하얀 창호지로 접은 고깔까지. 민순은 뭔가 꺼림 칙한 데가 있기는 하지만 남편과 함께한다는 생각에 그만 병풍 뒤로 가서 옷을 갈아입고 고깔을 쓰고 나왔다. 여우동이 옷매무새를 봐가면서 바르게 잡아 주었다. 고깔도 예쁘게 다소곳이 씌워주었다. 당골이 쓰고 있는 하얀 고깔은 스님과는 달리 꼭 나비가 날아가는 모습처럼 보였다. 창부들은 무복이라고 부르는 하얀 두루마기를 입었다.

당골은 강신무(降神巫) 즉 신내림을 받은 사람이 아니다. 세습무(世襲巫)인 이들은 영력(靈力)이 없이 세습으로 이어지는 사람이다. 따라서 강신체험(降神體驗)을 거치지 않아 영력이 없다. 강신무와는 달리 가무(歌舞)로써 신에게 일방적 기원을 올리는 무당을 두고 이르는 말이다. 당골들은 일정한 구획으로 나누어 관할하는 것을 원칙으로 삼는다. 일정한 지역의 소유권을 행사하는 공공적 성격을 띠고 있다고 볼 수 있다. 자연촌락 또는 문중 단위로 굿을 의뢰받아 해주고 매년 받 걸이라는 수당을 받는다. 반면 개인적으로 받는 것은 허용되었다. 굿을 할 때 남자들은 잡이(창부)로서 음악 반주를 담당하고 실제로 사제 구실을 하는 이는 여성들이었다.

드디어 굿이 시작되었다. 마당에는 나기중이 상을 당했을 때와 같이 관(冠)·효건(孝巾)·최복(衰服:祭服)·상(裳)·중의(中衣)·행전(行纏)·수질(首絰)·요질(腰絰)·교대(絞帶)·지팡이(杖)·이(履) 등 상복을 갖추고 무릎을 꿇고 있었다. 그 옆에는 망자의 여동생과 딸들이 하얀 소복을 입고 쪼그리고 앉아있었다.

먼저 피리 소리가 시작을 알렸다. 보순이와 말순 아비가 신랑 인형을 받쳐 들고 밖으로 나갔다. 말순 애비가 서지동석(壻至東席)이라고 외쳤다. 둘이는 인형을 들고 동쪽에 세웠다. 이어 신부출이라는 소리가 날아들었다. 말순 할머니와 여우동이 여자 인형을 들고 마당으로 나갔다. 그 뒤에는 민순이 지전을 들고 따랐다. 남자들과 달리 서쪽으로 가서 인형을 세워놓고서 울쇠를 흔들어대며 칠성풀이 무가를 불러대었다. 피리소리에 맞춰 장구 북 장단이 울려 퍼지기 시작했다. 팽갑이는 피리를 불고 보순은 징을 그리고 말순 애비는 장구를, 득창은 북을 치기 시작했다. 말순 할머니와 여우동은 인형에게 신을 불러들이는 무가를 불러대며 춤을 추었다. 하얀 치마저고리에 하얀 고깔이 달 밝은 달밤에 백학처럼 너울너울거렸다. 민순도 여우동 할머니를 따라 함께 춤을 추었다. 하얀 지전을 들고 그동안 시아버지로부터 배웠던 춤을 선보였다. 창부의 장단이 밤공기를 가르며 울려 퍼졌다. 사람들은 모두 넋이 나간 모습으로 춤추는 그녀들을 바라보았다.

민순은 마치 혼령이 내려앉은 강신무처럼 사방으로 지전을 흔들며 너울너울 춤을 추었다. 하늘에서는 밝은 달빛이 쏟아지고 남포등에서 비추는 불빛이 그녀의 얼굴을 밝게 비추었다. 푸른 청솔에 내려앉은 백학이 날개를 펴고 하늘을 향해 너울거리는 것만 같았다. 하얀 치마 폭을 살포시 걷어 올리며 춤을 추는 그녀는 옥계의 선녀가 구름자락을 타고 내려오는 그 모습 그대로였다. 방긋방긋 웃음을 머금은 채 고운 얼굴이 등불에 반짝거렸다. 사람들은 사혼(死婚)의 굿을 보러 온 것이 아니었다. 그녀의 춤을 보러 온 것처럼 혼몽으로 빠져들었다.

"워매! 참말로 잘허요."

"참말로 선녀 같은 당골이구만. 언제 배워서 저렇게 잘 춘다요?"

구경꾼들 사이에 흠탄이 묻어난 소리가 쏟아지기 시작했다. 그러나 그녀를 아는 사람은 아무도 없었다. 기중과 그의 가족은 모두 혼이 나간 사람처럼 입을 벌린 채 멍하니 그녀를 쳐다보고 있었다. 사람의 혼을 뽑아버리기라도 할 듯 황홀지경으로 몰고 가는 춤사위였다. 잡이들도 생글생글 웃어가며 신명나게 장단을 쳐대었다. 구경꾼들 모두 입에서 탄사가 저절로 나왔다. 사자의례(死者儀禮) 예식이라는 것을 망각하기라도 한 것처럼 모두들 환상의 미소를 머금었다. 잠시 후 교배지례(交拜之禮)며 합근례가 시작되자 당골은 육자배기 토리의 사령제무가를 창부들의 장단에 맞춰 부르기 시작했다. 신부 인형이 신랑에게 재배를 하고, 신랑이 답으로 일 배를 했다. 다시 절을 하고 이어서 합근지례(合쫄之禮)라 하여 신랑·신부가 술잔을 나누는 의례가 행해졌다. 이어서 두 영혼의 저승천도를 위한 씻김굿으로 이어졌다. 혼인을 마친 영혼은 깨끗이 씻어야 저승으로 들 수 있다는 것. 죽음은 부정(不淨)한 것이 아니어서 부정한 영혼에게 부정을 씻어내어 저승으로 들 수 있도록 해주는 의식이 씻김굿이다.

말순 할머니와 여우동은 신랑 인형에 입혀놓았던 사모에 청색 단령 그리고 신부 인형이 입었던 청색 저고리와 홍색 치마와 활옷을 벗겼다. 이어 당골들은 대청마루로 올라가 성주상 앞에서 여러 조상에게 부정을 물리고 신들에게 굿하는 목적을 고하고서 초가망석 망자를 청했다. 손님으로 천연두 신을 모시고 제석굿으로 서사무가가 시작되었다. 시왕산 화주승과 연분을 맺는 사서무가를 굿상 앞에서 울쇠를 흔들어대며 불렀다. 조상신을 순서대로 청하여 모시고, 태어난 시에 따라 돌아갈 저승신을 일러주어 지옥을 면하는 극락천도를 빌었다. 이제 얽히고 맺힌 고를 풀어주려 할 차례였다. 당골은 일곱 매듭을 지어

144

놓은 하얀 무명의 고를 울쇠를 흔들어가며 풀었다. 이승에서 풀지 못하고 저승으로 가게 된 한과 원이 그 고에 맺혀있었다. 고는 사람의 가슴 속을 드러낸 것. 맺혀있던 한과 원을 남김없이 풀어놓은 뒤 안심하고 들라고 당골은 신명을 다해 노래와 춤을 추어대었다. 이제 영혼에 묻어있던 부정과도 같은 이슬을 털어내야 할 판, 쑥물, 향물, 청계수를 순서대로 빗자루에 묻혀 인형의 머리부터 아래로 씻어 내렸다. 쑥은 망자의 몸에서 잡귀를 몰아내고, 향은 부정(不淨)을 없애고 정신을 맑게 하여 신명(神明)과 통한다고 했다. 망자의 몸 어느 구석에 남아 있을지 모르는 티끌만한 부정도 남김없이 씻어주기 위해 마지막까지 청계수로 씻어내었다. 망자는 원과 한을 풀었고 부정까지 씻어내었다. 이제 영원히 먼 곳으로 떠나보내야 할 망자, 오색영롱한 복색 꽃상여에 태웠다. 하얀 옥양목 천을 깔아놓은 저승길로 망자는 꽃상여를 타고 떠났다. 민순은 한순간도 쉬지 않고 말순 할머니를 따라 춤을 추고 무가를 따라 불렀다. 볏짚 인형을 불에 태워주어 저승으로 보내는 일로 모든 굿이 다 끝났다.

당골과 창부 모두 온몸이 땀으로 흥건하게 젖어 있었다. 민순은 온몸이 저릿하고 졸음이 밀려왔다. 그러나 그녀는 보람을 느꼈다. 순진무구한 아이처럼 남들 앞에서 춤을 추었다는 것으로 마음이 흡족했다.

어느새 밤은 오경(五更)으로 달려가고 있었다. 구경꾼들은 거의 집으로 돌아가고 집안 대소가와 당골 그리고 잡이들만 남았다. 마당에 앉아 차려진 제사음식을 나눠먹는 시간이었다. 당골도 굿복을 평상복으로 갈아입고 마당으로 나왔다. 휘영청 밝은 달밤 남포등불 아래 모두 모였다. 기중은 당골들에게 고마운 인사부터 꺼내들었다.

"고생들 했어. 굿을 잘 해줘서 고맙네. 자네들 덕에 우리 형님과 형수께서 이제 구천에서 떨지 않고 저승으로 드시겠제. 참말로 수고들

했네.”

“하믄이라우. 인자 마님께서도 좋아지실거구만요.”

“하믄 그래야제. 나이 마흔 셋인데 중풍이라고 허니 이런 기막힐 일이 어디 있겠능가?”

기중은 씁쓸한 입맛을 다시며 눈시울을 붉혔다.

“자, 이리들 앉소.”

마당에는 이미 큰 상이 차려져 있었다. 기중은 자리를 가리키며 어서들 앉으라고 권했다. 모두들 상을 가운데 두고 마주보고 앉았다. 그는 처음부터 민순이가 누구인지 무척 궁금하였던 것이다. 예상에도 없었던 젊은 여자가 나타나 신명난 춤을 추어준 까닭에 씻김굿이 성대히 끝난 것이었다.

“저 처자는 누군가?”

음식상 앞에 도리도리 앉은 자리에서 말순 할머니를 향해 물었다.

“아이고! 아직 인사를 드리지 않았구만요. 저기 자정골 학동영감님 며느리랑께라우.”

“뭐? 자정골 학동 며느리라고?”

“예.”

“말도 없이 언제 며느리를 얻었당가?”

“그렁께 날짜로 치면 작년 구월 구일 중양절이었응께 딱 여섯 달 되었구만요.”

여우동이 기다리고 있었다는 듯 뒤통수가 근질거리는 언사를 치고 나섰다.

“워매! 어째야 쓰까이. 여태까지 인사를 드리지 않았단 말잉가? 어르신 덕분에 등 따땃하게 삼시롬 그래서 쓴당가? 얼른 일어서서 큰절 올리소.”

말순 할머니도 입이 열 개라도 할 말이 없을 성싶었다. 엷은 미소를 지어가며 민순을 향해 눈을 깜박거렸다. 그녀의 얼굴이 벌겋게 달아오른 듯싶었다. 남편을 살짝 흘겨보면서 눈짓을 했다. 득창이 무안쩍은 낯으로 일어섰다. 턱에는 탑소록한 수염을 점잖게 기른 나기중은 하얀 두루마기에 유건(儒巾)을 쓰고 앉아 있었다. 민순도 남편을 따라 일어서서 나기중 앞으로 다가와 절을 올리려 들자 그가 얼없는 모습을 보이며 투박스러운 말투로 말했다.

"이 밤에 절은 무슨 절이냐? 그냥 앉거라."

기중은 고개를 절레절레 흔들면서 마뜩찮은 듯이 노려보았다. 순간 득창은 등짝에 얼음물을 살짝 붓는 느낌이었다. 오금이 조여드는 것 같기도 했다. 이를 쳐다보고 있던 말순 할머니도 죄인처럼 고개를 들지 못하고 눈알만 요리조리 휘돌리고 있었다. 이내 뒤통수를 한 번 탁 치고서 야살스러운 재치를 입에 담았다.

"아이고! 마님, 지가 잘못했구만이라우. 처음 막 왔을 때 인사부터 드려야 도리인 것인디 굿이 오래 걸릴 것 같아서 그랬구만요. 한 번만 용서해주시면 다음엔 그런 일이 절대로 없이 헐라요."

비손이라도 할 듯 싹싹거리며 야살을 떨었다. 이어 득창을 보고서 한바탕 호되게 나무라는 소리를 내질렀다.

"장가를 갔으면 제일 먼저 찾아뵈었어야제 지금껏 뭣하고 있었능가? 어서 사죄드리고 큰절을 올리랑께."

득창의 표정이 금방 돌처럼 굳어가고 있었다. 그는 아내에게 눈을 짜긋거리며 슬근슬쩍 눈짓을 보냈다. 이어 득창은 무릎을 꿇고 엎드려 나부죽 절을 했다. 민순도 뒤따라 큰절을 올렸다. 절을 받은 나기중은 누그러진 채 안안하고 담담한 표정으로 입정을 떨었다.

"작년 가을엔 내가 자정골엘 가지 않아서 그랬구만. 집에 우환이 생겨서 통 어딜 가고 싶지 않았었제. 그래서 자정골엘 한 번도 못 들렀던 것이네. 볼 기회가 없어 그랬으니 괜찮네. 늦게라도 감축허네. 자 어서 출출할 터이니 한술 뜨고 가소."

기중은 손으로 자리를 가리키며 어서 앉으라고 권했다. 그는 민순의 표정을 하나하나씩 유심히 살펴보는 것 같았다. 뭔가 관심을 보이는 눈빛을 짓기도 했다.

"친정이 어딘가?"

기중은 거침도 없이 친정부터 묻고 나섰다. 민순은 가슴이 오싹거렸다. 잘못했다간 금방 탄로가 날 것 같은 기분이었다. 대답도 못한 채 눈치만 살피려 드는 그녀의 얼굴은 어느새 백지장처럼 창백해지고 있었다. 득창도 마찬가지였다. 밥순가락을 뜨다 말고 넋을 잃은 사람마냥 몽롱한 시선으로 아내를 바라보고 있었다. 모두들 입에 넣은 음식을 씹는 것조차 멈추고서 서로들 심상치 않은 눈치를 핼끔핼끔거렸다.

그때 손바닥에 갇혀도 미꾸라지처럼 비상하게 빠져나가고도 남을 여우동이 느물느물한 속내를 감추고서 간살웃음을 흘렸다. 칼날 같은 눈빛을 예리하게 쏘아대며 또 한 번 재치를 들고 나온 것이다.

"저 먼 곳에서 시집을 왔구만이라우. 말씀드려도 모르실 것 같아서 말을 못허는 개비요."

"거기가 어딘디 그렁가?"

"저 화순 능주구만이라우."

여우동이 서슴없이 자신만만한 웃음을 지으며 에둘러치고 말았다.

"멀리서 왔구만. 춤추는 솜씨를 보니 보통이 아니던데 어려서부터 배웠능가?"

민순은 벼랑에서 떨어지다 나뭇가지를 붙들어 잡은 사람처럼 철렁거리는 가슴을 움켜쥐고 옅은 웃음을 입술에 매달았다.

148

"아니어요. 요즘 조금 배우고 있구만요."

"요즘 조금 배운 솜씨가 아닌 것 같던디. 타고났응께 그렇게 잘 추제. 하기사 씨는 못 속인다고 어릴 때부터 부모가 하는 것을 봤응께 잘하기도 하겠지만 어쨌던 잘 추네."

기중은 민순을 바라보면서 가탄스러운 칭찬을 하고 나섰다.

"생긴 것도 이쁘고 몸매도 천상 춤꾼으로 타고 났더구만."

민순은 기분이 나쁘지 않았다. 처음으로 남 앞에 나서서 춤을 추었던 것이고 그것도 무속 춤이었는데 칭찬을 들으니 묘한 감정이 솟구치기도 했다. 하지만 부모를 무시하는 것 같아 마음이 편치 않았다. 분위기가 예상치 못한 곳으로 흘러가자 말순 할머니가 시큼한 땀 냄새를 풀풀 풍겨가며 맨망스럽게 한번 거들거리고 나섰다.

"마님! 이왕 집을 빌려주셨응께 땅도 쪼깐 더 빌려주시면 안 되겠능가라우?"

"땅이라니? 무슨 땅을?"

"지한테가 아니고요. 저 새색시가 소리를 하고 싶다는디 소리방이 없어서 못 한다고 하구만이라우."

"소리를 할라믄 방이 있어야 하능가?"

"그러믄이라우. 좁은 방에서 어떻게 할 것이요? 조금 넓은 곳에서 내질러야지라우."

"굴이나 폭포 밑에서 하는 것이 아니고?"

"처음에는 방에서 배우고 나서 득음을 할 때 거기서 헌당께요. 비가 오고 눈이 오면 어떻게 할 것이요."

"하기사 그러기도 하겠제. 그래서 뭘 어떻게 허겠단 말잉가?"

"자정골 마당 바위 밑으로 소리방을 지었으면 허드랑께요."

"방을 짓고 싶다는 말잉가?"

"예. 그렇구만이라우."

"집을 짓는디 어떻게 방을 하나만 짓는당가?"

"그렇께 돌하고 흙하고 섞어 갖고 정제랑 같이 지어야 쓰겠지라우."

기중은 고개를 끄덕이며 알았다는 표정을 지었다.

"아이구메, 허락하실랑 개비네요. 저는 얼굴만 딱 봐도 속마음을 안당께라우. 마님은 마음이 꼭 회천 바다만이나 넓으신 분이랑께요. 아이고 고맙구만이라. 그 은혜 꼭 갚고 살아라고 헐라요."

여우동이 새살스러운 호들갑을 떨고 나섰다.

"어허! 이 사람이 내 속에 들어갔다 나온 사람맹키로 훤히 꿰뚫고 있구만."

기중은 생그레 웃음을 지으며 넉살을 부렸다.

"벌써 마님 얼굴에 그렇게 써졌당께라우."

"알았네. 방이 없다니 도와줘야 쓰지 않겠능가. 소리 잘 배워서 이다음 내 앞에서 멋들어지게 한번 해보소."

"참말로 고맙구만이라우. 마님."

모두들 윗몸을 굽적거리며 고마움을 표했다. 초조했던 민순 얼굴에도 웃음 문이 열렸다. 말순 할머니는 구경꾼이 많이 모여들어 탄성을 질러대는 것을 보고는 흥분을 감출 수 없었던 것인데 덤으로 소리방까지 허락을 맡았으니 그냥 날아갈 듯 기뻤다.

석식(夕食)이 끝나자 득창은 마치 괴나리봇짐을 짊어진 듯 보따리를 등에 메고 자정골로 향했다. 말순 할머니는 그날에 남은 음식 중 돼지머리와 떡을 보자기에 싸서 넘겨주었다. 그것만이 아니었다. 쌀도 반은 그에게 주고, 지전도 두 뭇이나 쥐어주었다. 어깨에 둘러매어보니 꽤 무거워 힘이 들지만 그래도 고맙기 그지없었다. 득창은 무거운 줄도 모르고 발길을 재촉하다 보니 어느새 보성 읍내를 지나치고 있었다. 시내는 쥐 죽은 듯 인적이 끊겼고 불빛 하나 보이지 않았다. 찌그러짐 하나 없는 보름달이 외로이 떠서 밝은 빛을 뿌려주었다. 읍내를 지나 평촌 마을 들판으로 접어들었다. 민순은 벌써 지치는 듯 긴 하품을 쓰러지게 해대었다. 아직 산길로 한 시간은 족히 걸어야 하는데 걱정이었다.

밤늦게까지 춤추는 일이 결코 만만하지는 않았다. 혹시 태아에 무리가 되지나 않았을까 소마소마 가슴을 졸이며 걸음을 내딛었다.

"여보! 힘들었제?"

"아니요. 괜찮았어라우."

괜찮다고 하면서도 연신 하품을 해대었다. 부러 웃음을 지으려 애를 쓰는 것 같았다. 본래부터 민순은 의지가 강하고 신중한 성격이었다. 어지간한 일에는 허겁스러워하는 사람이 아니었다. 득창은 오른쪽 어깨에 짐을 짊어지고 왼손으로 아내를 부축하려 들었다. 하지만 아내는 손사래를 치며 되레 짐을 떠받쳐주려 들기까지 했다.

"우리 애기가 괜찮은지 모르것구만."

"잘 놀고 있당께요."

"그래?"

득창은 마음이 흐뭇했다. 아내의 목소리가 생각보다는 활기가 있어 보였다. 입가에 엷은 웃음을 흘리며 말했다

"생각해볼수록 오늘 잘 왔구만이라우."

"그렇기는 하지만 당신이 너무 힘들었제."

"힘이 들었응께 고기하고 쌀 그리고 떡까지 얻었지요. 횡재를 만났구만요."

"당신이 춤을 잘 춰중께 말순 할머니가 기분이 좋았능개비여."

"나중에 또 불러주면 언제라도 갈라요."

"그건 안 돼! 그러다가 큰일 날라고."

"이러지 않고서 언제 쌀이며 고기 맛을 보겄어요. 돼지머리를 통째 줬당게요."

민순은 그지없이 흐뭇한 표정을 지으며 말했다. 그러나 득창은 오죽했으면 힘든 줄도 모르고 저렇게 좋아할까 싶어 가슴이 쓰렸다. 홀몸도 아닌데도 보리밥에 고구마만 먹고 사는 아내가 너무 안쓰러웠다. 그것마저도 다 떨어져 부족할 판이어서 걱정이 태산이었다.

"내가 꼭 최고 고수가 되어갖고 내 색시한테 쌀밥에 고깃국을 먹여주고 싶구만."

득창은 아내의 손을 되알지게 쥐었다. 민순도 멋쩍은 듯 생긋한 웃음을 지어보였다.

"당신은 고수가 되는 것이고 저는 명창이 되어야 헌당께요."

"알았어. 지성이면 감천이고, 정성이 지극허면 바위에도 꽃이 핀다고 했응께 명창이 될 수 있을 것이구만."

득창은 굳은 결심을 하기라도 하려는 듯 입술을 잘끈 깨물었다. 부부는 어느새 산길로 들어서고 있었다. 밤은 점점 깊어만 가고 보름달은 중천을 지나 서쪽 하늘로 뉘엿뉘엿 기울어지고 있었다. 밤하늘에는 높은 흰 구름이 둥실 떠가고, 구름 사이로 끼어든 별들이 잠에 취해 눈을 씀벅거리고 있었다. 희읍스름한 달빛이 내려앉은 활성산은 은은하면서도 황홀함 그대로였다. 가랑잎에 내려앉은 달빛은 마치 물비늘처럼 반짝거렸다. 적막을 깨뜨리는 소쩍새 울음소리가 솔숲에서 날아들었다.

산마루에 오른 민순은 갑자기 허리도 뻐근하고 다리에 쥐가 날 것만 같았다. 잠시 허리 쉼이라도 해야만 걸을 것 같았다. 길컨 풀숲에 다리를 쭉 뻗고 앉았다. 첩첩한 산자락이 휘영청 밝은 달빛 아래 음음

적막 드러났다. 저 멀리 산 아래 자정골 오막살이도 어슴푸레하게 눈길 안으로 들어왔다. 민순은 힘이 불끈 솟아났다.

"여보! 나는 내일부터 소리방을 지어갈 거구만요."

서글서글하게 웃는 얼굴에는 자신감이 그득 차 있었다.

"인자 허락을 받았응께 급할 것도 없는디 내일부터라니? 집 짓는 일을 여자가 어떻게 한당가?"

"아니어라우. 빨리 소리를 배워야 한당께요."

득창은 아내가 이렇게까지 소리에 빠져들 줄이야 미처 생각조차 하지 못했던 것이다. 마치 누군가에 쫓기고 있는 사람처럼 초조하면서도 다급한 마음을 보였다.

"급하게 여기지 말라니까. 모든 일은 순서가 있는 것인디 섣불리 대들었다간 되레 화를 당한 것이랑께."

득창은 목소리를 낮추려고 애를 써보지만 자신도 모르게 큰 소리가 튀어나오고 말았다.

"우리는 명창과 고수가 빨리 되어야 헌당께요."

"하기사 그렇기는 하지만. 그래도 사람은 다 때가 있는 것이랑께."

"사람이 때를 만들어야제 때가 사람을 기다려주겠소?"

아내는 마치 결전장에라도 들어서는 사람처럼 비장한 결심을 드러내 보였다.

"어서 그날이 왔으면 좋겠네."

그들은 다시 산길을 내려오기 시작했다. 회똘회똘한 산 비탈길을 돌아 사립문으로 다가섰다. 코에 익숙한 진한 꽃향기가 골짜기에 가득했다. 마당으로 들어서자 학동영감이 금세 알아차리고 방문을 열고 나왔다. 아직도 깊은 잠을 이루지 못하고 있었다. 무사히 돌아온 며느리를 보고서야 안도의 한숨을 내쉬었다.

15
춘궁하꾼과 개구리 꼬기

……청명절이 지나고 곡우(穀雨)가 성큼 가까워지자 산천이 연녹색 옷으로 바꿔 입었다.

민순은 실낱같은 꿈, 명창이 되는 일을 위해 하루도 그냥 보내지 않았다. 처음에 왔을 때만 해도 명창이 되는 길은 뼈를 깎는 고통이 따라야 한다는 통에 솔직히 자신이 없었던 것. 그런데 야학당에서 글을 익혔고 광산 속골에 가서 책도 구하고부터 희망이 부풀었다. 그러다가 소리꾼 시아버지와 남편을 만나고부터는 깊은 꿈속으로 빠져들었다. 연습할 곳이 마땅찮았는데 소리방을 짓는 일까지 허락을 받아내자 기대는 차가고 희망은 부풀어 올랐다.

하지만 득창에게 소리방보다 더 급한 것은 먹고 사는 일이었다. 당장 식량이 바닥나고 있는데도 아내는 소리방부터 들먹이고 나섰던 것이다. 명창이 되겠다는 신념만 불태우고 있었다. 시간이 나면 곧장 산곡으로 다가갔다. 돌멩이를 주워 날랐다. 밭길을 오가다 길바닥에 굴러다닌 하찮은 돌멩이도 그냥 지나치지 않았다. 눈에 보이는 나무마다 기둥이요 서까래로 보이는 것 같았다. 득창은 하는 수 없이 자기가 나서기로 했다.

"당신은 지금 안 된당께. 내가 할 텡께 집에서 쉬고 있어."

남편의 만류에도 불구하고 그녀는 막무가내였다. 기어코 대야를 이고 뒤를 따랐다. 이를 바라본 학동은 기겁을 하며 만류하고 나섰다.

"너 지금 어디 가려고 나오는 것이냐?"

"소리방을 빨리 지을라면 돌멩이를 날려야 할 것 같아서요."

"아서라. 지금 제정신으로 허는 소리냐? 너는 솜 포대기도 날려서는 안 될 때다. 하물며 돌을 날리다니 당장 그만두란 말이다."

눈을 부라리며 호되게 호통을 쳤다. 홀몸이 아닌 몸이어서 밭에도 나오지 못하게 했던 것인데. 혹시 일을 했다가 태아에 나쁜 영향을 미치게 될까 봐 노심초사했던 것이다.

"괜찮당께요. 조금씩만 날릴라요. 혼자서 어떻게 다 나를 것이요? 도와줘야지라우."

"날짜가 딱 정해진 것도 아닌디 멋이 바쁘냐. 밭일 끝나면 내가 도와주마. 너는 그런 것에 신경을 쓰지 않아도 된당께."

"아버님. 그게 아니당께요. 이왕 소리를 헐라면 한 살이라도 젊어서 해야지요."

"그러기는 허다마는 홀몸도 아님서 돌을 날라서야 쓰겠냐? 절대로 안 된단 말이다."

"아버님. 두 개씩만 날릴께요."

학동은 그녀의 고집스런 인내 앞에서는 어찌할 도리가 없었다.

"정 그렇다면 하나씩만 가지고 와바라. 힘들다 싶으면 멈추도록 해라."

"예. 아버님."

민순은 잔약한 여자의 몸으로 머릿짐을 이다 보니 정수리가 얼얼하고 목덜미가 뻐근했지만 뜻을 굽힐 줄 몰랐다. 그 누구도 그녀의 강한 인내와 의욕을 꺾을 수는 없었다. 그러나 득창은 날이 갈수록 식량이 바닥을 보이는데 벌이가 없으니 버적버적 애가 탔다.

"뭘 먹고살아야 할까? 이러다간 산속에서 꼼짝없이 죽는 거 아닝가 모르겠네."

그는 애달픈 하소연을 늘어놓았다.

"산사람 입에 거미줄 칠랍디여? 풀잎이라도 뜯어 묵고 살아야지요. 우리야 젊었으니 걱정없지만 아버님이 걱정이랑께요. 살아 계실 날도 얼마 남지 않았는데 메밀죽만 드릴라니 가슴이 미어진당께요."

민순은 되레 시아버지 걱정부터 했다. 깊고 깊은 심성에서 우러나온 비단결 같은 고운 마음에 득창은 사로잡힐 뿐이었다. 하지만 가장으로서 책임감이 어깨를 짓눌러 으스러질 것만 같았다. 세상이 온통 꽁꽁 얼어버린 느낌이 들었다. 앞으로 살아가야 할 길이 그야말로 구절양장(九折羊腸)의 가시밭길이었다.

"여보! 나랑 저기 갑시다."

"뭐하려고?"

"따라와 보면 안당께요."

돌멩이를 나르려 가는 줄 알았는데 이번에는 바구니와 칼을 들고 밭둑으로 향했다.

"가만히 있으면 누가 묵을 것을 준답디여. 뭣이든 부지런히 해야 굶어죽지 않지요."

"나물을 캐서 어디다 쓸 것잉가?"

"좌우지간 따라와 보랑께요."

민순은 남편을 따라오라고 해놓고 산자락으로 올라갔다. 춘궁기가 다가오자 애쑥을 뜯느라 사람들이 애를 쓰고 있는 것을 알지만 득창은 별 관심이 없었다. 산자락 양지바른 곳에 지천으로 깔려있는 것이 봄나물이었기 때문이다.

"쑥을 캘라고요."

"쑥을 캐서 어디에 쓸라고?"

하면서도 득창은 아내의 보조를 맞춰가면서 쑥을 캤다. 쑥을 캐면서도 그의 심중에는 오직 식량 걱정으로 가득 차 있었다. 아내는 죽기 살기로 쑥을 캤다. 그는 내심 왜 이렇게 많이 캐는 것인지 무척이나 궁금했다. 지천에 깔린 것이 쑥이어서 먹을 만큼만 캐면 되는 것을 ……. 하찮은 것에 탐을 부리는 것 같기도 해서 썩 마음이 내키지 않았다.

"아직 크지도 않은 쑥을 이렇게 많이 캐는 것잉가?"

"쓸 곳이 많당께요."

민순은 늘 작은 일에도 억척스러운 데가 있었다. 한번 한다고 하면 끝을 볼 때까지 지극정성을 다해야 속이 풀리는 성미여서 득창은 크게 관심을 두지 않고 그러려니 했다.

민순은 쉴 새도 없이 땀을 흘릴 정도였다. 쑥뿐만이 아니었다. 수북수북 피어나는 어린 봄나물을 뜯어 모았다. 산자락에는 돌나물, 쑥, 냉이, 달래, 미나리는 물론 취들이 너슬너슬하게 피어나고 있었다. 득창도 아내를 따라다니며 종일 나물을 뜯었다. 도무지 이해가 되지 않은 일이면서도…… 나물은 오랫동안 보관할 수도 없는 것이어서 한꺼번에 캐는 것이 무리인 줄 알면서도……. 하지만 그는 아내가 하자는 대로 고분고분 따라주었다.

종일 뜯어온 나물만도 한 짐은 되고도 남았다. 이윽고 저녁이 되었다. 어두침침한 호롱불 밑에서 아내는 뜯어온 나물을 추려가며 다듬기 시작했다. 득창도 야심할 때까지 아내를 도왔다. 일을 하면서도 욕심이 과한 느낌이 들었다. 하찮은 욕심이 헛고생을 부를 것 같아 언짢은 생각이 치밀기도 했다.

"이 많은 나물을 어디다 쓰려고 허는경가?"

"여보! 내일 새복에 보성엘 좀 다녀오실 수 있겠소?"

"보성엘? 무슨 일이라도 있능가?"

"가만히 있으면 누가 밥을 줄 것이요. 이것이라도 팔아서 죽이라도 쒀 먹읍시다."

민순은 아무런 망설임도 없이 받아넘겼다. 사전에 준비를 해두고 있었던 것 같았다.

득창은 예상에 없던 일이라 머리가 어리삥삥하여 정신이 띵했다. 그런데도 아내는 조금도 주저함도 없었다. 자신감이 넘친 눈빛이었다. 오죽했으면 이런 의려(意慮)를 떠올렸을까 싶었다. 이제 메밀가루와 고구마만 남아 있을 것 같다는 예감에 마음이 담담해졌다.

"그걸 누가 사겄어? 요새는 천지가 나물인데."

"혹시 모르지요. 읍내 사람들은 귀할 수도 있겠지요."

"어디 가서 팔아란 말잉가?"

득창은 여태 장마당 장돌뱅이로 살아왔지만 나물을 사고파는 일을 구경조차 해본 적이 없었다. 여자들이나 만지는 나물을 팔기란 쉽지 않을 것만 같았다. 어안이 벙벙해서 지릅뜬 눈을 쳐들었다. 마음이 착잡해지면서 다듬는 손마저 부르르 떨렸다.

"남자가 나물을 판다면 어떤 여자가 와서 사겄어?"

득창은 차마 거절은 못하고 남자를 빗대어 에둘러 말했다. 내심으론 똥장군을 짊어지고 말지 그 짓은 못할 것만 같았다. 하지만 싫다는 내색도 못한 채 속으로 끙끙 앓으며 빗장을 걸고 나섰다. 아내는 속마음을 환히 꿰뚫어보기라도 한 사람처럼 빙긋이 웃음을 머금으며 소곤거렸다.

"지가 갔으면 좋겠지만 알다시피 숨어 사는 주제에 나설 수가 없어 그래요. 우리사 괜찮지만 연로하신 아버님에게 쌀밥은 못 해드릴지라도 보리밥은 드려야지 어떻게 죽만 올리겠소. 이제 사신들 얼마나 사시겠어요? 이보다 더한 일도 마다고 해서는 안 되지라우. 이것 죄다 팔아본들 몇 푼 되지 않겠지만 그래도 아버님 진지만은 지어드리지 않을까 싶어서요. 가만히 놀면 무슨 소용이 있다요? 옛말에 남자는 도둑질만 빼고 다 배우라고 했는데 이까짓 것을 못해서야 아버님을 어떻게 모시겠소?"

눈을 가느다랗게 뜨고 동경의 눈으로 바라보면서 말했다. 애틋하고 절절한 갈망을 노래하듯 설복하고 나선 것이었다. 버릴 것이라고는 하나도 없는 말. 어디서 그런 인자한 품성을 배웠는지 자신이 왠지 자라목 오그라지듯 위축된 느낌이었다. 그는 그 순간 자신의 속이 너무 옹졸했다는 생각이 들었다. 깊은 아내의 마음을 알아주지 못한 자신이 부끄러웠다. 그는 심장이 찢어지면서 혈관마저 마디마디 끊어지는 느낌이었다.

"여보! 참말로 고마워. 그 심정을 몰라줘서 미안해."

"아니어요. 나랑 갔으면 좋은 줄 알지만 그러질 못해 미안하구만요."

"미안하긴 내일 새벽 일찍 갔다올게."

"아침 일찍 가실라믄 힘들 터이니 어서 먼저 주무싯시요."

어둡기만 하던 아내의 얼굴이 금세 밝아졌다. 아내의 지극한 효성에 감복되었다. 어두침침한 호롱불 아래서 나물을 다듬고 있는 아내의 손길이 한없이 사랑스러웠다.

민순은 밤늦게까지 나물을 다듬은 뒤 따로따로 보자기에 싸놓고 잠자리에 들었다.

　새벽닭이 울 무렵 득창은 자리에서 일어났다. 아내가 잠에서 깰까 봐 숨소리마저도 멈춘 채 겉옷을 주섬주섬 챙겨 입고 밖으로 나왔다. 마루에는 밤사이 다듬었던 나물을 보자기로 싸놓았다. 고리멜빵을 지어 나물을 짊어진 그는 거침없이 사립문으로 향했다.

　새벽공기가 아직은 차가워 싸늘한 느낌이 들었다. 길섶에서 새싹이 솟아오르는 소리가 들리는 것 같았다. 어둠이 깔린 산길에는 아침이슬이 내려앉아 바짓가랑이를 척척 휘감았다. 갈길 먼 조각달이 구름 조각을 붙들고 희뿌연 빛을 뿌리고 있었다. 붉게 비춰오는 동녘 빛을 피하려고 구름 속으로 파고들면서 빛은 점점 엷어지기 시작했다. 나라 잃은 설움이 마치 조각달 같은 신세로 다가오는 느낌이었다. 빛을 잃어가며 구름 속으로 숨어드는 모습이 정말 가련해서 마음이 아팠다. 언제 또다시 둥근 달이 되어 밝은 빛을 뿌려줄 것인지 가슴이 아렸다. 총총히 빛나던 별들도 처처한 조각달을 바라보면서 눈물만 씀벅거렸다.

　산자락을 돌아 나온 그는 십 리 길을 단걸음에 내달렸다. 보성읍 신작로에 이르렀을 때 벌그스레하던 동천이 등황색으로 밝게 빛나면서 붉디붉은 햇덩이가 지글지글 자신을 태우며 솟구쳤다. 어둠이 물러간 신작로에 사람들의 발길이 드문드문 눈에 띄었다. 그는 냅다 발걸음을 재촉하여 보성역전을 돌아 저자거리로 들어섰다. 이른 새벽부터 저자 길에는 장사꾼들로 붐비고 있었다. 봄배추, 무, 봄동, 시금치, 쑥, 미나리, 나상구, 달롱개, 창꽃까지 봄채소가 나와 있었다. 꼬막, 갈치, 모래무치, 낙지, 쭈꾸미, 새조개, 바지락, 개두, 전어, 넙치 등 봄에 많이 잡힌 해산물이 비리한 냄새를 풍기며 손님을 기다리고 있었다.

　득창은 저자거리 한구석에 짐을 내려놓았다. 보따리를 풀어 젖혔으나 하도 많아 늘어놓을 곳이 부족했다. 값을 모른 탓에 다른 장사치들의 눈치를 살피려 들었다.

그때 당고바지를 입고 검정 광목 장삼을 입은 중년의 남자가 핏대를 세우며 다가왔다.

"야! 이 호로자식아! 어디서 불거진 놈이여?"

그는 다짜고짜 큰소리로 지악스러운 욕을 퍼부었다. 도무지 무슨 까닭인지 몰라 어리둥절했다. 득창은 다소곳이 고개를 쳐들고 바라보았다.

"여기 땅 사가지고 왔어?"

입술을 모로 틀고 눈초리를 내리깔아 쨰려보며 말했다. 얼굴에 빳빳한 살기가 도사리는 것 같기도 했다.

"아니어라우. 근데 여기서 팔면 안 됭가요?"

"어허! 가만히 봉께 장돌뱅이 소리꾼이로구만! 그런디도 장사법을 모른단 말이여?"

"잘 몰랐구만이라우. 오늘 한 번만 여기서 팔고 갈라요. 딱 한 번만요."

"뭣이라고 했냐? 오늘만이라고야? 워매, 장사 법도도 모르는 놈이 어디서 불거져갖고 새복부터 기분을 잡쳐부네. 당장 짐을 싸거라잉. 그렇지 않으면 요절을 내불 것잉께."

금방 주먹빰을 한 대 후려칠 것처럼 눈을 부라리며 삿대질을 해대었다. 나물보따리를 걷어차는 시늉을 하며 달구질을 하듯 달려들 태세였다. 저자 사람들이 모두 돌아다보았다. 사람들 중에는 고개를 갸웃거리는 사람도 있었다. 손뼉을 탁 치면서 "아니, 저 소리패 아니여!" 하고 알아보는 이도 있었다.

"어라! 굿판을 못하게 한다드니 나물장사로 나섰네 그랴."

쑤군덕거리는 소리가 날아들었다.

"어르신 몰라서 그랬구만이라우. 오늘 한 번만 봐주시면 다신 이러지 않을께라우."

"쓸다갱위 없는 소리 집어치우고 얼른 꺼져! 이 자리는 내가 십 년 동안 장사를 해온 자리란 말이다. 주인에게 허락도 없이 니가 차지해 부러야? 세상에 별놈 다 보겠네. 어서 치우지 못허겄냐?"

그는 눈알을 까뒤집듯 곤두세웠다. 입에 거품까지 물어가면서 고래고래 욕설을 퍼부었다.

"예. 어르신."

득창은 치밀어 오르는 모멸감을 눌러가며 다시 보따리를 챙겼다. 어디로 옮겨야 할지 이리저리 망설이고 있을 때였다. 나이가 지긋한 아낙네가 혀를 쯧쯧 차며 다가왔다.

머리에는 허연 수건을 두르고 밤색 몸빼에 회색적삼을 입은 장사꾼 아주머니였다. 앞치마를 걸친 채로 득창의 어깨를 가볍게 두드리며 말을 건넸다.

"자네가 여기서 팔기는 힘들 것잉께 그냥 넘기고 가소."

"넘기라니요? 그냥 주란 말이요?"

"그건 아니제. 여기가 빈 땅인 것 같아도 다 임자가 있는 곳이라네. 장세를 내고 있는디 그냥 물건을 팔라고 허겄능가?"

정감이 잘잘 흐르도록 다소곳하게 말했다. 득창은 태어나서 아직 어머니란 사람을 본 적이 없었지만 어쩐지 어머니 같은 다정다감한 정분을 느꼈다.

"그러믄 여기서는 아무나 장사를 못하능가요?"

"일러치면 그렇제. 이 사람들은 보통 십 년이 넘게 장사를 해온 사람인디 자리를 내주겠능가. 그러니께 물건을 가져왔으면 도매금으로 넘겨주고 가란 말이시."

득창은 그제야 알아차릴 것만 같았다. 세상살이는 마음대로 되는 것이 아니라 엉클어진 실타래처럼 빌빌 꼬여있다는 것을. 갑자기 서글픈 마음이 뭉클하게 피어올랐다.

"도매금으로 넘기려면 누구한테 넘겨야 허는가요?"

그녀는 보따리 곁으로 다가가 들어 올려보고는 혀를 내둘렀다. 무슨 까닭인지는 몰라도 얼굴이 갑자기 무겁게 굳어지면서 이내 입을 열었다.

"워매 누가 캤기에 이리도 많이 가져왔능가. 언제 다 팔려고?"

"너무 많은가요?"

"그럼! 하루에 절반도 못다 팔제. 나물은 부잣집 사람들이나 사서 묵는 것이어서 잘 팔리지 않는당께. 들에 나가면 쌔고 쌨는 것이 나물인디 뜯어다 묵제 사서 묵을라고 허간디?"

아낙은 김이 빠져들게 하고도 남을 밍밍한 말을 하고 나섰다. 생각해보건대 가난한 사람들이 나물을 살 리가 없었다. 들에 나가면 지천에 깔린 것이 나물인데.

"그럼 다시 가지고 가야 허능가요?"

"못다 팔면 할 수 없이 내일 또 팔아야 쓸 것 아닝가?"

"그랬으면 좋겠지만 제일로 집이 멀어서 큰일이구만요."

"집이 어딘가?"

"곰재 자정골이구만요."

"멋이여? 곰재서 여기까지 가지고 왔단 말잉가?"

아낙은 자지러질 듯 놀라며 소리쳤다. 득창은 아무 말도 못하고 허탈과 실의에 빠져든 채 눈두덩을 내리감았다.

"그리 못하겠으면 나를 주고 가소. 오늘 팔다 못다 팔면 집에 가지고 가서 나물죽이라도 쒀 먹을라네."

아낙은 딱하다는 듯 혀를 끌끌 차면서 말했다.

"아이고 고맙습니다요."

"보자기는 가지고 가야 쓰께 저기 내 가게로 들어다가 부어주고 가소."

그녀는 저잣거리 한가운데에 자리 잡고 있었고 배추와 시금치 그리고 미나리를 산덩이만큼 쌓아놓고 있었다. 득창은 보따리를 들고 그녀 뒤를 따라갔다. 포개놓은 배추 앞에 나물을 쏟았다. 쏟아놓고 보니 어마어마하게 많았다. 사람들이 모두 웃음을 지으며 놀라는 눈치였다.

"참말로 잘 다듬어 놨네. 누가 이리도 얌전하당가?"

득창은 마음이 뿌듯했다. 가벼운 웃음을 입가에 그려가면서 그는 대답했다.

"집사람이 다듬었구만이라우."

"워매, 각시 잘 얻었구만. 하나를 보면 열을 아는 것이여."

"나중에 또 가져와도 되능가요?"

그녀는 생글하게 웃으며 고개를 끄덕여주었다. 득창은 날아갈 듯 기뻤다. 어서 달려가서 또 나물을 뜯어야 쓰겠다는 집념이 불타올랐다. 보자기를 접어서 챙겨드려 할 때 앞치마 주머니에 손을 넣더니 지전을 꺼내면서 물었다.

"얼마나 받고 싶은가? 아직 오늘 시세를 몰라서 내가 뭐라고 말을 못 허겠네."

득창은 도저히 알 수 없는 일이었다. 보리쌀 한 되 값만 받는다면 그것으로도 만족이었다.

아내도 아버지 보리밥 지어 올리고자 하는 것이었으니 더 바랄 게 없을 것 같았다. 그녀는 쏟아놓은 나물을 요리저리 살핀 뒤 손가락을 접었다 폈다 하다가 지전을 석 장 접어 건네주었다.

"자! 오늘 내가 선심 한 번 쓸라네. 처음 가져온 것 같은께 가다가 갈치 한 도막 사서 마누라 구워주소. 알았능가?"

득창은 가슴이 콩닥콩닥 뛰기 시작했다. 뙤약볕 내리쬐는 장마당에서 북장구를 쳐댄들 지전 한 장 아니면 두 장을 받아 갈까 말까 했는데 석 장이라니 눈이 뒤집어질 것만 같았다.

"아이고 고맙구먼이라우."

득창은 고마움에 저절로 굽실굽실거려졌다.

"자네 마누라가 얌전하게 잘해서 더 받은 것이랑께."

"감사하구만이라우. 집에 가서 전해줄라요."

"내가 그러드라고 꼭 전해주소. 그리고 또 캐면 나한테로 가지고 오소. 알았능가?"

"예. 그렇게 할라요."

그는 깍듯하게 인사를 드리고 나서 곧장 집으로 향했다. 생각해볼수록 가슴이 멜 만큼 기뻤다. 이제 장마당에 나가지 않고서도 살아갈 수 있다는 자신감이 느껴지기도 했다. 아내는 내일을 내다볼 줄 아는 사람이라는 예감이 떠올랐다. 탁월한 지혜를 타고나지 않고서야 이런 예측을 했을까 싶었다. 아내는 반드시 명창이 되어야 한다는 생각이 솔솔 피어올랐다. 예쁜 미모에 구성진 춤, 거기에 지혜까지. 명창이 된다면 세상을 휘어잡을 것임에 틀림없었다. 기어코 아내를 명창으로 만들어야겠다는 강한 신념이 불끈 솟아올랐다. 그는 저자로 들어가 보리쌀 한 되를 사서 보자기에 담았다. 그리고 잰걸음으로 집으로 향했다.

어느덧 햇덩이는 반공(半空)을 향해 줄달음질을 치고 있었다. 산길을 내달려도 배고픈 줄도 몰랐다. 먹지 않아도 배가 부른 것 같았다.

기다리고 있을 아내를 생각하면 시가 급했고 촌음을 다퉈서 나물을 뜯어야 할 것 같았다. 가는 길목마다 푸릇하게 돋아나고 있는 새싹을 바라보면 마음이 흐뭇했다. 온통 그의 눈에는 모든 새싹이 나물로만 보였다.

활성산을 넘어 내리막 된비알 길을 굴러가듯이 다가가자 그의 눈길에 아내가 들어왔다. 아내는 벌써 밤나무 숲 계곡 옆에서 나물을 뜯고 있었다. 불러오는 배를 움켜쥐고 엎드렸다 펴기를 반복하고 있었다. 그는 집으로 들어가기보다 먼저 아내에게 다가갔다. 벌써 다라에 쑥과 미나리를 가득 채워놓았다.

"여보! 다녀왔구만."

그는 숨을 헐떡거리면서도 해맑은 미소를 지어보이며 소리쳤다. 미나리를 뜯다가 남편 소리를 들은 민순은 깜짝 놀라며 고개를 돌렸다. 일찍 돌아온 남편을 보고 반갑게 맞이했다.

"벌써 다 팔았능가요?"

그는 얼른 대답을 못하고 가볍게 고개를 끄덕였다. 아내의 기지(機智)에 감탄하는 표정을 지어 보냈다. 그리고는 보자기를 들어 올려 흔들어 보였다. 아내의 얼굴이 일시에 밝게 펴지면서 입가에 웃음꽃을 매달았다.

"새복부터 무거운데 고생많았지요? 배도 고플 것인디. 어서 가요. 그래도 내일까지는 보리밥을 먹을 수 있을 것 같소."

민순은 뜯다 말고 바구니와 칼을 그대로 두고 집으로 향하면서 산밭에 삽질을 해대는 시아버지를 향해 알리는 일도 잊지 않았다.

"아버님! 벌써 다녀왔다요."

"아이고 어떻게 팔았다냐? 새복부터 얼마나 고생했냐?"

학동영감은 알았다고 손짓을 보내면서 쉬지근한 소리를 내질렀다.

"여보, 당신은 참말로 지혜가 있는 사람이랑께. 어떻게 그런 것을 생각해 냈어?"

"그까짓 것이 무슨 지혜다요. 가만히 있기가 그래서 해본 것이제."

"아니어, 참말로 잘했다고 생각했당께. 그냥 넘겨주고도 지전을 석 장이나 받아왔어."

"뭣이라고요? 석 장이나요?"

"그랬어."

득창은 남은 지전을 꺼내어 보이며 아내의 손에 쥐어주었다. 그리고 보리쌀도 건네주었다. 민순은 흡족한 미소를 지어보이며 부엌으로 들어갔다. 서글서글한 미소가 득창의 마음을 흐뭇하게 해주었다.

해가 중천에 떠오르도록 아침을 걸렀지만 배고픈 줄도 모른 득창은 아침을 먹자마자 곧장 밭둑으로 향했다. 부부는 나물을 뜯으며 시간 가는 줄을 몰랐다. 밤이 되면 티끌을 골라내며 추리고 흙을 털어내며 다듬었다. 그날부터 득창은 다듬는 일만은 아내에게 손도 대지 못 하게 했다. 다음날 새벽 그는 또다시 저자로 달려갔다. 어제 넘겨주었던 그 아줌마를 찾아갔다.

"아주머니 안녕하셨어요? 어제 것은 다 파셨능가요?"

"앗따! 잘 왔구만. 어제 나물이 어찌나 부드럽고 잘 다듬어 놓응께 금세 팔려부렀어."

아줌마는 서글서글한 웃음을 지어가며 무척 반갑게 맞아주었다. 새벽에 보아도 다른 곳보다는 아줌마가 벌여놓은 가게로 사람들이 모여 드는 것이 눈에 띄었다. 손님들도 다복스럽고 덕성스런 그녀의 웃음을 좋아하는 눈치였다.

"오늘도 가져 왔능가?"

"예. 가져왔구만이라우."

"이리 가져다 쏟아주소. 얼른 팔아야 쓰겠네."

득창은 만면에 웃음을 지으며 나물 보따리를 풀었다. 그는 또다시 어머니상을 본 것처럼 기쁨의 미소를 지었다. 아줌마는 지전 석 장을 지어주며 생글 웃어주었다. 그리고는

"곰재서 오느라 얼마나 배가 고프겠능가? 묵으면서 가소."

입가에 연한 웃음기를 매달면서 갈색봉투를 건네주었다. 그것은 김이 모락모락 나는 국화빵이었다. 국화빵이 스무 개나 들어있었다. 그는 너무도 고마워서 넙적 엎드려 절을 올리고 싶었다. 흙바닥이라 그냥 허리를 넙죽 굽혀 인사를 하고는 뒤로 돌아섰다. 그는 국화빵이 혹시 식을까 봐서 품에 넣었다. 가슴팍이 따끈했다. 하도 기뻐서 노루걸음을 걸어 집으로 향했다. 연로한 아버지와 아내의 얼굴이 떠올라 빵을 먹을 수가 없었다. 아버지께 드리고 아내에게 주고 싶어 식기 전에 산길을 내달려야 했다. 그는 마치 도둑질을 하다 들킨 사람처럼 뜀뛰기를 하듯 집으로 달려갔다. 비지땀을 흘린 채 집에 다다랐을 땐 국화빵은 이미 식어 엉켜있었다. 그래도 아직 훈기가 남아 있어 차갑지는 않았다. 그는 산밭에서 밭이랑을 짓는 아버지한테로 달려갔다. 밭둑에 나물을 뜯고 있는 아내도 불렀다. 그는 아내에게 불쑥 빵을 꺼내 넘겨줬다.

"이것이 멋이다요?"

"국화빵!"

"보리쌀을 사서 밥을 해묵고 살아사제 빵을 사가지고 왔소?"

썩 내키지 않는 듯 아쉬운 표정을 지어보였다.

"아줌마가 사줬당께."

"배고플 것인디 먹고 오제 그랬냐? 나는 안 묵어도 괜찮응께 느그들 나눠 묵어라."

학동영감이 연민에 찬 눈빛으로 바라보며 말했다.

"아니어라우. 아버님부터 잡수셔야지라우."

민순은 봉투 속으로 손을 넣어 국화빵을 꺼내어 시아버지 입에 넣어주었다.

"나보다 니가 먹어야 쓴당께."

"아버님께서 먼저 드셔야지라우."

"너도 어서 묵어라."

"예. 아버님."

그들은 웃어가면서 맛있는 국화빵을 나눠먹었다. 그날도 득창과 아내는 나물을 뜯었다. 그런데 그것도 잠시뿐이었다. 춘궁기가 돌아오자 사람들은 나나 너나 할 것 없이 바구니를 들고 들로 나갔다. 어른은 물론 어린아이들까지 가리지 않았다. 어느새 마을 주변 논둑과 밭둑에는 나물을 구경할 수가 없었다. 서로들 쑥을 뜯느라 아우성이 들릴 지경이었다. 급기야 땅 주인들은 밭둑과 논둑에 가시넝쿨을 쳐놓고 남이 들어가지 못하도록 쑥을 지키는 일이 벌어졌다. 왕초마을 사람들이 자정골까지 올라와 닥치는 대로 뜯어가는 통에 그곳마저도 씨가 말라갈 정도였다. 봄철이 지나가면서 나물장사도 접어야 할 판이었다.

그럭저럭 나물장사로 보름정도는 버텨왔던 것인데…….

벌써 뒤주 바닥이 드러나기 시작했다. 가을에 캐두었던 고구마는 순이 나기 시작하면서 단맛마저 사라지면서 질겼다. 그는 산으로 올랐다. 철사로 만든 덫을 여러 곳에 놓아두었다. 혹시 눈먼 산토끼라도 한 마리 걸려들지 모른다는 겉짐작이 들었다. 걸려들기만 한다면 호랑이인들 마다하겠는가. 칡뿌리와 잔대도 찾아 다녔다. 칡을 다려 그 물을 마시면 그 순간만은 허기를 면할 수 있기 때문이었다. 칡뿌리를 오랫동안 다려 진득한 물을 마시곤 했다. 그것은 생을 위한 처절한 사투나 다름없었다. 그것도 잠시뿐이었다. 그는 하는 수 없이 발길을 돌려 또다시 소리꾼들을 찾아가기로 마음먹었다. 그가 먼저 찾아간 이는 동석이었다. 늘 장마당굿을 이끌어온 맏형이나 다름없는 이였다.

"성님! 굶어죽을 것 같아서 찾아왔구만이라우."

"그동안 스승님께서는 어떻게 지내고 계시능가?"

"그냥 밭일을 허시며 지내시구만요."

"그래도 다행이네. 그 연세에 밭일을 허신다니 참말로 좋구만. 그러나저러나 돈벌이가 없어서 어떻게 지냈능가?"

"오죽했으면 다시 나왔겠어요? 굿판을 벌리지 못할 바엔 그냥 북장구를 두드리며 약이라도 팔러 다닐라고 왔구만요."

"물고기는 물에서 살아야 쓰는 것인디, 소리꾼한테 굿을 못하게 허니 살 수 없는 노릇이제. 이러다간 우리 모두 다 굶어죽게 생겼네."

"어차피 굶어 죽을 바엔 멋을 못하겄소? 이판사판 굿판을 벌려봅시다."

득창은 입술을 앙다물며 오기에 찬 말을 꺼내들었다.

"그럼사 오죽 좋겠능가? 나도 그러고 싶은 마음이 굴뚝같네. 일본 앞잡이 놈들이 유달리 우리 소리꾼들한테 모질게 헌단 말이시. 조선 땅에 소리가 사라지게 하라고 지시가 내려왔담서. 그래서였는지 몰라도 화순동복에서 소리공부를 하고 있던 팽갑이 아들도 집으로 왔다네. 소리공부조차도 못하도록 압력을 넣드라네. 같이 공부하던 사람들이 모두 그곳을 떠났나고 없다네. 명창들도 공연을 접고 뿔뿔이 숨어들고 없다고 허드구만."

동석은 그간에 있었던 정황을 들려주었다. 하나같이 소리꾼들에게 가한 탄압들이었다.

170

일제는 조선을 병탄하고 나서 우리민족의 찬란한 문화와 민족사를 말살하려 안간힘을 쏟았다. 이는 찬란한 우리 문화와 역사를 은폐하려 했던 것이다. 1937년 중일전쟁을 개시하면서 조선에 대한 문화말살정책에 대한 심도가 더욱 거세졌다. 식민 초기와 달리 내선일체라는 구호로 일본어 교육을 감행하면서 우리 민족의 문화 활동을 금지하기에 이르렀다. 자신들의 언어교육을 강요하여 민족성을 말살하려고 획책했다. 이로 인해 소리꾼들의 활동이 위축될 수밖에 없었다. 민족성을 말살하려는 것은 결국 한국사의 왜곡작업과 궤를 같이 했던 것이다.

"왜 소리를 못하게 허는 것이다요?"

"그 왜놈들이 소리 같은 것을 할 줄 알겠능가? 즈그 나라에는 없는디 조선에는 흥에 겨운 소리가 있응께 배가 아파서 그런 것이제."

"이러다간 소리꾼들은 다 죽겠구만요."

"그러니께 나라를 되찾아야 헌단 말이시."

"성님! 보성장에서는 굿판을 벌리지 못하게 헝께 저기 촌으로 나가서 허면 안 될까라우? 촌에서조차 못하게 헐랍디어? 지서에는 순사들도 적다고 헙디다. 죽든 살든 한번 나가 봅시다요. 이렇게 있다간 식구들 굶겨죽일 것 같단 말이요."

득창은 비장한 결의 찬 눈빛으로 동석을 설득하고 나섰다. 그것은 생을 위한 마지막 몸부림과 다름없는 것이었다.

"거기서도 붙잡아 가면 어떻게 헐 것잉가?"

"굿은 허지 말고 북장구 장단만 치면서 약을 팔면 될 것 아니요?"

"재미가 없는디 사람들이 모여 들 것잉가? 굿을 해도 시원찮을 판에 사람이 안 오면 누가 약을 사 줄 것이냔 말이시?"

"되든 안 되든 간에 나서보장께요. 가만히 앉아 굶어 죽는 것보다 낫겄지라우."

득창은 어린아이 치근거리듯 끈덕지게 졸라대었다. 동석은 잠시 눈을 감고 깊은 사색에 잠기다가 이내 입을 떼었다.

"자네 처지를 내가 잘 알제. 연노하신 아버님을 모시고 살고 있으니 그럴만도 허제. 여유가 있다고 헌다면야 우리들이 스승님을 도와드려야 허는 것 아니겠능가? 그럼 내일 장평장으로 한번 가보기로 허세."

"그럽시다. 저는 북만 가지고 가고 싶구만요."

"나는 장구를 메고 갈라네. 이제 굿쟁이가 아니라 약장사가 되는 것이랑께."

"그렇게 해서라도 목구멍에 풀칠이라도 해야 쓸 것 아니요?"

득창은 삼수갑산에 가는 한이 있어도 그 순간만은 마음이 푼푼했다. 그는 다음날 장평장에서 만나기로 약조하고 집으로 발걸음을 되돌렸다. 뒤탈이 걱정되면서도 발걸음은 가벼웠다.

다음날 새벽 득창은 지난날처럼 북을 메고 장평장으로 달려갔다. 그가 사는 곰재에서 이십리 길이었다. 장마당에 사람들이 모여들었다. 둘이는 북장구 장단을 치며

"고약이요! 빈대 벼룩약!"

하고 외쳤다. 하지만 굿판을 벌릴 때와는 사뭇 달랐다. 사람들이 모이는 것은 놔두고서라도 먼발치에서도 의심쩍은 눈빛들이었다. 그것만이 아니었다. 지나가는 순사와 헌병을 보기라도 하면 겁에 질려 다리가 덜덜 떨리며 오금이 조렸다. 같은 약을 파는 사람들이 넘쳐나고 있는 까닭에 특별한 매력을 끌지 못했다. 한나절 동안 목이 쉬도록 외쳐가며 팔이 아프도록 쳐보지만 고작 밥 먹고 죽 버는 꼴이었다. 파장 때까지 있는 힘을 다해 목청껏 외쳐보지만 신통한 것이 없었다. 그래도 다행이라고 여긴 것은 순사나 헌병에게 의심은 받지 않았다는 것

이었다. 그들은 장평장을 시작으로 해서 시골 장돌뱅이가 되었다. 하지만 벌이가 시원찮은 까닭에 집에 들어갈 때면 자라목 오그라지듯 풀이 죽고 말았다.

"당신에게 할 말이 없구만."

득창은 쓰라린 가슴을 쓸어안고 아내를 위로하려 들었다.

"어쩔 거요. 사람들이 모여들지 않는담서라우. 억지로 끄집을 수도 없고. 끄집고 온다고 해도 굿을 못 하니 어쩔 수가 없겠지라우. 사는 입에 거미줄이야 치겠소. 이러다가도 괜찮을 때도 있을 것이니 기다려봅시다. 그동안은 메밀 죽이라도 끓여묵고 삽시다."

민순은 되레 애틋함이 가득 찬 눈빛으로 남편을 바라보면서 위로하고 격려하려 들었다. 그럴 때면 득창은 아내가 고마우면서도 한편으론 처량해서 간장이 녹을 것만 같았다.

"홀몸도 아닌디 메밀죽만 묵어서 쓰겄냔 말이여? 당신만 생각하면 딱 죽고 싶당께."

"무슨 말을 그리 허요. 너무 심려하지 마랑께라우. 인자 봄이 지나가고 있으니 조금만 참으면 괜찮겠지라우. 세상을 어떻게 억지로 산다요. 순리대로 살아야지라우. 일본으로 끌려가지 않은 것만으로도 다행이라 생각험서 살아봅시다."

민순은 처녀공출로 끌려가지 않은 것만으로도 위안을 삼고자 했다. 극적으로 구해준 남편이 있었기에 가능했던 탓에 늘 남편이 감사할 뿐이었다.

"그래. 맞는 말이제. 그때 끌려갔으면 우리는 만나지도 못했을 것이고, 아마 생사도 모르고 살고 있을 것이니 천만다행으로 생각하고 살아야 쓰겄구만."

득창은 밤이 깊은데도 맷돌질을 해대었다. 장에서 사들고 온 메밀을 꺼내어 껍질을 타기 시작했다. 집에 남은 식량이라곤 보리쌀 서너 되와 메밀뿐이었다. 메밀가루와 말려놓은 호박을 버무려 죽을 쑤어 먹을 수밖에 없었다. 민순은 밤이 깊도록 잠을 자지 않았다. 맷돌질을 하는 남편이 심심할까 봐 말동무가 되어주기 위해서였다.

"어서 먼저 자. 내가 해 놓고 잘텡께."

"아니요. 괜찮아요. 같이 자야지요."

"아니어. 아직 멀었응께 어서 자랑께."

"내일 아침에도 장마당에 가실 것이요?"

"가봐야제. 내일은 모두가 나와서 마당굿도 한바탕 해보기로 했구 만. 조성장은 조그만 해 순사들이 잘 안온다고 해서 굿판을 벌려보기로 했제."

득창은 내심은 불안하면서도 힘주어 말했다. 굿판을 벌리지 않고선 약을 팔 수 없음을 알았던 소리꾼들은 슬그머니 지난날로 되돌아가려고 했다. 동석은 함께해왔던 이들을 불러 모았다. 그들도 한결같이 불러주기만을 기다리고 있었던 것이다. 배운 것이라곤 소리꾼의 삶이었으니 달리 뾰족한 수가 없었기 때문이었다.

"굿을 허면 안 되지라우. 또다시 잡혀가면 어쩔라고 그러시오?"

"걱정할 것 없당께. 눈치를 봐가면서 허기로 했응께."

"경찰서로 끌려가면 어떻게 헐라고 그러냔 말이요?"

민순은 지난날 경찰서로 끌려가 피칠갑이 되어 돌아온 남편의 모습이 떠올랐다. 걱정스러운 눈빛으로 남편을 바라보며 물었다.

"죽이기사 허겠능가? 정 못하게 허면 그만 둘 작정을 하고 가는 것 이랑께."

득창은 메밀 죽 한 그릇으로 아침을 때우고 집을 나섰다. 늦은 밤까지 맷돌질을 했지만 아침 일찍 일어났다. 소리꾼들과 조성장에서 만

174

나기로 약조를 해뒀기 때문이었다. 기차 삯을 내야 할 처지여서 비상금으로 모아둔 은전을 꺼내어 들고 산길로 향했다. 보성역으로 나아가 기차를 타고 가야 했다. 먼동이 트려고 동쪽 하늘이 희붐해질 때 그는 활성산 자락을 올랐다. 그날은 어쩐지 큰북마저 무거웠다. 마음이 무거우니 몸마저 바윗덩어리를 짊어진 것처럼 천근만근이었다. 보성역에 도착하여 기차에 올라탔다. 여명을 머금은 햇덩이가 붉은 노을을 헤집고 동쪽 하늘에서 숫구쳐 차창 가에 붉은 빛을 뿌려대었다.

기차가 득량으로 들어가자 어릴 적 추억이 생각났다. 살았던 소리골 가는 길이 창가에 어룽거렸다. 산굽이를 돌아들면 처갓집인데도 갈 수도 없고 숨어 살아야 하는 얄궂은 운명 앞에 한숨만 저절로 길게 모아졌다. 기차는 오봉자락을 지나 왼쪽으로 휘우듬하게 돌아들었다. 문득 가슴을 쩌 누르는 또 다른 이상한 감회가 되살아났다.

아내가 그토록 들먹이던 마을이 눈앞에 선연히 나타난 것이다. 아내의 외갓집이 눈 안으로 들어왔다. 창송취죽(蒼松翠竹)이 우거진 절묘한 풍광 속에 고대광실 고택이 눈에 확 튀었다. 뒷산자락에는 예나 다름없이 백로 떼들이 고고한 창송가지에 하얀 물결을 이루고 있었다. 옛날과 다름없이 한가로운 풍경 그대로였다. 기차는 예당을 지나 조성으로 달려갔다.

조성에 도착한 그는 플랫폼을 지나 대합실로 발걸음을 재촉했다. 먼저 나온 동석이 기다리고 있었다. 모두 조성역 마당에 함께 모였다. 모두들 얼굴표정이 납덩이처럼 굳어 있었다. 비장한 결의를 다지고 나온 사람들처럼 보였다.

"오늘은 빈탕을 쳐서는 안 될 것인디. 되야지꿈이라도 꾸고 나왔능가?"

동석이 무거운 분위기를 바꿔보려고 눈웃음을 실실 쳐가며 말했다.

175

"꿈을 꾼들 무슨 소용이 있겠소? 끌려가지 않으면 다행이지라우."

보순이 땡감을 먹은 사람처럼 떨떠름한 눈웃음을 지어가며 말했다.

"어차피 함께했으께 죽어도 함께 죽고 살아도 함께 살도록 허세."

동석이 단합을 강조하고 나섰다. 한패가 된 그들은 곧장 장마당으로 향했다. 아직은 이른 시각이라서 장사꾼들의 움직임만 부산했다. 서로들 긴장의 끈을 놓지 않고 사방을 두루 살피기 시작했다. 두려움에 두 입술을 포개어 옥물고서 턱을 부르르 떨기도 했다.

"적선은 못 받드라도 약은 많이 팔아야 쓸 것 아닝가?"

"꼭 그렇게 해야지라우. 차 삯까지 내고 왔는디 그냥 가서야 쓰겠소?"

"허는 데까지 해보세. 하늘이 무너져도 솟아날 구멍이 있다고 했응께 열심히 허다보면 입에 풀칠이야 못하겠능가?"

동석은 계속해서 사기를 불어넣어주려 안간힘을 쓰는 눈치였다. 하지만 모두들 비를 맞은 창호지처럼 시들부들 풀이 죽은 채 어정버정해 보였다. 그때 김빠지는 소리를 쏟아내는 이는 팽갑이었다.

"이러다가 또 끌려가지 않을까 싶당께. 요즘 우리 조선글자도 못 쓰게 하고, 창씨개명인가 뭔가 한다고 험서 소리를 못하게 한다는디 오늘이라고 가만히 있겠능가?"

"아참 창씨개명을 허고들 왔소?"

"나 혼자 고치면 무슨 소용있당가? 면사무소에 가서 신고를 해야 헌다네."

"우리가 조선 사람이제 일본 사람이간디. 그런 짓을 시키냔 말이요? 그 생각만 허면 천불이 나분당께요."

"나는 목에 칼이 들어와도 그리 못하네. 내가 내 땅에 삼시롬 일본 이름을 지어야 쓰겠능가. 내가 일본 사람이여? 그리고 죽인다고 해도 나는 장마당에서 소리를 할 거구만."

진쇠가 텁수룩한 턱수염을 쓸어가며 말했다. 대쪽처럼 뻣뻣하게 서서 의연하면서도 굳은 결의를 드러냈다.

"다른 것 없네. 눈치를 잘 보고 있다가 제복을 입은 사람이 오면 시치미를 딱 떼야 쓰네. 우리는 소리 허는 사람이 아니고 약을 파는 사람이라고 말이여. 그래야 잡혀가지 않는당께 알았능가?"

씁쓰레한 표정을 지으며 동석이 거들고 나섰다.

"굿을 하다가 죽더라도 일단은 왔응게 신바람을 내며 해 보는 것이여. 알았능가?"

"그럼 여기까지 와갖고 그냥 갈 수는 없제. 돈이 보이는디 그냥 가서 굶어 죽겠능가?"

보순은 꺼져가는 사기를 진작시키려는 막다짐을 하며 총총걸음으로 나아갔다.

장마당 입구에는 벌써부터 난전붙이들이 진을 치고 있었다. 됫박 눈속임으로 이문을 챙겨드는 이들이 장문을 지키고 있었다. 아낙네들이 이고 오는 쌀자루를 끌고 당겼다. 길가에 덕석을 깔아놓고 되질을 해대며 살아가는 사람들이었다. 볏짚 속에 묻어놓은 계란 꾸러미도 거르지 않았다. 팔려가는 목메기 송아지가 어미 떨어진 것이 서러웠던지 연신 허연 거품을 쏟아내며 음매음매 울어대었다. 끌려가지 않으려고 모둠발로 버텨보지만 엉덩이짝을 후려치는 아픔을 견디지 못하고 눈을 뛰룩뛰룩 굴린 채 주인을 졸래졸래 따라갔다. 뒷다리가 묶인 새끼 돼지들도 꿀꿀거리기는 마찬가지였다. 발버둥을 쳐대며 어미한테 데려다 달라고 요동을 부려보지만 하릴없는 일이었다. 날개 묶인 수탉 한 마리가 팔려나갈 줄도 모르고 볏을 꼿꼿하게 세워가며 목청을 뽑아 들었다. 튀김틀에서 허연 연기를 내뿜으며 대포소리가 울리자 구수한 튀밥냄새가 코끝에 감돌았다. 떨어진 고무신짝을 때우는 곳에서는 우지직거리며 고무 타는 매캐한 냄새를 뿜어내기도 했다. 땡그랑거리는 엿가위 소리가 그치지 않고, 떡 파는 아줌마도 장바닥을 훑고 부단히 움직였다.

그들은 싸전 한구석에 자리를 정하고 나서 북장구 장단부터 쳐대었다. 요란한 풍물 소리가 울려 퍼져나갔다. 진시가 지나가고 사시에 접어들자 그들은 보성장에서와 다름없이 각설이 품바타령을 슬그머니 꺼내들었다. 진쇠가 엿가위를 땡그랑땡그랑거리기 시작했다. 북장단에 맞춰 꽹과리 소리도 곁들어지면서 재담이며 만담으로 흥을 돋우고 품바 춤을 추었다. 예상을 벗어나는 굿판이 벌어지기 시작했다. 맑은 하늘에 구름이 몰려오듯 구경꾼들이 모여들었다. 소리꾼들은 모두 기쁨을 감추지 못했다. 얼굴에 신바람이 싱싱 일어나고 목소리는 점점 커졌다. 장단소리가 허공을 가르며 날아올랐다. 어린 구경꾼들은 앞자리를 차지하려고 아우성을 치며 몸싸움도 벌어지고 있었다. 아낙들은 고약이며 이약 그리고 쥐약을 들고 관중 사이를 헤집고 팔러 다녔다. 사람들은 굿을 보는 재미에 빠져 약봉지 하나쯤은 사줄 줄 알았다. 소리꾼들은 들뜬 마음을 가라앉히지 못하고 신명으로 몰아가고 있었다. 그때 우시장 뒤편 멀리서 호각 소리가 들려오기 시작했다. 점점 가까이 다가오면서 벼락을 친 것처럼 후루루 소리가 귀청을 흔들었다. 고함소리와 함께 날아드는 굉음은 사람들을 공포 속으로 몰아넣어 와들와들 떨게 만들었다. 기다란 가죽장화를 신고 짙은 녹갈색 복장차림에 붉은 완장을 찬 순사가 달려왔다. 그의 모자에는 일장기가 선명했고 방망이를 들고 달려왔다. 순사는 한 명이었지만 뒤에는 두 명의 헌병보조원이 따르고 있었다. 일순간 장단은 멈춰들었고 겁에 질린 채 우들우들 떨었다. 구경꾼들이 일순간 슬금슬금 자리를 뜨기 시작했다.

"누가 사람을 모으라고 했나?"

눈알이 방울처럼 톡 튀어나온 일본순사는 구릿빛 나는 방망이를 흔들어대며 소리쳤다. 이리저리 왔다 갔다 하면서 갈퀴눈을 지은 채 쩌려보았다. 매끈매끈한 방망이를 휘두르며 겁을 주었다. 옆구리에는 기다란 사벌이 칠렁거렸고 홍사도 차고 있었다. 모두들 겁에 질려 안색이 새파래져갈 때

"이 깐나 새끼들. 우리 대일본제국은 중국을 점령했고 지금 태평양을 건너 미국까지 손아귀에 넣고 있는 판국인데 한가하게 굿판이나 벌려야 쓰겠나. 세계 방방곡곡에 일장기가 펄럭이는 그날까지 힘을 보태야 하는 것을 모르나!"

위압적인 목소리로 소리꾼들을 바짝 다그쳐들기 시작했다. 한쪽 눈을 찡그려가며 내립떠보는 눈길이 매섭기 그지없었다. 방망이를 흔들어대는 몸짓만 봐도 그의 속마음을 대충 읽을 수 있었다.

"이 굿판을 이끄는 사람이 누군가?"

눈알을 섬뻑섬뻑 굴려가며 냅다 소리쳤다. 소리꾼들은 선뜻 대답을 하지 못하고 서로들 눈치를 살살 살피기 시작했다.

"대표 나오란 말이다!"

순사는 다시 소리쳤다. 이내 뭔가 눈에 띄는 것이 있는지 나이가 지긋하게 보이는 동석에게 다가가 턱살을 훑으며

"네놈이 대표야?"

하고 물었다. 동석은 얼른 대답을 하지 못하고 고개를 끄덕끄덕거렸다.

"이놈을 묶어서 끄집고 가자!"

순사는 일어서면서 보조원에게 묶으라고 지시하고 나섰다. 보조원은 냅다 달려들어 동석을 일으키고서 홍사를 풀어 묶으려 들었다. 소

리꾼들은 수대로 달려들어 그들을 가로막고 나섰다. 보조원이 그들을 밀쳐보지만 수가 많은 탓에 쉽게 묶을 수가 없었다. 이미 마음만은 하나가 되자고 다짐한 터여서 소리꾼들은 물러나지 않을 태세였다. 반항이라도 할 것처럼 웅성웅성거리며 눈초리를 꼿꼿하게 세우려들자 순사가 간파하고 나섰다.

"저리 비켜라! 비키지 않으면 모두 체포하겠다."

하지만 소리꾼들은 물러서지 않았다. 이윽고 동석을 놓아주면서

"다시는 굿판을 벌리지 못하도록 부숴버려라!"

순사는 고개를 돌려 헌병보조원을 바라보며 소리쳤다.

"합!"

거수경례를 붙인 보조원은 다짜고짜 약을 담아놓은 상자를 발로 걸어차기 시작했다. 약봉지가 사방으로 너더분하게 흩어졌다. 그것만이 아니었다. 소리꾼들의 생명이나 다름없는 북장구를 향해 뭇발길을 해대기 시작했다. 아녀자들은 죽자 살자 맹세를 하듯 북장구를 끌어안고 놓지 않았다. 보조원들은 인정도 없이 아낙들에게 발길질을 가했다. 발길에 차인 여자들은 퍽퍽 하는 둔탁한 소리와 함께 장바닥으로 나뒹굴었다. 이를 말리려 달려드는 소리꾼에게는 주먹세례까지. 인정 없는 구타가 가해지면서 소리꾼들은 코피를 흘리며 거꾸러지고 말았다. 보순과 진쇠는 선혈이 낭자하면서도 그들은 또다시 달려들어 보조원들을 붙들어 잡았다. 힘이 좋은 보순은 억분을 참지 못하고 보조원을 들어 땅바닥으로 패대기를 쳤다. 거꾸로 나자빠진 보조원은 팔꿈치를 부여잡고 버르적버르적거리며 죽은 시늉을 했다. 악이 받친 그들은 이판사판 결판을 내려는 듯 다른 보조원을 향해 달려들었다. 장마당 사람들이 그 모습을 보고는 웅성거리며 몰려들었다.

"워매! 속이 시원하네."

"일본놈의 앞잽이를 처단해불소!"

"우리를 못살게 하는 놈은 손목댕이를 짤라부러야 쓴당게. 그래야 방맹이질을 못하겄제."

순식간에 걷잡을 수 없는 지경으로 치달으며 불리해지자 순사는 호각을 휙 불었다. 그리고는 동석의 멱살을 거머쥐고서 사벌을 목울대에 가져다 대었다.

"멈추지 않으면 이놈의 멱을 잘라주마."

외쳐대는 목소리에는 독기가 퍼렇게 서려 있었다. 또 다른 보조원도 순사를 옹위하며 긴 칼을 빼들고 닥치는 대로 찌를 태세였다. 그러나 사람들이 우하니 몰려들자 겁을 먹은 눈치를 보였다. 얼굴에는 당황한 기색도 역력했다. 잔뜩 악이 오른 소리꾼들은 한바탕 해보자는 듯 주먹을 불끈 쥐고 이를 악물었다. 이때 보순과 진쇠 아내가 공포에 와들와들 떨면서 남편 앞을 가로막고 섰다. 두 손을 모아 싹싹 빌면서 사정을 해대었다.

"어쩔라고 이러요? 우리를 봐서라도 그만 갑시다. 당장 잡혀가 죽을 짓을 허냔 말이요?"

"피도 눈물도 없는 곳으로 끌려가불면 어쩔라고 그러요? 처자식을 생각해서라도 참어야 한당께요."

보순은 억울하다는 듯 허공을 향해 헛웃음을 뿌리며 악을 썼다.

"워매! 무슨 웬수를 졌다고 장바닥에서 약도 못 팔게 헌당가? 우리가 굿을 험서 즈그들한테 돈을 달라고 했어? 아니면 밥을 달라고 했어? 멋땀새 우리를 못살게 허느냐고!"

울분을 참지 못한 그는 가슴에 빈 주먹질을 해가며 울부짖었다. 억울함을 달래지 못하고 그는 그 자리에 풀썩 주저앉아 웅절거리면서 헛웃음만 픽 새어나왔다.

"지금 철수하지 않으면 지서에 있는 헌병을 모조리 부르겠다. 모두 형무소로 압송하겠다. 알았나?"

순사는 사벌을 뽑아들었다가 찰가닥 다시 꽂으며 겁을 주었다. 그러나 목소리는 떨고 있었다. 사건을 더 이상 키우고 싶지 않은 눈치였다. 보성에서도 일본순사들의 무차별적인 폭력행사로 인해 간혹 소요가 일어나곤 했다. 조선인이면서도 일본순사와 헌병이 되어 자국민을 총칼로 다스리는 철면피한에 대해 분노가 자주 발생했던 것이다.

"다시 한 번 경고한다. 당장 철수하라."

순사는 고래고래 고함을 치고서 슬금슬금 뒤로 물러나기 시작했다.

"얼른 피해야 쓸 것인디. 헌병들이 몰려오면 어쩔라고 그러능가?"

장꾼들 속에서 걱정스러운 말들이 날아들었다.

"하믄. 금방 쫓아올 것이랑께. 머뭇거리면 안된단 말이시."

그들은 눈물을 삼키며 짐을 챙겨 장마당을 떠나갔다. 잠시도 촌각을 지체할 수 없는 급박한 순간이었다. 쏜살같이 장마당을 빠져나간 그들은 신작로로 나가지 못하고 철길로 도망쳤다. 오토바이나 자전거를 타고 쫓아올 수 없다는 것을 알고 있었기 때문이다. 멀리까지 망을 보며 걸을 수 있었다.

"일본은 어째서 우리들한테 이렇게 모질게 허는지 모르겄네."

동석이 울분을 참지 못하고 깊은 한숨을 몰아쉬며 말했다.

"우리말도 못허게 허고 글도 못쓰게 허는디 소리를 허도록 허겠어요?"

진쇠가 악이 받친 목소리를 토해내었다.

"일본 사람들이 소리 흥을 알겠소? 모른 것은 손에 쥐어줘도 모른 것 아니요? 배가 아퍼서라도 못하게 할 것은 당연하지라우?"

"맞는 말이제. 멋땀새 내 나라 내 땅에 삼시롬 굿 좀 헌다고 해서 방맹이질을 당해야 허냔 말이시? 방망이에 얻어맞은 자리가 결려서 걸음조차도 걸을 수가 없네."

보순은 가슴을 움켜쥐며 억울함을 짓씹었다. 득창은 코피 흐른 자국이 선명한 가운데 윗입술이 퉁퉁 부어있었다.

"이런 더러운 꼴 안 보고 살라면 어서 나라를 되찾아야 쓸 것인디. 일본 놈을 몰아내고 살 날을 보고 죽을랑가 모르겠구만."

"워매! 일본 놈보다 친일에 앞장선 놈들이 더 독하고 모질당께요."

"나라를 되찾으면 그놈들은 일본으로 따라가겠지라우?"

"그러겄제. 살모사 같은 짓을 해놓고 어떻게 조선 땅에서 낯을 들고 살 것능가?"

헌병이 쫓아올까 봐 사방을 살펴가면서도 억울함을 호소하고 걸었다.

득창은 눈물이 핑 돌았다. 식량이 바닥난 판국에 차 삯까지 들여가며 달려왔던 것인데 또다시 빈탕이라고 생각하니 억장이 무너져 내릴 것만 같았다. 무슨 낯으로 아내를 대할 것인지 쥐구멍으로라도 숨고 싶은 심정이었다. 아내가 눈에 밟혀 걸음을 걸을 수 없었다. 이제 장돌뱅이 짓도 끝내야 하는 것인지. 나올 것도 없는데 매일 똑같은 일을 할 수도 없는 일, 뭘 해야 밥을 굶지 않고 살 수 있을까? 도무지 답이 나오지 않았다.

장마당 신작로 가에는 사람들로 우글대었다. 이제 본격적인 장이 섰다는 생각에 가슴이 저렸다. 맥이 풀린 그들은 묵묵히 땅만 보고 걸었다. 오가는 사람들마다 처연한 눈빛으로 바라보았다. 모두들 시름없는 발걸음들, 허기에 지친 그들은 역으로 뚫린 길을 터벅터벅 걸어갔다. 파장 길도 아닌데 일찌감치 조성역 대합실로 들어섰다. 하나같이 설움에 겨워 눈물을 훌쩍거렸다. 나라 잃은 설움이 얼마나 큰 것인지

183

뼈저리게 경험을 했다. 사람들 모두 안타까운 눈빛으로 바라보았다.

중천에 떠오른 햇덩이가 따사로운 햇볕을 뿌려대고 있었다.

득량역에서 소리꾼들과 헤어진 그는 창가에 앉아 낚싯줄 같은 시선으로 창밖을 바라보았다. 차창 바깥으로 스치고 지나가는 논밭과 산. 보이는 것마다 상충하여 뒤엉킨 것처럼 보였다. 터져 나오려는 곡읍(哭泣)을 삼키려고 안간힘을 쓰는 자신이 너무 처량하게 보였다. 배고픔에 울어대는 아내의 울부짖음이 귓가에 맴돌고, 핏빛마저 사라진 채 바짝 마른 아내의 얼굴이 눈앞에 아롱거렸다. 하염없는 한숨 속에 눈물이 맺혀 흘러내렸다. 나라를 되찾는다는 것이 요원하다는 생각에 무엇을 해야 먹고 살 수 있을지 그저 생계가 막막했다. 길거리에서 사람이 죽어간다는 소문이 심심찮게 들려오는 까닭을 알 수 있을 것만 같았다. 막막한 내일을 생각하며 걷다 보니 어느새 활성산 산자락에 발이 닿아 있었다. 그는 집으로 곧장 가지 않고 활성산으로 올랐다. 혹시 덫에 산짐승이라도 걸렸을까 싶은 마음에 올무를 매어놓은 곳으로 달려갔다. 산짐승들도 사람들과 닮은 점이 있었다. 그들도 그들만의 길을 만들어 두고 길이 아닌 곳으로는 가지 않은 습성을 지니고 있었다. 분비물을 보고 따라가 보면 그들의 길을 찾을 수 있다. 득창은 습성을 아는 까닭에 가는 길에 올무를 설치해 놓았던 것이다. 덫을 놓아 둔지 닷새째 되는 날이었다. 포근한 햇볕이 내려앉은 산자락엔 풀들이 풋풋하게 커가고 있었다. 산죽이 우거진 숲에 회갈색 솜털이 눈에 들어왔다. 가슴이 두근거리면서도 날아갈 듯 기뻤다. 슬금슬금 발걸음 소리조차 죽여 가며 다가갔다. 그것은 덫에 걸린 채 매달린 토끼였다. 사는 입에 거미줄을 치는 일이 없다고 하더니 그 말이 사실인 듯싶었다. 그는 벼락같이 덫이 있는 곳으로 달려들었다. 큰 강아지만큼 큰 토끼였다. 그는 비호처럼 몸을 날려 덥석 움켜잡았다. 품에 안은 순간 너무 허망스러웠다. 덫에 걸린 토끼는 머리와 털가죽만 남아 있었다. 아마도 토끼가 올무에 걸려 날뛰자 솔개란 놈이 하늘에서 내려다보고서 가만 놔두지 않은 것 같았다. 살점은 모조리 다 파먹고 난 껍데기였다. 솔개의 깃털이 빠져 있었다. 죽 쑤어 개 준 꼴이었다. 가엾은 아내의 몫을 가로채어 먹은 솔개가 너무 미웠다. 올무를 매어 놓은 곳을 다 뛰어다녀보았지만 더 이상 흔적은 발견할 수가 없었다. 산비탈을 내려오는 그의 마음은 너무 허망스러웠고 한없이 서글펐다. 날마다 삼사십 리 길을 걸어 다닌 것이 허탕이라 생각하니 서글픈 마음이 참담하게 내려앉았다. 허무하도록 굶어 죽어가는 사람들이 남의 일처럼 보이지 않았다. 그는 묵묵히 땅만 바라보고 걸었다.

"여보! 오늘도 그냥 돌아왔구만."

"구경꾼들이 모이질 않던가요?"

"오늘은 사람들이 많이 모였는디 그만 순사가 호각을 불면서 쫓아낸 통에 어쩔 수 없이 그만 도중에 그만뒀당께."

"순사가 못하게 헙디여?"

"다시 한 번 굿을 하면 형무소로 보내겠다고 허드랑께."

"그래요. 몸이라도 성하게 돌아왔으니 다행이지라우."

민순은 의기가 소침하여 돌아온 남편에게 조금이라도 위로가 되는 말을 해주고 싶었다.

……절기는 만화방창의 춘삼월 좋은 철이 지나가고 녹음방초 우거진 계절이 돌아왔다. 그럭저럭 메밀이며 보릿가루로 나물과 버무려며 목숨을 지탱하다 보니 감자를 캘 수 있게 되었다. 집에 남은 양식이라곤 메밀가루와 이른 봄에 심은 감자뿐이었다. 나물은 이미 철이 지나 뜯어 먹을 것이라곤 없었다. 이른 봄에 뜯어 말려놓은 애쑥을 삶아 메밀가루에 감자를 갈아 넣고 버무린 뒤 죽을 쑤어 하루 세 끼를 때

우고 지냈다. 그것만으로는 생명부지가 힘들지만 별 다른 도리가 없었다. 먹고살기 위한 것이 아니라 죽음을 면하려는 처절한 몸부림 같은 것이었다. 득창은 날마다 산과 계곡을 헤매고 다녔다. 산에서 잔대와 칡을 캐고 소나무속껍질을 벗겨가지고 돌아왔다. 배가 고플 때는 칡을 씹어대고 껍질 벗긴 잔대를 먹었다. 달착지근한 소나무속껍질도 먹어보지만 곯린 배를 채우기란 역부족이었다. 계곡마다 쫓아다니며 가재를 잡고 고동을 주웠다. 미꾸라지도 잡고 바닥을 뒤집어가며 민물조개도 캐보지만 그것도 어느새 바닥이 드러나 며칠 만에 씨가 마른 듯 눈에 띄지 않았다. 온 식구가 영양실조의 기색이 역력했다. 누구보다 아내의 모습이 처량했다. 홀몸이 아닌 아내는 얼굴이 깡말라가고 비루먹은 짐승처럼 허연 버섯이 피어났다. 볼이 홀쭉하더니 어느새 피골만 앙상히 남는 몰골로 변해가는 것이었다. 얼굴이 노르스름하게 변해가는 것은 틀림없이 부황이 들어가는 것 같았다. 노인도 말이 아니었다. 쪼글쪼글하던 주름살이 더욱 깊어만 가고 마치 진흙을 발라놓은 것처럼 안색이 새까맣게 변해갔다. 두 발로 걷는 것조차 힘들어 작대기를 의지하지 않고서는 뒷간걸음조차 힘들어 보였다. 곁에서 바라보는 득창은 가슴이 찢어지면서 심장이 멎는 것 같았다. 이대로는 얼마가지 않아 큰일이 닥칠 것만 같아 가슴을 졸이다가 그는 논둑으로 달려갔다. 논둑에는 주먹만 한 녹갈색 개구리가 많았다. 곯어 죽기보다는 개구리라도 잡아먹어야 살아남을 것 같았다. 그가 개구리를 생각하게 된 것은 먹어본 경험이 있었기 때문이다. 소리꾼들이 소리를 하다 지치고 나서는 개구리를 잡아 숯불에 구워 먹곤 했다. 그 어떤 고기보다 맛도 좋고 힘이 난다고 했다. 하지만 득창은 걱정이 앞섰다. 과연 아내가 개구리를 먹을 것 같지 않기 때문이었다. 하지만 아내를 살릴 길이 막연했다.

들판으로 나아가보니 개구리를 잡는 사람이 많았다. 양동이를 들고 막대기를 휘두르면서 논둑을 헤집고 다녔다. 그도 막대기와 자루를 들고 논둑길로 들어섰다. 배가 불뚝하고 눈이 툭 튀어나온 개구리가 논둑에 많았다. 메뚜기와 지렁이를 잡아먹느라 제자리에서 폴딱 뛰는 놈도 있었다. 울 때마다 울음주머니를 뽈록뽈록 거리다가 사람이 다가가면 오줌을 찔긋 깔리며 물 논으로 뛰어들었다. 그는 뛰어 오르기 전에 재빠르게 개구리를 덮쳐쥐었다. 작대기로 휘둘러 잡기도 했다. 닥치는 대로 자루에 담았다. 서너 시간 잡고 보니 무거워 들 수 없을 정도였다. 자루 안에 든 개구리들이 뛰쳐나가려고 난리법석을 부렸다. 그는 자루를 둘러매고 아무도 모르게 산속으로 올라갔다. 후미진 계곡에 자리를 잡고 개구리를 꺼내어 뒷다리만을 잘랐다. 껍데기가 보이면 아내가 먹지 않을 것만 같았기에 살점만 모았다. 맑은 물에 씻은 후 집으로 내려왔다. 아내는 벌써 죽을 쑤고 있었다. 그는 아내에게 다가가서 순간적으로 얄팍한 속임수로 거짓말을 해대었다.

"여보! 산에 가서 횡재를 해가지고 왔구만."

"횡재라니 그것이 뭣인디요?"

"솔개란 놈이 토끼를 잡아놓고 뜯어먹고 있드구만. 그래서 뺏어가지고 가죽을 벗겨 뼈는 내불고 살코기만 챙겨왔당께."

토끼 고기라는 말에 아내는 반가운 듯 오랜만에 흐뭇한 미소를 지었다.

"어쩌다 그때를 맞췄다요. 굶어 죽으란 법은 없는 개비요."

순간 득창은 양심의 가책을 느끼면서 시무룩해졌다. 싸늘한 양심이 온몸에 스며드는 느낌이었다. 가슴이 내려앉을 것만 같은 서글픔이 짓눌러왔다. 솔개가 버린 고기라고 말해도 반가워하는 아내의 모습은 가슴을 도려내는 아픔과도 같은 것이었다.

"이리 꺼내줘요. 얼른 국을 끓여 줄께요."

그녀는 함지박을 건네주며 담아달라고 졸랐다. 국 끓일 준비에 들어간 채비를 하자 득창은 가슴이 뜨끔했다. 꺼내보면 금방 알 것이기에 은근슬쩍 핑계를 치기 시작했다.

"원래 토끼고기는 구워먹어야 쓴당께. 죽을 먹음시롬 국을 또 묵어야 쓰겄능가? 내가 저기 마당가에서 구워 올텡게 그리 알고 있어."

"언제 숯불을 살라갖고 구운다요. 그냥 끓인 것이 낫제."

"아니어. 금방 구울 것잉게. 잠깐만 기다려."

그는 잽싸게 뒤란으로 돌아갔다. 숯덩이에 불을 붙이고 개구리를 굽기 시작했다. 기름기가 많은 탓에 숯불 위에 올리니 금방 지글지글 소리를 내며 익기 시작했다. 고기 냄새가 온 집으로 번져나갔다. 밭고랑을 둘러보던 학동영감이 냄새를 맡고 다가왔다.

"무엇이길래 이리 맛있는 냄새가 난다냐?"

입을 쩍쩍 다시며 무척이나 반가운 기색을 보였다. 그는 나직한 목소리로 말했다.

"아버지. 이거 저 논둑에서 잡아 온 것이랑께요."

"뭐 논둑에서 잡았니?"

"예. 개구락지랑께라우."

학동영감은 놀란 토끼 눈을 하면서도 혹시 며느리가 들었을까 봐 뒤를 돌아다보았다.

"워매! 잘했다. 나도 진즉부터 그 생각을 했었다마는 안 묵는다고 헐까 바 말도 못 꺼내고 있었제. 한번 믹여보자. 삐쩍 말라가는 얼굴을 보면 속이 달아졌는디 참말로 잘했다. 무슨 개기라고 말하고 믹일 것이냐?"

"토끼개기라고 말해 놓았어라우."

"토끼개기라고 했어?"

"예."

"토끼개기 같지는 않다마는 어쩔 수 없제. 어서 구워갖고 오니라."

학동은 익은 고기 한 점을 들고 일어섰다. 며느리 앞에서 시식을 해 보이고 싶어서인지 손에 받쳐 들고 앞마당으로 향했다. 마침 며느리가 부엌에서 죽을 쑤어 들고 나오고 있었다.

"날씨도 따땃하고 좋웅게 방으로 가지 말고 마루에서 묵자."

"그럴까요."

민순은 밥상을 마루에 가져다 놓고 남편을 부르러 뒤란으로 돌아가려고 했다. 그것을 보여주면 안 될 것 같은 생각에 가로막고 싶었다.

"아가, 이것이 토끼 개기다. 한 점 묵어 볼래?"

"아니요. 아버님께서 먼저 드셔야지라우."

"내가 먼저 맛을 봐 보마."

고기를 입에 넣고 씹었다. 부러 눈을 부릅뜨고 기절할 듯 놀란 표정을 지었다.

"참말로 맛있다. 산에 가더니 토끼를 잡어왔능개비다. 산신령이 도왔응께 이 여름에 토끼를 잡았겄제. 참말로 잘된 일이다."

"자주 이런 일이 있었으면 좋겄는디요."

"살다보믄 또 있겄제."

개구리 뒷다리도 불에 구워 놓으니 그 모양이 토끼고기와 별반 다름이 없어보였다. 득창은 익힌 고기를 들고 돌아왔다. 밥상이라고 해봤자 열무김치와 들깨 가루를 곁들인 상추 겉절이 그리고 쑥 버무림 죽이 고작이었다. 득창은 구운 고기를 상 위에 놓고 아버지께 먼저 권했다.

"아버지. 먼저 드셔보싯시오."

그는 열무김치에 싸서 입에 넣어드렸다. 학동은 일부러 맛있다는 표정을 지으며 생글한 웃음을 지어보였다.

"참말로 맛있다. 나만 주지 말고 니 처도 줘라. 개기 맛본지가 언제냐?"

"시캥굿 갔다 온 뒤로는 못 묵어봤구만요."

"그랬능개비다. 참말로 오랜만이로구나."

득창이 아내 입에도 넣어주었다. 엉겁결에 받아 입에 넣은 민순은 엷은 미소를 지으며 씹었다. 부드러우면서도 담백한 맛을 느끼는지 마냥 즐거운 표정을 지었다.

"토끼 고기가 이렇게 맛있능가요?"

"그럼 산에서 사는 짐승은 다 부드럽고 맛있당게."

민순은 알았다는 듯이 고개를 끄덕였다. 맛있게 먹는 아내의 모습을 바라본 득창은 흐뭇하면서도 마음 한구석이 문드러지는 것 같았다. 그렇지만 그도 오랜만에 먹은 고기 맛은 정말 좋았다. 민순은 배가 부르도록 먹었다. 저녁에도 득창은 남겨놓았던 것을 구워주었다. 아침 자고 일어나니 얼굴에 개기름이 번질번질한 것 같았다. 하지만 득창은 아내에게 개구리라는 말을 하지 못했다. 그 후에도 여러 차례 속여 가며 개구리를 잡아다 구워주었고 아내는 의심하지 않고 잘도 먹었다.

……칠월 열아흐레 날밤 이경에 이르자 한 귀퉁이를 깎아먹은 달이 동쪽하늘에 떠올랐다. 늦은 막에 희끄무레한 빛을 자정골에 뿌려대었다.

아침밥을 먹고 나서부터 산통이 시작된 민순은 저녁때가 되어도 계속 이어졌다. 득창은 종일 가슴이 조마조마해 견딜 수가 없었다. 아내의 울부짖음이 날아들 때마다 그는 숨길이 콱 막혀들면서 심장이 뭉

190

개지는 것 같았다. 아내를 만나 살아오는 동안 따뜻한 고깃국 한 그릇 먹어본 적이 없었다. 보리밥에 고구마 그리고 메밀 죽으로 끼니를 때 우다시피 살아온 아내.

그런 아내가 엄마가 되기 위해 의젓하게 산고의 진통을 토해내고 있었다. 그동안 무슨 힘으로 뱃속에 아기를 키워내었는지 아내가 너무나 가련했다. 소리를 혼으로 알고 소리꾼을 찾아와 연분을 맺어준 아내. 홀몸이 아니면서도 돌을 나르며 소리방을 짓자고 애를 쓰던 모습이 한스러운 멍울이 되어 눈앞을 스쳐지나갔다. 째어지도록 가난한 탓에 개구리 뒷다리를 토끼 고기로 먹고 태아를 길러낸 아내가 너무도 불쌍하고 처량하다는 생각이 들었다. 밤이 깊어지자 아내의 울부짖음은 점점 커져만 갔다. 아기가 건강하게 태어나야 할 텐데…… 간헐적으로 날아드는 아내의 울부짖음에 가슴은 이미 시꺼먼 숯덩이가 된 느낌이었고 호흡마저 멎을 것만 같았다. 불안함이 소용돌이치면서 목덜미를 타고 흘러내렸다. 야릇한 흥분을 감추지 못하여 하릴없이 마당엘 왔다 갔다 할 뿐이었다. 학동영감도 아궁이에 불을 지피우면서도 정신만은 방에 가서 있었다. 잠시 숨이 죽은 듯 잠잠하다 싶더니 무겁게 흐르던 침묵을 집어삼키는 소리가 허공을 가르고 나섰다.

"자! 힘을 내소. 쪼끔만 더 내면 되겠네."

방안에서 말순 할머니의 왜가리 청 같은 소리가 문풍지를 뚫고 날아들었다. 아내의 고통스러운 신음소리도 귀청을 찢듯 들려왔다. 이를 악물며 내지르는 소리가 산골짜기를 쥐어흔들 때마다 마음 한구석을 희열감으로 채워주면서도 가슴은 미어져 내렸다.

"이것을 붙잡고 젖 먹을 때부터 힘을 모아 써보소. 자! 어서 힘을 내야 쓴당께."

말순 할머니는 빨리 힘을 내라고 다그치듯 소리쳤다. 아내의 목소리는 아픔을 견디지 못해 절규를 쏟아내면서 이를 뿌드득 가는 것 같았다. 처절한 몸부림을 치고 있음이었다.

"조금 더 힘을 내랑께."

말순 할머니가 주먹벼락을 치듯 고래 같은 소리를 내뿜었다. 집이 날아갈 것만 같은 소리였다. 이를 악물고 내뱉는 신음소리가 더욱 거세지고 있었다. 간장을 저리고도 남을 애절한 고통을 토해내는 소리…… 카랑카랑한 고성대규가 밤하늘을 뒤흔들었다. 아내는 마치 죽음을 달라는 사람처럼 처절한 사투를 벌이고 있음이었다. 견딜 수 없다는 최후의 발악처럼 비명을 질러대었다.

"자! 다 되어가네. 한 번만, 마지막이랑께."

말순 할머니의 급박한 소리가 밤공기를 갈랐다. 으악 하며 이를 악무는 소리가 다시 터지며 울부짖었다.

"되얐네! 워매 고생했네."

안도의 한숨이 묻어난 말순 할머니의 소리가 날아들었다. 득창은 자신도 모르게 벌떡 일어섰다. 짜릿하면서도 감미로운 전율이 머리끝에서 등골을 타고 발가락으로 흘렀다.

초조와 시름으로 얼룩져 초주검이 되어있던 학동영감의 얼굴도 일시에 밝아졌다. 갓난아기 울음소리가 새어 나왔다. 정신이 몽롱해진 득창은 밤하늘로 훨훨 날아오르는 것 같았다. 허허로운 하늘을 막 날아다니는 기분이었다. 그는 고개를 털어가며 정신을 가다듬었다. 학동영감도 싱글벙글 웃으며 흐뭇한 표정을 지었다.

"낳는개비다."

학동이 목이 메어 떨리는 목소리로 말했다.

"예. 아부지."

득창을 설레는 기쁨을 감추지 못하고 아버지를 얼싸안았다. 학동은 아들의 등을 다독다독거리며 매운 콧등을 훌쩍였다. 그의 생애 가장 기쁜 날 중의 하루였다. 학동은 손가락을 폈다 접었다 하면서 태어난 날짜에 시를 맞춰보고서 득창에게 일러줬다.

"내가 죽더라도 잊어서는 안 된다. 경진(庚辰)생 칠월 열아흐레 날 술시이니라."

"예, 아부지. 잊지 않을께요."

방문 열리는 소리가 들렸다.

"워따매! 꼬치가 달렸당께! 아들이란 말이시."

마루로 나온 말순 할머니가 외쳐대었다. 득창은 덩실덩실 춤을 추고 싶었다. 학동영감이 말순 할머니에게 달려갔다.

"참말로 고맙네. 이 은혜를 어떻게 갚아야 쓸 것잉가 모르겠네."

"아이고 스승님도 무슨 말씀을 그리 하신다요. 내가 낳간디라우. 며느리가 낳았제."

"그렇기는 허네만 자네 아니면 어쩔 뻔했드랑가. 참말로 사참한 일이었제."

"다행이구만요. 산모도 애기도 건강헝께 이보다 좋은 일이 어디 있겠어요. 아들손자를 점지해준 삼신할머니께 감사하다고 해야쓰겠구만요."

"말이라고 헝가. 참말로 고맙제."

가장 걱정했던 일이 봄바람에 눈 녹듯 슬슬 풀려가고 있었다. 순산한 것만도 천만다행인데 아들을 낳은 것은 그야말로 금상첨화(錦上添花)였다. 거기다가 아이도 산모도 건강하다니 일석삼조(一石三鳥)가 아니고 무엇이겠는가. 초산이라서 고통이 따를 거라는 말순 할머니의 우려소리에 내심 불안했던 차에 이보다 기쁠 수가 없었다. 정신이 혼몽해진 것 같았던 아내도 이내 제정신으로 돌아왔다. 아내는 온몸이 흘러내리는 땀으로 후줄근했다. 탯줄을 자른 말순 할머니는 데운 물을 들고 들어가 아기를 씻고 산모의 온몸을 더운 물로 닦아주었다. 아들이라는 말에 기쁜 웃음을 지었다. 엄마도 아기도 건강함을 보여주었다.

관솔호롱불이 일렁거리고 희미한 달빛마저 얼비쳐든 방에 갓 태어난 어린 것이 엄마 곁에 누워 있었다. 핏덩어리 같은 갓난아기가 한바탕 울어대고 나서 눈을 감고 숨만 꼴딱꼴딱거렸다. 득창은 방으로 들어가 아내의 손을 슬그머니 꼭 쥐면서 위로의 말을 건넸다. 아내가 한없이 가엾으면서도 고마웠다.

"고생 많이 했어. 아들도 엄마도 건강항께 참말로 좋구만."

민순은 생그레 웃음을 지어 보이며 안도하는 표정을 지었다.

"욕심 부리지 말고 있어야 돼! 몸조리를 잘해야 쓴당께 알았제? 아부지가 뒷수발 잘해주신다고 했어."

"알았어요."

득창은 세상에 막 태어난 아들이 너무 신비스러웠다. 눈을 꼭 감은 채 조그만 입술로 빠는 시늉을 하며 꼼지락거리고 있었다. 그는 아들을 바라보며 입을 헤벌쭉 다물지 못했다.

"코를 봉께 엄마 탁했구만. 잘 타고났구만! 엄마를 탁해야 잘생겼다고 헐 것인디 맘과 같이 되었네."

학동영감은 볏짚을 가져다 새끼를 꼬기 시작했다. 이어 고추밭에서 가장 크고 붉은 고추를 따서 듬성듬성 매달았다. 부엌에서 타고 남은 숯덩이도 찔러 넣었다. 고추는 아들을 상징하고 숯덩이는 역귀가 범하지 못하도록 막아준다는 의미라고 했다. 금줄은 아기가 태어났으니 함부로 드나들지 말아달라는 알림이면서 당부해주는 표징이었다. 학동은 만면에 웃음을 머금고 사립문으로 나가 금줄을 쳤다.

득창은 닭장으로 갔다. 그동안 학동이 며느리 산후를 대비해서 애지중지 길러온 닭이 있었다. 지난 봄 알에서 갓 깨어 나온 노랑병아리를 구해다가 좁쌀을 주어 키워왔던 것이다. 그중에서 실한 두 마리만이 살아남아 닭장을 지키고 있었다. 지난 춘궁기 때에 밥을 굶어가면서도 이날을 위해서 아껴뒀던 것이다. 산속에서 기른 닭은 약 중에 약이라고 해왔다. 너른 숲 속을 헤집고 다니면서 지네, 지렁이, 땅강아지, 귀뚜라미, 청개구리, 심지어 실뱀까지 잡아먹고 청초도 뜯어먹고 컸기 때문이다. 득창은 닭 벼슬이 붉으면서도 실한 암탉을 먼저 골라 잡았다. 날갯죽지를 붙잡힌 닭이 퍼드덕거리며 소리를 질러대었다. 득창은 얼른 목을 휘감아 돌렸다. 닭은 소리도 지르지 못하고 다리를 파딱파딱거리며 흔들어댔다. 아내의 몸조리용이라고 생각하니 마음이 뿌듯하면서도 고마웠다. 학동영감은 물을 끓이고 있었다. 산모 방은 여름에도 늘 따뜻해야 하는 까닭에 벌써부터 장작불을 지펴 두었다. 득창은 잡은 닭을 그을리고 나서 샘으로 갔다. 칼을 샘 둑에 으득으득 문질러가며 배를 따고 씻었다.

이제 자식을 둔 아비가 되었다는 실감에 가슴이 뿌듯하면서도 무지근한 책임감이 납덩이처럼 목덜미를 눌러 조였다.

16
소리방을 지어주고
은근히 손을 뻗어오는 집주인

여름이 끝자락으로 내몰리자 한낮에는 뙤약볕이 내리쬐어 무더웠으나 아침저녁으로 소슬바람이 한들한들 불어오고 있었다. 눈부신 햇살 속에서도 수목들은 가을빛을 그려내고, 산골에는 벌써부터 산국이 노랗게 피어나기 시작했다. 철을 맞은 가을 산매미가 목청이 터지도록 울어대고, 가는 여름이 아쉬운 듯 귀뚜라미도 자정이 넘도록 즉즉거렸다. 맑은 하늘에는 붉은 고추잠자리들이 하늘을 머리에 이고 빙빙 맴돌았다. 아귀를 짝 벌린 누런 밤송이 사이로 볼이 붉어진 알밤들이 고개를 슬며시 내밀었다. 어느새 가을이 산골을 향해 자박자박 걸어오는 소리가 들리고 있었다.

민순은 토실토실 젖살이 오르며 커가는 아들 재미에 가을이 오고 있는 줄도 모르고 있었다. 태어난 지 두 달이 지나자 뻥긋뻥긋 웃어대는 통에 넋이 빠진 상태였다. 소리연습도 소리방 짓는 일도 잠시 접어둘 수밖에 없었다.

가을이 되면 밭곡식도 밭곡식이지만 밤을 따는 일이 버거웠다. 득

196

창은 날마다 밤 따는 일에 힘썼다. 산지기 집에 사는 탓에 주인의 일을 거들어야 했다. 땅주인 나기중은 가을이 되면 머슴을 데리고 날마다 자정골로 찾아들었다. 작년만큼은 집안의 우환질고로 머슴들한테만 맡기고 오지 못했던 것이다.

그는 일찍부터 양봉에 눈을 뜬 사람이었다. 일찍이 독일 선교사들에 의해 우리나라에 양봉이 전래되었고 실험양봉(實驗養蜂)이란 책이 편찬되었다. 고장에서 맨 먼저 양봉을 받아들여 기르기 시작한 이가 기중이었다. 그로 인해 고장에 벌꿀의 효능이 알려지기 시작했고, 일반 서민층에서부터 너도나도 꿀을 선호했다. 나기중은 보성에서 양봉의 선구자요 독보적인 사람이 되었다. 초가을이 되면 소구루마에 벌통을 가득 싣고 자정골을 찾았다. 가을활성산은 산국은 물론 싸리나무, 구절초 꽃으로 뒤덮였다. 산밭에는 메밀꽃이 흐드러지게 피어 이때를 놓치지 않고 꿀을 수확했다. 양지바른 언덕 밑에 며칠 동안 벌통을 놓아둔 뒤 채밀하고는 다시 옮겨갔다. 또 이때는 밤을 수확할 적기이기도 했다.

기중은 머슴을 데리고 종일 밤을 따고서 송이는 땅에 묻어놓았다. 한 달 정도 지나면 밤송이가 썩어 쉽게 밤을 깔 수 있기 때문이었다. 그동안 학동이 일을 도와주었지만 장마당을 그만 둔 득창이 나섰다. 학동은 산밭에 곡식을 거두는 일에 매진했다.

예상했던 대로 기중이 아침 일찍 소구루마를 앞세우고 자정골로 왔다. 사립문 쪽에서 소 평경소리가 들렸다. 소구루마에는 벌통이 삼 층으로 쌓여져 있었다. 벌통마다 벌이 나오지 못하도록 모기장으로 막아놓았다. 머슴 정구는 밀짚모자에 모기장을 둘러 벌이 달려들지 못하도록 만반의 준비를 하고 있었다. 그 뒤에는 기중이 따라오고 있었다.

얼굴에 핏기가 보타지고 없는 핼쑥한 얼굴이었다. 천신만고 끝에

낳은 아들이 세 살이 되도록 수족을 못 쓰고 누워만 있는 데다, 부인마
저 중풍으로 앓아누운 까닭인지는 몰라도 눈가에 수심이 짙게 드리워
져 있었다. 구루마가 사립문을 막 지나치려다 금줄이 쳐진 것을 보고
서 놀란 눈치였다. 기중이 의아쩍은 눈빛으로 고개를 돌려 물었다.

"이집에 경사가 났네그려."

"예. 마님."

"아들을 봤능가?"

"예. 두 달 되었구만이라우."

득창은 생글생글한 웃음을 떠올리며 좋아서 어쩔 줄을 모르는 표정
을 지었다.

"아기는 건강헝가?"

"예. 벌써부터 눈을 맞추고 웃는당께라우."

"어허. 일 되는구만. 누구 닮았능가?"

"아직은 모르겠지만 오뚝한 콧날을 보면 즈그 엄니 닮은 것 같구
만요."

"자네 마누라가 참말로 이쁘더구만 닮아서 잘했네. 자네 처는 지금
나이가 몇 살잉가?"

득창은 도둑놈 제 발 저린 격으로 속이 뜨끔하여 한동안 우두망찰
하고 서 있었다. 혹시 숨어 있는 마누라가 들통이나 나지 않을까 싶어
속이 바싹바싹 타들어갔다. 일각에 표정이 바위처럼 굳어지기 시작했
다. 발이 넓은 사람이라서 혹시 소문을 들었을까 싶어 가슴이 조마조
마했다. 아내가 집을 나온 여자라는 것을, 그리고 고향이 득량이라는
것을 알기라도 한다면 이건 탈이었다. 이미 그 사실을 듣고 있을지도
모를 일이었다. 혹시 캐물어볼까 싶어 그는 재빠르게 잔머리를 굴려
나이부터 속였다.

"열 아홉이구만요."

"그렁가. 아내가 능주서 시집왔담서?"

"예 그랬구만이라우."

"자네 처만큼 이쁜 여자는 별로 보지 못했네. 소리꾼 따라 살기는 아깝더구만."

기중은 음산스러운 미소를 빙긋이 지으며 말했다. 그를 바라본 득창은 무시하는 것 같기도 해도 비위짱이 상하기도 했다. 불길한 예감이 음산한 바람을 몰고 오는 기분이었다. 가진 것도 없고 신분도 천한 탓에 또다시 시련을 맛보지 않을까 싶기도 했다. 위세 있는 사람이 가까이 다가오는 것은 별로 달갑지 않았다. 다행히 아이를 낳았기에 안도감이 느껴지긴 하지만 아직도 아내는 나이가 어린 탓에 긴장의 끈을 늦출 때가 아니라는 생각이 들었다.

어쩐지 마음 한구석이 찝찝하면서 개운하지 않은 느낌이 들었다.

"아참! 소리방인가 뭔가 짓는다고 하더니만 이렇게 모아놨능가?"

마당으로 다가선 나기중은 구석에 쌓여있는 돌덩이들을 보고 물었다. 설핏 봐도 성이 차지 않는 눈치였다. 마뜩찮은 듯 혀를 쩝쩝 차기도 했다.

"예. 마님. 마님께서 허락을 해주셨다고 허기에……."

그는 무안쩍어 뒷머리를 긁적거리며 대답했다.

"이 사람아. 지금 닭장을 짓는 것잉가, 아니면 개장을 질라고 허능가?"

기중은 돌연 생핀잔을 주고 나섰다. 득창은 벙어리라도 되는 것처럼 눈치만 살살 살피면서 엉거주춤한 채로 얼굴이 발개졌다.

"이 평평하고 좋은 땅에 이런 돌무데기로 집을 지어서야 쓰겠능가? 이곳은 이 땅에 눈이 되는 자리네. 이왕 지을라면 번듯하게 지어사제,

개집도 아니고 이것이 뭣이당가?"

서늘한 시선이 송곳처럼 번뜩이면서 옆구리를 쿡 찌르고 달려드는 것 같았다. 득창은 급소를 맞은 사람처럼 눈언저리를 움찔거리며 허탈한 표정으로 그를 바라보았다. 너무 황당하여 할 말을 잊고 눈치만 살폈다. 미처 생각조차 하지 못했던 일. 득창은 거친 한숨을 들이쉬었다. 그동안 홀몸도 아닌데도 헛심부린 아내가 너무 안타까웠다.

"이리로 벌통을 날려주소."

"예. 마님."

기중은 황토 더미 위로 올라가 바위 밑으로 벌통을 날리도록 자리를 정해주었다. 정구와 득창은 벌통을 하나씩 조심조심 날랐다. 자그마치 스무 통이나 되었다. 정구는 돌로 괴어가면서 비가와도 맞지 않도록 해두었다. 이어 기중이 연기를 피워대었다. 연기를 싫어하는 벌의 특성 때문이라고 했다. 이어 모기장을 벗겨내었다. 연기가 가득 피어나자 벌들도 정신을 차리지 못한 것 같았다. 잠시 공중을 횡횡 돌더니 순식간에 어디론가 벼락같이 날았다. 기중은 안심이 되는 듯 안안한 웃음을 지으며 벌들을 바라보았다. 꽃냄새를 맡고 활성산으로 바삐 날아가는 것을 보았기 때문이었다. 기중은 기다란 대나무 간짓대를 들고 밤나무 밭으로 갔다. 득창은 삼태기와 볏가마니를 들고 뒤를 따랐다. 정구가 밤나무 위로 기어 올라갔다. 간짓대로 밤송이를 두드리니 후드득후드득거리며 떨어졌다. 알밤도 함께 쏟아지는 것이었다. 잠시 후 그들은 밤송이를 주워 담아 마당가에 구덩이를 파고 묻었다. 한 달 정도는 묻어둬야 밤송이가 썩어 쉽게 밤을 깔 수 있다.

기중은 열흘이 넘도록 낮에는 자정골에서 살았다. 밤도 따고 콩과 팥 수확을 했다. 그가 자정골에 머무는 날에는 득창도 꼼짝할 수 없었다. 이때만이라도 땅 주인의 일을 거들어줘야 하기 때문이었다. 어느덧 열흘이 지나가자 기중은 벌통을 열고 소초를 꺼내어 원심분리기에 돌렸다. 농밀한 꿀이 물그레하게 쏟아졌다. 눅진한 조청 같은 연갈색 꿀이었다. 혓바닥에 착착 감길 것 같은 달콤하면서도 진한 향기를 풍기는 생청이 커다란 동이에 가득 찼다. 기중은 마침 그 기간에 비도 오지 않았고 예년에 비해 꽃의 활착이 좋아서 꿀을 많이 딸 수 있었다고 만족스러운 웃음을 지었다. 이제 벌통을 싣고 떠나갈 때였다. 석양이 다가오자 정구가 모기장으로 벌통의 구멍을 막았다. 그리고서 소구루마에 차곡차곡 실었다.

득창은 일을 거들어주면서도 목에 가시가 박힌 사람처럼 마음이 편치 않았다. 소리방을 짓던 일에 결말이 나지 않았기 때문이다. 개집을 짓느냐고 핀잔 투로 눈을 흘기는 것은 짓지 말라는 것과 다름없었다. 마당에 가져다 놓은 돌이며 흙을 이대로 놔두고 볼 수는 없었다. 손바닥 같은 골방에서 세 식구가 잠자기엔 버거울 판이어서 헛청이라도 빨리 짓고 싶은 마음뿐이었다. 무릎을 꿇고 큰절을 올려서라도 사정을 해볼 심산이었다. 불문곡직하고 앞으로 다가가 결말을 보고 싶었다.

"마님, 비록 돌집이라고 해도 보기 좋게 지어볼라요. 허락해주시면 안 될까요?"

"어허! 이 사람아 남의 땅 망칠 일 있능가? 돌로는 안 되네."

기중은 눈알을 치굴리며 야단을 치듯 말했다. 은근히 비꼬는 투였다. 다시는 말도 꺼내지 말라는 단도리 같기도 했다. 그동안 홀몸도 아니면서 돌을 나르던 아내의 정성이 헛심이 된 꼴이어서 맹감을 씹은 것 같아 떨떠름했다. 여지없이 한방 얻어맞은 꼴. 완강하게 버틴 까닭이 무엇인지 못내 궁금하면서도 생각할수록 큰일이었다. 그동안 고생을 놔두고라도 이제 가져다 버릴 일이 걱정이었다. 생각할수록 엄두가 나지 않은 일이었다.

"마님! 그러면 돌을 다 치워야 합니까요?"

"어허 이 사람아 이 좋은 땅에 돌로 지어서야 쓰겠능가."

기중은 재고해볼 필요도 없다는 듯 냉랭한 말투로 쏘아붙였다. 연 득없는 표정에 그만 눈꺼풀에 실핏줄이 파르르 떨리면서 온몸이 팍 가라앉는 기분이었다. 어찌할 도리가 없다고 여기며 쓴웃음을 삼키고 말았다.

"자네 아내를 생각해서라도 그런 집을 지어서야 쓰겠능가?"

"예? 그 말이 무슨 말씀이랑가요?"

"일전에 그렇게 하라고 허락은 했지만 나도 고민스러웠던 것이 사실이었네. 산지기 집이라고 하나 있는 것이 기어들고 나는 것이 성에 차지 않았었네. 이왕지사 말이 나왔으니 집다운 집을 하나 지어줘야 쓰겄다 그 말이랑께. 돌담 집에서 명창이 나오겠능가?"

기중은 자신만만한 웃음을 지어가며 말했다. 득창은 예상도 못했던 일이라 일순간 정신이 쏙 뽑힌 기분이었다. 하지만 푹 익은 참외 속 같은 달콤함이 코끝에 철썩 달라붙은 느낌도 들었다. 미묘한 감정이 목젖을 타고 올라오는 것을 꾹 참아가며

"좋은 집을 지어주시다니요?"

의아쩍은 눈길을 보내면서도 덤덤한 표정으로 물었다.

"마음껏 소리를 할 수 있도록 좋은 집을 지어주고 싶당께. 그렇지 않아도 며칠 후에 다시 올라고 했던 것이네."

나기중은 또다시 여유롭게 웃어가며 정감을 자아내었다. 득창은 마치 꿈결인 듯 정신이 얼얼하면서 기분이 이상야릇했다. 과분한 호의는 의구심을 유발하는 것이어서 머릿속이 텅 비어버린 사람처럼 혼몽해졌다. 후탈이 생길지도 모를 조바심이 매닥질을 해대는 것 같았다.

"그렇지 않아도 자네 처가 명창이 되고 싶은디 연습할 방이 없다고

해서 지어줄라고 했제. 그 얼굴로 명창이 되면야 이름께나 날리겄드구만. 소리만 잘헌다고 해서 이름이 날리겄능가? 여자가 명창이 될라고 헌다면 얼굴도 예뻐야제. 그나저나 어디서 그리 예쁜 각시를 맞아들였능가?"

기중은 눈웃음을 쳐가며 말했다. 고고한 인품을 겸비한 선비라고 믿겨지지 않을 정도의 말을 흘리는 것이었다. 어딘지 모르게 야릇하면서도 아리송한 냄새가 묻어나는 것이었다.

득창은 갑자기 얼굴에 벌레가 기어가는 것처럼 스멀거리면서 후끈거리기 시작했다. 기중은 무슨 말을 해야 할지 어리둥절하여 당황하고 있음을 알아보고 말을 이어갔다.

"진즉부터 여기에 제각다운 집을 하나 지으려던 참이었네. 다행히 저기 미력 송림엘 갔더니 큰 부잣집에서 문간채를 뜯어 판다고 허기에 벌써 사 놔뒀제. 때를 봐가면서 뜯어 옮기려고 했던 것이었제. 떡 본 김에 제사까지 지낸다고 잘된 일이 아니겄능가. 그러니까 이 흙은 그대로 쓰겄지만 돌멩이는 쓸 곳이 없을 것잉께 다른 곳으로 옮겨야 쓰겄네."

기중은 갑자기 목소리를 낮추며 속삭이듯 말했다. 현혹시키는 것 같기도 해서 마음이 내키지 않은 구석도 있어 못내 맘이 편치 않았다.

"그건 그렇고 지금은 장마당에 나가지 않능가?"

"예. 그렇습니다요."

"어째서?"

"순사들이 굿판을 벌리지 못하게 하는구만요."

"아참! 그렇다는 소릴 들었네만 그것이 사실이었구만. 그럼 무슨 일을 허능가?"

기중은 궁금하다는 듯 넌지시 하는 일을 묻고 나섰다.

"할 일이 없어 그냥 빈둥거리고 노는지가 벌써 여러 달 되었구만이라우."

"어허 젊은 사람이 놀아서 되능가?"

염려스러운 눈빛으로 바라보며 걱정을 하고 나섰다. 그 순간 득창은 살아갈 길이 막막해지면서 마음이 슬퍼졌다. 아무런 대답도 하지 못한 채 묵묵히 바라만 보고 서 있었다.

"식구가 넷이나 되었는디 저까짓 밭뙈기 농사로 입에 풀칠을 허겄능가? 묵고 살 일을 해사제."

기중은 꾸지람을 하듯 눈을 부라렸다.

"내가 대어줄 터이니 생청을 팔아볼랑가?"

"예? 생청을요?"

"왜 그리 놀래능가?"

"아닙니다요."

"집에서 놀지 말고 생청을 팔러 다녀보란 말이시. 그러면 밥 묵고 사는 데 지장은 없을 것이네. 그리 해보고 싶으면 곧바로 연락을 허소."

기중은 연한 미소를 띠어가며 다정스럽게 말했다. 자신이 직접 도움을 줄 수 있다고 넌지시 권하고 나섰던 것이다. 그 순간 득창은 자신도 모르게 귀가 솔깃해졌다. 굶어 죽어가는 판국에 먹고사는 일이라면 저승길을 따라가자고 한들 마다할 수 없었다. 사정이 몹시 곤궁한 처지라서 생각해볼 겨를도 없었다.

"그리 해보고 싶구만이라우."

득창은 혹시 기회를 놓치지 않을까 싶은 조바심에 즉답을 했다.

"그렇게 해보소. 그런데 자네 혼자서는 할 수 없고 자네 처랑 같이 해야 할 것이네. 뻣뻣한 남자가 물건을 팔러 다니면 누가 사겠능가? 이쁜 자네 처가 팔러 다니면 안 살 사람도 사는 것이제. 그렇다고 혼자

다닐 수는 없는 것이네. 같이 다니도록 허소."

"알겠구만요. 당장 그리 헐랍니다요."

"나중에 우리 집으로 나오도록 허소. 생청장사 허는 법을 배워야 허네."

"예. 그리 허겠습니다요."

기중은 벌통을 실은 소구루마 뒤를 따라 떠나갔다. 득창은 기와집을 지어주고 생청장사를 할 수 있게 해준다고 허니 좋기는 하지만 마음은 편하지 않았다. 한 번 봤으면서도 아내를 잊지 않고 들먹이는 것이 예사롭지 않다는 생각이 들었기 때문이다. 재작년에 있었던 일이 퍼뜩 떠올랐다. 다정다감하게 다가온 박실댁이 아내에게 처녀공출의 음모를 꾸며 호된 시련을 안겨주었던 것. 소리꾼이라고 해서 천대와 멸시를 일삼던 사람이 갑작스레 다가온 이면에는 꿍꿍이셈이 숨어 있을 수도 있었다. 그러나 그때와는 달리 아내와 함께한다는 생각에 일단은 안심이 되었다.

가을은 점점 깊어가고 있었다. 득창은 산밭에 곡식을 거두어들이는 일에 힘썼다. 고구마를 캐고 콩, 팥, 산두, 녹두, 조, 메밀, 수수는 베어 말린 뒤 도리깨질을 했다.

열흘 정도 힘을 기울이니 가을걷이가 끝나가면서 산밭이 썰렁했다.

아침부터 자정골이 소란스러워졌다. 소구루마가 연이어 도착했다. 기와집 문간채를 뜯어온 목재와 기왓장을 실은 구루마였다. 부잣집 대문이라서 기둥부터 예사롭지 않았다. 밋밋하게 솟은 아름드리 소나무 재목이 아직도 성성했다. 서까래가 초가집 기둥만큼 굵었다. 못을 박지 않고 지은 재목이라서 가져다 맞추기만 하면 될 성싶었다. 이름난 목수들이 슬렁슬렁 하는 것 같지만 주춧돌을 놓고는 금방 재목을 일으켜 세웠다. 나기중은 직접 자정골로 나와 일꾼들을 독려하여 가을이 저물어가기 전에 세 칸짜리 기와집을 지었다.

산속에 어엿한 기와집이 들어서니 삭막한 외딴 산골 티를 벗어나는 것 같았다. 고아한 기와집이 산골에 있다는 것은 봄 햇살처럼 마음을 훈훈하게 만들어주었다. 비록 남의 집이라 할지라도 기와집은 여간 좋은 것이 아니었다. 식구들마다 웃음진 얼굴이었다.

득창 부부는 기와집 안방을 소리방으로 삼아 소리연습에 심혈을 기울이기 시작했다. 산밭에서 농사지은 고구마, 조, 수수, 메밀을 식량삼아 살아가고 있었다.

어느새 초겨울로 치닫고 있었다. 찬 서리가 골짜기를 하얗게 덮었다.

태어난 아기도 어언 두 달이 지나 석 달째로 접어들자 포동포동 젖살이 올라 볼수록 귀여웠다. 얼굴도 하얗고 목과 팔다리가 잘쏙잘쏙 들어갔다. 말똥말똥한 눈망울로 눈을 맞춰들고 사지를 바둥거리며 놀았다. 민순도 몸조리가 끝나고 집안 살림에다 이제는 소리도 배워보고 싶었다. 외딴 산골에 덜렁 오두막집 한 채만 있을 땐 외롭고 쓸쓸했던 것인데 이제는 상황이 달라졌다. 생각지도 않은 기와집을 바라볼 때마다 가슴이 설레면서도 두근거렸다. 분에 넘치는 호의를 받은 탓에 부담스럽기도 했다. 세상천지 이렇게도 고마운 일이 어디에 있을까 싶어 눈물이 나기도 했다. 아무튼 꿈같은 일이 생시에 일어나고 말았다. 이제 마음껏 소리를 할 수 있으니 너무너무 좋았다.

"아가, 니 덕이랑께. 얼마나 이쁘게 봤으면 기와집을 지어주겠냐."

"저때문잉가요. 아버님께서 그동안 자정골을 잘 지켜주서서 그랬겠지라우."

"아니다. 니가 소리를 할 방이 없어 돌집을 짓겠다고 헝게 지어준 것이제. 모든 것이 니 덕이여. 자고로 사람은 이쁘고 봐야 한단 말이 딱 맞는개비다. 우리 날로는 기와집 문턱을 넘어볼 길이 없을 것인디 이제 내 집마냥 소리를 헐 수 있으니 얼마나 좋으냐."

"예, 아버님. 저도 무척 좋구만요."

"인자 되얏다. 마음껏 소리를 해서 명창이 한번 되어 보그라."

민순은 의욕이 대단하여 잠시도 멈추려들지 않았다. 아직 어린 아기를 품에 안고 살면서도 소리에 대한 열정은 꺾이지 않았다.

기와집 안방은 사람 이십 명이 들어가고도 남을 정도로 컸다. 소리를 배우기에 더더욱 좋은 방이었다. 큰 집은 아니지만 소리하기엔 딱 좋도록 세심하면서도 극진한 배려를 해준 것으로 보였다.

"소리를 배울라면 장단을 알아야 헌 것잉께 이 겨울에는 장단부터 익히도록 허그라."

학동감이 며느리에게 일러주는 말이었다. 장단의 중요성을 먼저 깨우쳐주려 들었다. 학동은 장단을 익히기 위해 새끼를 꼬아 모형 북을 만들어 주며 말했다.

"이것이 북이라고 생각하고 쳐봐라. 북보다 치기는 좋다. 폭삭폭삭 헝께 팔도 안 아프고 칠만 허제. 내가 처음 소리를 배울 때만 해도 이런 머리를 쓰지 못허고 여러 사람이 큰 바위에 빙 둘러앉아서 북이라고 쳤었다. 그러다 보면 손꾸락이 울려갖고 마디마디가 쑤시고 팔목이 부러진 줄 알았었다. 이것은 두드려도 소리가 나지 않는다고 해서 소리를 안 들린다고 허면 소리꾼이 될 수 없는 것이다. 마음속으로는 소리를 들으면서 쳐야 헌당께. 그런 직심이 있어야 소리를 배울 수 있는 것이란 말이다."

"예. 아버님."

민순은 처음부터 북 대신 새끼를 감아놓은 모형 북을 가지고 장단을 익히기 시작했다. 생김새도 북과 비슷했다. 하지만 아무리 쳐도 소리가 나지 않아 실감이 없었다. 장단의 감각을 익힐 수 없었다. 하지만 학동영감의 의중은 그것이 아니었다. 북이 비싼 탓도 있지만 그보다도 장단은 마음속으로 쳐야하고 북소리를 마음으로 들어야 한다는 것. 그만큼 장단에서 어떤 느낌을 찾아 읽을 수 있어야 한다고 강조했다.

"소리하고 장단은 하나가 되어 어울려져야제 서로 엇갈리면 소리가 되지 않는 뱁이다."

학동은 직접 북을 치며 소리까지 시범을 보여주었다.

"장단은 시도 때도 없이 두드린다고 해서 장단이 되는 것이 아니제. 엿장수 가위질도 다 장단과 소리가 있는 것이다. 그냥 두드려 대면 듣는 사람이 좋다고 허겠냐? 듣기 싫다고 야단이겠제. 허나 엿가위 소리를 그만허라고 한 사람은 없단다. 장단이 쇳소리와 어울려 있어서 그러제. 다 그것도 오래하다 보면 마음으로 알게 된 것이란다."

학동영감은 민순에게 무조건 두드려야 한다고 강조했다. 처음에는 무슨 뜻인 줄 몰랐는데 나중에는 말뜻을 알 수 있을 것 같았다. 여러 날 계속하다 보니 자신도 모르게 감각이 생겨나는 것 같았다. 강약을 조절할 줄 알고, 가락의 고저도 느낄 수 있었다.

북편이며 변죽 태를 칠 때마다 감각도 그리고 소리의 고저를 알아내었다. 슬픈 노래를 부를 땐 북소리도 슬퍼야 하고 즐거울 때는 북도 즐거워야 한다고, 높은 소리가 날 때는 높은 소리를, 낮은 소리를 낼 때는 낮은 소리가, 빠를 땐 빨라야 하고, 느릴 땐 느려야 한다고 가르쳐 주었다.

하루 세 끼 식사도 변변치 못했다. 기름진 것을 먹어볼 길이 없는 민순은 아기에게 젖꼭지를 물려 보아도 나온 것이 없었다. 배고픔을 견디지 못한 어린 것은 막무가내로 울어대었다. 하지만 민순은 좌절하거나 실망하지 않고 틈만 나면 장단을 쳐대었다. 마음의 위안을 오직 즐겁고 아름다운 소리에 두고 있었다. 손가락 마디마디가 쑤시고 팔목이 빠지도록 북을 쳐대었다. 겨드랑이에 가래톳이 생기고 팔을 들 수 없을 정도로 북을 쳤다. 학동영감은 민순의 북치는 모습을 눈여겨 보고서 부족함을 짚어주며 가르쳐 주었다. 민순은 보름 정도 북을 두드리다 보니 밀어치고 맺고 풀어내는 길을 알 수 있을 것 같았다.

나이 환갑이 다가온 시아버지는 혼신의 힘을 발휘하여 며느리에게 소리를 가르치고 있었다. 하지만 나이는 속일 수 없는 것인지 점차 기력이 떨어져 눈마저 흐릿하고 얼굴에는 쇠잔한 빛이 역력했다. 겨울로 들어서는 식사량도 줄어들고 잠도 제대로 자지 못했다. 인생은 초로와 같은 인생에 환갑이 다가오자 노쇠현상이 급격히 나타난 것이었다. 가을 햇살처럼 연약함을 드러내기 시작했다. 마음은 젊었을 때나 다를 바 없지만 몸이 따라주지 않아 몇 번 소리를 내지르다 보면 자기도 모르게 목이 잠기고 소리다운 소리가 나오지 않았다.

그러나 학동은 소리에 대한 애착은 예전과 다를 바 없었다. 한평생 자신을 소리의 장단 위에 올려놓고 살아왔기에 죽는 날까지 미련을 버리지 못할 것 같았다. 비록 명창의 길을 걷지 못했지만 그의 소리에 대한 애정은 명창 못지않았다. 생애 마지막 소원이라고 한다면 며느리가 명창이 되는 것을 보고 죽는 것이었다.

학동은 이제 소리장단을 가르칠 때가 되었다 싶었는지 기본적인 일곱 장단을 가르쳐주었다. 네 박자 휘모리장단과 자진모리장단, 다섯 박자 엇모리장단, 여섯 박자 엇중모리장단, 열두 박자 중모리와 중중모리, 스물네 박의 진양조까지 익히기 시작했다. 열두 박자 장단부터 네 박자까지 정신이 혼란스러웠다. 완전히 내 것을 만들지 않고서는 구분조차 어려운 일이었다. 북장단에 빠져든 그녀는 틈만 나면 북을 쳐대었다. 밤이 깊도록 덩더꿍 북소리가 그치지 않았다. 장단소리가 나면 저절로 어깨춤이 덩실거렸다. 밥 짓는 일, 빨래하는 일, 청소하는 일, 걷는 일도 장단에 맞춰지는 것이었다. 하루를 살아가는 모든 일이 장단 속으로 녹아들어왔다. 세상이 온통 소리의 감흥으로 빠져드는 느낌이었다. 산바람이 불어오고 낙엽이 구르고, 목에 피가 나도록 울어대는 소쩍새 울음소리에도 장단의 숨결을 느낄 수 있었다. 민순이 장단을 다 익히기까지 무려 두 달이 걸리다시피 했다. 동짓달부터 시작된 장단 놀음이 섣달이 지나고 나서 장단이 몸에 절여든 것 같았다. 학동은 이제 며느리가 창을 접해볼 때가 되었다 싶어 단가부터 가르쳐서 꾀꼬리처럼 낭랑하고 맑은 목청을 거칠고 탁하게 만드는 일부터 시작할 작정이었다.

"장단은 그만하면 되얏다. 인자부터는 창을 해서 목청을 다듬어야 쓰겄다."

"예, 아버님"

"명창이 될라믄 여기서부터 피나는 노력이 필요한 것잉께 각오를 해야 한다."

학동은 명창이 되려면 자신의 모든 것을 다 버리라는 듯 칼날처럼 시퍼런 눈으로 바라보았다. 그야말로 초인적인 수련이 수반되는 어려운 과정이라는 것을 넌지시 암시해주려 했다. 그러나 민순은 각오를 했던 터라 아무렇지도 않다는 듯 어금니를 옥물었다.

학동은 우선 소리 수련을 위해 단가를 하나 꺼내들었다. 그것은 호남가였다. 호남가는 호남지방 여러 고을의 이름을 빌어 조선시대 이서구가 지은 시를 노래로 부른 것이다. 고을의 이름을 따라 부르니 외우기도 쉽고 해서 나라를 빼앗긴 설움을 달래는 노래로 많이 불렸다.

'함평천지(咸平天地) 늙은 몸이 광주고향(光州故鄕)을 보려하고, 제주어선(濟州漁船)을 빌려 타고 해남(海南)으로 건너 갈 제, 흥양(興陽)

에 돋은 해는 보성(寶城)에 비쳐있고, 고산(高山)의 아침안개 영암(靈岩)에 둘러있다.'

한겨울 동안 소리를 배우느라 산골짜기 자정골은 북장구 소리가 그칠 날이 없었다.

예로부터 소한 추위는 꿔다가라도 한다더니 매서운 북풍이 운신을 못하도록 사나흘 동안 쉴 새 없이 몰아쳤다. 북풍이 지나간 자리를 백옥같이 하얀 눈이 덮기 시작했다.

득창은 눈이 오기만을 은근히 기다리고 있었다. 아내가 너무 가엾기 때문이었다.

아침부터 보리밥 한 그릇으로 때우고 점심은 고구마요 저녁에도 국 없는 보리밥이니 젖이 제대로 나올 리가 없었다. 굶주린 어린 것은 온 종일 젖꼭지만 빨아대며 보채는 통에 아내는 꼼짝도 할 수 없는 지경이었고, 아내는 얼굴에 핏기가 마르고 허연 버짐이 꺼칠하게 피어났다. 기름진 고깃국을 끓여 먹여도 부족할 판국인데 보리밥으로 끼니를 채워야 하니 당연한 이치였다. 민순은 날이 갈수록 탐스럽던 볼이 쏙 빠져 오간데 없고 광대뼈와 커진 눈만 도드라졌다. 핼쑥하게 여윈 아내는 사람마저 몰라볼 정도가 되었다. 그대로 모른 척 놔뒀다가는 아기도 엄마도 탈이 날 것이 뻔하고 생명마저 부지하기 어려울 것만 같아 보였다. 그렇다고 끼니조차 잇기 어려운 곤궁을 넘길 만한 묘리가 얼른 떠오르지 않았다. 이렇게 빈핍에 허덕이게 된 까닭은 지난 가을에 장마당 굿판이 시원찮았기 때문이었다. 사람들이 모이면 일본 순사들이 다가와 호각을 불어 내쫓는 탓에 구경꾼이 없었다. 장돌뱅이 7년 동안 그렇게도 굿판이 시원찮은 적은 처음이었다. 쌀 한 되 값도 벌지 못하고 죽을 고생만 한 채 좋은 시절을 보내고 말았다. 아내에게 너무 큰 고통스러움을 안겨준 꼴이었다. 그런 와중에서도 소리를 하겠다고 나서는 아내가 한량없이 가여웠다. 득창은 갖은 궁리를 다 해보지만 신통한 묘안이 떠오르지 않았다. 그러던 끝에 머릿속에 파뜩거리는 것이 있었다. 우선 아내의 건강을 돌보아주는 방편으로 산짐승이 눈에 아른거렸다.

"아버지. 죄가 될 일이지만 덫이라도 놓아 둘라요."

"나쁜 짓인 줄은 알지만 그렇다고 굶어 죽을 수는 없지 않겠냐."

"예. 그렇게 할라요."

"어서 눈이라도 내리면 좋겠다."

득창은 철사로 덫을 만들어 산 아래 숲 속에 놓기 시작했다. 이제 눈만 내리면 산짐승들이 산 아래로 내려올 것이라는 기대감에 젖어 있었다. 산짐승들은 눈이 오면 민가 근처로 내려오는 습성을 갖고 있기 때문이다.

예상과는 달리 혹심한 겨울 가뭄이 장기간 계속 되었다. 역시 맑은 날이 여러 날 계속 되면 구름을 몰고 오는 법, 사흘 동안이나 맑은 하늘에 칼바람이 불어오더니 드디어 함박눈이 몰아치기 시작했다. 오후에 들어 밤톨 만한 함박눈이 펑펑 내려 산천을 다 덮어 버렸다. 오막살이 초가집이 쌓인 눈을 지탱하지 못하고 금방이라도 내려앉을 것처럼 위태로워 보일 정도였다. 득창은 이른 새벽 어둠이 가시기도 전에 밖으로 나왔다. 기대에 부푼 꿈을 안고 무작정 대숲으로 내달렸다. 숫눈 위에는 알 수 없는 짐승발자국이 사방에 널려 있었다.

앙상한 나뭇가지 위에 하얀 눈꽃을 소복하게 피워내고 눈을 흠뻑 둘러쓴 대나무들이 허리를 구부정한 채 이마를 눈밭에 비벼대고 있었다. 무릎까지 푹푹 빠져듦에도 불구하고 대숲으로 들어서는 순간 대나무밭 울타리에서 부스럭거리는 소리가 들렸다. 인기척에 산짐승의 놀란 울음소리 같았다. 득창은 소리 나는 곳으로 다가갔다. 울타리 풀숲에서 푸석대는 소리였다. 바로 곁에서 덫에 걸린 산토끼 한 마리가 빠져나가려고 몸부림을 치고 있었다. 그는 잽싸게 달려들어 토끼를 가슴에 품었다. 토끼는 품속에서도 펄떡펄떡 발버둥을 치며 안간힘을 쓰기 시작했다. 그는 꼼짝하지 못하도록 새끼로 감아 일어서려는 순간이었다.

또 한쪽에서는 마치 송아지 같은 큰 노루가 올가미에 걸려 발광을 하고 있었다. 그는 토끼를 내려놓고 노루 쪽으로 달려갔다. 노루는 사람이 다가가자 목에 감긴 올가미를 빠져나가려고 버둥거렸다. 눈을 휘둥글며 대나무에 머리를 들이 받아가며 발버둥을 치기 시작했다. 목덜미가 덫에 걸린 탓에 흔들어 댈수록 철사는 깊이 파고드는 것 같았다. 안타까운 일이지만 아내와 아들을 위해 어쩔 수 없이 노루를 붙들어 잡았다. 노루는 펄떡펄떡 뛰었다. 그는 있는 힘을 다하여 노루를 끌어안고 철사 줄을 휘감았다. 발버둥치는 노루의 힘을 당할 재간이 없었다. 하지만 목이 감긴 노루는 숨을 깔딱거리며 힘이 빠지기 시작했다. 한참 동안 실랑이를 벌인 끝에 노루는 눈알이 마치 맨드라미 물을 뿌려놓은 듯 붉은 핏발이 서더니 이내 숨을 거두었다. 득창도 완전히 기진맥진 녹초가 되고 말았다. 온몸에 노루피로 뒤범벅이 된 득창은 덜렁덜렁 짊어지고 집으로 향했다.

"아버지. 아버지!"

방문을 열고 나온 학동은 깜짝 놀라면서도 기뻐 어찌할 줄 몰랐다.

"사람이 죽으란 법은 없는 개비다."

"살생은 했지만 우선 사람이 살고 봐야지라우."

"어쩔 수 없는 노릇 아니냐."

"예. 아부지."

학동은 우물가로 가서 잡아온 노루는 가죽을 벗겨 헛간에 매달아

말려두고 고기는 두고두고 며느리에게 따뜻한 고깃국을 끓여먹도록
했다. 노루 한 마리 덕분에 겨울이 추운 줄도 모르고 지낼 수 있었다.

17
두 갈래의 유혹

일본은 1937년 루어우차오 사건으로 중일전쟁을 일으킨 뒤 전쟁 물자와 군량을 조달하기 위해 한 톨의 식량이라도 더 약탈하려 들었다. 마치 마른 장작에서 기름을 짜내려 들었던 것이다. 군량미를 조달하기 위해 곡식을 서슴없이 약탈했다. 백성들은 지독스런 궁경(窮境)에 내몰렸다. 초근목피(草根木皮)로 연명해야 할 판이 되었다. 이른 봄 들판에 피어난 쑥이 피어나기도 전에 잘려나가고, 식용 나물은 씨가 마를 지경이었다. 소나무 껍질을 벗겨먹느라 산림도 황폐화되어가고 있었다. 아녀자들은 강에서 다슬기, 새우, 가재, 민물조개를 잡는 일이 하루 일과였다. 이런 어려운 역경인데도 기와집을 짓는 것을 수상하게 여긴 마을 이장 김진홍이 자정골로 찾아왔다. 그는 철저한 친일 동조 세력 중 한 사람이었다.

김해김씨 서출로서 어려서부터 천민 못지않은 천덕꾸러기 대접을 받고 자랐다. 그랬던 것인데 한일합병이란 국치를 맞이하자 일제에 빌붙어 몸과 마음을 바쳐 충성을 다짐하더니 스물두 살 때 헌병보조원이 되어 십여 년간 고흥에서 근무하다 서른네 살 때 고향으로 돌아왔다. 일제는 1910년부터 헌병으로 하여금 군사는 물론 경찰업무까지 담당하게 하여 강압적인 무단 통치를 해왔다. 그들이 하는 업무는 첩보 수집, 의병 토벌, 독립운동가 색출, 일반 민생 업무에까지 관여하면서 우리 민족을 탄압했다. 이들에게는 정식적인 법 절차 없이 벌금, 구류 및 태형을 실시할 수 있는 즉결처분권이 주어짐으로써 체포·투옥·학살을 자행했다. 헌병보조원이란 일본 헌병이 조선인들을 대상으로 자신들의 보조원을 뽑아 거느렸는데 헌병 하수인을 두고 부른 말이다. 그들에게는 자민족을 탄압하는 악질적인 임무를 맡겨서 민족에 대한 정치적 탄압과 경제적 착취를 할 수 있게 해줬다. 따라서 헌병보조원을 마치고 나온 사람들 중에는 일시에 지주가 된 사람이 많았다. 진홍도 그 중 한 사람이었다. 산간지를 개발하여 농토를 만들고 밭을 논으로 바꾸는 등 특별한 혜택을 받기도 했지만 착취를 통해 부를 축적했던 것이다. 일시에 많은 농토를 확보 지주행세를 했다. 일제 치하에서 지주들은 쉽게 배를 불릴 수 있었다. 토지를 빌려주고 생산량의 반을 소작인들로부터 수탈하였기 때문이다. 일제는 지주들의 소작료 수탈을 눈감아 주고 도리어 농업경영을 뒷받침해주었다. 소작농들은 농사를 지어도 식량이 부족하여 만주에서 들어온 조, 수수, 콩 등으로 그 빈틈을 메웠다. 하지만 그것도 부족한 실정이었다. 이른 봄부터 식량이 바닥난 탓에 극심한 보릿고개에 시달려야 했다.

진홍은 헌병보조원 출신이라는 이유로 하는 짓마다 오만방자했다. 마을 일에 사사건건 참견하고 간섭을 하면서 이장을 억지로 가로채어 안하무인 행세를 하고 다녔다. 한때는 순사 도석과 손을 잡고 고을을 떡 주무르듯 쥐었다 폈다 하기까지 했다.

그런 자가 심복을 데리고 자정골을 찾아든 것이다. 데리고 온 이는 책사처럼 부려먹는다는 임사구라는 사람이었다.

아침나절부터 그들이 사립문으로 들어오는 것을 본 순간 학동은 사지가 떨리고 머리가 뱅그르르 돌았다. 재작년에 겪었던 고통스러움이 불현듯 떠올랐다. 박실댁과 협잡하여 민순을 처녀공출로 보내려 협박을 가하던 기억이 뭉클 솟아올랐다. 생각만 해도 소름이 돋고 몸서리치는데 어쩐 일로 또다시 찾아오는지 오금이 저려 다가갈 수가 없었다.

마당으로 들어선 진홍은 기와집부터 두루두루 살피고 다녔다. 연유를 캐어물을 수도 없어 슬금슬금 눈치만 살피고 있었다. 다행히 박실댁과 같이 오지 않아 처녀공출문제는 아닌 듯해서 안심은 되지만 그렇다고 긴장은 늦출 순 없었다. 진홍은 걸음걸이에서부터 기세가 위풍당당했다. 턱을 앞으로 쭉 내밀고 고개를 빳빳하게 세운 채 뒷짐을 지고 거만을 떨었다. 방으로 들어와서도 초승달처럼 눈초리를 오그리며 학동을 쳐다보았다.

"그 처자를 어디다 감춰놨다가 데려다 놨능가?"

그는 삐딱하게 눈꼬리를 꼬아가며 학동에게 물었다. 기껏해야 이제 마흔 대에 접어들었으면서 반말지거리를 해대는 꼴이 아니꼽지만 그렇다고 탓할 수 없었다.

식구들은 쥐죽은 듯 입을 다물고 머쓱한 표정으로 눈만 되룩거렸다. 얼굴만 쳐다보아도 사지가 뒤틀려서 펼 수가 없었다. 무슨 해코지를 하러 왔는지 섬뜩한 공포가 가슴속에서 두방망이질을 해대었다.

"감춰놨다니요?"

"어허! 얼른 말을 못알아 듣는구만. 니 처 말이다."

"아! 예. 집으로 간 지 일 년 만에 돌아왔구만이라우."

"오면 알려달라고 했는디 왜 연락을 안했느냐?"

마치 지난날처럼 매치레라도 할 것처럼 매섭게 훑어보며 윽박질
렀다.

"오기는 진즉 왔는디 차일피일하다가 봉께 그렇게 되었구만이라우."

학동이 쪼글쪼글 주름 잡힌 눈두덩을 부들부들 떨며 말했다.

"타관 객지에 와서 삼시롬 이장 말을 안 들어도 된다 그 말이제?"

"아이고 그럴 리가 있습니까요. 감히 이장님 말씀을 듣지 않다니요?"

"이 사람이 말과 행동이 다르구만. 그건 그렇고 애기도 났담서."

"예. 이장님."

"아들이냐?"

"예. 그렇구만요."

"잘되얏구만. 대를 이을 놈이 태어났응께 잘된 일이네. 그건 그렇고
돈을 어디서 놔갖고 기와집을 지었느냐?"

그는 눈알을 할금할금거리며 기와집을 바라보며 물었다. 얼굴 어
디를 뜯어봐도 인정머리라곤 눈곱만큼도 없어 보였다. 찾아온 까닭이
무엇인지 도통 감을 잡을 수 없는 말이었다. 말하는 태도마저 불손하
기 짝이 없지만 깍듯하게 고개를 숙이며 점잖게 말했다.

"예? 감히 기와집을 짓다니요. 감이 지들이 어떻게 집을 짓겠어요?"

"어허! 소문이 벌써 곰재바닥에 쫙 깔렸는디 감히 내 앞에서 아니라
고 헐 셈잉가?"

마치 세 살 먹은 아이를 존조리 타이르듯 말했다. 득창은 무슨 구실
을 챙겨들어 또 골탕 먹일 속셈인지 가슴이 뜨끔해지기 시작했다.

"누가 그런 말을 헙디여? 시집온 여자가 무슨 돈이 있어서 기와집을
짓겠소. 당치도 않은 소문이 났구만이라우? 누가 그런 악담을 했능가
는 모르겠소마는 사실이 아니랑께요."

"그라믄 이 기와집은 어떻게 지었느냐?"

"땅주인이신 나기중 어른께서 지어주셨구만이라우."

"멋이라? 나기중이 산골에 기와집을 지어줬다 그말이제?"

"진짜로 지어줬당께요."

"그럼 진짜라 치고. 지어준 까닭이 멋이랑가?"

"여기는 방이 좁아서 북장구를 침서 소리를 할 수가 없구만요. 그래서 소리방으로 지어준 것이랑께요."

학동은 심사가 뒤틀리지만 꾹 참고 고분고분 대답했다. 그렇지만 낮에 먹은 고구마가 다시 목덜미까지 치고 올라오는 느낌이었다.

"아이고! 기중이가 그렇게도 성인군자인 줄 몰랐네! 산지기보고 소리 허라고 기와집을 지어줬다 그말이여?"

이장은 얄미운 간살웃음을 피식피식 지어가며 말했다. 사람을 보고 살살 비꼬는 듯해서 마주보기가 무척 거북살스러웠다.

"그 사람 넋이 나간 사람이구만. 돈 좀 있다고 유세하는 것이랑가? 지금 시상이 어떤 시상인디 소리나 하면서 놀자는 것이여. 남의 동네를 소리판으로 만들라고? 맘대로 안 되제."

빌빌 꼬아가는 목소리가 점점 커지고 있었다. 듣기 좋은 말도 세 번 들으면 비위짱 상한 법인데 연거푸 들먹이고 나서니 닭살이 돋아 올랐다.

"소리판이라니요?"

"이 사람아. 소리를 한다고 기와집을 지어서야 쓰겄능가? 기생을 모아놓고 춤판을 벌리면서 살고 싶은가 본 것이로구만. 느그 각시가 기생인 것이 맞지?"

입을 쭝긋거리며 야기죽야기죽 비꼬았다. 빈정거림을 뛰어넘어 경멸에 찬 시비에 가까운 것이어서 불쾌한 감정이 울컥 솟구쳤다. 학동은 너무 기가 막혀 말대답도 못했다.

"사실이 안 그렁가. 뭣 땀새 묵고 살기도 힘든 이때에 남을 위해 기와집을 지어줬겠능가? 우리 대일본제국은 이미 중국을 점령했고, 태평양을 건너 미국까지 집어삼킬 날이 얼마 남지 않았는디 지금 한가롭게 소리나 허고 있을 때란 말잉가? 세계에 일장기를 꽂는 그날까지 나라를 위해 힘을 보태야제. 모두 다 정신을 차려야 쓰겄구만."

그는 어깨에 잔뜩 힘을 주고고 주먹을 불끈 쥐었다. 마치 수리부엉이처럼 날카로운 눈알을 뛰룩뛰룩 휘굴리며 말했다. 마치 일본사람처럼 기개가 하늘을 찌르고 땅을 뒤흔들 듯 목에 힘을 주어가며 말했다. 독기서린 표정을 바라본 학동은 입술을 파르르 떨었다. 득창도 마찬가지였다. 몸서리쳤던 지난날의 기억의 파편들이 눈앞에서 막 튀어 올랐다. 아내를 데리고 능주로 도망칠 때 헌병을 보고 내빼던 일들이…….

"너 개명했느냐?"

여태껏 숨을 죽이고 있던 임사구가 득창을 향해 물었다.

"예. 고쳤구만이라우."

"신고까지 했다 그말이제?"

"예."

"그럼 니 이름이 멋이냐?"

"저는 하원득창이구만요."

"면사무소에 제출했능가?"

"아직 못했구만이라우."

"그건 안한 것이나 다름없는 것이제."

"그럼 자네는?"

학동을 쳐다보며 물었다.

"지야 다 살았는디 이름 고쳐서 멋에다 쓸 것이요?"

"그래서 창씨개명을 하지 않겠다 그 말잉가? 어허! 후테이센징이로 구만."

그는 눈초리를 비틀어가며 벌컥 화를 냈다.

조선 사람이 창씨개명을 하지 않았다고 무안을 주는 것이 너무 원통했다. 나라를 빼앗겼으니 살아도 산목숨이 아니어서 할 말은 없지만 비위짱만은 상할 대로 상해 뱃속에서 똥물이 울대를 치미는 느낌이었다. 솔직히 학동은 왜놈 앞잡이 노릇하는 이들만 보면 구역질이 울컥거렸던 것. 반갑잖게도 그중 대표적인 놈이 찾아와 능갈을 쳐대는 모습을 보니 마치 뱀 대가리처럼 가증스러웠다. 제까짓 게 뭘 안다고 후테이센징이라니? 오장육부 뒤틀리는 소리가 서걱서걱 흘리는가? 그는 하는 일도 없이 진홍에게 빌붙어 친일활동이나 하고 다니는 반건달이라고 했다. 젊은 놈이 할 일이 없어 민족을 배신하고 남의 등이나 처먹고 다니는 꼴이 하도 뇌꼴스러워 얼굴도 쳐다보기 싫었다.

후테이센징(不逞鮮人)이란 창씨하지 않은 호주를 일컫는 말이었다. 일제는 조선인의 황민화(皇民化)를 목적으로 1939년 11월 제19호 조선민사령(朝鮮民事令)을 개정, 조선 고유의 성명제를 폐지하고 창씨개명을 강요하고 나섰다. 일본식 씨명제(氏名制)를 설정 1940년 2월부터 동년 8월 10일까지 결정 제출할 것을 명령했다. 관헌을 동원 강요하고 협박을 강행했다. 창씨를 하지 않은 자에겐 학교의 입학을 거부하고 창씨 하지 않는 호주를 비국민(非國民) 또는 후테이센징(不逞鮮人)이라 낙인을 찍어 사찰과 미행을 병행하고 노무징용의 우선대상으로 삼았다. 식량 배급 등에서도 제외할 뿐 아니라 사회적으로 갖은 제재를 가했던 것이다.

"우리 조선은 이미 일본과 한 나라가 되었다. 본디 조상이 같단 말이다. 뿌리가 같으니 당연히 한 나라가 되어사제. 이제 나라를 위해 충성을 다해야 할 것인디 소리나 허겠다고 해서 되겠냐?"

진홍은 열채를 휘두르듯 목소리를 높여가며 열변을 토해냈다. 실실 놀려주는 것 같기도 했다. 말하는 행동거지며 내뱉는 말이 아니꼬와 견딜 수가 없지만 득창은 마른 침을 삼켜가며 참았다. 배알이 뒤틀리면서 메스껍고 꿈틀거렸다. 씁쓰레한 토사물조차 울컥거린 것 같았다. 목구멍으로 치솟아 올라오는 것을 참느라 눈알이 토끼눈처럼 뻘게지는 느낌이었다. 마치 구름 한 점 없는 청명한 날에 생벼락을 맞은 사람처럼 정신도 희미해졌다. 그렇다고 해서 냉정하게 거절할 처지가 아니었다. 돌아올 뒤탈 때문에 어눌하면서도 어정쩡한 표정을 지어보였다. 그들이 온 까닭을 알 수 있을 것만 같았다. 소리를 하는데 시비를 걸고 늘어지려고 온 것 같았다. 결국 소리를 못 하게 하려는 의도였다.

"인자 일본에서 들어온 것을 배우고 익혀야제, 천한 사람들이나 했던 소리를 배워서 어디다 쓸래? 지금 소리하고 다니는 놈 봤냐? 명창이라고 껍죽대던 놈들도 다 사라진 마당인디 떼꼽자구가 펄펄 나는 것을 배워갖고 멋을 헐 것이여?"

진홍은 눈을 살살 흘겨가면서 이죽야죽 약을 올리듯 말했다. 코웃음을 쳐가며 빈정거리는 말투였다. 소리를 하는 것은 구식이라고 얕보는 것이었다. 일본식 풍습과 문화는 신식 고급이이라고 곱새기려 들었던 것이다.

"앞을 바라보고 웃어야제 뒤를 돌아다봐서야 되겠냐? 밥 묵고 살라믄 앞을 내다볼 줄 알아야 쓰는 것이랑께. 나도 너와 똑같은 처지였다. 젊었을 때 정신 똑바로 차리고 앞은 내다봤기에 지금 떵떵거리고 사는 것 아니냐? 그까짓 소리나 허겠다고 살아봐라. 생전 이런 산골 벗어나겠냐? 배를 곯고 사는 것도 서러운디 괄시만 받고 살아서야 쓰겄냐 말이다. 고까짓 고리타분한 것 집어치우고 일본을 따르란 말이다. 그러면 내가 도와 줄텡께 날 찾아오거라. 알겄냐?"

진홍은 금세 눈웃음을 실실 쳐가며 다정스러움이 깃든 목소리로 말했다. 화색을 달리하며 위엄에 찬 어투였다. 처음과는 달리 동정의 눈길을 보내며 유화적인 자세로 돌아서는 것 같기도 했다. 얼핏 듣기에도 그의 말은 그럴듯하게 들릴 수밖에 없는 일이었다. 이름도 일본식으로 고쳐야 하고, 한글을 쓰지 말고 친일적이어야 한다고 선동을 하고 나선 것이다.

득창은 순간 영문을 몰라 자신도 모르게 정신이 얼떨떨해졌다. 솔직히 진홍이 부럽기도 했던 것. 소리꾼으로 살아온 자신의 신세가 서럽기 그지없었던 것인데 가려운 곳을 긁어주는 것 같아 솔깃하기도 했다. 득창은 아버지의 표정을 바라보았다. 그때 학동은 아니꼽살스러운 눈초리로 진홍을 바라보고 있었다. 소리를 혼으로 삼아 뼛속에까지 박힌 그였기에 그럴 수밖에 없었다. 비록 천대와 괄시 그리고 빈핍으로 살아갈지라도 초지일관 소리 하나를 위해 외길을 걷고 있는 학동으로선 도저히 용납할 수 없는 일이었다.

"안 된다. 송충이는 솔잎을 먹어사제 갈잎을 묵으면 죽는 것이랑께. 니가 배운 것이라곤 북장구 장단밖에 더 있냐?"

학동은 거무접접한 얼굴에 울멍줄멍한 주름살을 모아가면서 핀잔하듯 눈을 흘기며 자리를 떴다. 득창은 금방 알아차렸다. 그것은 간계에 넘어가지 말라는 뜻이었다. 잘못했다간 시궁창에 처박히는 꼴이 될 수 있다는 암시와도 같은 것이었다. 그러나 득창은 대답도 못하고 진홍의 눈치만 엿살폈다.

"아들을 송충이로 만들어서 어쩌겄단 말잉가? 산지기나 시키고 살겄다 그말이구만."

임사구가 고개를 절절 흔들어대며 핀잔투로 눈을 흘겼다.

"늙은 사람이 뭘 알겠능가? 내버려두소."

진홍도 맘에 썩 들지 않은 눈치를 보이면서 혀를 쩍쩍 찼다.

"대일본제국 황국신민으로 떳떳하게 살고 싶으면 나한테 오란 말이다. 배불리 살게 해주마! 알았나?"

진홍은 손을 내밀면서 악수를 청하며 말했다.

"예. 알았구만이라우."

득창은 두 손을 모아 진홍의 손을 잡고 허리를 덥석 굽혀 감사의 인사를 올렸다. 득창은 뭔지 모르게 가슴속에서 께름한 기분이 꿈틀대지만 내심으론 더 이상 시비곡절 따지지 않은 것만으로도 다행이다 싶었다. 순간 안도의 한숨을 내쉬면서 어색한 웃음을 지어보였다.

……추운 겨울 동안 득창은 아내와 소리연습에 정성을 쏟았다. 민순은 곤궁스런 살림 속에서도 꿈을 버리지 못하고 늘 소리 책을 읽어가며 외웠다. 틈나는 대로 기와집으로 들어가 북장단을 두드리며 춤을 추었다. 득창도 꼭 아내가 명창이 되도록 최선을 다해 도와줄 각오였다. 아내는 먼 앞날을 내다볼 수 있는 여유와 지혜를 갖고 있었다. 빈핍한 삶을 살면서도 눈빛만은 살아 움직였다. 예쁜 미모에 구성진 춤까지 요염한 자태. 명창이 된다면 분명 일세를 풍미할 수 있을 것 같았다. 이 산골 곤궁한 삶을 벗어날 길은 오직 그 길뿐이었다. 기어코 아내를 명창으로 만들고야 말겠다고 신념을 곧추세웠다. 아내도 의지의 눈빛이 선명하게 살아 움직이고 있었다.

추운 겨울이 지나고 봄바람이 불기 시작했다. 그러나 봄볕이 얼었던 사람들을 녹여주지 못했다. 태평양전쟁을 일으킨 일제는 전쟁물자 수급을 위해 조선을 인적·물적 자원을 착취하는 병참기지로 사용했다. 전쟁용 식량을 마련키 위한 식량수탈이 극에 달함으로써 어느 해보다 혹독한 춘궁을 맞이했던 것이다. 사람들은 고픈 배를 달래기 위해 나물을 캐러 다녔다. 들판에 쑥이 피어나기도 전에 잘려져 사라지고 없었다. 때문에 어린아이에서부터 노인네까지 온통 나물과 전쟁을 하다시피 논두렁과 밭두렁을 헤매고 다녔다. 급기야 산비탈까지 새싹을 찾아 줄걸음을 지었던 것이다. 봄이면 휘늘어지게 피어나던 자정골에도 이미 마을 사람들에 점령을 당해 나물 하나를 구경할 수 없을 지경이었다.

작년 봄에만 해도 톡톡히 재미를 보았던 나물장사는 엄두도 낼 수 없는 형편이었다. 날이 거듭될수록 생활은 곤궁으로 빠져 들어가 하루 세 끼 숟가락 드는 것조차 어렵게 되어가고 있었다. 명창에 대한 애착은 하늘을 뚫고도 남지만 현실의 삶이 욕망마저 잠식해 버렸다. 세상이 삶의 목적을 흐려지게 만들고 의지마저 꺾어놓았다. 목숨을 부지하는 것이 급선무로 다가왔던 것. 메밀가루와 쑥을 버무려 쑤어먹는 죽으로는 생명부지가 힘들었다. 온 식구가 끝없는 벼랑 끝에 올라선 것이나 다름없었다. 식구들마다 얼굴빛이 창백해지면서 제 모습을 잃어가고 있었다. 눈자위와 볼때기 살마저 사라진 탓에 영락없이 뼈와 가죽만 앙상하게 남은 털 뽑힌 약병아리였다. 어린 것이 문제였다. 나물을 먹지 못한 탓에 메밀가루로 죽을 쒀 먹여보지만 피골이 상접되어 해골과 다름없었다. 움직임마저 둔해지고 있었다.

득창은 도무지 자기의지만으로 살아갈 수 없다는 것을 깨달았다. 사람과의 관계를 떠나서는 살아갈 수 없음을 알아차렸다.

"아부지 보리가 익을라면 아직 멀었는디 이렇게 기다리다간 굶어 죽겠구만요. 가만히 앉아 있다가 죽느니 가서 사정이라도 해보고 싶구만요."

한없이 침울한 눈빛으로 바라보며 입을 열었다.

"누구한테 갈라고 그러느냐?"

"자기만 따라오면 배불리 먹게 해주마고 헌 이장한테요."

선뜻 마음이 내키지 않은 듯 말을 꺼내지 못하고 머무적거리다가 착 가라앉은 목소리로 대답했다.

"그건 안 된다. 벌써 잊었단 말이냐? 박실댁과 짜고 니 처를 일본놈한테 바칠라고 헌 사람 아니냐? 아무리 묵고살 것이 없다고 그런 놈한테 가서 굽실거릴 수는 없다. 한순간 배부르자고 나라를 배신할 수 없단 말이다."

학동은 깊게 패인 주름살을 출렁이면서 칼벼락을 치듯 소리쳤다. 득창은 호된 맹박(猛駁)에 안절부절 어찌할 바를 모르고 고개를 숙이고 말았다.

"믿을 수 없는 놈이다. 일본 놈 앞잡이 노릇이나 하는 놈을 어떻게 믿는단 말이냐?"

학동은 아직도 억분을 참지 못하고 눈알을 눈초리에 잡아매고서 볼멘 투로 말했다.

"아부지! 굶어 죽겄는디 일본 놈이면 어떻고 조선 사람이면 또 어쩔 것이요? 우선 빌어서라도 밥을 묵어야 쓸 것 아니요?"

"아서라. 그 놈이 맬갑시 준다냐? 너를 이용헐라고 헌 것이제."

"그래도 찾아오라고 헌 사람은 그 사람밖에 없당께요."

"나기중 어른이 도와주겠다고 했담서요?"

듣고 있던 민순이 곰곰이 기억을 더듬다가 이내 소리쳤다.

"도와준다는 것은 아니고 생청을 대줄랑께 팔아보라고 허드랑께요."

"그것이 도와준 일이지 않겄소? 생청을 대준다고 했응께 한번 해보제 그러요?"

민순은 생그레한 웃음을 머금으며 권하고 나섰다.

"그거 잘된 일이다. 시상천지 우리 같은 사람에게 물건을 대주면서 장사를 해보라고 헌 사람이 어디 있겄냐? 그리고 소리방까지 지어준 사람이지 않느냐? 당장 찾아가봐라."

학동은 정색을 하면서 반가워했다. 그러나 득창은 나기중이 별로 내키지 않았다. 그 순간에도 음산스러운 미소를 빙긋이 짓고 있는 천연덕스러운 모습이 아른거렸다. 귀청을 후벼 파는 말이 들리는 것 같았다. '여자가 명창이 될라고 헌다면 얼굴도 예뻐야제. 그나저나 어디서 그리 예쁜 각시를 맞아들였능가?' 가살스럽게 눈웃음을 쳐가며 말하던 표정이 직전에 있었던 것처럼 선연하게 비쳤다. 그렇다고 그 일을 들먹이며 마다할 수도 없었다.

"생청은 알지도 못하는디 어떻게 장사를 헐 것이요?"

"날 때부터 타고 나온 사람 있다냐? 살아가면서 배우면 되는 것이제. 물어보면 가르쳐줄 것 아니냐?"

학동 영감은 못내 서운한 듯 버럭 역정을 내며 말참례를 하고 나섰다.

"생청장사는 혼자서는 못한다고 허드랑께요? 그런디 어떻게 헐 것이요?"

"어째서 혼자서는 못한다고 허드냐? 까닭이 있어 헌 말이겄제. 무담시 그런 말을 허겄냐?"

"부부가 같이 허라고 허드랑께요."

득창은 처연한 눈빛으로 아내를 바라보면서 가냘픈 목소리로 말했다. 솔직히 들먹이고 싶지 않은 말이었다. 산짐승처럼 산골에 숨어사는 아내가 너무 불쌍했기 때문이다. 그것은 아내에게 가슴이 찢어지는 비애의 멍울을 안겨주는 말이기도 했다.

"왜 하필 부부가 같이 해야 헌다냐?"

학동은 미덥지 않은 듯 실금이 내려앉은 눈초리를 추켜세우며 물었다. 의심이 가득 찬 눈알을 희번덕거리며 말했다. 득창은 그 순간에도 음충스러운 소리가 귓가에 맴돌았다. 처갓집에 발각되는 것보다 더 두려운 일. 예쁜 아내를 절대로 여러 사람 앞에 내세울 수 없다고 속심을 다져먹었다. 득창은 내심 나기중을 의심스러운 눈빛으로 바라보고 있었다. 씻김굿을 하러 갔을 때부터였다. 딸 같은데도 가탄스러운 칭찬을 해가면서 관심을 보이는 것이 못내 마음에 걸렸던 것이다. 생긴 것도 예쁘고 몸매도 춤꾼으로 타고났더라고 야살스럽게 수다를 떠는 것이 못마땅했던 것. 부인이 누워있는 탓에 뭇 여자들을 불러들여 음탕스러운 일도 한다는 소문도 들은 바 있었다. 더군다나 자신은 산지기 집에 살고 있는 터라 손아귀에 든 것이나 다름없었다. 아내에게 음충스러운 마각을 드러낸다면 큰일이었다. 소리방을 지어준 것을 생각만 하면 의뭉스러워지면서 등골이 오싹하며 오금마저 저렸다. 알 수 없는 꿍꿍이속이 도사리고 있을 거라는 예감을 지울 수 없었다. 그럴 때마다 그를 견제해줄 수 있는 사람이 절실하게 와 닿았다.

"그러면 여우동하고 같이 다니더라도 나기중 어른한테로 가야 헌다. 옛말 그른 데 없는 것이랑께. 길이 아니면 가지 말고 말이 아니면 듣지 말라고 했다. 어떻게 나라를 배신하고 일본놈한테 빌붙어 조선사람을 농간이나 하고 사는 놈을 따라가야 허겄냐? 내 눈에 흙이 들기전에는 절대로 안 된다."

학동은 얼음장이라도 바숴버릴 듯 입술을 칼날같이 모로 세워 악물며 말했다. 단박 쾌도난마(快刀亂麻)로 잘라버릴 듯 매정스럽고도 단호했다.

"며느리 너는 어떻게 생각허느냐?"

학동은 아들이 미덥지 못하는지 며느리를 바라보며 묵시적인 동조를 청하고 나섰다. 민순이 남편의 속내를 알 까닭이 없었다. 그녀는 소리방을 지어준 것만으로도 나기중이 마냥 고마웠던 터였다. 명창이 되기 위해 집을 나온 그녀에게 나기중은 보살과 같은 사람이었다.

반면 김진홍에게는 돌이킬 수 없는 묵은 감정이 머릿속에서 서걱거리고 있었다. 그때 입은 마음의 상처를 생각하면 바르르 치가 떨리고 소름이 돋았다. 처녀공출로 잡혀가지 않고 살아있는 것만도 천만다행이다 싶어 이름만 들어도 이가 아드득아드득 갈렸던 것이다. 그녀는 남편의 눈치를 살살 살펴가면서 입을 열었다.

"저도 아버님과 같구만요."

"니 말이 맞다. 생청을 대어준다고 허는디도 마다고 해서야 되겠냐? 그동안 집도 빌려주고 밭도 벌어묵도록 해 준 사람이잖냐? 당장 여우동한테 가서 내가 오라고 허드라고 전해라. 생청장사를 하라고 헌다면 좋아할 것이다."

학동은 금방 신바람이라도 돈 사람처럼 생기를 머금었다. 그러나 득창은 갈려진 두 다리처럼 이래야 할지 저래야 할지 전혀 갈피를 잡을 수 없었다. 어떻게 해야 밥을 굶지 않고 살아갈 것인지 궁싯거리다 밤만 지새우고 말았다.

18
친일 세력의 마수에 걸려들다

날이 새자 그는 먼저 마을로 달려갔다. 생청장사는 어쩐지 낯설어 선뜻 나서고 싶지 않았다. 더군다나 산지기로 살아가는 주제에 양반 주인을 찾아가는 것부터서 용기를 잃었던 것이다. 그렇다고 굶어 죽을 수는 없는 일. 입에 풀칠거리라도 하고 싶어 닥치는 대로 일을 하기로 했다. 삭신이 몽그라진다고 해도 두려울 것도 없어 들판으로 나갔다. 때는 봄이 한창 피어나는 때라서 들판에는 논일이 한창 벌어지고 있었다. 논두렁 방천은 물론이요 못자리와 쟁기질이 시작되고 있었다. 염치나 체면 같은 것을 따질 형편이 아니어서 불문곡직 지주들을 찾아가 매달리며 사정을 했다. 그러나 예상과는 달리 반응은 얼음장처럼 차갑고 냉랭했다. 그렇다고 얼밋얼밋 시간만 끌고 있을 일이 아니었다. 극한의 생활로 내몰린 처지여서 발버둥질밖에 다른 도리가 없었다.

"저를 좀 일꾼으로 써주시면 안 되능가요?"

"북장구만 치던 놈이 농사일을 어떻게 헌다냐? 농사일을 아무라도 허는 줄 아는개비다."

씨알이 먹히지 않은, 비아냥거리는 소리뿐이었다. 품일마저 차별을 받는 것이 맘에 들지 않았다. 그래도 그냥 돌아설 수 없었다. 보리쌀 한 톨이라도 벌어야겠다는 일념뿐이었다. 논일을 하고 있는 들판으로 달려가 사람들을 붙들고 애걸을 했다.

"품앗이로 돌아가며 하는 일인디 갑자기 오면 되간디. 진즉부터 맞춰야제."

소작농들은 서로가 품앗이로 농사를 짓고 있었다. 또 다른 곳에서는 핀잔도 날아들었다.

"워매! 일을 아무나 하는 줄 아능개비네. 소리꾼하고 품을 앗을 사람이 어디 있겠능가?"

써늘한 시선으로 바라보면서 조롱기가 농후한 어조로 뇌까리는 것이었다. 심지어 아낙마저도 반 말투로

"거기 서서 상사디야 한 번 하고 가그라."

서슴없니 놀려대는 것이었다. 양반과 상민의 차별이 없어진 지 오래 되었다는데 실상은 그렇지 않았다. 도무지 믿을 수 없는 현실 앞에서 눈물이 울컥 솟아올랐다. 나라를 빼앗긴 설움은 뒷전이고 신분적 차별을 가하는 풍토가 너무 야속했다. 벌겋게 달구어진 인두로 지짐질을 해대는 아픔이었다. 세상살이가 완전한 허무인 것 같고 지나온 삶이 허무의 재로 보였다. 배고픔보다도 신분적인 차별이 가혹한 시련이었다.

첫날부터 헛걸음만 하고 집으로 돌아온 그는 잡다한 심경으로 갈피를 잡을 수가 없었다. 간곡한 애원을 청했음에도 사이에 끼어들 틈이 없음을 그는 알았다. 안고 돌아온 것은 천대와 멸시뿐이었다. 속마음을 터놓고 말할 수 있는 이가 없다는 것도 안타까웠다. 배를 곯고 사는 마당에 애국과 친일을 구분한다는 것은 하나의 거추장스러운 사치에

불과하다는 생각이 들었다. 가슴에 새로운 충동의 불길이 솟구치기 시작했다. 끝없는 허탈감을 맛본 그는 정의를 위해서 사는 것만이 바른 삶이 아니라는 깨닫게 되었다. 죽느냐 사느냐 하는 생사의 기로에 서서 사리판단을 논할 계제가 못 되었다.

속마음을 겹으로 접어가며 천고만난(千苦萬難)을 무릅쓰고 식구들과 상의도 없이 그는 사립문을 나섰다. 그가 찾아간 곳은 이장의 칙사나 다름없는 임사구였다. 김진홍을 직접 찾아간다는 것 자체가 마음에 썩 내키지 않았다. 막상 만나려드니 왠지 불안하고 초조하면서 만남 자체가 버겁게 느껴졌다. 은근히 마음이 끌리는 이가 바로 임사구였던 것이다. 김진홍의 칙사나 다름없는 이를 만나 의중을 떠보고 싶었다. 유유상종이란 말이 있듯이 엇비슷한 처지라서 뜻이 쉽게 통할 것만 같았다. 전해들은 바에 의하면 임사구는 아버지가 누구인지도 모른 채 자랐다고 했다. 사생아로 태어난 까닭에 장흥임씨 성은 달고 다니지만 기실은 아버지를 알 턱이 없었다. 그의 모친 순심은 장거리 주막에서 술집 창기로 지냈다. 때문에 씨를 뿌린 사내가 한두 명이 아니었다는 것. 비록 장흥임씨라는 성을 달아주었지만 기실은 아버지의 성을 알 턱이 없다고 했다. 다만 그의 모친 순심만이 어림잡아 알고 있지만 알려주지 않았다. 씨를 뿌린 사내들마다 서자를 두는 것이 부담스러운지 자기 아들이 아니라고 생떼를 쓰는 통에 사생아로 길렀던 것이다.

비단 그뿐만이 아니었다. 배다른 형제자매만도 네 명이나 되었다. 그중 넷째가 임사구였다. 그의 어머니 순심은 여섯 해 전에 세상을 떠났고 자식들은 뿔뿔이 흩어졌다. 임사구는 곰재로 들어와 뭇갈림 논을 얻어 근근이 살아가고 있었다. 처음 들어올 때만 해도 사생아라고 해서 온갖 멸시와 천대를 받고 지냈다. 배운 것은 없어도 어미를 닮아

이목구비가 번듯한 탓에 사 년 전 스물두 살 나이로 예동 광주이씨 노복(奴僕)의 딸을 맞아 작수성례로 혼인을 치렀던 것이다.

그러던 중 지주 김진홍을 만나고부터는 목에 빳빳하게 힘을 주고 다니게 되었다. 이장 김진홍은 하세와 천대를 받은 사람을 좋아했다. 어려서 서출로 갖은 설움을 겪고 살아온 터라 골수에 박힌 탓이기도 했다. 김진홍은 임사구를 데려다 친일적인 사람으로 길러내어 마치 동생처럼 도와주고 있었다. 지금 곰재에서 임사구를 업신여기는 사람은 없었다. 든든한 배경을 등에 짊어지고 있는 탓에 도리어 그에게 아부를 일삼는 사람이 부지기수였다. 그를 통하면 쉽게 못갈림 논을 빌릴 수 있었다. 면사무소 서기와 지서 순사와도 내통이 되는 까닭에 곰재에서 유지반열에 끼어들었다. 득창이 임사구를 찾아간 까닭은 진홍을 만날 수 있도록 다리를 놓아달라는 의미를 담고 있었다. 처지가 서로 엇비슷하여 이심전심 마음이 통하리라는 기대를 안고 그가 살고 있는 유봉마을로 다가갔다. 마침 그는 집에 있었다.

"계십니까? 계십니까?"

"누구시오?"

젊은 아낙이 부엌에서 나와 의심스런 눈빛으로 바라보며 물었다.

"지는 저기 자정골에서 온 득창이라고 허구만요. 어르신 계십니까요?"

"계시긴 허요만. 어쩐 일로 오셨는가?"

"예. 어르신께 상의 드릴 일이 있어 왔구만요."

그때 안방 문이 열리는 소리가 나면서 임사구가 고개를 내밀었다. 예상에도 없던 사람이 찾아오자 의아스러운 듯 고개를 갸웃거리며

"어쩐 일이냐? 좌우지간 이리 들어오니라."

"예. 어르신."

233

"야! 이놈아 내가 무슨 어르신이냐? 성님 그렇게 불러야제."

임사구는 걸쩍 너털웃음을 호탕하게 터뜨리며 안으로 들였다.

"그동안 잘 계셨습니까요?"

"오냐! 너도 잘 있었냐?"

"예. 성님."

"성님이라고 부릉께 얼마나 듣기 좋냐. 그건 그렇고 어쩐 일로?"

"들일을 하고 싶어도 받아주는 곳이 없어서 찾아뵈었당게요. 열심히 해드릴 터이니 저 좀 써주시면 안 되능가요? 보리쌀 한 되라도 벌어야 쓰겠당께요."

"장마당 굿을 하지 않고 왜 들로 나오려고 허냐?"

"굿판을 할 수 없게 되었당께요."

"지금 대일본제국이 태평양을 건너 미국가 한바탕 싸움을 벌이고 있는디 한가하게 장마당굿이나 허고 있어야 쓰겠냐?"

임사구는 꼿꼿하게 목을 치받으며 의연하게 말했다.

"굿을 허면 안 되능가요?"

"그렇제. 부지런히 쌀 한 톨이라도 더 생산해서 군량미로 보내야제 굿이나 험서 허송세월을 보내서야 쓰겠능가?"

"아니랑께라우. 굿을 못하면 우리 소리꾼들은 굶어죽는당께요."

"황국신민이 될라면 새로운 것을 배워야제 고리타분한 소리나 해서야 쓰겠냔 말이다."

"우선 밥은 묵고 살아야 쓸 것 아닝가요?"

"하믄 그렇기는 하지만."

"굿판을 못 해서 메밀 죽만 묵웅께 삐쭉 말라 가죽만 남드랑께요."

"말이라고 허냐? 메밀을 한 달만 묵으면 창자에 구멍이 뚫린다는 벱이다. 그것이 무슨 뱃심이 있다냐. 사람은 밥을 묵어야제 메밀 죽으로

234

만 어떻게 산다냐?"

득창은 듣는 순간 큰일 났다 싶었다. 메밀 죽으로 살아온 지 벌써 보름이 다 되어가기 때문이었다. 온 식구가 다 죽는 것이 아닌지 가슴이 철렁 내려앉으며 간장이 저미어 들었다. 갑자기 초조하고 다급해진 마음을 감당할 수 없었다.

"오늘부터라도 일을 하고 싶은디요."

그는 조급함에 목소리가 높아지고 있었다. 임사구는 마음을 차분하게 가라앉히려 들었다.

"급할수록 돌아가라고 허는 것이다. 너를 품앗이로 써 줄 사람이 어디 있겄냐. 더군다나 너는 일을 험서 잔뼈가 굵어진 사람도 아닌디."

"배워감서라도 열심히 해야허겄지라우."

"니 속마음이야 그렇지만 누가 알아준다냐. 들일은 뚝심으로만 허는 것이 아니랑께."

득창은 일순간 떡심이 풀렸다. 하염없이 한숨을 들이마셨다.

"니가 진홍 성님을 따라 대일본제국을 위해 일을 해보겠다고 온 것 아니냐? 아무튼 잘 왔다. 밥은 묵고 살게 해 주시겄제."

득창은 임사구의 위안을 들으니 다소간 마음이 놓이기 시작했다. 잘 왔다는 생각이 들었다.

"이장님께 말씀 드려도 되는가요?"

"우선 보리밥이라도 묵고 살아야 쓸 것 아니냐? 가서 사정해볼 곳이라곤 이장님밖에 더 있겄냐. 나를 따라와 봐라."

임사구는 다짜고짜 앞장을 서서 총총걸음을 걷기 시작했다. 득창은 못 이긴 척 임사구의 뒤를 따라나섰다. 이장을 생각하니 만감이 교차하기 시작했다. 서출로 태어나 천대받고 업신여기던 처지에서 일각에 지주가 된 그가 그렇게 부러울 수가 없었다. 어릴 때 학대했던 사람들을 소작농으로 부리고 있는 것이 결코 잘못된 것이 아니라는 생각이 불끈 솟구쳤다. 자신의 성장과정을 이장과 빗대어보면 비슷한 점도 발견할 수 있었다. 이장을 만나 허심탄회하게 자신의 어려운 속사정을 털어놓고 싶은 마음이 굴뚝같았다. 불어오는 거친 바람을 피할 것이 아니라 몸을 의지해보고 싶었다. 처자식을 굶겨가면서 바람을 피해본들 과연 돌아올 것이 무엇일까 그림을 그려봐도 아무것도 형상이 잡히지 않았다. 괜히 천대와 모멸을 받고 살아간 자신을 돌아볼수록 자조적인 쓴웃음만 나왔다. 허탈한 마음으로 입술을 굳게 깨문 그가 형제봉(兄弟峰)자락 남향바지에 고래 등같이 으리으리한 기와집을 찾은 때는 아침 햇살이 꽃노을을 벗어날 때였다. 먼발치에서 쳐다본 기와집이 위풍당당하게 다가오자 가슴부터 오들오들 떨렸다. 자신도 모르게 기가 죽어 물에 빠져 건져놓은 닭처럼 다리부터 비슬거렸다.

임사구가 주먹으로 대문을 쿵쿵 두드렸다. 컹컹 개 짖는 소리가 우렁차게 들렸다. 목에 쇠줄을 살그랑 끄집으면서 뛰어오를 듯 앞발을 대문에 걸치고 꼿꼿하게 서서 송곳니를 드러내며 으르렁거렸다. 또 다른 회색빛 삽살개도 깽깽거리면서 대문으로 달려들었다. 득창은 으르렁 달려드는 개를 보는 순간 기함할 것만 같았다. 잠시 후 방문이 방싯 열리면서 여인의 나직한 목소리가 들려왔다.

"누구싱가요?"

얼멍얼멍한 대문 틈으로 비쳐진 부인의 모습은 말투가 여간 상냥스럽지 않았다.

"이장님 좀 만나 뵈러 왔구만요."

여인은 임사구의 목소리를 금방 알아차리고 대문으로 다가왔다. 개는 더욱 요란스럽게 짖어대다가 부인이 다가오자 꼬리를 쳐대며 끙끙거렸다. 그녀는 먼저 개의 목줄을 끄집어 당겨 조여 놓고서 대문을

236

열었다.

"어서 오소."

"아침 드셨습니까요?"

임사구는 공손히 예를 갖추며 인사부터 했다. 함께 온 득창을 눈어림으로 행색을 훑어보고서 의심의 눈초리를 추켜세웠다. 그는 허리 굽혀 넙죽 절부터 했다.

"그런디 이 사람은 누구신가?"

부인은 의아쩍은 눈빛을 감추지 못하고 임사구를 향해 물었다.

"예. 형수님. 이 사람은 저 자정골에서 온 사람이구만이라우."

자정골을 들먹거리자 부인은 이내 표정이 싹 달라졌다. 금방 새치름한 표정을 지어가며 냉엄한 표정으로 쳐다보았다.

"왜? 무슨 일이라도 있능가?"

"그냥 이장님께 말씀드릴 일이 있다고 해서 데리고 왔구만이라우."

"좌우지간 이리 들어오소."

부인은 힐끗 눈을 치뜨며 투박스러운 말투로 들어오라고 말했다. 표정을 눈여겨본 득창은 여간 민망스러운 게 아니었다. 그는 대문 안으로 들어섰다. 갑자기 커다란 누렁이가 물기라도 할 듯 달려들었다. 섬뜩하게 놀란 그들은 뒤로 자빠질 뻔했다. 다행히 쇠줄 때문에 물지는 못했다. 또 다른 회색 삽살개도 자신의 존재감을 드러내려는 듯 연신 짖어댔다. 주인을 향해 꼬리를 쳐대다가도 그들을 보고서는 날카로운 이빨을 드러낸 채 달려들 태세였다. 외양간 구유처럼 돌을 새겨놓은 개 밥그릇이 눈에 띄었다. 밥그릇 안에는 생선도막과 흰밥이 그득했다. 배가 부른 개는 밥을 돌아다보지도 않은 것 같았다. 득창은 그 순간 가슴이 움칠해지면서 비감에 젖어들기 시작했다. 정신도 아물아물 몽롱해지며 마음조차 구슬프고 처량해졌다. 이 황량한 춘궁

보릿고개에 개가 보리도 섞이지 않은 하얀 쌀밥에 생선을 먹다니? 들판에 쑥이 사라진 지 이미 오래되었고, 부황증으로 시달린 사람들이 길바닥에 쓰러져 죽어가는 판국에 도대체 이해가 되지 않은 일이었다. 굶어 죽느니 차라리 현해탄을 넘겠다고 뗏목을 타느라 아우성을 치는 판국에 도저히 믿기지 않는 일이었다.

무엇보다 가슴 아픈 것은 개구리를 토끼고기라고 속여 아내에게 먹였다는 죄책감이 가슴을 뭉개었다. 메밀 죽도 부족해 가슴을 조이는데 개에게 쌀밥을 주다니? 기가 막혀 눈물이 핑 돌았다. 자신은 개만도 못한 인생을 살고 있다는 비감에 젖어들면서 그만 눈이 확 뒤집히고 말았다. 쌀밥을 먹어본 기억마저도 머릿속에서 지워지고 없었다. 못난 소리꾼을 만나 공알 빠지도록 배고픈 고생만 하며 살아가는 아내가 더없이 가엾었다.

쓰라린 가슴을 부여안고 토마루에 올라서자 방문이 열리고 이장이 나왔다.

"무슨 일잉가?"

그는 임사구를 향해 고개를 갸우뚱거리며 의심스러운 눈초리를 꼿꼿하게 세웠다.

"예. 형님. 급히 말씀드릴 일이 있어 데리고 왔구만이라우."

"너는 득창이 아니냐? 급한 일이라니 뭣인데?"

이장 김진홍은 엄한 눈빛으로 득창은 훑어보며 마뜩찮은 눈빛을 보였다.

"예. 이장님."

득창은 아첨을 떨 듯 허리를 넙신 굽혀 인사부터 했다.

"좌우지간 방으로 들어오너라."

이장은 방문을 열어놓고 먼저 방으로 들었다. 임사구가 그 뒤를 따르면서 득창을 향해 들어오라는 손짓을 했다. 방으로 들어간 득창은 이장 앞에 무릎을 꿇고 앉아 여싯여싯 눈치만 살폈다. 임사구가 먼저 허풍스러운 눈웃음을 쳐가며 입정을 놀렸다.

"아 형님. 이 자식이 묵고살 것이 없다고 아무 일이라도 헐란다고 왔드랑께요."

안타까운 눈빛으로 득창을 바라보며 임사구가 피치 못한 사정을 전해주었다.

"내가 뭐라고 허든? 소리를 해갖고 밥 묵고 살겄냐?"

생뚱스러운 듯 이맛살을 머리 위로 들어 올리며 비아냥거렸다. 마뜩찮은 눈으로 노려보며 짧은 곰방대를 꺼내어 입에 물고 성냥불을 켜대었다. 득창은 긴장된 맘으로 이장을 향해 눈길을 쏘고 있다가 급소를 맞은 사람처럼 움찔했다.

"하믄이라우. 지금 우리 대일본제국이 중국을 점령했고, 태평양을 건너 미국까지 집어삼키고 있는 판국인디 고리타분한 소리나 해서 되겠습니까?"

임사구는 굽실굽실거리며 따리를 떨고 나섰다.

"소리꾼들이 그런 것을 알겄냐?"

진홍도 멸시에 찬 어투로 비웃듯 말했다.

"어서 이장님께 니 딱한 사정을 말씀드리랑께. 그래야 도와주실 것 아니냐?"

임사구는 득창을 향해 눈썰미를 뒤재비꼬아 가며 빨리 말하라고 채근하고 나섰다.

"이장님! 한 번만 도와주시면 죽을 때까지 시킨 대로 허고 살 것 구만이라우."

득창은 이왕지사 찾아온 마당이어서 그냥 돌아갈 수는 없었다. 어차피 식구들이 굶어 죽어갈 판국이어서 남겨두고 싶은 체면도 없었다. 작심하고 온 바를 허심탄회하게 털어놓고 싶었다. 불고체면(不顧體面) 당돌하고 무례하게 불쑥 한마디를 내뱉었다.

"어허, 요놈 보소. 떼를 쓸라고 허는구만. 소리꾼 놈이 무슨 일을 할 줄 안다고. 말도 안 되는 소리를 허느냐."

평소의 버릇대로 목을 빳빳하게 세우고 혀를 차며 내갈겼다. 멸시에 찬 어투로 비웃듯 말했다. 입가에 비웃음을 그려가며 씰룩대기까지 했다.

"조단조단 말씀드려야제 밑도 끝도 없이 도와 달라고 불쑥 내뱉어불면 아시겠냐?"

입을 짝 벌린 채 옅은 웃음을 터뜨리며 타이르듯 말했다.

"이장님, 저도 뭇갈림 농사를 지을 수 없을까요? 그리고 들일도 시켜주시면 몸이 뭉개지는 한이 있어도 열심히 헐랍니다요."

득창은 침통한 표정을 지어가며 눈시울이 붉어진 채 말했다. 간절한 호소가 배어나와 사람의 간장을 쥐어짜듯 애절하게 들렸다.

"듣고 보니 니가 몹시 급한개비다. 하기사 굿판을 따라다니다 못하게 헝께 당연히 그렇게 되겠제. 굿판을 벌리면 쥐약도 팔고 빈대약도 팔아서 입에 풀칠은 헐 것인디 말이다. 인자 그따위 소리는 그만해라. 그까짓 것 해서 밥묵고 사는 시상은 지났당께. 시상이 달라져부렀는디 허면 멋헐 것이여? 사람이 시상을 따라가야제 시상이 사람을 따라오겠냐?"

진홍은 눈치를 흘끔흘끔 살펴가면서 입가에 조소를 흘리기도 했다. 또다시 소리를 하지 말라고 당부를 하고 나선 것이었다. 그러나 득창은 얼른 대답할 수 없었다. 태어나서 여태까지 북장구 장단으로 살아온 그로서는 선뜻 받아들이기 어려웠다. 더군다나 아내는 소리를 혼으로 살아간 사람이라서 그만두라고 하는 것은 삶을 포기하라고 하는 것과 매한가지였다. 그러나 득창은 그 순간만은 피하고 싶었다. 순사들 때문이라는 말을 할 수 없었다. 말을 함부로 했다간 그만한 대가를 치러야 한다는 생각에 신중을 기하지 않을 수 없었다. 헌병보조원 출신이기 때문에 일본순사에게 탓을 돌리면 잠자코 있지 않을 것만 같았다. 그럴 만한 용기도 없었고 해서도 안 될 것만 같아 에둘러 말막음만 하려 들었다.

"예. 이장님. 그렇게 하고 싶구만요."

"잘 생각해부렀다. 고목에는 새도 앉지 않는 뱁이랑께. 그까짓 고리타분한 것을 해봤자 굶어죽기 딱 알맞제."

"이장님께서 도와주신다고 허신다면 그래야지라우."

"나도 너와 비슷한 신세였당께. 나를 낳아준 엄니는 가난한 집 딸이어서 어려서부터 남의 집 식비로 살아오셨다. 나이 열다섯에 주인이 그만 겁탈을 해갖고 낳은 것이 나였다. 집 주인이 아부지가 된 셈이제. 우리 엄니는 그 집에서 쫓겨나 어디로 간지 모르고 나는 어렸을 때부터 서자라고 해서 구박 속에 살았다. 열 살이 넘어가니까 배다른 형들이 나를 내쫓아 하는 수 없이 곰재로 와서 꼴머슴으로 들어갔단 말이다. 그래도 일찍 눈을 떠서 대일본제국의 헌병보조원이 되어 다행이었다. 그렇지 않았으면 지금 머슴살이밖에 더 허겠냐?"

처연한 표정으로 지난날을 더듬으며 고심담을 털어놓았다.

"하필 나한테로 와서 일을 하겠다고 하는 까닭이라도 있냐?"

이장은 배시시 눈웃음을 지어가며 물었다. 맵살스럽게만 비춰졌던 낯빛은 어디로 가고 인후한 인상이 온화하게 다가오고 있었다. 득창은 슬그머니 마음이 놓이면서 안도의 한숨을 내쉬었다.

"종일 들판을 뛰어다니며 일 좀 할 수 있냐고 부탁을 해도 상사소리나 헐 일이지 무슨 품이냐고 무시만 당했구만요. 지가 아는 사람은 이장님밖에 안 계셨고, 또 말씀을 드리며 도와주실 거라는 생각에 찾아왔구만요."

득창은 시들부들 풀이 죽은 얼굴로 자신의 딱한 처지를 도와달라고 절절히 호소하고 나섰다. 동냥질을 하러 온 사람처럼 비진사정을 하면서 고개를 숙였다.

"논을 내어 주고 싶어도 농사를 지어봤어야 주는 것이제 아무한테나 주는 것이 아니단 말이다. 설령 준다고 헐지라도 벌써 정해부렀단 말이다. 내년에나 생각해보마."

진홍은 딱 잡아떼듯 말했다. 하지만 득창은 결코 단념하지 않고 미련스럽게 달라붙었다.

"이장님. 논이 아니고요 하루 품이라도 들 수 있으면 좋겠구만이라우."

"소리하는 놈에게 누가 일품을 맡기겠냐? 일도 할 줄 모르는 사람에게 줄 사람이 없제."

"배우면서 힘 닿는 데까지 해 볼라요. 식구들이 죽어가는디 멋을 못하겠능가요?"

"일을 뚝심갖고 헌다냐. 다 요령이 있는 것이여. 거름만 많이 준다고 나락이 잘된다면 농사 못 지을 사람이 어디 있겄냐. 욕심만으로 되는 것이 아닌 것이 생일이랑께."

이장은 처음보다 누그러진 목소리로 자분자분 타이르듯 말했다. 고개를 좌우로 흔들어가면서 더 이상 할 말이 없다는 표정을 지었다. 그러나 득창은 울음이라도 터뜨릴 것 같은 목소리로 다시 한 번 애걸복걸했다.

"이장님 한 번만 도와주시면 그 은혜 평생 못 잊겠구만이라우. 죽을 놈 살려 준다 폭 치고 딱 한 번만 믿어 주싯시오. 예, 이장님."

그는 막다른 골목에 내몰린 사람처럼 조금도 물러섬도 없이 딱한 사정을 털어놓았다. 처참하리만큼 자기 설움을 알려주었다. 이장은 입장이 딱하다는 듯 입을 쩝쩝 다시며 하염없는 담배만 뻐끔뻐끔 피워 물었다. 안방은 마루 대청 사이에 장지문이 있었다. 이때 장지문이 열렸다. 문을 열고 들어오는 이는 그의 부인이었다. 언뜻 보기에 방과 맞닿은 대청에는 곡식이 차곡차곡 쌓여있는 것 같았다. 쌀로 보이는 하얀 자루가 겹겹이 포개어져 있었다. 득창은 그것을 보는 순간 자기도 모르게 눈이 휘둥글어졌다. 온몸에 기운이 쏙 빠지면서 구걸하러 온 자신이 너무 처량하여 울컥 눈물이 솟구치려들었다. 방으로 들어온 부인은 이전과는 달리 처처한 눈빛으로 그를 바라보았다. 그리고는 남편에게 다가가 말도 없이 소맷자락을 끄집고 대청으로 데리고 나갔다. 대청에서 소곤소곤거리는 귓속말이 들려왔다. 잠시 후 진홍이 다가왔다. 그는 입가에 엷은 미소를 머금고서 처음과는 싹 달라진 표정으로 말했다.

"어지간하면 니가 오지도 않았을 것이디 무척 힘이 든개비로구나. 그럴만도 허다. 산속에서 묵을 것이란고는 없겠제. 내가 쌀을 빌려주랴?"

그는 생청스레 억지웃음을 지어가며 너스레를 떨기 시작했다. 어딘지 모르게 모멸스러운 데가 느껴지는 웃음이었다. 득창은 생뚱맞게도 쌀을 빌려준다고 나서는 바람에 마음이 착잡하게 가라앉으며 깊은 물속으로 빠져드는 기분이었다. 그러면서도 어려운 사정을 알아주는 것 같아 고맙기도 했다. 하지만 보리쌀도 없는 판국에 쌀밥을 지어먹을 처지가 못 된 그로서는 선뜻 대답할 수 없었다. 일 년 동안 쌀 한 톨 구경 못하고 사는 마당에 장리쌀이라니? 도저히 받아들일 수 없는 일.

순식간에 심장 뛰는 소리가 쿵쿵 날아들었다. 가슴을 꽉 조이면서 숨 쉬기조차 가로막는 느낌이었다. 장리쌀이란 춘궁기에 쌀 한가마를 빌리면 가을에 한 가마니에다 반가마니를 이자로 갚는 고리채였다.

"이장님! 빚이 아니고요 일품을 시켜주시면 안 되능가요?"

"내동 말을 해중께 못 알아듣네. 귓속에 말뚝을 박고 사냐? 아직 이 동네에서 너를 품꾼으로 부를 사람이 없당께."

진홍은 더럭 화를 내며 신경질적인 반응을 보였다. 눈살을 꼿꼿하게 세워가며 퉁겨대듯 나무라고 나섰다.

"성님. 온 식구가 메밀 죽으로 보름 동안을 살아왔답니다. 그런디 지금 장리쌀 내서 쌀밥 묵을 처지겠소? 보리쌀을 준다고 해도 가루로 내어 죽을 쒀먹을 판국이랑께요. 지가 장리쌀 빚을 짊어지고 나면 어떻게 갚을 것이요? 논이 있소? 아니면 머슴살이를 해서 갚을 것이냔 말이요?"

임사구가 두 사람의 말판 가운데에 불쑥 끼어들어 막힌 속이 뚫리도록 대변해주었다. 처지가 딱하다는 듯 반눈을 지어가며 사정을 소상히도 알렸다. 득창은 더 이상 앉아 있을 수도 없는 처지가 되고 말았다. 그는 여짓여짓 눈치만 살피다가

"그냥 갈랍니다."

맥이 풀린 사람마냥 고개를 숙인 채 자리에서 일어서며 말했다.

"잠깐 앉아봐라. 말을 꺼냈으면 끝을 맺고 가사제 그냥 갈라고 허냐."

진홍은 못내 아쉽다는 듯 가는 주름진 눈살을 찌긋 새치름한 표정을 지었다. 문고리를 잡으려다 다시 고개를 돌려 이장은 바라본 득창의 얼굴엔 실의에 찬 빛이 역력했다.

"어서 앉으란 말이다. 남자가 말을 꺼냈으면 끝장을 봐사제 언 발에

오줌을 눠서 쓰겄냐?"

진홍은 짐짓 나무라듯 은근히 여무진 소리를 내질렀다. 득창은 금세 안색이 달라지면서 두려워하는 기색을 보였다. 쇠말뚝처럼 서 있다가 돌 같이 냉엄하게 굳어진 표정으로 고개를 숙인 채 머무적거렸다.

"니 속쓰린 맘 다 안다. 오죽 했으면 나한테 왔겄냐. 그 용기를 봐서 오늘 너한테 쌀 한 말을 주마. 다른 사람에게는 입도 뻥긋허지 말어야 쓴다. 알았냐?"

"아니어라우. 저는 빚으로 쌀밥을 먹을 처지가 못 된당께요. 갚을 길이 없는디 어떻게 묵을 것이요?"

득창은 손사래를 쳐가며 제의를 뿌리치고 나섰다.

"어허! 꼭 갚으라고 허지 않을텡게 걱정허지 말랑께 ."

"아니어라우. 남의 쌀을 가져다 묵고서 갚지 않다니요? 말도 안되지라우."

머쓱한 듯 진홍을 바라본 득창의 얼굴이 벌게지면서 왼고개를 쳤다.

"쌀을 가져다가 묵고 그 값만 해주면 되는 것 아니겄냐?"

"그것이 멋이다요?"

그는 알 수 없다는 듯이 고개를 갸우뚱거리며 의심의 눈초리로 뻔히 쳐다보았다.

"이미 조선이란 나라는 힘이 빠져버린 것 너는 알지야? 인자 해방은 물 건너가부렀당께. 폴쎄 일본과 한 나라가 된지 오래되었는디 쓰잘대기 없는 소리나 허고 살아서야 쓰겄냐? 눈치가 빠르면 절에 가서도 조개젓을 얻어 묵는다는 것도 모르냐? 대일본제국의 황국신민으로 나라에 충성을 다하란 말이다. 그러믄 쌀밥 묵고 사는 것이야 문제없는 일이제."

진홍은 득창의 눈치를 슬슬 보아가면서 야살을 떨었다. 입가에 도도하고도 엷은 미소를 지어가며 짐짓 유들유들하게 능청을 떨었다. 감춰놓은 것이 있는 것처럼 심상찮은 기미가 엿보이는 말이었다. 하지만 득창은 오직 눈앞엔 굶고 있는 가족 얼굴이 떠오를 뿐이었다.

"밥만 묵고 살 수 있다면 무슨 일인들 못 허겄소?"

감격에 겨워 무릎을 꿇은 채 주먹을 불끈 쥐어 보이며 다짐하듯 큰 소리를 쳤다.

"잘 생각했다. 편히 앉거라. 벌써 조선이란 나라는 일본사람 손으로 넘어가부렀는디 그 사람들 가르침을 따르지 않고서 살 수 없는 노릇이제. 소리를 허지 말라고 허는디 해서야 쓰겄냐? 머지않아 이 땅엔 소리꾼도 사라지고 없어질 것이다. 소리해서 밥묵고 살 수 없는디 헐 사람이 어디 있겄냐? 사람이 한세상 태어나 굶고 살아서야 쓰겄냔 말이다."

진홍은 득창의 왼손을 살그머니 잡아주며 팔뚝을 다독다독거리며 말했다.

"나기중이 니가 살고 있는 자정골에 기와집을 지어줌서 소리허라고 했지야? 그것이 공짜겄냐? 절대로 아니제. 돈 있다고 유세하는 것이랑게. 그 사람 믿을 사람 못 된단 말이다. 즈그 아내가 죽은 송장이나 다름없어야. 밤마다 돈으로 젊은 여자들을 불러들인다는 소문이 쫙 깔려부렀당게. 혹시 느그 마누라도 탐낼지 모를 일이제. 돈 있겄다 권세 있겄다 무슨 짓을 못하겄냐? 느그 마누라쯤 불러들이는 일이야 식은 죽 묵기나 다름없는 일이지 않겄냐? 산지기 집에 살고 있는디. 마침 나한테 잘 왔다. 여기는 곰재인디 맘대로 허지 못하제. 내가 있는 동안은 너를 지켜주마."

꼭 쥐고 있던 손을 부르르 떨면서 누릿한 이빨이 튀어나오도록 어금니를 악물었다. 듣고 보니 천만다행이 아닐 수 없었다. 이 설움 저

설움 해도 배고픈 설움이 제일 큰 것이요, 수염이 대 자라도 먹어야 양반이라고 하는 것인데…….

세상은 이공보공(以空補空)이라 했으니 공것이 없는 법, 내심 그의 가슴에는 이상야릇한 감정이 자리 잡고 있었다. 과잉한 친절은 오히려 부담스러운 법이라고 했다. 한량없이 좋을 것만 같은 꽃피는 춘삼월도 잠시뿐 머지않아 삼복더위를 끌어오고…… 티 없이 맑은 하늘이 구름을 부르는 법이고…… 기쁨도 지나치면 슬픔으로 변하는 것이 세상이치라서 자못 불안했다. 고맙기 그지없지만 깊이 들여다보면 호의적인 부담을 뛰어넘어 목을 옥죄는 방책이 될 수도 있었다. 산속에 기와집을 지어주며 소리방으로 쓰도록 도가 넘치는 배려 뒤엔 꿍꿍이속이 도사리고 있을지 모를 일이었다. 귓속을 후려치는 말. '여자가 명창이 될라고 헌다면 얼굴도 예뻐야제. 그나저나 어디서 그리 예쁜 각시를 맞아들였능가?'

눈웃음을 쳐가며 말하던 나기중의 얼굴이 선연하게 떠오른 것이었다. 어딘지 모르게 야릇하면서도 아리송한 냄새가 묻어나는 말. 아직도 등짝에 벌레가 기어가는 것처럼 스멀거리면서 후끈거리는 느낌이었다. 생청을 대어 줄 터이니 팔아보라고 하는 것도 속이 빤히 보이는 수작이었음을 알게 되었다. 밤마다 젊은 여자들을 불러들여 희롱을 일삼다니 찾아가지 않은 것만으로도 천만다행이라는 생각에 등골이 섬뜩했다. 알고 보니 속이 빤히 보이는 수작이었음이었다. 가까이 지내다간 하마터면 아내를 뺏길지도 모른다는 끔찍한 생각이 들었다.

"고맙습니다요. 이장님!"

득창은 도와줘서 고맙다고 너부죽 고개를 숙이며 인사를 했다.

"오늘 니가 잘 왔다. 군소리 말고 이거 가지고 가서 묵고 또 오란 말이다. 내가 쌀밥 묵고 살게 해줄 것잉게 조금만 기다려라."

"그러면 지한테 일품을 주시겠다는 것잉가요?"

"딱한 니 사정을 봐서라도 내가 찾아보도록 노력하마. 그때 벌어서 갚으면 되는 것잉께 쌀값은 염려 말고 가지고 가도록 허란 말이다."

진홍은 푼푼하게 웃음을 지어가며 두 손을 꼭 쥐어주며 말했다. 진정어린 눈빛으로 바라보며 쌀을 가지고 가라고 채근하고 나섰다. 그동안 이장에 대한 두려움이 비껴가면서 믿음과 호감이 다가오는 것이었다. 너무 감개무량하다는 생각도 들었다. 지금껏 살아오는 동안 가족을 이토록 걱정해주는 사람이 없었다. 그의 얼굴 표정 어디에도 진정성을 숨기는 것 같지 않았다. 그는 믿음이 굳어지면서 꿈인지 생신지 정신이 아물아물해지는 것 같았다. 도무지 알다가도 모를 일, 만면에 웃음을 지어보였다. 임사구도 자기 일처럼 흐뭇한 미소를 지으며 바라보았다. 마루 장지문이 열리고 부인이 임사구를 향해 잠깐 와달라고 손짓을 했다. 그는 벌떡 일어나 마루대청으로 나갔다. 부인은 하얀 자루에 쌀을 담아놓고 들어다 주라고 말했다. 임사구는 쌀을 들고 방으로 왔다.

득창에게 빙그레 웃음을 지어가며 안겨주었다.

"자 어른께서 주신 것이니 고맙다고 말씀 드리고 가지고 가거라."

득창은 가슴 속에서 쿵쿵 도리깨질 소리가 들리는 것 같았다. 얼굴마저 뜨겁게 달아올랐다. 도저히 믿기지 않은 일이 벌어진 것이다. 그는 벌떡 일어나 또다시 무릎을 꿇어 큰절을 했다. 그리고 그의 부인을 향해서도 반절을 올렸다. 초조했던 마음이 커다란 흥분으로 변해 버린 순간이었다.

"이장님! 이 은혜 죽을 때까지 잊지 않을라요."

"그래. 알았다 어서 가지고 가서 식구들 굶지 않도록 해라. 내 곧 연락하마."

"예."

그는 쌀자루를 들어 등에 메고 몸을 돌려세워 대문을 나섰다. 햇덩이가 어느새 반공에 올라 따사로운 볕을 쏟아내었다.

"나는 조금 있다가 갈 텡게 너 먼저 가그라."

임사구는 가슴 뿌듯한 웃음을 지어가며 대문까지 나와 손을 흔들어주었다.

그는 무거운 줄도 모르고 살걸음으로 어두운 비탈길을 내달렸다. 심장이 후끈거릴 만큼 기쁘면서도 한편으로 둔중한 부담이 어깻죽지를 누르는 것도 사실이었다. 길가 무논에는 모내기 준비가 한창이었다. 쟁기질에 써레질 그리고 가래질까지 이어지고 있었다. 들일을 하는 사람을 마주칠 때면 쌀을 훔친 사람처럼 가슴이 벌떡벌떡 뛰었다. 득창은 사람들의 눈길을 피해가려고 둔덕길을 가로질러 산밭으로 내달렸다. 산마루에 올라서서 자정골로 눈길을 주었다.

여문 햇빛이 산골로 쏟아지자 산천은 심녹색 옷으로 갈아입는 중이었다. 푸릇푸릇 새뜻한 연한 잎에 자르르 흘러넘치는 윤기가 유난스럽게도 고왔다. 연한 연분홍 자귀나무의 꽃이 산자락에 피어오르고 찝찔한 밤꽃 냄새가 산골을 에워싸고 있는 것 같았다.

그는 잽싼 걸음으로 비탈길을 도드밟으면서 지난 기억을 곰곰이 더듬어보았다. 골백번 접어 생각해봐도 아내를 생각한다면 이장이 줬다는 말을 꺼내서는 안 될 것 같았다. 이름만 들먹여도 맘이 편할 것 같지 않아서 비록 나중에 알게 될지라도 지금은 피해가고 싶은 심정이었다. 아직도 아물지 않은 상처에 또다시 딱지를 떼어내는 일이나 다름없었다.

사립문을 지나치자 기와집에서 북장구 소리가 들렸다. 아내가 북장단을 치며 소리연습을 하고 있었다. 그 순간 '쓰잘대기 없는 소리나 허고 살아서야 쓰겠냐?' 이장의 목소리가 귀청을 쥐어흔들었다. 아내의 꿈을 산산조각을 내고도 남을 말. 소리가 맺어준 부부의 인연의 끈을 내려놓을지도 모른다는 생각에 가슴이 미어졌다. 아내의 창 소리가 콧속을 시큰거리게 만들면서 눈물도 핑 돌았다. 당장 먹고살자면 어찌할 도리가 없는 일이어서 받아들일 수밖에 없었지만 못내 마음은 아팠다. 아내에게 무어라고 말을 해야 할지 가슴이 미어지는 아픔이 몰려들었다. 사립문을 지나 마당으로 들어서도 아내의 창 소리는 계속 이어지고 있었다.

그는 마루에 쌀자루를 내려놓고 자조 섞인 웃음을 머금으며 아내를 불렀다.

"여보! 인자 왔구만."

아내는 소리책을 펴놓고서 창 연습을 하다 말고 진둥한둥 밖으로 뛰어나왔다. 온데간데없이 자리를 비운 남편이 무척 궁금했던지 두 눈을 휘둥글었다.

"어디 갔다가 이제사 오시는 거요?"

"산 아랫마을에 갔다 왔어."

딱히 무어라고 말로 집어낼 수 없었다. 뒤통수를 긁적이며 얼버무렸다. 하얀 쌀자루를 바라본 민순은 어떤 충격적 사건에 부딪힌 사람처럼 흥분을 앞세웠다.

"거기는 왜요?"

"마을에 임씨라는 사람이 있는디 전부터 구면이었제. 혹시 들 품이라도 들 수 있을까 싶어 가봤더니 이렇게 쌀부터 먼저 주드랑께. 나중에 갚으면 된다고 했어."

"쌀이라고요?"

"그래. 쌀."

"그 임씨라는 사람은 멋을 하는 사람이다요?"

"그냥 농사짓고 사는 것 같든디."

"얼매나 농사를 많이 지어서 당신 같은 사람에게 쌀을 준다요? 무슨 흉계를 꾸미는 것 아니요? 세상에 믿을 사람 없당께요."

민순은 겁에 질린 사람처럼 두 눈을 뛰룩거렸다. 의심의 눈초리를 곧게 세워가며 물었다. 하지만 득창은 아내의 물음에 얼른 입을 열지 못했다. 일제의 앞잡이로 살아가는 사람이라는 것을 알고 있기 때문이었다. 그러나 큰 틀에서 생각해보면 어차피 나라를 빼앗겨 되찾는 것이 요원하다 싶은 마당에 굳이 편을 나눌 필요는 없을 것 같았다. 굶어 죽어가는 판국에 내 편 네 편 나눈들 무슨 대수일까 싶었다. 어차피 친일과 맞서는 것은 계란으로 바위치기나 다름없는 일이었다. 굴러온 복을 발로 차는 것은 바보짓이나 다름없었다. 열 번 생각해봐도 지금의 처지로 배를 곯지 않기 위해서는 그와 가까이하는 것임에 틀림없었다. 차별과 천대의 아픔 속에서 살아온 그를 반갑게 맞이해주며 쌀까지 내어준 이장이 한량없이 고마웠다. 이때 산밭에서 일을 하다 말고 들어온 학동 영감도 쌀자루를 보고 심히 놀란 눈빛을 지었다.

"그것이 멋이냐?"

"쌀이구만요?"

"멋이라고? 이런 춘궁에 쌀이라니? 어디서 났느냐?"

학동은 놀란 토끼눈을 하고 당황하는 빛을 감추지 못했다.

"쌀을 빌려왔구만요."

"멋이라고? 니가 지금 제정신이냐? 나중에 어떻게 갚을라고 그런 짓을 했냐? 서너 달만 지나면 이자까지 갚아야 할 것 아니냐?"

"안 갚아도 된다고 했구만이라우."

"멋이여? 세상에 공것은 없는 벱이다. 굶어 죽는다 할지라도 안 할

251

짓을 해서는 안 된다. 물고기가 공것이라고 물다가 낚시에 걸려드는 것도 모르단 말이냐?"

학동은 지레 겁을 먹고 입을 다물지 못했다. 섬뜩하게 다가오는 두려움을 짐작이라도 하는지 허공을 바라본 채 혼자서 중얼거리기까지 했다.

"우리 형편에 쌀밥을 어떻게 묵을 것이냔 말이다? 보리밥도 없는 판국에 쌀을 빌려다 나중에 어떻게 헐라고 그래?"

"아부지! 너무 걱정하시지 마싯시오. 지 보고 일할 수 있도록 도와준다고 했어라우."

그는 부드럽고 여유로운 태도로 말했다. 한결 느긋하게 늘어진 말로 두려움을 잠재우려 들었다. 하지만 학동은 매우 신중을 기하는 눈빛으로 바라보았다.

"말도 안 되지라우. 당신에게 쌀을 줄 사람이 어디 있겠소. 그 사람 속에는 구렁이가 들어있는지 모른단 말이요. 나중에 무슨 꼴을 당할라고 어서 도로 가져다주싯시오. 송충이는 솔잎을 묵어야허는 것인디, 혹시 목에 가시가 되면 어쩔라요."

"그래 알았어. 연락을 해준다고 했응게. 그때까지만이라도 기다려보면 되제."

"진짜로 연락을 해준다고 헙디여?"

"그랬당께."

아내의 말을 듣고 보니 일리가 없는 것은 아니었다. 뭘 보고 쌀을 한 말이나 덜렁 내어줬을까 생각해보니 다분히 미심쩍은 점이 있었다. 떨떠름한 쓴 웃음을 머금은 채 쌀자루를 들고 방으로 들고 갔다. 윗목에 놓아두고 소식이 있을 때까지 기다리기로 마음먹었다.

쌀을 곁에 놓아두고도 메밀과 감자 죽으로 끼니를 이어가며 허탈감에 젖어든 득창은 다시 산을 오르내리며 풀뿌리를 캐고 칡을 캐었다. 기다리는 마음은 하루가 열흘 같았다. 영양이 부족하여 노르스름해지면서 흉한 몰골로 변해가는 식구들을 바라볼 때면 한숨밖에 나올 것이 없었다. 하루가 다르게 변해가는 모습은 눈 뜨고는 볼 수 없을 만큼 비참하고 처절한 사투나 다름없었다. 그는 날마다 칡과 잔대를 캐러 산속을 헤맸다. 곳곳에 덫을 놓고 토끼가 걸려들기 기다려보지만 쉽지 않았다. 하루를 살아가는 것이 마치 열흘처럼 오금이 쑤셔 견딜 수가 없었다. 쌀을 놔두고도 굶고 살아야 하는 비참한 심정은 말로는 다할 수 없을 지경이었다. 산밭에 노릇노릇 흐늘거리는 보리가 익기만을 기다릴 수밖에 없는 춘궁의 처지가 너무 고달프기만 했다.

……하지지절이 되면 연중 가장 바쁜 때이다. 학동영감은 기력이 쇠약하여 밭일을 제대로 꾸려가지 못했다. 득창은 아버지를 대신해서 쉴 틈도 없이 종일 밭일에 매달렸다. 메밀을 파종하고 감자도 캤다. 고추 모를 옮기고 늦콩도 심었다. 하지가 지나면 구름마다 비가 든다고 해서 이때를 놓치면 밭농사를 망치게 된다. 비가 오면 씨를 뿌릴 수도 없기 때문에 장마가 오기 전에 밭을 골라 거름을 뿌리고 씨를 뿌려놓아야 했다. 또 한 가지 해둬야 할 것은 본격적으로 장마철이 다가오기 때문에 땔감도 마련해둬야 하는 일이었다. 여름 장마는 거의 달포 정도 비를 뿌려대니 땔감이 반드시 필요했다.

모내기는 하지 전 삼 일과 후 삼 일이 적기라고 전해져 내려왔다. 하지 지난 모는 아침나절에 심은 모와 오후에 심은 모가 다르다고 했다. 이때는 작물이 시가 다르게 자란다는 것. 그만큼 작물에겐 하지지절이 가장 좋은 계절임에 틀림없는 것 같았다.

득창은 밭일을 하면서도 임사구를 애타게 기다리고 있었다. 딱 언제 오겠다고 약속을 해 둔 것은 아니지만 엿새가 지나가니 무척 기다려졌다.

그를 기다리느라 산길에 눈길을 뿌리고 사는 지도 벌써 오래되었다. 이제나저제나 하며 눈이 빠지게 기다리고 있었다. 이레째 되는 날이었다. 장마가 다가오는지는 몰라도 아침부터 비가 쏟아질 것처럼 하늘부터 우중충했다. 득창은 장마를 대비해서 마당에 말렸던 푸나무를 거둬들이고 있었다. 푸나무를 다 치우고 마당에 비질을 하고 있을 때였다. 임사구가 밝은 표정을 짓고 사립문 쪽에서 마당으로 다가오고 있었다. 그는 가슴이 찡하도록 반가워 목소리마저 떨렸다.

"아이고 더운디 오십니까요?"

임사구는 샐샐 눈웃음을 치며 다가왔다.

"그래 잘 있었냐?"

"예."

그는 마당가에 서서 활성산을 한번 휘둘러보면서 감회에 젖어드는 눈빛이었다. 득창도 그와 함께 활성산 산마루를 쳐다보고 있었다. 마치 머리채를 헝클어뜨려 나부끼는 것처럼 보인 수양버드나무 가지에서 뻐꾸기 한 마리가 자정골을 향해 구슬프게 울어대었다. 마치 산울림처럼 울어대는 것이었다. 구슬피 울어대는 울음소리는 사람들의 마음을 처연하게 만들었다. 사람들은 뻐꾸기를 두견새라 불렀다. 진달래가 필 때면 나타나 목에 피를 토해내어 붉게 물들인 새라고 하기도 했다. 그래서 두견화는 두견새의 피를 찍었다고 했다.

"안으로 드시지라우."

득창이 방을 가리켜 안으로 들기를 권했다.

"금방 비가 올 것 같응께 그냥 가야 쓸랑개비다."

그는 신발도 벗지 않은 채 기와집 마루에 걸터앉고 말았다. 하지만 득창은 다시 한 번 권했고 그는 끝내 사양을 해가며 이내 입을 떼었다.

"너는 우리 대일본제국을 어떻게 생각허느냐?"

임사구는 무두무미하게 예상치 못한 말을 꺼내들었다. 그것은 그에게 느닷없는 질문이었고 그를 당황스럽게 만들고 말았다. 그는 얼른 대답을 못하고 한동안 정신이 얼떨떨하여 어찌할 바를 모르고 서 있었다.

"황제 폐하와 대일본 제국을 위해 일헐 수 있냔 말이다."

임사구는 예사롭지 않은 눈초리로 윽박지르듯 다그치며 눈을 내리감았다. 그의 얼굴표정은 거침도 없었고 당당하기 이를 데도 없었다. 일본 사람이 다 된 것처럼 나라를 빼앗긴 우리나라와 민족의 비극에 대해선 초연해 보였다. 황제 폐하라고 을러대는 말이 고깝게 다가와 거부감이 들었지만 이렇다 할 수도 없었다. 친일의 냄새를 역연히 맡은 뒤에야 본말의 뜻을 알아들을 수 있었다. 그는 자신도 모르게 속다짐을 하면서 일부러 모르는 척 하며 물었다.

"그것이 무신 말씸잉가요?"

"그러니께 대일본제국을 위해 앞으로 살아갈 수 있느냐 그말이여. 그럴 수 있겄냐?"

"지는 묵고 살랑께 그렇게 할 것이구만요."

낮은 목소리였지만 다부지게 말했다. 지금의 정황으로는 전혀 반대할 이유가 없었다.

"잘 알았다. 니 마음을 잘 알았응께 변치 말고 그렇게 살도록 허그라."

"예. 그렇게 할라고 작정하고 있구만요."

"이장 성님께서 너에게 물어보고 오라고 해서 내가 왔당께. 내 가서 그렇게 전할 것잉께 기다리고 있어. 누구한테 이런 말 하면 안 된다. 알았지?"

"하믄이라우. 내가 여기서 누구한테 말하겠소. 그런디 언제까지 기다려야 헙니까요?"

"내가 가서 이장 성님께 말씸 드려야제. 그래야 결정하실 것 아니냐."

"알것구만이라우."

"어째 쌀밥은 해 묵었냐?"

득창은 얼른 말을 못하고 어눌한 말투로 머무적거렸다.

"아…… 아니! 아직 안 묵었구만이라우."

뒤통수를 긁어가며 머쓱한 표정을 지어보였다. 눈치 빠르게 이를 간파한 임사구는 그의 어깨에 두 손을 얹고서 빙긋 웃음을 지었다. 이어 안심시키려 드는 말로 그를 달랬다.

"쌀을 놔두고 죽만 묵었단 말이여? 암시랑토 않응께 밥 해묵으랑께. 성님이 너한테 쌀값 주라고 허시겄냐."

그는 어깨를 또닥또닥 두드리며 믿음을 주려 애를 쓰는 눈치였다.

"예. 그렇게 헐라요."

"하믄. 당연히 그렇게 해사제. 형님을 따르고 사는 한 쌀밥만 묵고 살 것이다. 인자부턴 밥걱정 같은 것은 딱 접어두고 맘 놓고 살란 말이다."

득창은 따스한 온정이 흐르는 말을 들으니 온몸의 피돌기가 새삼 빨라지는 것 같았다. 이제껏 살아오면서 이토록 정감이 넘치는 말을 들어본 적이 없었다. 완전히 따뜻한 인정에 압도당한 느낌이었다.

"아참 모레 아침 일찍 이장 성님 집으로 나와봐라. 형님께서 니가 일을 할 수 있도록 도와주실랑 개비드라. 나도 갈 텡께 성님집에서 만나자."

"그냥 가도 되능가요?"

"내가 가서 말씸드려야 하겠지만 미리부터 일할 자리를 정해놓으신

256

것 같드랑께. 보면 봐도 내일 또 나보고 여길 또 갔다 오라고 하실 것
이 틀림없어. 다시 안 올랑께 니가 내려오도록 허란 말이다. 내말 알
아들었냐?"

"예. 무슨 말씀인지 알겠구만이라우."

임사구는 자못 심각한 표정을 지어가며 말했다. 이처럼 진지한 표
정을 지어보이긴 처음이었다. 득창은 고개를 끄덕끄덕해 보이면서도
의구심을 떨쳐버릴 수가 없었다. 그는 기쁨과 슬픔이 교차하는 얼굴
표정을 지어보였다. 바로 눈앞에 하늘까지 맞닿은 천인절벽이 그를
가로막고 나선 것 같았다. 하지만 앞이 보이지 않아도 지금의 정황으
로는 반대할 필요가 없었다. 먹고 사는 일을 도와준다는데 마다할 일
이 아니어서 굳게 약속을 하고 말았다.

갑자기 먹구름이 몰려들자 임사구는 급한 마음으로 자정골을 떠나
고 득창은 밭으로 나갔다. 그는 벙어리가 다 된 사람처럼 아내에게도
일절 입을 열지 않았다. 직접 가보고 나서 말해줄 요량이었다. 그는
밭일을 하면서도 임사구의 말을 곰곰이 되새겨 보았다. 그의 말을 몇
번씩 곱씹어 봐도 무슨 뜻인지 선뜻 떠오르지 않았다. 한 번씩 뒤집어
생각해볼 때마다 방정맞은 생각이 불쑥 튀어나오기도 했다. 호두 속
과 같은 미궁으로 빠져 들어간 느낌이어서 밤에도 잠을 이루지 못하
고 이불만 들썩거렸다. 자신도 모르게 은연중 넋두리와 같은 말이 튀
어나왔고 아내가 눈치를 알아차리고는 궁금증을 자아내었다.

"여보. 왜 잠을 못 주무시는 건가요? 낮에 임씨가 왔다 가드만 뭐라
고 헙디여?"

"밥 벌어 묵고 살게 도와준다고 내일 아침에 마을로 내려오라고 허
드랑께."

"그 사람이 누군지는 몰라도 곧이곧대로 믿지는 마싯시오. 뭣 때문

에 우릴 도와줄라고 허겄소? 그 속을 알 수 없응께 넘어가면 안 돼요. 그렇다고 박절하게 뿌리쳐도 안 되겄지라우. 눈치를 잘 봐가면서 처신을 해야 헌당께요."

아내는 남편에게 냉정함을 잊지 말라고 일깨주었다. 그의 열기에 찬물을 끼얹는 말처럼 들리기도 했다. 그러나 득창은 그렇게 생각하지 않았다. 서출로 태어나 지주가 되어 살아가는 진홍의 집을 직접 봤기 때문이다. 서러움을 딛고 일어선 그의 늠름한 모습을 목격하고 왔기에 자기도 당당해지고 싶었다. 절대로 포기할 수 없었다. 나중엔 어찌 되든 간에 곯는 배고픔을 이기는 것은 이 길 외에는 보이지 않았다.

"내일 아침나절 마을에서 만나자고 했응께 가보고 정해야제. 당신 걱정 끼치지 않게 할 텐게 너무 걱정 말어. 그리고 저 쌀을 돌려 줄라고 했는디 그냥 먹으라고 허드구만."

"아무래도 당신이 그 사람 꾐에 빠지고 있는지 모르겄소. 뭣땜새 우리를 도와 줄라고 허겄냔 말이오. 내 생각엔 만나지 않은 것이 좋을 것 같당께요."

그는 마음이 약해져서는 안 된다고 자신을 채찍질을 해보지만 아내는 자꾸만 의지가 무디어지도록 압력을 가해온 것이었다. 그러나 마음먹었던 일이었으므로 물리칠 수가 없었다. 이쯤에서 손을 뺀다면 되레 호된 질책이 뒤따를 것임에 틀림없었다.

"그건 아니랑께. 내가 먼저 사정을 했던 것이었응께 가타부타 결말은 지어야제."

그래도 아내는 막무가내였다. 제발 자기 말을 들어달라고 눈물로 애소를 하듯 말했다.

"능주에 있을 때 이웃집 총각이 밤길에 끌려가 일본으로 보내졌다는 것을 들었단 말이오. 혹시 그런 일이 아닝가 모르겄소? 뭣이 성가

258

서서 남을 먹여 살린다고 산꼴짜기까지 찾아오겠소. 분명 우리를 위한 사람들이 아닐 것이요. 혹시 함정을 파놓고 기다리지나 않은지 모른단 말이요. 내 생각에 안 가는 것이 낫겠소. 제발 쌀밥 묵고 싶지 않응께 만나지 마싯시오. 감자면 감자 메밀이면 메밀로 풀칠해감서 삽시다."

　민순은 숨통이 조여드는 아픔을 느낀 듯 누워 있다 말고 벌떡 일어나 방바닥에 주저앉아 하소연을 하듯 말했다. 어둠 속에서도 고개를 저어가며 통사정을 했다. 여자의 질긴 인내가 다발지어 터져 나온 것이었다. 일체 비밀에 붙이고 있던 그동안의 겪은 일까지 들먹이며 애원하고 나섰던 것이다. 그러나 득창은 자신의 뜻을 굽힐 생각이 없었다. 아침에 진홍을 만나볼 속셈이었다. 거절할 것은 떳떳하게 거절하고 좋을 성싶은 것은 이를 악물고서라도 꼭 해보고 싶었다. 아침에 일찍 일어난 아내에게 권했다. 이제 자루에 보관해온 쌀로 밥을 지어먹자고 말했다. 그러나 아내는 돌아보지도 않고 감자밥을 지었다. 소소한 일로 아내의 심중을 흐트러지게 하고 싶지 않아 그는 더 이상 거론하지 않았다. 그는 아내가 차려주는 대로 감자밥을 먹고 급하게 일어섰다. 아내는 어이가 없는 듯 코웃음을 실긋거리며 밥상도 치우지 않은 채 작은방으로 가버렸다. 부부로 만나 살아온 중 이런 꼴이 처음이어서 내심 언짢기도 했다. 서운한 감정이 생겨난 것이 사실이었다. 하지만 접어서 생각하면 모든 것이 자기 탓이었다. 오갈 데 없는 산속에 웅크리고 살리면서도 배를 곯아야 한다는 것은 모두 자기 부족함이었다. 백 번 생각해도 아내의 마음을 이해할 것 같았다. 남편을 위한 지극한 사랑에서 우러나오는 것이었음을 알 수 있었다. 달걀도 굴러가다 멈추는 모가 있다고 하더니 아내의 삐지는 모습을 처음 보자 귀엽기도 하고 사랑스럽기도 해서 허허 웃음을 치고 싶었다. 기어코 좋은 일을 챙겨들고 오겠다는 신념 하나를 짊어지고 진홍을 만나러 집을 나섰다. 산길을 내려가는 그의 발걸음이 빨라지기 시작했다. 그의 감정 또한 걷잡을 수 없이 뜨거워지면서 설렘과 무거움이 서로 얽혀 풀어지지 않았다. 뜨거웠던 정열이 무거움에 눌려 냉각되어 버리고 다시 설렘으로 피어나는 순환을 맛보면서 산굽이를 돌아들어 형제봉 기슭으로 내달렸다. 대문에 이르렀을 때 지난날과는 달리 대문이 열려 있었고 개를 목줄로 묶어 놓았다. 그는 대문 안으로 고개를 내밀고 안을 살폈다. 누렁이가 역시 컹컹 짖어대었다. 삽살개도 제자리에서 발작을 해대며 짖기 시작했다. 개 짖는 소리를 듣고는 기다렸다는 듯이 임사구가 걸어 나왔다. 득창은 깍듯이 허리를 구부려 인사부터 했다. 그는 예감에도 없던 옷을 입고 있었다. 당고바지에 삼베 장삼을 입고 밀짚모자를 쓰고 있었다. 아무리 훑어 봐도 감을 잡을 수 없는 행색이었다. 막일꾼도 아닌 것 같고 장마당 장사치는 더욱 아니어서 궁금증만 자아낼 뿐이었다.

"오느라 고생했다. 밥은 묵었냐?"

"예. 묵었구만이라."

계속해서 삽살개는 득창을 바라보며 목청이 찢어지도록 짖어대었다. 그때 방문 열리는 소리가 들려왔다. 마루로 나온 이장 김진홍이 임사구를 향해 물었다.

"득창이 왔능가?"

"예. 성님. 방금 왔구만이라우."

"그래 알았네. 자 어서 가세."

득창은 마당으로 달려가 넙죽 인사를 했다.

"오느라고 수고했다. 시간이 없응께 가면서 알려주마. 어서 따라오너라."

260

이장의 차림새 또한 임사구와 다를 바 없었다. 당고바지에 밀짚모자를 쓰고 있었다. 진홍은 생글한 웃음을 머금으며 임사구를 향해 소리쳤다.

"다 준비해됐능가?"

"예. 성님."

"이리 가지고 오소."

득창은 의아스러운 표정을 짓고 진홍을 쳐다보았다. 마치 죄인을 포박하러 가려는 사람처럼 걸망태에 밧줄과 낫 그리고 톱을 넣고서 짊어지고 나왔다. 행색과 딱 어울리는 것 같지만 까닭을 알 수 없었다. 앞뒤가 꽉 막힌 굴 속으로 끌려들어가는 느낌이었다. 진홍은 바쁜 걸음으로 대문으로 향했다.

"나를 따라오너라."

진홍이 득창을 보고 말했다.

"예. 이장님."

19
일림산 일본목장에 취직을 하다

진홍은 대문을 나와 산길로 나섰다. 득창은 영문도 모른 채 뒤를 따라나섰다. 바쁜 농사철에 들로 나가지 않고 산으로 가는 까닭을 도무지 알 수 없었다. 망태에 든 연장들이 무척 궁금증을 자아내었다. 진홍은 시간에 쫓긴 사람처럼 급한 걸음을 재촉하기 시작했다. 형제봉을 돌아 용반리로 들어서 대은동 앞길에 이르렀을 때 진홍이 입을 떼었다.

"바쁘다 봉께 말도 못허고 왔다. 오늘은 내가 너를 데려다 주기는 헌다마는 내일부터는 너 혼자 가야써. 알겠냐?"

"예? 거기가 어딘디요?"

"가 보믄 알게 될 것잉께 얼른 따라오느라."

진홍은 앞만 보고 비탈진 산길을 마구 달리듯 올랐다. 득창은 더욱 미궁 속으로 빨려 들어간 느낌뿐이었다. 도통 산비탈을 오르는 까닭을 알 수가 없었다.

"왜 산으로 가시능가요?"

"그냥 따라와 보믄 안단 말이다. 저기 일림산으로 가는 중이란 말이다."

"거긴 왜 가능가요?"

저 높은 일림산으로 간다는 것 자체가 이상하게 느껴졌다. 득창은 궁금한 눈초리를 추켜 뜨며 물었다.

"지금 큰 공사를 하고 있단 말이다. 너를 부탁했더니 데려오라고 해서 가는 중이다."

"공사라니요? 산에서 무슨 공사를 한당가요?"

"우리 곰재는 하늘이 내려준 명당이라고 헌 줄 아느냐?"

"말은 들었구만요."

"그래서 대일본제국 다카하시(高梁) 장군님께서 조선에서 제일가는 목장을 만들고 계신단 말이다. 나중에 목장이 만들어지고 나면 소를 오천 마리나 기를 것이란다. 그러믄 우리 곰재는 큰 덕을 보지 않겠냐?"

"소를 오천 마리 기른다고라우?"

"일림산은 그렇고도 남는다고 허드랑께. 하늘과 닿아 있는 높은 산 위에 그렇게 넓은 평원은 조선 어디를 가도 없다고 해서 천하의 명당이라 부른 것이제."

소 오천 마리라는 말에 득창은 얼른 입을 다물지 못하고 멍한 얼굴로 임사구를 바라보았다. 임사구도 역시 마찬가지 놀란 모습으로 혀를 내밀며 도리질을 해대었다. 도무지 믿기지 않는다는 눈치였다. 임사구는 진홍을 그림자처럼 따라다니며 살고 있어 그의 속을 잘 아는 처지였다. 원래부터 허풍을 잘 치는 사람이라서 믿으려 들지 않았지만 그날만은 직접 앞장서서 가는 마당에 믿지 않을 수 없었다.

대은동 마을을 지나치니 말 그대로 코가 땅에 닿을 정도로 가파른 산이었다. 면도칼로 단박에 깎아놓은 것처럼 비탈진 언덕길로 들어섰다. 길다운 길도 없었고 오르는 곳마다 땅가시나무가 무성하게 뒤엉켜 있었다. 한 발짝만 잘못 내딛었다간 뾰족한 바늘 같은 가시에 찔리기 십상이었다. 가시넝쿨 사이에는 울뚝불뚝한 바위들이 제멋대로 솟구쳐 있어서 앞으로 나아가는 데 여간 힘들지 않았다. 이리저리 사이사이를 비집고 돌아 오르다보니 숨이 꼴딱 넘어갈 정도였다. 이마에서부터 땀방울이 숭숭 맺혀 흘러내리고 옷은 땀으로 범벅이 되어가고 있었다. 득창은 산을 오르면서도 곰곰이 생각해보았다. 절벽과도 같은 험악한 산위에 평원이 있다는 것이 믿기지 않았다. 생각으로는 꼭대기에 오르면 송곳같이 뾰족할 것 같은데 넓은 평원이라니? 어느덧 일림산 정상이 눈앞에 다가왔다. 산마루에 올라선 그들은 바위자락에 몸을 기댄 채 북쪽으로 확 터진 곰재 평야를 바라보았다. 너른 들판에는 모내기가 한창이어서 일찍부터 사람들이 못자리에서 모를 찌고 있었다. 이미 모를 낸 논에는 새순이 돋아난 것처럼 연녹색 옷을 갈아입었다. 아직 보리를 베지 않은 논에서는 보리를 베기도 하고 써레질도 한창이었다. 곰재 평야에는 마치 비단뱀이 구물거리고 기어가는 것처럼 보성강이 흘러가고 있었다. 산마루에 이르니 남쪽바다에서 시원한 바람이 불어와 더위를 식혀주었다. 일림산은 오른쪽으로 삼비산과 사자산 그리고 제암산이 서로 어깨동무를 하고 있는 형국이었다. 남쪽바다를 가로막아 튼튼한 제방이 되어주면서 푸른 물을 폐부 깊숙이 들이마셨다가 북으로 뿜어내는 산이었다. 북쪽의 넓은 들을 향해 젖줄 같은 보성강을 일구어낸 산. 남해의 용신을 향해 추상같이 호령을 하고 있었음이었다. 산상마루에 오르니 진흥의 말이 맞았다. 하늘 아래 가장 넓은 평원이란 말이 조금도 어색함이 없었다. 병풍을 세워놓은 것처럼 깎아지른 절벽은 찾아볼 길 없고, 마치 오목한 세숫대야 같이 패인 넓은 평원이 펼쳐져 있었다. 남쪽에서 불어오는 바닷바람이 머물다가는 곳인지는 몰라도 아무튼 하늘 아래 가장 광활한 땅임에는 틀림없었다.

산마루에서 내려다본 남해의 비경 또한 환상적이었다. 남해의 푸른 물결과 바다에 떠있는 다도해의 풍경은 참으로 아름다웠다. 바다 한 가운데에 득량도가 외로이 떠있고 그 뒤로는 고흥반도가 턱을 베고 누워있는 것 같았다. 불어오는 바닷바람소리가 멀리서부터 아우성처럼 다가들고 하얀 구름덩이가 둥실둥실 솟구쳐 산마루에 검은 그림자를 그려주었다. 평원에는 나지막한 잡목들이 몸을 웅크린 채 자라고 있었다. 세차게 불어오는 바닷바람에 보대끼느라 몸뚱이를 불릴 수 없어 한껏 오그라든 모습들이었다. 갈참나무, 굴참나무, 해송들이 무리를 지어 바다를 등지고 구부리고 있는 형상이었다.

진홍은 바쁜 걸음으로 넓은 평원을 가로질러 남쪽으로 향했다. 한참을 따라 내려가니 집채 같은 바위가 울먹줄먹 연이어 있었다. 바위 사이로 세 개의 차일이 쳐져있고 그 아래에는 책상과 걸상이 놓여 있었다. 맞은 편 언덕바지엔 사람들이 웅성거리며 일을 하고 있었다.

톱으로 나무를 자르는 이도 있고, 등걸을 파내는 이도 눈에 띄었다. 구불구불 내어놓은 산길에는 우마차가 베어놓은 나무를 실어 나르기도 했다. 남쪽 아래 비탈에는 베어놓은 나무를 산처럼 쌓아놓았다. 하늘과 닿도록 높은 산꼭대기에 사람들이 일을 하고 있다는 것이 참으로 신기했다.

"여기가 목장을 만드는 곳이단 말이다. 다카하시 장군께서 우리 고을사람들을 위해 목장을 만드는 곳이랑께. 놀랬지야?"

진홍은 목에 힘을 주어가며 호기롭게 말했다. 어마어마한 규모에 할 말을 잃고 혀를 내밀며 뒤를 따랐다.

"깜짝 놀랐구만이라우."

"봐라. 대일본제국은 이런 일을 한단 말이다."

"그러믄 득창이 여기서 일을 헐 것잉가요?"

임사구가 놀란 가슴을 쓸어가며 물었다.

"그래서 데리고 온 것이제. 여기는 아무라도 오는 곳이 아니랑께. 우리 대일본제국을 위해 몸과 마음을 바칠 사람들만 받아주는 곳이다. 득창이 너 마음 단단히 묵어야 한다."

진홍은 갑자기 가슴팍에 무거운 바윗덩이를 올려놓을 것처럼 압박을 가해왔다. 둘레가 십리가 훨씬 넘는 어마어마한 목장의 규모에 놀랐고 수많은 헌병보조원을 보고 더더욱 놀라지 않을 수 없었다. 벌벌 떨려 소름이 돋아나지만 마음을 고쳐먹자고 다짐을 했다.

"예, 이장님."

"여기서 열심히 일하면 헌병보조원도 될 수 있단 말이다."

진홍은 서슴없이 헌병보조원을 들먹이고 나섰다. 갑작스럽게 헌병보조원이 될 수 있다는 말을 꺼내는 바람에 그는 정신이 어리벙벙했다. 전신에 긴장이 감돌면서 찬 기운이 뼛속으로 파고들어 오슬오슬 떨렸다.

"헌병보조원이 되고 싶은 생각은 있냐?"

갑자기 늠름한 기상이 배어나는 호탕한 너털웃음을 터뜨리며 물었다. 그의 표정은 말할 것도 없고 걸음걸이에서부터 도도한 헌병보조원 티가 배어나왔다. 두 팔을 휘젓는 팔자걸음으로 거만을 떨며 의젓한 태도를 보이려 들었다. 그러나 득창은 얼른 대답하지 못했다. 헌병보조원이라니 내심으로는 감지덕지할 일이지만 언감생심 꿈도 꾸지 못할 일. 소리꾼의 아들로서 감히 엄두를 낼 수 없어 얼이 빠져나간 사람처럼 멍청히 얼굴만 쳐다보았다.

"내가 누구냐? 니가 헌병보조원이 되고 싶다면 언제든지 말해라. 천하에 김진홍이가 너 하나쯤이야 식은 죽 먹기제. 열심히 일을 하고 있으면 내가 힘써 줄 텡게 그리 알그라."

묻지도 않은 말인데도 목에 힘을 주어가며 호언장담을 하고 나섰다.

"솔직히 헌병보조원이 되고 싶지야?"

"저 같은 놈이 감히 그런 높은 자리에 오를 수 있겠습니까요?"

득창은 얼굴을 붉히며 변변하게 대답도 하지 못하고 얼버무리듯 말했다. 그러나 마음만은 금세 붕 떠 산 아래로 날아가는 기분이었다. 진홍을 찾아와 부탁하길 잘했다는 감회가 가슴 뭉클하게 솟아올랐다.

"맡겨주면 못 헐 사람 있다냐? 이제까지 서럽게 살았응께 인자 떵떵거리고 살아야 쓸 것 아니냐? 세상은 벌써 바뀌져부렀당께. 대일본제국에서는 천황폐하에게 먼저 복종하는 사람이 대접받는 세상이란 말이다. 글께나 읽고 양반이라고 껍죽거린 놈들은 혼 좀 나야제. 그러고보면 너는 운이 좋은 사람이다야. 그렇게 나를 찾아왔겠제. 오늘부터 밥 묵고 사는 데는 걱정 없을 것이다. 아마 너하고 나는 전생에 찰떡궁합으로 맺은 인연이었는개비제."

진홍은 쌍그레 미소를 지어가면서 입술을 지그시 악문 채 말했다. 편편한 평원과도 같은 산길을 걸어 차일이 처진 곳을 다가갔다. 차일 밑에는 일본 헌병으로 보이는 사람들이 눈에 띄었다. 그중에서도 우두머리로 보이는 이가 가운데에 앉아 있었다. 불그스름한 가죽 장화를 신고 황록색 군복을 입고서 붉은 완장을 둘렀다. 손에는 구릿빛 나는 매끈매끈한 방망이를 들고 오른쪽 허리춤에는 사벌을 차고 있었다. 모자에는 일장기가 선명했다. 쳐다만 봐도 온몸이 오싹하면서 섬뜩섬뜩한 공포가 가슴팍으로 파고들 정도였다.

앞으로 다가간 진홍은 '충성' 하고 거수경례를 붙였다. 우두머리는 짧은 거수를 붙이고서 뒤에 서있는 두 사람을 훑어보고서

"데리고 왔나?"

"예. 대령했습니다."

진홍은 참나무장작처럼 몸을 곧게 세우고서 복창을 하듯 말했다. 관자놀이에 핏줄이 벌겋게 드러나도록 긴장된 표정을 지었다. 뒤에서 이를 바라보고 있던 임사구와 득창은 북풍한설에 사시나무 떨듯 오들오들거리며 거수경례를 따라 했다.

"두 사람 중 누구야?"

우두머리는 매서운 눈초리로 쏘아보면서 물었다. 진홍이 얼른 뒤로 돌아 득창을 가리키고서 말했다.

"이자이옵니다."

득창을 곁눈으로 힐끔 쳐다본 우두머리는 책상에 가져다놓은 서류를 들어다보았다.

"이름이 뭐지?"

그는 뭉툭한 짧은 곰방대를 삐딱하게 물고서 째려보며 물었다. 그러나 득창은 쉽게 대답을 하지 못하고 얼굴이 붉어진 채 얼벙어리처럼 버무렸다. 창씨개명을 해놓고도 쓰지 않은 까닭에 얼른 생각나지 않았던 것. 진홍이 뒤를 돌아다보며 어서 말하라고 다그치는 시늉을 지어보였다.

"예, 득창입니다."

"뭐라! 득창?"

그는 눈꼬리를 비틀어 마음에 내키지 않는 표정으로 반문했다.

"예. 그렇습니다."

"아직 창씨개명도 안했단 말인가?"

그는 쥐고 있던 연필을 책상 위에 내동댕이치고서 벌떡 일어섰다. 화를 덜컹 내며 한껏 이맛살을 찌푸렸다. 득창은 무안하여 귓불까지 발개지면서 눈치만 살살 살핀 채 머무적거리고 있을 때였다. 입심 좋은 진홍이 얼른 가로채어 입막음을 하고 나섰다.

"아닙니다. 하원득창이라 하옵니다."

"하원득창이란 말이지?"

"하이! 그렇습니다."

우두머리는 긴 방망이로 자신의 손바닥을 탁탁 내려치며 입을 꾹 다물었다. 잠시 골똘히 궁리를 하는 척하다가 진홍을 바라보며 소리쳤다.

"좋아! 쓰도록 하지."

그는 다시 걸상에 앉아 펼쳐진 서류에 자신의 도장을 꺼내 꾹 찍었다. 그리고는 진홍에게 한 장을 건네주었다.

"고맙습니다."

진홍이 다시 거수경례를 붙이자 그는 박수를 쳐주었다. 그리고는 저 멀리 언덕바지에 있는 감독으로 보이는 사람을 향해 호각을 휙 불었다.

그가 돌아다보자 방망이를 끄덕거리며 이리 와달라고 손 신호를 보냈다. 호각 소리를 들은 감독은 곧장 달려왔다. 오자마자 우두머리에게 차렷 자세로 거수경례를 하고서 복창을 했다.

"하이! 부르셨습니까?"

"이 시각부터 하원득창을 데리고 일을 시키도록. 알았나?"

"하이!"

그는 다시 거수경례를 붙이고 나서 물었다.

"어떤 자이옵니까?"

우두머리는 방망이를 길게 뻗어 득창을 가리키면서 말했다.

"하원득창이다."

"하원득창 나를 따라오너라."

269

감독은 득창을 향해 소리쳤다. 득창은 사람들의 눈치를 살피면서 감독의 뒤를 따라갔다.

"연장은 가지고 왔나?"

감독이 득창에게 물었다. 일꾼들은 자기 연장을 가지고 다니게 되어 있던 까닭이었다. 그러나 진홍은 이미 알고 있던 터라 모든 것을 준비해 두었던 것이다. 진홍은 걸망태를 득창에게 건네주며 말했다.

"예. 톱과 낫을 가져왔습니다."

"그래 됐다."

득창은 일을 할 수 있다는 기쁨에 흐뭇한 웃음을 지으며 뒤를 따랐다. 구름을 타고 하늘로 붕 떠가는 기분이었다. 돈을 벌 수 있어 아내에게 믿음을 주는 남편이 될 수 있다는 생각에 가슴이 뿌듯했다. 그는 허리를 굽실거리며 우두머리와 이장에게 절을 하고 뒤를 따랐다. 득창은 감독을 따라 남쪽 잔등으로 가서 나무를 베고 뿌리를 파내는 일을 시작했다.

그가 맡은 일은 남쪽 언덕바지 참나무를 베고 그루터기를 쪼개는 일이었다. 밑동을 그대로 놔두면 다시 맹아(萌芽)가 솟아나 자랄 수 있기 때문에 쪼개고 나서 흙으로 덮는 일이었다.

톱으로 나무를 베어내는 것은 그다지 어렵지 않았다. 하지만 도끼로 밑동을 쪼개는 일은 만만치 않았다. 한나절도 지나지 않았는데 손에 물집이 잡히기 시작했다. 그는 아픔도 참아가며 쉬어감도 없이 있는 힘을 다했다. 하루에 일하는 시간은 딱 정해있었다. 여덟 시간에서 단 일 초도 더 시키지 않았다. 하지지절이라서 일을 마치고 나서도 아직 해가 중천에 있는 것 같았다. 하루 일이 끝나자 그 자리에서 품삯이라고 돈으로 주었다. 집으로 향하는 시각에 하루 품삯을 받은 득창은 너무 기분이 좋았다. 주는 품삯도 매우 만족했다. 들에 나가 일하는 사람보다 배 이상을 받았다. 이제 배를 곯고 살아갈 일도 없을 것 같았다. 가졌던 꿈도 다 이룰 수 있을 것 같아 자리를 만들어준 이장이 너무 고마웠다.

그는 올 때와 달리 봉산리 삼수 마을로 접어들어 집으로 종종걸음으로 달려갔다. 들판에는 못줄 잡이들의 외치는 소리가 곳곳에서 날아들었다. 농부가도 들리고 상사소리도 들렸다. 들일은 어둠이 내려앉아야 끝나곤 했다. 들일하는 사람들을 바라보며 입가에 연한 미소를 머금었다. 며칠 전만 해도 들일을 시켜달라고 사정을 하고 다녔던 것인데 이제는 부러울 것이 없다고 생각하니 온 세상을 얻은 느낌이었다.

빨리 집으로 달려가 아내를 화들짝 놀라게 해주고 싶었다. 어이없어 코웃음을 실긋거리며 밥상도 치우지 않은 채 작은방으로 가버린 아내의 잔상. 종일 그 잔상이 아른거린 탓에 우울함을 감추지 못했던 것인데……. 이제 함박웃음을 지어낼 아내의 모습이 기다려졌다. 너무 감격스러운 나머지 진둥걸음으로 들길을 달려갔다. 어느덧 들판을 지나 산모롱이를 돌아 목하골에 이르렀다. 득창은 이곳을 지나칠 때마다 새삼스러운 질긴 감동이 가슴을 쿵쿵 두드렸던 것이다. 아내가 자정골에 처음 들렀을 때 처음 만났기 때문이다. 어둠속에서 몸을 숨겨가며 훌쩍이던 처연했던 잔영이 지워지지 않고 지나칠 때마다 뭉클거렸다. 생각하면 할수록 그 순간이 고마웠던 것이다.

사립문에 들어섰을 때 아내는 저녁거리 죽을 쑤기 위해 하지감자를 다듬고 있었다. 껍질을 벗겨내고 잘게 썰어서 메밀가루를 묻힌 다음 삶은 쑥과 버무릴 참이었다. 그는 감격에 찬 설렘으로 아내에게 달려갔다. 남편이 일찍 돌아온 것을 바라본 민순은 미동도 하지 않고 꼿꼿이 바라만보고 있었다. 혹시 남편이 꾐에 빠지지나 않을까 노심초사하고 있을 뿐 돈을 벌어오기라고는 어림 반 푼어치 기대도 하지 않고 있었다.

득창은 이빨이 희끔하도록 웃어 보이며 아내의 손목을 잡았다. 그리고는 손바닥에 품삯을 불쑥 내밀며 입을 떼었다.

"여보. 오늘 벌어온 품삯이구만. 자 어서 받으랑께."

갑자기 지전을 손에 잡은 그녀는 화들짝 놀라며 화등잔 같은 눈을 뛰룩 굴렸다. 완전히 예감에 없었던 일을 맛본 그녀는 이유를 알 수 없는 전율이 그의 몸을 휘감은 표정이었다. 겁에 질린 사람처럼 당황한 기색도 감추지 못한 눈빛이었다.

"무슨 일을 했기에 이 많은 돈을 가져왔소?"

"저기 일림산에 목장을 만드는 데 가서 일을 했구만. 날마다 가기로 했어."

득창은 따사로운 웃음을 지어보였다. 민순은 남편이 준 돈을 받아들었다. 오랜만에 만져본 지전이었다. 그러나 그녀는 너무나 뜻밖의 일이라 가슴이 조마조마했다.

"이렇게 많은 돈을 받아도 괜찮다요?"

"그럼. 내가 뼈가 빠지게 일해서 번 돈이랑께. 날마다 그만큼 벌 수 있응께 걱정 안 해도 돼."

민순은 순간 봄 햇살을 받은 싱그러운 새싹처럼 연한 웃음을 머금었다. 한번만 믿어보고 싶었던 것이다.

"오늘 저녁에는 쌀밥 좀 해먹자고."

"가져다주지 않아도 된단 말이오?"

"그런다고 했어. 혹시 나중에 달라고 허면 갚으면 되겠제."

득창은 방으로 들어가 쌀자루를 들고 나왔다. 묶어진 자루를 풀어 바가지로 푹 퍼서 아내에게 줘보지만 아내는 아직도 불안기를 감추지 못하고 쌀을 받아들지 못했다.

"진짜로 믿어도 되능거요?"

"걱정 말랑께. 훔쳐온 것 아니란 말이여. 내일도 벌어올텡게 그 때 보면 될 거 아닝가."

"뭣땀새 우리에게 이런 호의를 베풀어준다요?"

"내가 사정을 했어. 그랬더니 자기들도 어렸을 땐 나처럼 고생을 많이 했다고 하면서 도와주고 싶다고 했다니까."

"그래도 세상에 믿을 사람 하나도 없고 공짜는 없웅께 조심해야 헌단 말이오."

민순은 사람을 믿지 말고 조심하라고 일러주었다. 학동도 늘상 며느리를 거들고 나섰다.

"여자 말 들어 손해 볼 것 없다. 내가 들어도 손톱만치도 틀린 말이 아닝께 명심해라. 세상에 공것이 어디 있다냐? 지금 백 환을 도와주고 나서는 나중에 천 환 내놓으라고 헐지도 모릉께 한사코 잘 여쉬야 쓴단 말이다."

"예. 아부지. 그렇게 헐라요."

"요모조모 생각해 봐도 미심쩍은 것이 다분허단 말이다. 태어나서 살아온 조국을 일본과 하나라고 외쳐대는 사람들 아니냐. 일제 앞잽이가 되어갖고 조선 사람을 달달 볶는 사람들인디 너라고 해서 봐주는 것이 아무래도 꺼림칙허단 말이다."

학동은 이장이 도와준다는 것이 미덥지 못한 눈치였다. 가난하고 힘없이 살아도 일제에 구걸하며 살고 싶은 생각은 전혀 없었다. 빨리 나라를 되찾는 것이 그의 소원이었다. 쌀밥을 먹으면서도 왠지 기분이 떨떠름했다.

득창은 날마다 산길을 달리며 목장을 일구러 다녔다. 산에서 일하는 사람들은 하나같이 친일적인 사람들이었다. 그렇지 않고서는 그곳에 발을 들여놓을 수가 없었다. 득창은 내심으로는 그들을 견제하고 눈치를 살피면서도 겉으로는 일본에 충성을 다하는 이중적인 태도를 이어갔다. 황국신민화(皇國臣民化)라는 미명 아래 충성을 맹세하는 구호를 제창하는 것은 물론 일본 왕이 있는 동쪽을 향하여 절을 하라고 동방요배(東方遙拜)도 마다하지 않았다.

하루 일을 시작하기 전에 함께 모여 일장기를 걸어놓고 천황에게 충성을 맹세하고, 끝나고 나서도 일장기를 내리며 일본 국가를 불렀다.

득창은 처음만 해도 고까운 생각에 어찌할 바를 모르고 뭉긋거리기도 했으나 차츰 그들과 동화되어갈 수밖에 없었고 그렇지 않고서는 살아남을 수도 없었다.

날마다 지전을 벌어온 탓에 죽으로 삼 시 세 끼를 죽으로 때우던 때와는 사뭇 달라졌다. 쌀도 넣은 보리밥 덕에 먹고 사는 데 지장이 없었다. 간혹 고기 맛도 볼 수 있었다. 안정의 틀을 잡아가기에는 이를지라도 배를 곯고 살지는 않을 처지로 나아가고 있었다. 생활 방식이 달라지는 것은 말할 것도 없고 여유로움을 갖게 되었던 것이다.

민순은 남편이 산일을 가는 동안에는 소리 연습에 매진했다. 명창이 되는 꿈을 포기할 수 없었다. 그러나 득창은 이미 명고수가 되는 것을 접기로 마음먹었다.

'지금 우리 대일본제국이 중국을 점령했고, 태평양을 건너 미국까지 집어삼키고 있는 판국인디 고리타분한 소리나 해서 되겠냐?'

진홍의 말이 떠오를 때면 틀린 말이 아닐 것 같았다. 더군다나 이장이 하지 말라는 일을 굳이 해서 서로 간 어깃장을 놓고 싶지 않았다. 잘못 밉게 보였다간 배은망덕한 인간이라고 낙인이 찍혀 산일도 못할지도 모를 일이었다. 또 다른 곤욕을 치르게 될 수도 있었다.

이미 조선은 나라를 빼앗겨 되찾는 것이 요원하여 일본과 하나가 된 마당에 소리를 해보았자 소용없는 일이었다. 하지 말라는 짓을 해 가면서 배고프게 살아갈 일이 아니었다. 소리를 배워 명창이 된다고 해도 불러줄 곳도 없는데 고생을 해야 하는지 의구심을 떨칠 수가 없었다. 그렇다고 아내까지 막을 까닭은 없을 것 같았다. 아내는 자신만 이라도 명창이 되겠다고 혼신의 힘을 다했다. 밤마다 소리 연습에 진력을 다했다.

득창은 소리와는 점점 멀어져가고 있었다. 하지만 아내는 어느새 장단을 다 익히고 나서 득음의 경지를 향해 나아갔다. 밤이 깊도록 자정골 여름밤이 쩡쩡 울리도록 소리를 질러대었다. 학동영감도 가만히 있지 않았다. 며느리에게 다가가 득음하는 방법을 가르쳐주었다. 그는 단가로 호남가를 가르쳐주며 그 대목을 몇 번이고 되풀이 하게 했다. 맑고 청아한 생목을 곰삭은 소리로 바꿔주기 위해 심혈을 기울여 나섰다. 성음의 다양한 변화를 위해 된목, 넓은목, 감는목, 끊는목, 줍는목, 푸는목, 느린목, 파는목, 흩는목, 엮는목 들을 가르쳐주고 심청가를 중심으로 연습에 돌입했다. 학동은 특히 심청가를 잘했다. 그가 젊었을 때 김채만 명창으로부터 심청가를 전수받았기 때문이다.

판소리 명창이 된다는 것은 하루 이틀, 혹은 몇 달 동안에 이룰 수 없지만 그녀는 차근차근 그 길을 닦아가고 있었다. 남편이 일터로 간 뒤에도 소리연습에 열정을 꽃피웠다. 밤이면 또다시 남편을 조르며 장단을 쳐달라고 했다. 이렇게 소리에 정열을 불태운지도 어느덧 넉달이 지나갔다. 만추의 계절이 다가왔을 때는 그녀의 목성이 변해가고 있었다. 성량이 커지고 무거워지는 느낌이 들었다. 지극 공을 들인 보람이 나타나고 있는 것이었다. 그녀는 신바람이 나기 시작했다. 득창도 아내의 열성을 그냥 두고 볼 수 없었다. 이제껏 소리로 살아온 그는 세상이 아무리 변해도 소리만을 버릴 수 없었다. 하물며 소리로 맺은 인연으로 혼인까지 했던 것인데…….

득창은 꿈에 부풀기 시작했다. 추운 겨울에는 산일을 하지 못하기에 아내와 함께 백일수련을 할 고책(高策)까지 세워두었다. 그리고 나중에는 대 명창에게 보내어 사사 받도록 하는 꿈이었다. 희망에 부푼 득창은 하루도 빠짐없이 일터로 나갔다. 그는 일터에서도 몸을 사리지 않았다. 아침에 할당받은 자기 몫을 다하고 남을 도와주기까지 했다. 감독은 물론이요 일터에 나온 사람들로부터 만구칭찬(萬口稱讚)을 듣고 있었다. 그 결과 그는 특별한 상금까지 받았다. 인정을 받고 있는 그를 좋아하는 사람도 있는가 하면 질투와 시샘하는 이도 있었다. 하지만 그는 그런 것에는 관심조차도 없었다. 자기 맡은 일에 최선을 다할 뿐이었다. 책임감이 투철하고 요령을 피우거나 꾀를 부릴 줄 모르는 이였다.

그가 일림산으로 나간 지 녁 달이 되어갈 때였다.

20
징용의 덫

　1937년 7월 7일 베이징 교외의 루거우차오(蘆溝橋)에서 일본군이 일으킨 군사행동으로 말미암아 확전된 중일 전쟁에 일제는 조선을 병참기지화 했다. 조선의 주요산업을 직접 통제, 독점적 기업으로 양성하였고, 자발적 참여를 유도하기 위해 국가총동원법을 제정했다. 이 바탕 위에서 황국신민화(皇國臣民化)를 주장하였던 것이다. 황국신민화란 우리 국민을 일본 천황의 충실한 백성으로 만들려는 정책으로 우리 민족의 말살을 위하여 내세운 구호였다. 이렇게 되기까지 역사적 배경으로 일본민족과 한민족은 시조신인 '천조대신'(天照大神)의 적자와 서자로서 하나의 조상을 가진 같은 민족이라고 역사를 날조했다. 그리하여 한국인은 일본의 서출로서 '황국신민화'(皇國臣民化)하려고 하여, 일본 왕에 대한 충성을 강요하였던 것이다. 모든 가정집에는 카미타나(神棚)라고 하는 신이 들어있다는 상자를 만들어 모시고, 거기에 수시로 경배하도록 강요했다. 이러한 일체의 행위는 한국인의 혼을 말살하고 일본인의 정신을 심으려는 한국 혼 말살정책이었다.

중일전쟁이 장기화되면서 일본은 조선을 군수물품 기지, 군사 기지, 전쟁인력의 조달지로 만들기 위해 대륙전진 병참기지화 정책을 추진했다. 조선과 일본은 하나라고 외치며 내선일체(內鮮一體)를 주장했다. 침략전쟁에 조선의 자원과 노동력을 공급하고자 식민지 수탈의 전시통제 경제정책을 전개했다. 이 정책에서 가장 핵심이 되는 것이 노동력이었다. 전쟁을 위한 군수산업, 운수, 통신업, 생활 필수품산업, 국방토목, 건축업 부분 등에서 노동력 수요가 급속도로 늘어나게 되었던 것이다. 일본은 자국민들의 전시에 동원된 인력을 메꾸어나가기 위해 조선의 노동력이 필요했던 것이다. 따라서 일본은 조선을 일본의 노동력 보충지로 평가하기 시작했다. 일본은 1938년 국민정신총동원운동을 전개하여 황국신민화를 위해서는 거국일치(擧國一致), 견인지구(堅引持久), 진충보국(盡忠報國)이란 슬로건 아래 '일하지 않는 사람은 황국 신민이 아니다'라는 문구를 대대적으로 선전했다. 물질이 있는 자는 물질로, 노동력이 있는 자는 노동으로 천황의 숭고한 대동아전쟁(大東亞戰爭)에 기여해야 한다고 외쳐대었다. 조선인은 근로를 통해서 진정한 황국신민이 될 수 있다고 주장했다. 그중에서도 노동은 상품이 아니라, 국가에 대한 충근(忠勤)이고 의무라고 규정했다. 노동은 대가를 바라서는 안 되고 공적인 봉사로 임해야 한다고 강조하며 채근했다.

그것은 곧 자발적 참여를 위한 선전 작업이었다. 조선인에게는 병역의무를 지지 않은 대신 각종 근로 작업에 동참하여 노동을 제공함으로써 국가의 전쟁수행에 기여하여 황국신민의 자질을 길러야 한다고 했다. 1939년만 해도 만구천여 명의 조선인이 일본으로 이주했다. 전쟁이 확대되자 1940년에는 조선 농촌에서 12세에서 19세의 여성과 20세에서 45세까지의 남성을 대상으로 강제동원을 단행했다. 강제동원 방법에는 청부, 연고모집, 창구신청, 지도소를 경유하는 방식을 채택했다. 이때부터 관이 직접 개입하여 추진하였고 도나 시군에서 직접 할당을 통해 주도되었다. 1941년 12월 보성에도 징병제가 실시되어 각 면으로 많게는 다섯 명에서 적게는 세 명까지 할당되었다. 국가의 직접지배 시책을 시행, 일본이 필요한 노무를 확보하고 통제하기 위해 노무조정령을 공포한 뒤였다. 전쟁 수행에 필요한 노동력의 부족을 보충하기 위해 강제 동원을 하기 위한 징용제도였다. 마을 단위까지 총동원연맹을 조직 실행에 들어갔다. 시군과 면의 행정력과 경찰력을 동원 계몽선전에 심혈을 기울였다. 온갖 행정수단을 동원 지원병에 응모를 독려했다. 곰재에는 네 명의 강제동원 하달되었다. 강제동원 정책이 시행된 첫해인 1939년에는 혹심한 가뭄으로 민생이 피폐해지고 도탄에 빠진 탓에 지원자가 있었지만 그 후로는 뚝 그친 상태였다. 그렇게 되기까지는 일본으로 강제 동원된 조선 노동자들이 혹사당하고 있다는 소식이 전해졌기 때문이다.

일본으로 간 노동자들이 집으로 보내온 돈이 고작 한 달에 15엔에도 못 미쳤다. 이는 국내에서 머슴살이를 하는 것만도 못한 편이었다. 일본 자국 노동자와 비교하면 턱없이 적은 월 60엔 정도를 받았다. 여기에 식비, 기숙사비, 작업복, 침구, 공구 등을 떼고 나면 남는 것이 없었다. 고통스럽고 생명을 담보로 하는 위험한 일은 조선 노동자의 몫이었으면서도 심한 차별을 가했던 것이다. 여기에 또 다른 원인이 있었는데 일본으로 가지 않고도 국내에 군수공장과 광산개발로 노동력의 수요가 증가한 결과 국외모집을 기피한 현상도 나타났다. 이때 일본의 독점재벌인 미쓰이(三井), 미쓰비시(三菱), 노구찌(野口) 등이 방직, 식료품, 화학, 기계, 금속공업, 광산에 본격적으로 진출해 있었기 때문이다.

곰재면에도 예외는 아니었다. 결과는 지원자가 없었다. 발등에 불이 떨어진 면장은 면서기를 각 마을로 보내어 독려하기 시작했다. 그들은 직접 부락으로 나가 강제적인 지원을 펼쳤다. 하지만 지원자를 채울 수가 없었다. 상부기관에서는 면장에게 직위를 걸고 해결하라고 으름장을 놓기 시작하였고 면에서는 마을 이장들에게 압력을 가하기 시작했다. 면사무소와 주재소와 함께 결탁하여 마른 나무에 기름을 짜듯 족쳐보지만 돌아온 결과는 미미했다. 사람들은 이미 사실을 알고 있는 터라 지원자가 없었다. 별다른 뾰족한 방법이 없던 그들은 범법자를 골라 그 형을 대신해서 징용으로 보내는 방법을 고안했다.

그러던 중 대산리에서 절도 사건이 주재소에 접수되었다. 외딴 산골마을에 집들이 드문드문 있는 곳에서 일어난 일이었다. 강필구라는 이가 마을에 살고 있었는데 늙으신 부모님께 겨울에 약을 해드리기 위해 염소를 한 마리 기르고 있었다. 이른 봄에 염소 새끼를 사서 날마다 풀밭에 메어놓곤 했다. 그러던 어느 날 여덟 달 된 염소가 고삐를 맨 채 감쪽같이 사라지고 없었던 것이다. 도무지 알 수 없는 일, 그는 염소가 산으로 달아난 줄 알고 산을 헤맸지만 흔적이 없었다. 고삐를 달고 갔으니 분명 긴 줄 고삐가 바위나 나무줄기에 걸려있을 것이라 보았던 것이다. 혹시 산짐승에게 잡혀 먹혔어도 뼈다귀만이라도 있을 거라 싶어 사자산과 삼비산을 삼 일 동안이나 헤맸다. 그러나 그 어떤 잔적도 발견되지 않았다. 염소를 잊고 허전허전 서운한 생각에 젖어들었을 때였다.

그런데 그에게 난데없이 단서가 될 만한 증거가 포착되었다. 염소를 잃은 지 엿새째 되는 날이었다. 집에서 기른 누렁이가 뼈다귀를 물고 온 것이었다. 그것은 염소 발톱이 달린 다리뼈였다. 분명 염소의 발목이라는 것을 확인한 이상 의심스런 눈빛으로 바라볼 수밖에 없었다. 그는 뼈를 빼앗아 놓아두고 있었다. 그런데 누렁이는 또다시 뼈를 물고 왔던 것이다. 이번엔 갈비뼈였다. 그는 다시 빼앗아놓고 누렁이 뒤를 따라가 보니 마을의 외딴 집 뒷산에서 물고 왔음을 발견하게 되었다. 그 집은 오십을 눈앞에 바라보는 초로의 부부가 살고 있었다. 그의 이름은 김영수였고 오남매를 데리고 근근이 하루 벌어 하루 먹고 사는 지경이었다. 그런데 문제는 큰아들 김해식이었다. 스물두 살이 되도록 자기 앞가림을 하지 못하고 동생들에게 의지하며 지냈다. 원체 게으른 탓에 도대체 일을 하기 싫어하고 빈둥거리며 지냈다. 골치 아픈 애물단지인 셈이었다. 그런데다 손버릇이 나쁘다고 소문이 나 있었다. 남의 고추밭에서 고추를 땄다는 소문이며 길을 가다가도 돌팔매질을 해서 남의 닭을 잡아갔다는 말도 들렸다. 누렁이가 그의 집 뒤에 이르자 다시 앞발로 땅을 파기 시작했다. 계속해서 허연 뼈가 드러나고 있었다. 뼈의 상태가 며칠 되지 않았고 분명 염소였다. 그리고 집 뒤 부근에는 하얀 염소 털도 떨어져 있었다. 그는 그제야 확신을 갖게 되었다. 깊이 파묻었으면 알 수 없었을 것인데도 대수롭지 않게 묻었던 것이다. 누렁이가 냄새를 맡고서 발로 헤집고 파온 탓에 사실을 알게 되었다. 그는 처음에는 이 사실을 알리지 않고 망설이고 있었다. 이웃 간에는 서로 우애 있게 살아야 한다고 생각하였던 탓이었다. 그러나 한편으론 이웃에서 하는 짓거리가 너무 얄미웠다. 이대로 놔뒀다간 나중에 무슨 일이 일어날지 알 수 없을 것만 같아 주야로 노심초사 걱정 중에 있었다. 그런데 들리는 바에 의하면 일본으로 갈 노동자를 지원받는다는 소문을 들었다. 하지만 마땅한 사람이 없다는 것을 이장으로부터 전해들은 강필구는 혹시 이런 계기로 해서 사람이 달라질 수도 있다는 생각이 떠올랐다. 이웃 간에도 두고 볼 수 없는 딱한 노릇이었다. 종일 빈둥거리며 뒷산이나 마을을 왔다 갔다 하며 백수로 지내는 꼴이 안타까웠다. 그는 이장을 찾아가 이 사실을 알렸고 이장은 주재소 순사에게 털어놓았던 것이다. 마침 면사무소와 함께 지원자를 찾고 있던 터에 더없이 좋은 격이 된 일이었다. 주재소 순사들에 의해 붙잡혀간 그는 모진 고문에 의해 사실을 이실직고했다. 감옥으로 끌려갈 위기에 놓인 그는 순사가 감옥으로 보내지 않겠다는 회유를 받아들였다. 자세한 내막도 모른 채 일본 징용지원서에 손도장을 찍었던 것이다. 또 한 사람은 오류동 김 부잣집에 머슴 위태구였다. 그는 열아홉 살에 장흥 장평에서 이곳으로 남의집살이를 하러 온 이였다. 한집에서 다섯 해 동안 머슴살이를 하는 예는 별로 없었다. 조실부모하여 고아로 떠돌아다닌 탓에 거리낄 것이 없어서라고 하지만 그만한 까닭이 있었다. 그것은 이웃 마을 점례라는 부인과 눈이 맞았던 것이다. 점례라는 여인은 스물일곱인데도 생과부나 다름없었다. 열여덟에 장흥 장평에서 시집온 이였다. 그런데 남편 봉구가 스물다섯 나이에 재암산 바윗골로 나무를 하러 갔다가 발을 헛디뎌 절벽 아래로 떨어졌다. 처음에는 다 죽었다고 생각했던 것인데 다행히 큰 참나무 가지에 걸려 생명만은 부지할 수 있었다. 문제는 허리를 크게 다친 탓에 다리를 전혀 쓰지 못하고 종일 드러누워 지내야 했다. 살아도 죽은 목숨이나 다름없는 사람이 된 꼴. 시집와서 첫딸을 낳은 점례에게 더 이상 자식을 낳을 수 있는 기회는 날아가고 말았다. 점례는 기가 찰 노릇이었다. 한참 남편 품속에서 단물을 받아먹고 살아야 할 나이에 독수공방이나 다름없는 삶을 살아간 점례는 세상이 허무하고 사는 재미를 잃은 것이나 마찬가지였다. 위태구가 이곳으로 머슴살이를 하러 왔을 때부터 고향이 같다고 해서 망설망설 눈인사만은 주고받고 지내왔는데 남편이 그 모양이 되고나서는 사정이 달라졌다. 두 사람은 격의 없는 대화를 나누더니 일순간에 가까워졌다. 급기야 점례

는 위태구를 집으로 불러들여 작은 방에서 정을 통하였고 남편 봉구
는 이런 낌새를 알면서도 쓴 눈물을 흘려가며 지켜볼 수밖에 없었다.
둘이는 밤마다 눈치코치 없이 시망스러운 짓을 해대다가 마을 사람들
에게 들통이 나고 말았다. 점레는 배가 불러왔고 마을 사람들은 더 이
상 두고 볼 수 없다고 위태구를 내쫓을 모의를 하고 있던 중이었다. 마
을 이장은 이를 빌미로 해서 순사와 함께 위태구에게 일본징용 지원
서를 받아냈다. 이렇게 해서 범법자를 감옥으로 보내지 않기로 하고
회유하여 억지로 두 장의 지원서를 받아냈다. 하지만 두 사람이 문제
였다. 정해진 날짜는 부득부득 다가오면서 면장은 심히 괴로운 지경
에 이르게 되었다. 면서기들은 마을로 돌아다니며 반강제적으로 이장
들을 몰아세우고 다녔다. 범법자도 나타나지 않고 그들에게 밉보인
사람들마저 미꾸라지처럼 몰래 숨어버린 것이었다. 날짜는 점점 다가
오고 오금이 조릴 판이었다.

그런 와중에 김진홍 이장이 면사무소를 찾아왔다. 그는 진충보국
(盡忠報國)의 의지를 불태웠으나 마땅히 할 만한 일이 없어 숨을 죽이
고 있던 터였다. 마침 면사무소와 주재소 사람들이 머리를 맞대고 대
안을 짜내고 있을 때였다. 회의석으로 들어온 그의 얼굴에는 신바람
이 일었고 활기가 넘쳐나고 있었다.

"어허! 유산리 이장이 어쩐 일잉가?"

"예. 면장님! 긴히 말씀드릴 일이 있어 왔구만요."

"긴히라니? 혹시 징용을 가겠다는 사람이라도 있능가?"

"지는 벌써 이런 일이 있을 거라고 준비해놨구만요."

그는 시종 싱글벙글 웃으며 희떠운 언사를 뼁뼁 쳐댔다. 그가 생각
해냈던 것은 득창이었다. 이미 자신이 일자리를 만들어줬을 뿐 아니
라 소리꾼 신분이라서 시킨 대로 하지 않을 수 없다고 생각했다. 돌아

올 뒤탈은 걱정할 필요가 없었다. 특히 헌병보조원을 만들어주겠다고 장담까지 해뒀으니 의심할 일도 아니었다. 생각해볼수록 이런 일이 닥쳐올 것이라는 예감에 이끌렸던 자신이 자랑스러웠다. 하지만 순사들은 눈알만 떼굴떼굴 굴리면서 의심의 눈초리만 추켜들었다.

"준비해놓았다니 그것이 무슨 말잉가?"

"지랑 같이 갈 곳이 있구만요."

"같이 가다니 어디를?"

"가보면 안당께라우."

"징용을 갈 사람이 있다 그말이제?"

"있당께요. 지가 이미 다 엮어놓았구만요."

"엮어놓고 왔다! 그럼 지금 가면 그 사람을 만날 수 있능가?"

"하믄이라우. 곧장 가면 만날 수 있구만요."

"거기가 어딘가?"

"일림산 목장이구만요."

"그곳에서 일하는 젊은이들은 가고 싶어하지 않을 터인데? 그런데도 가겠다는 사람이 있다 그 말이제?"

면장은 반신반의하는 눈치를 지어보였다. 목장에서 일하는 이들은 이미 일본 회사나 다름없어 함부로 대할 수 없는 처지였다.

"한 사람은 저하고 약조를 해놓았구만요."

"거 참! 점쟁이 같은 사람이구만. 지금 시급을 다투는 일이네. 얼른 가도록 허세."

면장은 면서기와 순사 한 사람을 대령하고 길을 나섰다. 다카하시 목장에서 일하는 젊은이들은 모두 곰재 사람만은 아니었다. 산 아래 바닷가 회천면 봉강리, 회령리, 벽교리 사람도 있었고, 장흥군 안양면 수락리, 학송리, 수문포 사람들도 많았다.

"면장님! 부탁이 하나 있구만요."

"부탁이라니? 그게 뭔가?"

"지금 징용을 가면 돈도 못 벌고 고생만한다고 소문이 쫙 깔렸당께요. 그러니 누가 갈라고 허겠습니까요. 말을 부리려면 당근을 쥐감서 채찍을 흔드는 것 아닙니까? 그래서 지는 벌써 당근을 생각해봤당께요."

"어허! 당근이라니? 뭣을 줄 것잉가?"

"징용을 갔다가 오면 헌병보조원을 시켜준다고 해놨구만이라우. 그럼사 먼저 갈라고 헐 것 아닙니까요."

진홍은 샐샐 시쁜 눈웃음을 쳐가며 말했다. 면장은 잠시 뭔가를 생각하는 척하다가 무릎을 탁 치며 호방한 웃음을 쏟아냈다.

"대차 자네 생각이 기가 막히는구만. 역시 헌병보조원 출신이라서 다른 데가 있었네 그랴."

"저기 자정골 산지기 집에 소리꾼 아들이 있습니다요. 장마당 굿도 할 수 없어 굶어 죽겠다고 협디다. 그래서 스즈끼상에게 부탁을 했더니 일을 할 수 있게 해줬구만이라우. 그는 헌병보조원이 되고 싶다고 허드랑께요. 소리꾼 주제에 무슨 재주로 될 것입니까? 그래도 대일본제국을 위해 열심히 일을 하면 길이 있을 거라고 말해줬구만이라우."

진홍은 면장의 뒤를 졸졸 따르며 능청을 떨었다. 주인을 잘 따르는 삽살개처럼 노골적인 아부의 웃음을 지어가며 굽실대었다.

"역시 자네는 내일을 내다볼 줄 아는 선견지명이 있는 사람이었구만."

면장은 입이 떡 벌어지도록 칭찬을 하고 나섰다. 칭찬을 들은 진홍은 흐뭇한 미소를 지어보였다.

"솔직히 지금 찬밥 더운밥 가릴 때잉가? 그동안 이 일로 잠도 제대로 못 잤네. 사지삭신만 번듯하면 지원서를 받아야 헌단 말이시. 그런디도 목장에서 일을 한 사람이라면 두말할 필요도 없는 일이제."

면장은 심리적 압박에 시달렸던 고초를 털어내듯 슬거운 웃음을 지어가며 말했다.

"진즉 말씀드릴 것 그랬구만이라우."

"이제라도 말해줘서 고맙네. 역시 자네는 황국신민으로 모범생이랑께."

용추골을 지나 일림산 자락으로 오르니 남해바다가 훤히 내려다보였다. 만추의 하늘은 구름 한 점 없이 푸르렀다. 산허리를 돌아들어 참나무 숲을 지나자 갯내 어린 바닷바람이 몽실몽실 흰 구름을 타고 불어왔다. 깎아지른 절벽 위에 펼쳐진 일림산. 정상에는 한 그루의 나무도 없이 뭉떵뭉떵 잘려나간 흔적만 뚜렷할 뿐 평원으로 변해 있었다. 된서리를 맞은 풀들만이 가을 단풍의 자태에서 벗어나 어둡고 칙칙한 갈색으로 물들어 삭막하기 그지없었다.

산 위에는 아직도 목장개발을 하고 있었다. 면장이 다카하시 목장 책임자 스즈끼(鈴木)상을 찾아갔다. 스즈끼 상은 일본 후쿠오카(福岡) 사람으로 목장을 개발하기 위해 파견된 책임자였다. 그는 애국심이 대단하여 일본을 위한 일이라면 물불을 가리지 않는 사람이었다.

"면장님께서 어인 일이신가요?"

"산꼭대기에서 연일 고생이 많으시구만요."

"괜찮습니다. 그런데 어쩐 일로 바쁜 시간에 이 험한 곳까지 왕림하셨습니까?"

스즈끼는 궁금한 기색을 감추지 못했다. 면장 김용수(가명)는 목장으로 개간하고 있는 엄청나게도 넓은 땅을 바라보며 정신이 아찔한 눈치였다.

"긴히 스즈끼 상에게 상의드릴 일이 있어 왔습니다요."

"긴한 상의라니요?"

"지금 일본으로 급히 보낼 노동자를 모집 중이나 지원자가 통 나타나지 않아서……."

"아하 그런 일이 있었습니까?"

스즈끼상은 고개를 끄덕끄덕 거리며 팔자수염을 어루만졌다.

"이곳에서 일하는 사람들은 모두 대일본제국의 황국신민정신이 투철한 사람들이라고 해서 권하기만 하면 지원서를 써줄 것 아니겠습니까?"

면장은 넌지시 묻는 척하면서 의중을 떠보았다.

"지원서라고 했어요?"

"그렇습니다. 지원서를 가져왔지요. 스즈끼 상이 권하기만 한다면야……. 그래서 찾아왔구만요."

굵직하면서도 통통한 마도로스파이프 곰방대를 연신 빨아대던 스즈끼 상은 면장의 말을 듣고 나서는 수긍이 가는 듯 고개를 끄덕였다. 면장도 그의 긍정적인 반응을 바라보고서 마음이 퍽 놓이는 표정을 지었다.

"어떤 사람을 대상으로 해야 하는 것입니까?"

"스즈끼 상의 고국에 가서 일을 할 사람들이니 더 잘 알 것 아닙니껴?"

면장의 묘연한 주문에 스즈끼 상은 바윗덩이를 이마에 올려놓은 것처럼 갑자기 신중한 얼굴표정을 보이다가 이내 밝은 웃음을 머금은 채 살갑게 말을 이어갔다.

"잘 알겠습니다. 책임감이 강하고 건장한 사람이어야 겠지요. 거기다 심성까지 고우면 더 좋지 않겠소?"

"당연하지요. 유의하셔야 할 점은 꼭 곰재에 사는 사람이어야 헙니다."

"곰재 면장님의 부탁인데 회천 사람을 보내서야 되겠습니까."

"맞는 말씀이지요. 그런데 여기에 이미 그런 사람이 있다고 해서 왔구만요."

"누구를 두고 하신 말씀입니까?"

"지난 초여름에 우리 김이장이 데려다 준 젊은이가 있다면서요?"

면장은 진홍을 가리키며 말했다.

"아하! 자정골에서 온 하원득창이란 사람 말이군요."

"예. 그렇습니다."

"그 사람은 참으로 심성도 좋고 부지런하지요. 그런데 갈려고 할까요? 이곳에서 일을 한 사람들은 가지 않으려고 할 것인데요."

"그래서 당근을 내밀려고 헙니다."

"당근이라니요?"

"사람이든 말이든 간에 일을 시킬라면 당근을 줬다가 채찍을 휘두르는 뱁이니까요."

면장이 교활한 웃음을 쳐가며 말했다.

"맞는 말입니다. 내밀 당근은 무엇입니까?"

"그는 헌병보조원이 되는 것이 소원이답니다요. 그래서 징용을 다녀오면 헌병보조원을 시켜준다고 헌다면야 금방 갈려고 헐 것 아니겠습니껴?"

이번에는 진홍이 굽실굽실거리며 말끝을 붙들어 잡고 나섰다. 누르스름한 유자코를 긁어가면서 나지막한 목소리로 말했다.

"거 참 좋은 생각이요. 그런데 징용기간은 얼마라고 합디까?

"본디 계약은 이 년이구만요. 또다시 연장할 수 있다고 지침은 되어

288

있습니다요."

"이 년이라고 했지요?

"예."

잠시 그는 숨을 멈추고 깊은 사색에 잠겨 골똘한 생각에 빠져 들었다. 실눈에 눈꺼풀을 지그시 눌러 덮은 후 곰곰궁리를 하는 척하다가 무슨 수가 났는지 이내 소리치듯 말했다.

"조선 사람들 벼슬이라면 사족을 못 쓰니 딱 들어맞는 당근이군요."

말하는 표정이 그리 설어보이지도 않은 눈치였다. 이미 조선 젊은 이들의 맘속을 훤히 꿰뚫고 있는 것 같아 보였다. 괘념하지 않은 듯 싱거운 웃음을 지어가며 여유를 보이기도 했다. 생글거리는 낯빛으로 면장을 쳐다보며 눈치도 살폈다. 그것은 조선 사람을 얕잡아보고 하는 말이었다. 민족을 무시하려 드는 말이 무척 고까웠지만 면장은 어쩔 수 없었다.

"이 년만 마치고 돌아오면 헌병보조원 자리에 올라갈 수 있다고 직접 말해주시지요."

면장은 스즈끼상에게 부탁을 하고 나섰다.

"제가요?"

"직접 말씀을 해주시면 믿음이 가지 않겠습니까?"

"옳은 생각이십니다. 그렇게 해봅시다."

"거기에다 순사도 될 수 있다고 말씀도 해주싯시요. 제복을 입고 칼을 차고 다닌다고 말해주면 틀림없이 도장을 찍을 것이구만요."

이장 진홍이 또다시 말허리를 따고서 끼어들었다.

"금방 탄로가 나지 않을까 걱정이네요."

"지원서 도장만 찍은 뒤에야 무슨 상관이 있겠어요? 그때는 저희들이 채찍을 들고 처리할 것입니다요."

같이 온 순사가 입방정을 떨고 나섰다. 그는 순사답게 허리에 찬 사벌을 만지작거리며 불찬소리를 내질렀다.

"언제까지 지원서를 받아야 합니까?"

"돌아온 11월 8일 일본 배를 타야 헌답니다. 늦어도 모레까지 지원서가 군청으로 들어가야 하는구만요."

면서기가 봉투에서 지원서를 꺼내 보이며 말해주었다.

"무척 촉박하군요. 내 기어이 해 보겠소. 내 조국 대일본제국을 위한 일이니까요."

스즈끼는 자신에 찬 시선으로 그를 바라보며 요공을 바라는 웃음을 띠었다. 면장이 벌떡 의자에서 일어서서 웃음을 지어보이며 악수를 청했다.

"모든 것을 스즈끼 상만 믿고 가겠습니다요."

"내가 잘 설득해서 지원서를 받아드리도록 하겠소."

자신이 넘쳐난 말투였다. 면장은 진즉 부탁할걸 했다는 아쉬움이 남을 정도로 화끈한 그의 성격에 안도의 한숨을 내쉬었다. 면서기는 들고 온 서류 봉투에서 지원서를 꺼내어 내밀었다. 그리고는 착오가 발생하지 않도록 하기 위해 자필이름을 쓰고 손도장을 찍는 위치까지 세세히 일러주었다. 면장 일행은 만면에 웃음을 머금고 오던 길로 되돌아갔다.

스즈끼는 면장과의 약속을 지키기 위해 급히 감독관들을 불러들였다. 지체할 여유가 없는 까닭에 당장 매듭을 짓고 싶었던 것이다.

일림산 목장은 여러 조별로 나뉘어 개발되고 있었다. 먼저 교목과 관목을 벌채하는 조, 벌목을 해 놓은 나무를 나르는 조, 도로를 개설하는 조, 높고 낮은 곳을 평평히 고르는 조, 축사(畜舍)를 짓기 터를 고르고 다지는 조로 나누어 작업을 하고 있었다. 각조는 감독관과 부감독이 있었고 그 밑에 또 반으로 나뉘어 각자 역할 분담이 주어졌다.

스즈끼는 열두 명의 감독관을 급히 불러들였다. 까닭을 모른 감독관들은 하나같이 어리둥절한 모습으로 급히 달려왔다.

"이번에 대일본제국에서 유능한 사람들을 부른다고 하니 지원자를 찾아 추천하도록 해야겠소. 이왕이면 한 조에 한 사람 정도는 추천을 하도록 해 주시오. 시간이 없어요. 내일까지 지원서를 제출해야 합니다. 곰재에 살고 있는 사람이어야 하고, 우리 대일본제국 황국신민으로 부족함이 없는 착하고 성실한 사람을 골라야 할 것이요."

스즈끼상은 다급하면서도 심각한 표정을 지어가며 말했다. 나라의 부름이라는 말에 의미를 강조해가며 설득하듯 했다. 감독들은 그의 명령에 그저 머리가 어리뻥뻥할 따름이었다. 서로들 눈치만 살피게 만들었다. 깊어가는 가을의 차가운 바닷바람보다 차갑게 느껴진 말이었다. 감독들은 그제야 무슨 뜻인 줄 알아듣고는 고개를 끄덕거렸다. 스즈끼상은 계속 말을 이어갔다.

"여기에 있는 지원서를 작성해야 할 것이니 오늘 돌아가기 전에 단단히 알려줘서 보내도록. 이번에 차출된 사람은 이 년 동안 일본으로 가서 좋은 기술을 배울 것이고, 돌아와서는 자기가 원하는 일을 하게 될 것이요. 공장에 가서 감독이 될 수 있고, 헌병보조원이 되고 싶다면 원하는 대로 시켜줄 것이요. 순사로 채용될 수 있다는 것도 아울러 전해주시오. 알았는가?"

"하이!"

"그럼 각자 돌아가서 대원들에게 알리고 내일까지 지원서를 작성하도록."

"지원자는 누구나 갈 수 있읍니까?"

"지원자가 많을 땐 선발조건에 따라 선정할 것입니다."

뻥튀기를 하듯 한껏 부풀려 놓은 탓에 감독들마저도 가고 싶은 듯 귀를 쫑긋거렸다. 특히 도로를 개설하는 조의 진창덕 감독이 귀를 솔깃해서 듣고 있었다. 그는 나이 삼십이 갓 넘었지만 필생의 꿈이 순사였던 것. 옆구리에 칼을 차고 다닌 그 모습이 너무 부러웠다고 들먹였다. 순사가 되어 사벌을 차고 다니는 위엄을 보여주고 싶은 것이 소원이라고. 하지만 집이 회천면 영천리라서 아쉬움만 남는다고 되뇌었다.

각자 일터로 돌아가는 마당에 스즈끼상은 관목을 벌채하는 조의 감독 조인구를 돌려세웠다.

"자네 조에 하원득창이라는 이가 있지 않는가?"

"예. 그렇습니다요."

"곧장 돌아가 그자를 내게 보내주게."

"그자를 보내시렵니까요?"

"꼭 그런 것은 아니고. 물어볼 것이 있어 그러네."

"알겠습니다요. 곧바로 보내드리겠습니다요."

조인구는 자기 조로 돌아가 곧바로 득창을 본부로 보내주었다. 나무 그루터기를 쪼개다말고 득창이 곧장 본부석으로 달려왔다. 그는 스즈끼상에 다가와 거수경례부터 붙였다.

"하이!"

"하원득창!"

"네가 헌병보조원이 되고 싶다고 했나?"

느닷없는 헌병보조원이란 말에 득창은 귀가 반짝이면서 마음이 흥분되기 시작했다. 얼굴도 후끈후끈거리면서 가슴이 오들오들 떨렸다. 닫힌 입이 떼어지지 않았다.

"왜 대답을 못 하나?"

"대일본제국을 위한 일이라면 하고 싶구만이라우."

"김진홍 이장을 아나?"

"예. 제가 살고 있는 마을이장이십니다요."

득창은 복창을 하듯 큰소리로 외쳤다.

"김진홍 이장께서 너를 징용에 추천하고 가셨다. 가고 싶은 의향이 있는가?"

"자세히 몰라 지금 대답할 수 없구만요."

"알았다. 가서 감독에게 자세히 알아보고 지원토록 하라. 다만 면장님과 이장께서 너를 추천하고 가셨으니 우선권을 주겠다."

"우선권이라고요?"

"아마도 지원자가 넘쳐날 것 같아서 너를 부른 것이다."

"감사합니다요."

"다른 사람한테 말해서는 안 된다. 알았나?

"예. 그렇게 하겠습니다요."

"그럼 돌아가거라."

그 순간 득창이 가슴이 뒤설레기 시작했다. 이장이 약속을 저버리지 않았다고 생각하니 가슴이 뿌듯해지면서 온몸이 홧홧 달아올랐다.

"하이!"

득창은 경례를 하고서 되돌아서는 순간부터 발걸음부터 가벼워지면서 날아갈 듯했다. 이장은 고사하고 면장이 추천했다는 말에 가슴이 벌떡벌떡 뛰며 홍두깨질을 해대는 기분이었다. 세상에 태어나 높은 사람으로부터 인정받기는 처음. 마치 새신랑처럼 싱글벙글 웃으면서 되돌아갔다.

감독들은 오후 일이 끝마칠 무렵 그날의 품삯을 나눠주면서 이 사실을 홍보하고 나섰다. 득창은 이미 알고 있는 터라 헌병보조원이 다 된 기분이었다. 이제 이 년만 참고 견디면 헌병보조원. 꿈만 같은 일이 눈앞에 벌어지고 있는 것. 이장처럼 떵떵거리고 살 수 있다는 자부심에 코끝이 찡했다. 진홍의 얼굴이 선연히 떠오르면서 너무 고마워 눈물마저 핑 돌았다. 고래 등같이 으리으리한 기와집이며 마루에 포개놓은 쌀가마가 눈에 아른거렸다. 춘궁에 휩싸여 초근목피로 목숨을 부지해가는 판국인데 쌀밥을 먹고 있는 개의 모습이 아슴아슴 떠올랐다. 그는 내심 쾌재를 불렀다. 비천한 소리꾼으로 살아온 신분을 일시에 바꿔버릴 좋은 기회라고 여겼다. 필경 아내가 명창이 된다고 헌들 소리꾼의 신분을 벗어던질 수 없는 노릇, 단박에 천민의 멍에로부터 해방되고 싶은 충동이 꿈틀거리기 시작했다. 생각지도 않았던 일이 운명처럼 불가사의하게 다가온 느낌이어서 오장이 부글부글 끓어올랐다. 그는 지그시 눈을 감고 흥분을 잠재우려 들었다. 잠시 후 눈을 떴을 때 동료들이 자신을 부러운 눈초리로 바라보는 것 같았다. 하지만 모두가 경쟁자로 보이면서 가슴에 두방망이질도 시작된 느낌이었다. 그들보다 먼저 지원하고자 하는 욕정이 지글지글 끓어올랐다. 또다시 신분의 차별이 멍에가 되지 않을까 싶어 몸도 부들부들 떨리면서 강박감으로 다가와 머리를 쥐어흔들었다. 나중이야 어찌 되든 간에 자신의 마음을 굳세게 하자고 담금질을 해대었다. 그는 곧장 감독관 조인구에게 다가갔다.

"감독님 지가 가면 안 될까요?"

그는 불고체면 애원하듯 머리를 긁적거리며 입을 열었다. 혹시 누가 들을까 봐 눈치를 살펴가면서 나지막하게 숨을 죽이며 말했다.

"일본엘 가고 싶으냐?"

흥분된 마음이 가라앉지 않고 벌떡벌떡 거리며 가슴속에서 매닥질이 계속된 채

"예. 제가 갈랍니다요."

그는 입술을 윽 물면서 말했다.

"그래. 알았다. 맨 먼저 지원하도록 해주마. 기다리고 있거라."

조인구는 등짝을 토닥거려주며 격려하듯 말했다. 그 모습은 분명 믿어도 된다는 확신을 주는 인상이었다. 바늘처럼 예리한 눈빛으로 바라보며 등을 다독거려주는 감독이 너무 감사했다.

"고맙습니다. 감독님!"

그는 허리가 꼬부라지도록 굽실거리며 인사를 했다. 감사의 뜻을 담은 미소도 지어보이며 넙신 인사를 했다. 그것은 넌지시 믿음의 신호를 보내는 성글한 웃음이었다. 그는 날품삯을 받아들고 비탈산길로 달려갔다. 산길을 내려오면서도 머릿속은 오직 기쁨에 찬 감미로운 전율로 소용돌이치는 것이었다. 발걸음이 어디에 닿는지도 모를 정도로. 발바닥이 땅에 닿는지조차도 감각이 없었다. 들뜨는 흥분을 좀처럼 가라앉힐 수가 없었다. 이제 헌병보조원이 될 수 있다는 자신감에 세상을 다 집어 삼키는 기분으로. 머릿속 한켠엔 집식구들의 얼굴이 눈앞에 어룽거렸다. 개구리 뒷다리를 토끼고기로 속여도 넙죽넙죽 받아먹던 아내. 나물죽으론 배를 채우지 못해 칭얼대던 아들의 모습도. 날이 갈수록 삐쭉 말라만 가는 얼굴들이.

다시는 가난에 짓밟이는 생활로 돌아가고 싶지 않았다. 소리꾼이라고 하대 받고 사는 것까지. 한목숨을 내던져 이장처럼 살 수 있다면 망설일 이유가 없었다. 솔직히 헌병보조원이 필생의 꿈이 된지 오래 되었던 것. 그 꿈을 키워준 이는 이장이었다. 천복을 가져다주는 고마운 사람. 이제 그 길만이 배고팠던 지난 시절을 비껴갈 수 있다는 불굴의 신념이 된지 오래되었다. 실패를 무릅쓰고 생사를 건 모험의 길만이 배고픔에서 해방될 수 있다고 믿었다. 아내를 산골짜기에서 산짐승처럼 살리지 않을 수 있다는 희망도 부풀어 올랐다. 인적 없는 산속에서 갇혀 사는 것도 지겨웠던 것. 사람과 사람 사이 서로 교호(交好)하며 살고 싶은 마음이 꿀떡 같았다.

그는 마치 헌병보조원이 다 된 사람처럼 머릿속에 내일의 정경을 그려가고 있었다.

산마루를 돌아들 때 자신도 모르게 눈길이 마냥 건너편 산자락으로 흘러가는 것을 막을 수 없었다. 그것은 이장 진홍의 기와집이었다. 웅장하게 높이 솟아있는 이장집이 그날따라 유달리 다정다감하게 다가온 듯했다. 마치 내일의 내 집인 양. 타오르는 낙조가 기와집을 향해 붉은 빛을 뿌려대고 있을 때. 고대광실 기와집은 더욱 위풍을 더해주고. 감빛 낙조가 머물고 간 자리에 어둠이 성큼성큼 내려앉아도 기와집은 그의 눈길에서 벗어나지 않았다.

마냥 허허로운 웃음을 지어갈 질긴 예감에 마음이 설레면서 걷다보니 산야가 어둠 속으로 빨려 들어가는 것이었다. 그는 목하골을 지나 산모롱이로 들어섰다. 이름 모를 별들이 어두운 하늘을 가득 채워가고 가을 초승달이 가슴 시리도록 차가운 기운을 뿌려주고 있었다. 둔덕바지를 휘돌아 비탈길에 들어서니 음산한 어둠이 가득 고여 있는 자정골이 눈길을 끌어당겼다. 반딧불같이 가물거리는 희미한 불빛. 평생을 고적한 산속에서 쓸쓸함만 씹으며 살아온 것이 억울했다. 허우적거리고 살아야 하는 세상살이가 무서워지고 통분으로 변해가는 기분. 다시 오지 않으리라는 절체절명의 기회가 눈앞에 놓여있다고 생각하니 설레면서도 어찌해야 할지 질정할 수 없었다.

사립문으로 들어선 그의 귀에 아들 성음이의 웃어대는 소리가 들렸다. 돌이 지난 아들이 아장아장 걸어 다니며 재롱을 부렸다. 집안에 웃음꽃을 피워준 아들을 생각하면 사람 사는 대로 데리고 가서 공부를 가르치고 싶은 충동이 강렬해지는 것. 삼 년 전부터 곰재에도 심상

소학교가 생겨 누구나 돈만 내면 보낼 수 있다고 들었다. 몸뚱이가 뭉개지고 뼈가 바숴지는 한이 있더라도 아들에게는 고아(高雅)한 선비가 되도록 가르치고 싶은 욕심이 뭉클뭉클 솟구쳐 올랐다. 아들에게는 신분 차별의 서러움을 물려주고 싶지 않은 것이 애절한 심정이었다. 헌병보조원이 된다면 모든 것이 한꺼번에 풀리게 될 것임을 확신했다. 서출(庶出)의 진홍이 지주가 되어 만인으로부터 존앙(尊仰)의 삶을 살고 있음을 똑똑히 보았기 때문이다. 생각하면 할수록 이장 진홍이 골육에 사무치도록 고마웠다. 생명의 은이이나 다름없는 일.

세상에 이보다 고마울 데가 어디 있을까 싶었다.

집으로 돌아온 그를 반가이 맞이해주는 이는 아내와 아들이었다. 온 가족이 저녁 밥상에 둘러 앉아 담소를 나누었다.

"산꼭대기엔 추울 것인디. 얼마나 고생이 많았소?"

따뜻한 정이 묻어난 아내의 위로에 코끝이 찡했다.

"그렇지야. 산잔등에서 무척이나 추웠겠제. 어서 따뜻한 국물로 속부터 녹이도록 해라."

학동 영감도 산꼭대기에서 돌아온 아들을 안쓰러운 눈으로 바라보며 말했다.

"괜찮구만이라우."

그러나 득창은 어쩐지 어두우면서 침울하게 가라앉은 표정을 지었다. 어제까지만 해도 오순도순 정감을 나눴던 것인데 분위기가 냉랭하게 가라앉은 기분이었다. 가슴이 새삼 두근거리면서 목소리가 점점 속으로 들어가는 것 같았다.

이제 곧바로 징용을 떠나야 하기 때문이다. 가족과 헤어져야 한다고 생각하니 만감이 서렸다. 비록 이 년이라고 하지만 사랑하는 가족과의 이별은 가슴 아픈 일. 머릿속이 뒤숭숭해지면서 울울한 심회를 금할 수가 없었다. 득창은 두어 숟가락 뜨다 말고 아버지를 쳐다보았다. 비록 가난하고 보잘것없는 삶을 살아왔어도 아버지는 존경스러운 분. 소리 하나에 목숨을 걸고 살아오신 용기는 어디서 생긴 것일까? 수모와 천대를 받아도 남의 눈치 볼 것 없이 호탕하게 살아오셨던 분이 아닌가? 살아생전 남을 미워하거나 원망할 줄 모르면서. 살붙이 아들 하나를 금이야 옥이야 살아왔는데…… 이태만 살아계신다면 더 바랄 것이 없을 것 같기도 하고…….

합죽한 입으로 음식을 드는 아버지 얼굴에 일렁거리는 호롱불이 흐릿하게 까막거렸다. 백발이 성성한 데다 눈썹까지 하얗게 센 지 오래. 까무스름한 얼굴에 오글오글한 주름이 가득하고 관자놀이에 거뭇한 저승꽃이 피어난 아버지. 아직은 정정하지만 섣부른 예단은 금물이다. 노인과 겨울 날씨는 믿지 말라는 옛말처럼 아버지의 건강이 어떻게 될지 알 수 없는 노릇이었다. 아직은 예전과 다름없어 천만다행이지만 그렇다고 마음을 놓을 수 없는 일. 육순 편친시하에 곁을 떠나는 불효를 저지른 자신이 참으로 불측불효하기 그지없었다.

음음적막 산속에 노인을 가녀린 아내에게 맡기고 떠난 것 또한 남편의 도리가 아니었다.

발상 자체가 비정한 것이고 불효를 면치 못할 일. 죽을 먹고 산다고 해도 살아생전 모시고 사는 것이 효도인 것을. 돌아가신 뒤에 통곡성을 높여본들 무슨 소용이 있으며, 부모 망후 제사상에 골백번 분향재배를 한들 무슨 소용이 있을 것인가? 아내 혼자 상사(喪事)를 당하지나 않을까 방정맞은 풍정이 머릿속에 빙빙 맴도는 것이었다.

하지만 하늘이 내려준 천복의 호기를 놓칠 수는 없었다. 박복하게 타고난 팔자를 일각에 바꿀 수 있는 기회를 저버릴 수는 없는 일. 기회는 두 번 다시 오지 않는다는 것을 곰곰이 되새겨 보았다. 고사리도 연중 꺾을 때가 있는 것이고, 감나무 밑에 누워도 삿갓 미사리를 대고 있으라 하는 것인데 복 들어온 날 문을 닫아야 하겠는가? 하늘을 보아야 별을 따는 법. 조막손이 되어 달걀을 놓치고 싶지 않았다. 징용이 한낱 고난과 역경이 될지라도 기꺼이 받아들이며 굴하지 않겠다는 상념 속으로 빠져 들어가고 있었다.

아내의 숨결소리가 간장을 눌러 짜는 것 같았다. 침울하면서도 냉연한 표정을 지은 남편을 바라본 아내는 한동안 말이 없었다. 남편의 눈치를 살피고는 이내 입술을 닫아버린 것 같았다. 예전에 들려주던 심심파적인 농담마저 멈추자 얼굴에 수심기를 담아내었다. 그는 늘 아내는 하늘에서 보내준 선녀라고 여기며 살아왔다. 어렸을 적은 거두절미하고서라도 아내와 만남은 기구하게 맺어진 특별한 인연임에 틀림없었다. 엄두도 못 낼 운명과 만남이었다. 세상에 희한한 일이 아니고서야 아내와 만남은 없었을 것. 바다처럼 너그러운 마음이 아니고서야 소리꾼과 부부의 인연을 맺었을까 싶은 아내. 가당치도 않은 일임에도 아내는 명창이 되고 싶어 애를 쓰고 있는 모습이 너무 가련했다. 육탈이 이뤄지고 뼈마디가 바숴지는 한이 있더라도 다시는 굶기며 살고 싶지 않았다. 그 길이 황량한 황원이라 할지라도 결코 고난과 역경에 굴하지 않고 물러서고 싶지 않았다. 인생의 틀을 바꿀 수만 있다면 신명을 바치겠다는 불같은 욕망이 점점 강해지고 있었다. 그는 어느덧 천길만길 바다 속으로 천천히 잠겨들어 가는 느낌이었다.

저녁을 먹자마자 아내는 예전과 같이 곧장 기와집으로 건너갔다. 소리 속으로 푹 빠진 아내는 어느새 생목을 곰삭은 목청으로 채워가고 있었다. 낮고 실한 소리로 성량을 높여 밤공기를 뒤 흔들어대었다. 그는 그날만은 아예 소리방으로 가지도 않았다. 마치 신열이라도 얻은 사람처럼 속을 끙끙 앓으며 잠을 이루지 못한 채 이불만 감아 돌렸다. 그러나 아내는 그의 속을 알 리 없었다. 소리연습을 마친 아내가 돌아왔을 때까지도 그는 몸을 뒤척이며 신음에 가까운 한숨을 내쉬고 있었다. 예사롭지 못한 무슨 일이 있음을 알아차린 그녀는 그냥 지나칠 수 없다는 듯 떨떠름한 입을 떼었다.

"무슨 걱정이라도 있는 것이요? 어째서 잠을 못 자고 그러요?"

"걱정은 무슨 걱정. 이제 산일도 얼만 남지 않았으니 또 메밀 죽을 먹고 살 것이 아닌가 해서 마음이 괴로워 죽겠당께."

"벌써 일이 끝난 것인가요?"

"끝난 것은 아닌데, 겨울 동안은 멈췄다가 내년 봄에 다시 시작한다고 허드랑께."

"그래야지라우. 산꼭대기라 바닷바람이 쌩쌩 분담서 어떻게 일을 허겠소. 시한에는 쉬었다가 내년에 또 나가면 되제."

"아니랑께. 하루라도 쉬어서야 쓴당가. 우리 성음이에게 글공부를 가르쳐서 선비를 만들라면 하루라도 쉬어서는 안 될 것 아닝가?"

"아이고 세상살이가 다 내 뜻대로 된답디여. 욕심 부린다고 될 일이 아니랑께요. 늦바람이 용마름을 벗긴다고 허드니만 그 꼴이 난 것 같소."

"아니어. 나는 하루도 쉴 수 없어. 기어코 돈을 벌어야 한단 말이어."

"사람이 욕심만 갖고 산다요. 욕심도 부려야 할 때가 따로 있제. 추운 겨울에 일할 곳이 어디가 있다고 헛욕심을 부리요. 그러다가 몸이라도 상하면 어떻게 할라고 그러시요? 진즉부터 겨울에는 백일공부를 하자고 해놓고 금세 잊었소?"

"그렇기도 하지만 내 아들 성음이는 차별 받는 사람으로 만들고 싶지 않단 말이여. 그럴라면 글공부를 시켜야 쓸 것 아닝가? 돈 없으면 어떻게 공부를 시킬거여? 뼈가 빠지더라도 돈을 벌어야 쓰것당께."

누워 있다가 벌떡 일어나 자리에 앉아 자못 심각한 목소리로 말했다. 예전과 사뭇 달라보였다. 일터로 다니고부터는 돈독이 오른 사람으로 변해가는 것 같았다. 인정 많고 자상했던 성품은 그대로일지라도 마음만은 부질없는 욕심으로 채우려드는 것 같았다.

"허욕에 들뜨면 눈이 어두워지는 법이고 멧돼지를 잡으려다 집돼지까지 잃는 것 아니겠소? 욕심이 과하면 묵고도 굶어 죽는다는 말 못 들었소? 성음이는 아직 품안에 있으니 맘만 묵고 산다면야 왜 못 허겄소? 걱정말고 어서 주무싯시오."

느닷없이 허욕에 잡혀 신세타령을 내생기는 남편을 향해 진정시키려 들었다. 그러나 득창은 내심을 숨긴 채 드러누워 늘어지는 한숨만 몰아쉰 채 잠을 이루지 못했다. 어둠 속에서 바라본 천장에 헌병보조원의 모습이 그려졌다. 일시에 여득천금(如得千金)이요 천양지간(天壤之間)의 신분을 단숨에 바꿔버릴 수 있는 기회를 놓치고 싶지 않았다. 아들에게 차별받는 신분을 넘겨주지 않으려면 다른 도리가 없었다. 오로지 헌병보조원이 되는 길만이 아들에게 글공부를 가르치는 길이라는 일념뿐이었다. 그 경위가 어떻든 간에 한순간의 결심이 돌이킬 수 없는 회한을 초래할 수도 있지만. 내면의 회포가 갈등으로 다가와 품은 감정을 걷잡을 수 없이 이끌어가고 있었다.

이른 아침 득창은 다시 점심을 싸 들고 여느 날과 다름없이 산길을 올랐다. 밤새 궁싯거리다 잠을 이루지 못해 뜬 눈으로 날을 지새운 탓에 다리가 휘청휘청했다. 쓴 웃음을 삼키며 그는 일림산으로 달려갔다. 찬 서리가 하얗게 내려앉은 산길은 벌써부터 콩나물 같은 서릿발이 솟아있었고, 바닷바람은 살을 에듯 차갑고 매서웠다. 한 그루의 나무도 남기지 않고 모조리 잘려나간 목장은 폐허처럼 황량한 미간지로 변해 을씨년스러운 풍경을 자아내었다. 회갈색 풀잎만이 찬바람에 오들오들 떨며 펄렁거리고, 산새들도 다 떠나고 없었다. 거무칙칙한 바위등걸만이 삭막함을 더해주었다.

그는 일터로 가자마자 곧장 감독 조인구한테로 다가갔다. 아침 일찍 찾아온 득창을 보고는 예상대로 이상스러울 게 없다는 듯 호방한 웃음을 지었다.

"가기로 결정했냐?"

"예. 저는 꼭 가기로 했구만요."

득창은 애틋한 여운을 남기면서도 자기의 뜻을 분명하게 말했다.

"그러면 나하고 얼른 가서 지원서를 써야 쓰겄다. 먼저 쓴 사람이 임자겄제."

"지원서를 써야 허능가요?"

"그럼. 말로만 해서 된다냐. 사필귀정이라고 헌 것인디. 먼저 쓴 사람이 우선이제. 어서 날 따라오니라."

감독 조인구는 조급하게 몰아붙였다. 득창은 돌아올 뒷일은 아예 예감에서 지워버린 듯 아무 거리낌도 없이 당당하게 그를 따라 본부로 다가갔다. 본부에는 우두머리 책임자 스즈끼와 또 다른 사람이 나란히 앉아 사람을 기다리는 눈치였다.

"충성."

득창은 소리 높여 거수경례를 붙였다. 스즈끼는 송곳같이 날카롭고 빳빳한 시선으로 바라보고서 가볍게 거수로 응답을 해주었다.

"지원하러 온 사람잉가?"

"예. 그렇습니다."

"오호! 하원득창 잘 생각했다. 네가 맨 먼저 온 사람이다."

스즈끼는 반가운 미소를 지으며 손을 내밀었다. 득창은 두 손으로 그의 손을 붙잡고 악수를 했다.

"지금 나이는?"

"스물여섯 살이구만요."

"좋와. 맨 먼저 온 사람이니 보내주도록 허지. 이리로 와서 지원서에 손도장을 찍도록 하라."

"예."

곁에서 지켜보고 있던 면서기가 서류봉투에서 하얀 종이를 꺼내었다. 그 중에서 한 장을 득창에게 건네주었다.

"자, 읽어 봐라."

받아들고 읽어봐도 무슨 말인지 알 수 없었다. 우리글이 아니고 일본글로 써져있었다. 면서기는 맨 밑을 짚어주었다.

"이곳에 이름을 써라. 그리고 손도장도 찍고."

득창은 시키는 대로 이름을 쓰고 엄지손가락에 인주를 묻혀 도장을 찍었다. 서기는 서류를 받아 봉투에 넣고는 그를 향해 바라보았다.

"하원득창!"

"예."

"돌아올 11월 7일 오전 9시 곰재면사무소로 나와야 한다. 옷은 아무 옷이라도 입고와도 좋다. 곧바로 새 옷과 신발이 지급될 것이다. 만일 시간을 어기거나 참석치 않으면 탈영범으로 긴급 체포하게 되니 명심해야 한다. 알았나!"

"예? 탈영범이라니요?"

"그럴 일은 없겠지만 지원자는 이미 징용자와 마찬가지다. 시간 잘 지키도록 하라."

면서기는 처음과는 달리 낯빛이 서슬 퍼런 도끼날처럼 바뀌면서 표독스럽게 닦아세웠다.

득창은 갑자기 가슴이 오그라드는 것 같았다. 모든 것이 다 결정된

303

마당에 낯선 표정을 보자 어쩐지 불길한 예감 속으로 빠져드는 기분이었다. 하지만 홀가분하다는 속내도 지울 수 없었다. 초조로운 두려움과 당찬 포부가 한꺼번에 엉켜들면서 감정이 미묘하게 꿈틀거리는 것이었다. 모든 것을 체념한 듯 씁쓸한 웃음을 지으며 바다에서 피어오르는 하얀 구름조각을 묵묵히 바라보았다. 동쪽 하늘 구름 사이를 헤집고 얼굴을 쏙 내미는 햇덩이가 넉넉한 햇살을 뿌려주었다. 동방요배(東方遙拜)를 하듯 바다 건너 일본 땅을 바라보았다. 맘이 설레면서 꿈도 영글어가는 느낌이 들었다. 그는 불안과 설렘이 함께 매대기치는 시름을 안고 터벅터벅 발걸음을 되돌렸다. 작업장으로 돌아왔지만 손에 일이 잡히지 않았다. 마음이 싱숭생숭하고 건성건성 해지면서 제대로 일을 할 수 없었다. 사람들이 모두 자기만 바라보고 손가락질을 해대는 것 같았다. 삐뚜름하게 흘겨보는 것 같기도 하고…… 빗떠 보는 것처럼 보이기도 하고…… 어리석은 흉계에 빠진 사람이라고 손가락질을 하는 것 같기도 하고…… 용기 있는 결단에 찬사를 보내는 것 같기도 하고…… 우러러 쳐다보는 눈빛으로 비쳐지기도 했다. 그러나 그는 모든 것을 얄궂은 운명으로 돌리면서 인생을 바꿀 절호의 기회라고 돌리고 말았다. 그날은 하루해가 모질게도 길었다. 시월 그믐. 한 해의 일림산 목장일이 끝나는 날이기도 했다. 해거름이 되어가자 하루 품삯을 받아들고 산기슭 비탈길을 터덜터덜 내려왔다. 일림산 산일도 마지막이라 생각하니 이상한 감회가 뭉클하게 솟아올랐다.

찬 서리가 두려워 밤마다 처량하게 울어대던 귀뚜라미 소리가 그친 지도 엊그제인데 초겨울 솔바람 소리가 한층 을씨년스러워졌다. 바람은 시린 가슴에 낙엽을 흩뿌려주고, 새벽이면 백색의 영롱한 서리꽃이 되어 산야를 하얗게 뒤덮었다. 생명의 숨결이 멈춰선 앙상한 나무들은 으스스한 찬바람에 몸을 바들바들 떠는데 갈 곳 없는 텃새들만 세월의 무상함을 노래하고 있었다. 유리알처럼 맑고 청명한 구만리장천에는 쇠기러기들이 대오를 정연하게 지어 나르며 끼룩끼룩 북풍한설 찬바람을 부르고 있었다.

일림산 목장일이 끝난 득창은 엄동을 앞두고 산속으로 들어가 땔감 마련에 비지땀을 흘렸다. 지원한 징용 날짜가 코앞으로 다가온 탓에 겨우살이 땔감으로 풀 한 포기에 나뭇가지 하나라도 더 모아놓고 떠날 심산이었다. 엄동설한에 아버지와 아내가 나무 하느라 고생할 것을 생각하면 한시도 쉴 수가 없었다. 나무 등걸도 파고, 마른 가지를 베고, 마른 억새풀도 베어 날렸다. 소나무 이파리를 갈퀴로 긁어모았다. 비어있는 헛간을 가득 채워놓아야 한다는 일념에 밥숟가락을 놓기만 하면 산으로 내달렸다. 활성산을 오르면서도 그의 마음은 좌절과 분노 그리고 암담함과 비탄으로 가득 차 있었다. 노(櫓)도 없는 쪽배를 타고 망망대해에 나서는 사람처럼 불안한 생각이 소용돌이치고 있었다. 가족을 속였다는 죄책감과 회탄이 쿵쿵거리며 심장을 두드렸다. 어리석고 무모한 짓을 혼자서 저질러놓고서 세상을 순리대로 풀어가며 살자는 아내의 뜻을 도외시한 그 대가가 너무나 두려웠던 것이다. 남쪽 바다를 바라볼 때마다 입술이 타고 심장이 터지는 아픔이 밀려왔다. 바다 건너 저편에 일본이 있고 삼 일만 있으면 떠나가야 한다고 생각하니 눈에서 눈물도 핑 돌았다. 이제 엎질러진 물. 하지만 천추의 한(恨)이 서린 빈천(貧賤)을 깨끗이 씻어 아들에게 물려줄 수 있다는 희망의 끈은 놓지 않았다. 아내와 아들에게 천한 덫을 풀어주고 배고픔의 고통을 지워 줄 수 있다면 기꺼이 한 몸 바치고 싶은 심정에는 일 푼도 변함없었다. 열 번 곱 죽는 일이 있어도 그 길을 마다하고 싶지 않았다. 생각하면 할수록 기회를 차지한 것은 하늘이 내린 천복(天福)임에 틀림없다고 여기고 있었다. 그는 호소할 곳도 없고 말할 곳 없었다. 혼자서 삭이고 있다가 슬그머니 떠나가고 싶었다. 시커먼 연기 같은 한숨을 삼키며 꼭 뜻을 이룰 수 있게 해달라고 남쪽 바다를 향해 두 손을 모아 빌었다. 비록 희망을 품고 떠난다고 해도 가족과의 이별은 크나큰 아픔으로 다가오고 있었다. 생각만 해도 가슴이 아려 차마 말을 꺼내지 못하고 기회만 엿보고 있었다.

한편 민순은 남편에게 있었던 그동안의 정황을 전혀 알아차리지 못했다. 집으로 돌아온 남편은 풀기를 잃은 채 수심에 차 있었다. 말수도 부쩍 줄어들면서 만사가 귀찮은 듯 묻는 말에도 달가워하지 않았다. 원망의 감정이 쌓인 사람처럼 고개를 길게 늘어뜨린 표정이었다. 까닭을 모른 그녀는 괜히 불안해지면서 초조해졌다. 보람된 일을 하다 멈추게 되니 서운함에서 비롯된 것이라 여겨보지만 어쩐지 마음 한구석이 비어버린 느낌이었다. 인정 많고 다정다감했던 남편이 일순간에 변한 것을 본 민순은 불안해서 견딜 수 없었다. 내심 이상한 생각으로 꼬여 들어가며 초조해지기 시작해지는 것이었다. 웃음기를 잃어버린 남편을 바라본 아내는 예전과 너무 다른 까닭에 어떻게 처신을 해야 할지 도무지 가닥을 잡을 수가 없었다. 살을 깎아 주고서라도 남의 아픔을 어루만져주며 자상했던 사람이 일순간 딴 사람으로 변한 까닭이 무엇일까? 혹시 딴마음을 품고 있는 것이 아닐까 싶어 가슴도 조마조마하였던 터, 얼굴을 마주치려니 눈치부터 살펴지고 섬뜩 무서움에 휘감기는 느낌이었다.

남편은 점점 속마음을 흑막으로 가려놓은 사람처럼 보였다. 예전 같은 표정은 찾아볼 수 없고 뭔가 숨기고 있는 인상이었다. 남모르게 혼자서 한숨만 팍팍 내쉬는 것이 예사롭지 않았다. 진한 어둠으로 가득 찬 남편의 마음은 새실거리는 애교로 돌아설 것 같지 않아 보였다.

말문은 잠겨있었고, 마주치는 눈길마저 피해가며 마지못한 응대만 시큰둥하게 날아들 뿐이었다. 마음을 되돌려 놓으려고 의도적으로 애교도 부려보지만 남편은 막무가내였다. 그렇다고 무한정 기다리고만 있을 수 없었다. 한 이불 덮고 살면서 까닭도 없이 입을 닫고 살 수 없었다. 초조와 긴장된 마음으로 남편에게 다가간 그녀는 남편의 팔을 붙들며 울먹이듯 말했다.

"여보, 당신 속 다 안당께요. 날씨가 추워졌으니 당연히 일을 못하겠지라우. 심려한다고 될 일이 아닝께 기다려봅시다. 그래도 따뜻한 날에 벌어놓은 양식이 있으니 올 겨울은 충분이 지낼 수 있으니 너무 걱정허지 마싯시요. 이제 나하고 백일공부나 시작합시다."

울먹임 속에서 생글한 웃음이 묻어난 표정을 지었다. 어둡고도 깊은 심연으로부터 한 줄기 재치를 뽑아 든 것. 눈에서는 영매스러운 기지도 번쩍거리고 있었다.

그러나 남편은 가슴속에 화로를 묻어놓은 사람처럼 얼굴이 후끈후끈 벌게지면서 감정을 억제하지 못하는 것 같았다. 달아오르는 불길을 억지로 누르려고 입술을 으깨 물고는 울컥 눈물을 쏟아내었다. 참을 수 없는 설움이 북받쳐 오르는 것처럼 그녀의 무릎에 얼굴을 문질러대며 울먹였다. 주먹마저 불끈 쥐고 푸르르 떨면서 몸부림을 치는 것이 예사롭지 않았다. 그녀는 아직껏 남편의 이런 모습을 본 적이 없던 터라 너무 큰 충격을 받은 나머지 당황스러움을 감추지 못했다. 가슴이 벌렁벌렁거리며 이가 흔들렸다. 도대체 어디서 무슨 설움을 당했기에 울고불고 통곡을 하는 것인지 바늘로 가슴을 쿡쿡 찔러대는 것보다 더 아팠다.

"도대체 무슨 일이 있었던 것이요? 어서 말해보싯시오."

남편은 얼굴을 치마폭에 묻은 채 묵묵히 엎드렸다. 목소리도 비탄에 젖어 있었고, 두 눈에서 눈물이 뚝뚝 떨어졌다. 그녀는 남편의 등을 흔들어대었다.

"여보 왜 이러시오? 뭣땀새 이러냔 말이요?"

득창은 가까스로 허리를 곧추세우며 얼굴을 들었다. 온기 없는 호롱불이 미약한 불빛으로 남편의 얼굴을 어슴푸레하게 비춰주었다. 눈이 짓무를 정도로 탱탱 부었고 눈알이 벌겋게 충혈 되어 있었다. 입술을 꼭 다문 채 얼굴만 뻔히 쳐다보면서 침묵 속을 더듬고 있었다. 그녀는 풍선처럼 부풀어 오르는 조바심을 억누를 수가 없어 울며불며 소리쳤다.

"어서 말을 해보랑께요. 무슨 일이 있었냔 말이요."

그녀의 고래고함에 깜짝 놀란 아들 성음이 눈을 부릅뜨고 기겁을 한 채 울음을 터뜨렸다. 닭똥 같은 눈물을 흘려가며 엄마에게 기어오르더니 젖꼭지를 더듬기 시작했다. 목이 메어 입을 열지 못한 득창이 처연한 눈길로 아들의 모습 바라보았다. 민순은 아들을 품에 안고 젖가슴을 열어젖혔고, 어린 것은 마냥 좋은 듯 갸우듬히 엄마의 얼굴을 쳐다보며 금세 방글방글 웃음을 지었다. 젖을 빨아대는 어린 것을 물끄러미 바라보고 있던 득창이 아들의 손을 끌어당겨 얼굴에 비벼대었다. 다시 눈언저리에 물비늘이 어룽거리며 일그러지기 시작했다. 무슨 비통한 일이라도 있는지 입속에 괸 침을 꿀꺽꿀꺽 삼켜가면서

"여보. 내가 죽일 놈이랑께."

그는 엉겁결 무두무미한 말을 꺼내들었다. 하지만 민순은 그 말이 무슨 뜻인지 알 턱이 없었다.

"죽일 놈이라니요? 무슨 봉창 뚫을 소리를 허는 것이요? 왜 당신이 죽일 놈이요? 말도 안 되는 소리 허지 마싯시오."

민순은 두 눈을 부릅뜨고 마치 지청구를 퍼붓듯 탓을 하고 나섰다.

308

도무지 까닭을 알지 못한 그녀는 싱겁다는 듯 애써 헛웃음도 지어 내었다. 득창은 젖을 쪽쪽 빨아대는 아들의 손을 다시 잡고서 관자놀이의 핏줄이 툭 튀어나오도록 이를 악물었다.

"아니어. 내 아들을 생각하면 나는 기어코 해야 헌당께."

구들장이 꺼질 듯이 한숨을 내쉬고서 눈을 지그시 감은 채 깊은 생각에 젖어든 것 같았다.

아무리 되짚어 봐도 하는 행동이 수상쩍기 그지없었다. 사람이 변해도 이렇게 변할까 싶어, 비록 남편이지만 두렵고 소마소마했다. 알아들을 수도 없는 뜨뜻미지근하고 두루뭉술한 말만 해대니 허방으로 빠져 들어가는 기분이었다.

"도대체 무슨 일이냔 말이오. 어디를 간다는 것이오? 이제껏 잘 해와놓고 무슨 말을 허는 것이오? 누가 당신을 무시합디까? 예전에는 무시를 당해도 잘도 참고 살아왔음서 이제 와서는 왜 그러요? 딴 맘 묵지 말고 명창이 되도록 힘씁시다. 소리방도 생겼으니 성음이를 생각해서라도 열심히 살아야 쓸 것 아니요."

그녀는 예민한 남편의 감정변화를 억눌려주려고 손을 꼭 쥐어 주었다. 얼음같이 차가운 세상 사람들의 멸시와 홀대를 인내로써 극복해 가자고 설복하고 나선 것. 하지만 그는 고개를 살래살래 저으며 도리질을 해대었다. 깊은 한숨을 모아 쉬며 울컥 눈물을 뿌리더니 어둠을 이겨내지 못한 채 일렁거리는 희미한 호롱불을 바라보았다.

"아니라면 뭣이요? 이제껏 잘 살아놓고 왜 그러냔 말이오?"

덜덜 떨린 손끝으로 남편의 가슴을 흔들어대며 애원하듯 말했다. 예삿일이 아니다 싶은지 퉁방울 눈알을 휘굴리며 다그치듯 옥죄기 시작했다. 분명 남편의 표정은 깊은 충격으로 다가왔고 두려움과 긴장감을 한꺼번에 가져다주었다. 잠시 후 남편은 비장한 결심을 한 듯 군게 닫힌 입을 떼었다.

"여보. 우리 두 해만 지우고 살면 안 되능가?"

어둠에 짓눌려 흐늘거린 호롱불처럼 그의 목소리에는 힘이 없었다. 꺼져가는 불빛 같이 처량하기 그지없는 말을 불쑥 꺼내들었다. 도대체 무슨 말인 줄 알아듣지도 못할 뿐 아니라 받아줄 수도 없는 말이었다. 가슴팍에 매달려 젖을 빨아대던 아들을 일으켜 세우고 나서 걱정스런 눈길을 던지며 조심스럽게 물었다.

"그것이 무슨 말이다요? 지우고 살다니요? 어디서 그런 말을 다 배웠소?"

"진짜랑께. 우리 사이에 이 년이 없다고 생각하고 사는 것이랑께."

"뭣이라고 했소? 그래서 이 년은 죽었다 살아나자 그 말이요?"

"응. 그래. 딱 이 년만."

"옛날부터 사람이 변하면 죽는다고 허는 것인디, 아직 한창 젊은 나인데 이렇게 변할 줄이야 참말로 몰랐소. 산으로 일을 다니더니만 산신령이 씌웠는개비요. 그래서 어떻게 하자는 것이요? 탁 털어놓고 말 좀 해봅시다."

그녀는 힘없이 부러지는 썩은 나뭇가지처럼 온몸에 기운이 쏙 빠져들었다. 불안한 눈길을 거두지 못하고 원망으로 가득 찬 눈시울에는 서글픔도 내려앉아 있었다.

"변한 것이 아니랑께. 꼭 그럴 일이 있단 말이어."

"그러면 땅속굴이라도 들어가 살라요? 아니면 어디로 떠날라요? 늙은 아버님을 놔두고 그 무슨 막말을 해대는 것이요?"

그녀는 불구덩이에 뛰어드는 심정으로 노발대발 소리쳤다. 서운함을 감추지 못한 얼굴로 힐책하듯 말했다. 눈에는 눈물이 그렁그렁 배어나왔다. 더 이상 할 말을 잊은 채 일렁거리는 벽 그림자에 텅 빈 마음을 내던졌다. 질정할 수 없는 가슴속에서 하염없는 한숨만 새어 나왔다.

"나 일본으로 징용을 가기로 했당께. 이년 동안만 돈 벌어가지고 올 텡게 그리 알어."

그는 울먹인 채로 일본이라는 말에다 힘을 주어 말했다. 이제는 더 숨길 것도 없고 숨겨서도 안 될 일이었다. 떠나야 할 날이 눈앞으로 다가왔기 때문이다.

"뭣이라고 했소? 일본으로 징용을 떠난다고라우?"

민순은 깜짝 놀라 눈을 부릅뜨며 물었다. 느닷없이 어두운 밤에 홍두깨로 정수리를 한 대 얻어맞은 기분이었다. 징용이란 말에 사지가 오들오들 떨리면서 가슴이 짓찢기는 아픔이 밀려들었다. 일본을 들먹일 때마다 아내가 괴로워하는 것을 알고 있으면서도 서슴없이 지껄이는 까닭을 알 수 없었다. 지긋지긋하도록 원과 한이 사무치는 일본으로 가겠다고 정곡을 찌르고 달려드는 것인지? 머리 위로 벼락이 내리꽂히는 것 같았고 삼지창으로 산먹통을 찔러대는 것이나 다름없었다.

민순은 일본이 정말 싫었다. 일 자만 들먹여도 치가 떨리는데 굳이 가겠다는 까닭을 알 수 없었다. 일본 때문에 가정이 풍비박산이 난 것은 아빠가 일본유학생이었기 때문이었다. 유학을 마치고 돌아온 아빠는 이유 없이 엄마를 배신했다. 유학동창생과 눈이 맞아 가족을 등졌던 것이다. 결국 엄마의 죽음을 가져왔고 그녀가 집을 나오게 된 까닭이었다. 또 다른 가슴 아픈 사연. 그것은 바로 처녀공출로 끌려갈 뻔했던 일이었다. 억수빗속에 나룻배를 타고 강을 건너고 천마산고개를 넘어 능주로 도망가던 지난 일을 생각하면 오장이 멈추려 드는데…… 일본으로 끌려간 길동을 생각하면 울분이 치솟는데…….

일부러 아픈 곳을 찌르고 나온 것 같아 그녀는 남편이 너무 야속했다. 세상에서 가장 소중한 것을 놓치는 허탈감으로 빠져든 느낌이었다.

"그렇단 말이여. 내 아들만은 떳떳하게 살게 만들고 싶당께."

"당신이 일본으로 징용을 가면 아들이 그렇게 된다고 협디여?"

"돈이 있어야 내 아들을 가르칠 것 아닝가. 이대로 살면 뭣을 가지고 가르칠 것이여. 내 아들만은 도도한 선비를 만들어 고대광실 기와집에 살리고 싶당께. 그럴라면 일본엘 다녀와야 쓰겄어. 일본서는 한달에 60엔씩 받는다고 허드랑께. 이 년만 모아가지고 오면 논을 열 마지기나 살 수 있다는디 그걸 마다고 허겄능가. 서로들 갈라고 애걸복걸 하는 갑드만. 그것만이 아니랑께 징용을 마치고 돌아오면 헌병보조원도 시켜준다고 했어. 솔직히 명창이 되겄다고 꿈을 키워왔지만인자 그것은 접었고 헌병보조원이 되는 것으로 바꿨구만. 그렇게만된다면 천한 신분을 하루아침에 벗어 던지고 떵떵거리며 살 수 있는거 아닝가. 눈 딱 감고 이 년만 참아 줘. 우리도 호강 한번 하며 살아보자 그 말이어."

"누가 그럽디여?"

"지금 마을에 소문이 쫙 깔렸당께. 이장도 원래는 서출이라서 하세만 받고 자랐다고 하드구만. 그것이 원통해서 헌병보조원이 되었고그러고 나서 지금은 지주랑께. 고을 사람들이 모두 다 우러러 보는 사람이 되었잖능가? 우리는 메밀죽도 없어서 굶어가는디 이장 집엘 갔더니 개들도 쌀밥에다 생선도막을 먹고 있드랑께. 일본만 갔다오면그렇게 살 수 있다는디 마다고 하겄능가? 이년만 도둑맞았다 생각하고 잊어불고 살장께. 처자식을 남겨두고 타국으로 가고 싶은 사람이어디 있겄능가? 당신과 아들을 생각해서 그런 것이께 그렇게 알고 있어. 몸뚱이가 가루가 되더라도 돈을 벌어가지고 돌아 올텡께. 그때까지만 참아 줘. 두 손으로 빌라고 하면 이렇게 빌게."

득창은 거침없이 두 손을 모아가며 빌듯 말했다. 아내의 눈치도 살살 살펴가는 것이었다. 하지만 민순은 속이 부풀어터지는 표정을 지었다. 쌍꺼풀 깊은 눈두덩을 살짝 내리 덮은 채 눈을 감고 고통스러운 신음을 흘렸다.

"사람 마음처럼 간사한 것이 없다고 허드니만 당신이 이리 될 줄은 꿈에도 몰랐소. 물도 씻어 먹을 사람이라고들 칭찬만 듣고 살던 당신이 누굴 만나갖고 이렇게 되어부렀냔 말이요. 욕심이 사람 잡는다고 허는 것인데 잘못되기라도 허면 어떻게 헐라요?"

그녀는 원망스러워서 탄식을 하듯 심드렁한 표정으로 말했다. 낯을 붉혀가며 투덜거리며 볼멘소리를 뱉어내었다. 마치 성마른 사람처럼 마른 침을 삼켜가며 입술을 배죽 내밀었다.

"여보. 한번만 믿어주랑께. 젊어서는 고생을 사서라도 헌다고 허질 않던가? 딱 눈 감고 아버님 모시고 이 년만 참고 있어. 내가 꼭 세상을 바꿔놓고 말 것잉께."

그는 뱅긋 멋쩍은 웃음을 지어가며 뿌듯한 표정을 보여주었다. 허나 민순은 어처구니없는 말을 해대는 통에 불길한 예감마저 솟구쳤다. 마치 세 살 먹은 아이와 다름없어 보였다. 그녀는 허탈한 심정으로 탄식을 하듯 말했다.

"말도 안 되는 소리 그만허싯시오. 지금 제정신이 아닝갑소. 이 산골에 늙으신 아버님을 남겨두고 떠나겄다는 말을 하고 싶소? 천하에 불효막심한 짓이지요. 누구 말을 들었기에 갑자기 그렇게도 매정하고 박절한 사람이 되어부렀소? 아버님 돌아가신 뒤에 제사상에 골백번 절을 한들 무슨 소용이 있다요? 살아계실 제 찬물 한 그릇이라도 떠드린 것이 자식 된 도리 아니요. 기와집도 쌀밥도 다 싫소. 나는 죽으나 사나 손발이 닳도록 함께 일해서 오순도순 밥상 마주하고 사는 사람을 원한당께요. 벼슬 쫓아 먼 곳으로 떠난 남자보다 자식들 달고 빌어먹고 사는 동냥치를 더 바랄 뿐이란 말이요."

그녀의 말하는 표정에는 비장한 각오를 담겨있었다. 자식 된 도리를 다하라고 일침을 가하는 소리. 투박스럽고 맵짠 냉갈령을 쏟아내며 더 이상 말을 하지 말라고 다그치는 것 같기도 했다. 그녀는 티끌만한 기대마저도 하지 않겠다는 듯 속정까지 모든 것을 훌훌 털어낼 태세였다. 얼굴에는 잔뜩 독이 올라 있었고 투박한 주름살로 불만스러움도 드러냈다.

득창은 침통한 표정으로 수박 같은 머리통을 푹 숙이고 앉아있었다. 넋이 나간 사람처럼 멍하니 방바닥만 내려다보았다. 잠시 어색한 침묵이 흘러가고 있었다. 민순은 잠에 떨어진 아들을 방바닥에 눕히고 가슴을 다독거렸다. 슬그머니 눈을 감은 성음은 조용히 꿈나라로 향하고 있을 때 득창은 허깨비를 본 사람처럼 소스라치듯 얼굴을 쳐들었다.

"그럼 나보고 어떻게 하란 말이어! 감옥으로 가란 말잉가?"

그는 망연자실 넋 나간 꼴로 침통하게 소리쳤다. 눈자위가 붉어지고 이빨을 으드득 깨무는 것 같더니 목울음도 비명도 아닌 소리를 다급하게 질렀다. 얼굴에는 불만의 빛으로 가득 차 있었다. 입술이 터지도록 엇물어가며 어눌한 표정도 지었다. 호들갑을 떨어대는 아빠 때문에 깊은 잠으로 빠져들던 어린 것이 화들짝 놀라 눈을 뜨고 울었다. 그녀는 애써 다독다독거려보지만 벌떡 일어나 엄마 품으로 달려들었다. 품속으로 끌어안고 다시 젖꼭지를 물려가며 흔들어가며 달래었다.

"감옥이라니요? 안 가면 그만이제 왜 감옥으로 간다요?"

"아니랑께. 나는 징용을 가것다고 지원서에 도장을 찍었단 말이어. 모레 아침 주재소로 가야 한다니까. 만일에 가지 않으면 금방 감옥으로 간다고 했어. 나는 벌써 징용자나 똑같당께. 감옥에 가느니 차라리 징용으로 가서 돈이나 벌어가지고 올텡께 나 좀 가만히 놔주면 안 되겄능가?"

"뭣이라고 했소? 지원서를 썼다고라우?"

"그랬단 말이어. 이제 와서 나보고 어떻게 하라고 그러능가? 안 가면 난 죽는당께."

그는 벽에다 머리를 쿵쿵 쥐어박으며 소리쳤다. 마치 불화살을 맞고 내빼는 사람처럼 제정신을 잃은 것 같았다. 미친개가 날뛰듯 고개를 흔들어대는 눈빛에는 광기가 넘쳐나는 것도 같았다. 눈동자에 이글이글 살기마저 돌고 있었다.

민순은 남편의 고래고래 왜가리청 같은 소리에 그야말로 간장이 떨어지는 소리가 후드득거렸다. 감옥으로 잡혀간다는 말에 갑자기 손발이 저리며 맥도 풀려왔다. 심장이 갈기갈기 찢어지는 소리가 들리는 것 같았다.

"일본이라는 나라는 도대체 나와 무슨 철천지원수여서 가는 곳마다 나를 못살게 하는지 모르겠소."

민순은 주먹으로 가슴팍을 쿵쿵 쥐어박으며 애탄을 쏟아내었다. 청천의 날벼락 같은 변괴가 왜 자기만을 향해 다가오는지 알 수 없는 일이었다. 머릿속이 텅 비어버린 듯 보이는 것도 없고 들리지도 않았다. 천길만길 낭떠러지에서 밑으로 떨어져 내려가는 순간과 다름없었다. 빨랫방망이로 치도곤을 맞은 사람처럼 혼몽에 빠져들면서 방바닥에 벌러덩 쓰러지고 말았다. 입에서는 알 수 없는 비명소리가 뿜어져 나왔고 어린 것은 쓰러진 엄마를 부여잡고 기겁을 하며 울어대었다. 침을 질질 흘려가며 엄마를 흔들어대는 어린 것을 바라본 득창은 아들을 얼싸안고 아내를 일으키려 애를 쓰기 시작했다. 아내는 뼈 없는 문

어처럼 힘이 빠진 채 흐늘거렸다. 그는 겁이 덜컥 나기 시작했다.

"여보! 왜 이래. 정신 차리랑께. 정신 차려."

그는 울먹이며 아내를 불러대었다. 하지만 아내는 고개마저 뒤로 젖히며 몸을 추스르지 못하고 전신의 기운이 탈기되고 있음이었다. 이마에 식은땀이 줄줄 흘러내리고 입술이 파래지는 것. 불러도 꼼짝도 하지 않고 몸을 부려버렸다. 의식이 가라앉은 아내를 안은 그는 소스라치게 놀라며 악을 썼다.

"여보! 정신 차려야 헌당께. 여보!"

어린 것은 엄마를 더듬으며 울기 시작했다. 득창은 머리에 쓰고 있던 흰 수건을 벗어 이마를 닦기 시작했다. 몸을 흔들어가며 아내를 불러대었다. 그러나 그녀는 감각마저 빠져나가고 없는 것 같았다. 감긴 눈은 그대로였고, 갈수록 의식이 아득하게 멀어져 가는 것. 겁에 질린 그는 눈망울을 또록또록 굴리며 울먹이는 목소리로 불러대었다. 울부짖는 소리에 문풍지마저 떨기 시작했다. 이때 방문 열리는 소리가 빼깍하고 들렸다.

"무슨 일이냐?"

학동영감이 방문을 열고 구부정히 다가와 눈알을 휘굴렸다. 잠결에 울먹이는 소리를 듣고 나온 것. 싸늘한 정색을 하고서 돌부처처럼 굳은 표정으로 바라보았다. 얼굴에는 수심이 가득 내려앉아 있었다. 놀란 토끼 가슴 쓸어내리듯 손바닥으로 며느리 이마부터 만졌다. 몸에 온기가 빠져나간 것처럼 싸늘한 것 같기도 했다. 이어 눈두덩을 밀어 올려 눈동자를 들여다보고는

"이 밤에 무슨 일로 이러느냐? 이 무슨 재변이냔 말이다."

원망스러운 눈빛으로 아들을 쏘아보며 다급하게 소리쳤다. 득창은 아내를 이불 위에 반듯하게 누였다. 울어대는 어린 아들을 보듬어 달

316

래보지만 엄마한테만 가려고 몸부림을 쳐대었다. 학동은 며느리의 팔 다리를 힘껏 주무르기 시작했다. 경황이 없는 득창은 우왕좌왕하다가 부엌으로 나가 방에 불을 지피며 물을 데웠다. 잠시 후 따뜻한 물을 담 아 들고 들어와 물찜질을 하기 시작했다. 있는 힘을 다해 팔다리를 굽 혔다 폈다 해가며 손가락 마디까지 주물렀다. 어깨를 주무르고 머리 를 흔들어 보지만 의식이 돌아오지 않았다.

"어서 말해라. 뭣을 잘못했기에 이러냐?"

득창은 얼른 입을 열지 못했다. 묵묵히 고개만 떨군 채 실의에 빠진 사람처럼 아내만 흔들어 대었다. 볼을 타고 굵은 눈물이 주르르 흐르 고 있었다. 눈물과 콧물이 범벅이 되어 침침한 불빛 아래 어룽거렸다.

"이 놈아 저녁 먹을 때까지 멀쩡했는데 뭣을 잘못했기에 내 며느리 가 이 모양이다냐? 니가 정령 환장을 했는 개비다."

학동은 목이 멘 목소리로 매닥질을 하듯 다그치고 나섰다. 눈에는 눈물이 그렁그렁거렸고, 얼굴은 벌써 흙빛이 되어가고 있었다. 학동 은 팔다리를 주무르면서도 연신 눈동자를 들여다보고 있었다.

"이놈아 멋을 잘못했냔 말이다. 오갈 데도 없이 산속에 살라는 것도 서러운디 무슨 말을 했기에 이러냔 말이다?"

학동은 아들을 향해 주먹뺨이라도 한 대 후려칠 것처럼 노발대성을 쏟아냈다. 그러나 득창은 얼른 입을 열지 못했다. 할미꽃처럼 고개를 숙인 채 눈물을 훌쩍이고 있었다. 학동은 온 힘을 다해 몸을 주무르며 팔다리를 폈다 오므렸다. 계속해서 온몸을 주무르며 물수건을 갈아 올렸다. 미지근한 물을 버리고 다시 따뜻한 물을 떠왔다. 서너 차례 물찜질을 해대었다. 아내는 이내 몸을 오싹거리더니 팔다리를 꼼지락 거렸다. 의식이 살아나는 것 같았다. 온몸에 따스한 기운이 돌면서 움 츠리기까지 했다. 몇 차례 팔다리를 허우적거린 뒤 이윽고 반눈을 떴다가 다시 스르르 감기를 반복하더니 눈을 뜨고서 방 안을 휘둘러보았다. 이내 정신이 도는지 곁에서 울고 있는 아들을 끌어당겨 다독거리기까지 했다. 안도의 한숨을 쓰러지게 내쉰 그는 마치 초열지옥에 발을 담그다 나온 사람이나 다름없어 보였다.

"아가! 괜찮냐?

하지만 그녀는 말을 못하고 고개만 까딱거렸다. 의식이 돌아온 것임에는 틀림없어 보이나 아직 힘이 없는 듯 몇 차례 눈을 감았다 뜨기를 반복하고서 일어나려고 했다.

"안 된다 조금 더 누워 있거라. 워매! 인자 내가 살겄다. 워매 내가 살겄당께."

학동은 그제야 옅은 웃음을 머금고 무척 반가워했다.

"아가. 이제 말은 허겄냐?"

"예. 아버님."

민순은 얄브스름한 입술로 힘없이 대답했다. 아직도 눈꼬리를 가늘게 찢어 남편을 바라보았다. 생각할수록 울분이 솟구치는지 무겁기만한 눈꺼풀을 간신히 말아 올리고는 노기품은 눈길로 그를 째려보았다. 상깃한 눈언저리에는 이내 눈물이 배어나오고 가슴속 터지는 긴한숨을 내뿜었다. 이어 고개를 돌려 이불에 비벼대며 흐느적거렸다. 남편이 무척 못마땅하게 비친 까닭이었다. 우는 아들을 안고 따독대며 추기고 있던 그는 계면쩍은 낯으로 아내를 내려다보았다. 괴로움이 극도에 이른 그는 천장을 향해 눈을 씀벅거리며 안절부절하지 못했다. 긁어 부스럼을 만들어 낸 꼴, 죄책감과 회한에 몸부림치는 모습이 낯빛에 역력했다.

촉촉한 눈물이 새어나와 볼을 적셔주면서 허탈한 슬픔 속으로 빠져들어 가고 있음이 분명했다.

"어째서 그랬냐? 무슨 일이라도 있었던 것이냐?"

전에 없었던 아들 내외의 괴로워하는 모습을 바라본 학동은 심신이 마디마디 잘려나간 것 같았다. 인생의 허무와 무상함까지 밀려들면서 삶에 대한 애착이 싹 달아나고 말았다.

"아버님! 성음이 애비가 돈 벌러 가고 싶다요."

민순이 처연한 눈빛으로 일러바치듯 말했다. 그녀는 낙심에 차 있었고, 허탈한 속내를 감추지 않았다. 남편의 변탈로 인해 일순간 실신을 한 것임을 내비쳤다. 절대로 가서는 안 된다는 것을 암시라도 하려는 듯 지그시 눈을 감고서 고통스러움을 에둘렀다. 장황한 얘기를 구차하게 끌어당기지도 않은 채 목에 걸린 가시를 빼달라고 조르는 것 같았다. 그것은 가슴에 쌓인 울분이었고, 죽어도 보내서는 안 된다는 동조의 애원이었다.

허리를 굽힌 채 귀를 쫑긋 세우고 있던 학동에게는 마치 비명같이 들렸다. 내용의 진위를 제대로 알지 못한 그는 고개를 돌려 아들을 쳐다보았다. 얼음장같이 차가운 시선으로 무언의 항의를 보냈다. 바른대로 종실직고하라고 다그치는 것이었다. 방안 공기는 음습한 기운이 뼛속까지 파고드는 서먹한 분위기로 바꿔지기 시작했다. 득창은 가슴에서 두방망이질을 하고 있었다. 초조한 마음을 억누를 길이 없었다. 눈치만 슬금슬금 보면서 목을 길게 빼고 아들을 업고 서 있었다. 침 먹은 지네처럼 입을 다문 채 서있는 남편을 바라본 민순은 악에 받쳐 가만히 누워 있을 수가 없었다. 그녀는 오들오들거리는 몸을 억지로 일으키려 들었다. 그녀를 바라본 학동이 손사래를 치며 말했다.

"아니다. 가만히 누워 있거라."

"아버님. 돈이면 다 된 것이요?"

그녀는 원통하고 한스러움이 가득 찬 눈빛으로 바라보며 말했다.

눈빛에는 분명 하얀 서글픈 앙금이 고여 있었고 원성도 서려 있었다.

"사람이 살라믄 돈도 있어야 허겄지만 그보다 정(情)이 먼저야제. 정을 위해 돈도 버는 것이 아니냐? 돈만 생각하고 산다면 그것은 짐승과 똑같은 짓이제."

"그런데 돈을 벌어 오겄다고 일본으로 간다고 헌다요. 또 일본엘 다녀오면 헌병보조원이 되어 천한 신분도 없어진다고 저렇게 야단이랑께요."

그녀는 시아버지의 말씀에 기운을 차리고 억지로 후들후들 몸을 일으켰다. 학동이 몸을 붙잡아주려 들지만 그녀는 혼자서 벌떡 일어나고 말았다. 악이 받치는 것인지 없던 힘을 어디서 끌어다가 쓰는 모양이었다. 헝클어진 머리는 이미 쑥대머리가 다 되었고, 핼쑥한 얼굴에는 핏기마저 보타지고 없었다. 입가엔 비루먹은 소처럼 하얀 꽃이 피어 있었다. 울대에 핏줄이 튀어나오도록 마른 침을 삼켜가며 말했다. 마치 여울물처럼 맴돌고 있던 자신의 속 설움을 힘껏 하소연이라도 하려는 것임에 틀림없어 보였다.

"안 된다. 그것은 사람으로 해서는 안 될 짓이제. 시상을 혼자서만 어떻게 산다냐? 갈라믄 너 혼자 가지 말고 니 처자식을 데리고 가거라. 나는 이제 다 살아서 죽은 목숨이나 다름없응께 나는 걱정 말고 느그들끼리 가서 잘살아라."

말하는 눈에는 알 수 없는 묘한 광채가 훨훨 타오르고 있었다. 실망스러움이 역력한 눈빛으로 서로의 얼굴을 번갈아보며 말했다. 억분한 속마음을 달래느라 주름살 가득한 입술도 부르르 떨었다.

"이 속 창시도 없는 놈아! 생전의 한이라면 나라 잃은 설움인디 니가 일본으로 간다는 말이 나오냐? 평생 업으로 살아온 소리도 못하게 하는 놈들 도와주러 간단 말이냐? 나는 그 꼴 못 보겄다. 식구를 배신

하려 들라면 차라리 나를 죽이고 가거라."

목울대가 꿈틀거리면서 가슴에 응어리진 소리를 토해내었다. 눈가에는 이슬도 갈쌍갈쌍 고이면서 복받치는 설움을 억누르지 못해 수염턱을 부르르 떨기도 했다.

민순은 시아버지가 그렇게 믿음직스럽고 마음에 들 수가 없었다. 마치 소다를 입에 넣고 물을 꿀딱 마신 것처럼 속이 후련하게 뚫려가는 기분이었다. 허튼 짓을 하고 다닌 남편 때문에 죄스러운 마음도 가눌 길이 없었다.

"엊그제까지만 해도 소리해서 명창 되자고 해놓고 징용 지원서에 도장을 찍고 왔다요."

민순은 북받치는 서러움을 이겨내지 못하고 울먹이며 말끝을 흐렸다. 가슴에 피멍으로 박힌 원한의 아픔을 참지 못한 듯 두 눈에서 볼을 타고 눈물도 흘러내렸다.

"뭣이라고 했냐? 지원하고 도장을 찍었어?"

학동은 여름매미 울음주머니처럼 턱을 덜덜 떨었다. 골 주름이 가득한 입술을 씰룩거리며 당혹감은 감출지 못했다. 두 눈을 부릅뜨고 원망에 찬 시선으로 득창을 바라보며 고성대언을 토해내었다.

"시상에 니가 애비를 허세비로 여기고 있었능 개비다. 일언반구도 없이 니 맘대로 그 짓을 했단 말이냐? 그래 어서 가거라. 사람이 죽고 싶으면 무슨 짓을 못하겠냐? 솔직히 며느리가 안타까워 죽겠다. 너도 봤을 것이다. 시상 어디를 다녀봐도 내 며느리처럼 이쁘고 속 좋은 이는 못 봤다. 턱없는 관을 쓰면 박이 벌어진다고 허드니 꼭 그 꼴이 났구나. 니 처가 어떤 집안 여자인 줄이나 생각해보고 그런 짓을 했냐? 복이 없으면 어쩔 수 없는 것이제. 망치가 가벼우면 못이 위로 솟는 법이다."

학동은 눈썹을 마늘모처럼 세워가며 이맛살을 찌푸릴 대로 찌푸린 채 아들을 노려보았다.

비탄의 슬픔이 울컥거린 거북살스러운 노성으로 탄식을 가누지 못했다. 미간을 좁혀 내 천(川) 자를 그리고 관자놀이에는 파란 핏줄이 파르르 튀어 올랐다.

득창은 회탄의 슬픔을 머금은 아버지 앞에 무릎을 꿇고 엎드린 채 두 손을 모아잡고 싹싹 빌기 시작했다.

"아버님! 지가 죽을죄를 지었구만요. 돈 좀 벌어갖고 잘살아 보려고 했던 것인데 지금 생각해보니 백번 생각해도 잘못했구만이라우. 다행히 이장 덕분에 목장으로 일을 나가 살았지만 산일이 끝나고 나면 또 다시 식구들을 굶길 것 같아 아버님 맘 상하게 해드렸구만요. 어떤 고통이 있어도 참고 돈을 벌어야 쓰겠다고 혼자서 속다짐을 하다 그렇게 되었구만이라우. 일본으로 가면 돈도 많이 벌 수 있다고 하고 헌병보조원도 될 수 있다고 허기에 그만 도장을 찍었구만이라우. 돈 벌어와서 쌀밥 묵고 성음이 공부를 가르치고 싶었어요."

득창은 숨이 멎을 것처럼 애통을 쏟아내었다. 목이 멘 소리를 훌쩍이느라 말끝을 매지 못하는 그의 얼굴에는 눈물이 범벅이 되어가고 있었다. 학동은 그게 아니라는 듯 도리질을 해대가며 들었다. 참을 수 없는 아픔을 느낀 학동이 반딧불처럼 가냘픈 등잔불을 바라보며 입을 열었다.

"시상살이가 맘묵은 대로 된다냐? 니가 생각했던 것처럼 돈 잘 벌고 헌병보조원이 된다고 한다면 안 갈 사람이 누가 있겠냐. 그렇게도 좋은 일인데 너한테까지 차지가 온다는 것도 이상한 일이제. 설령 그렇다고 허자. 니가 없는 동안 내가 죽어불면 니 처자식만 남을 것인디 둘이서 어떻게 살 것이냐? 이 험한 세상에 가만 놔두겠냐? 천만금을 벌어오고 벼슬을 얻어온다고 헌들 그 무슨 소용이 있겠냐? 미련한 송아지 백정을 모르는 벱이고 백정이 가마를 타면 온 동네 개가 다 짖는 것이다."

학동은 마치 세 살 먹은 이를 가르치듯 냉엄하고도 존조리 타일렀다. 예견된 결과를 조목조목 들먹이며 절곡히 말하자 득창의 눈빛이 달라지기 시작했다. 민순도 가만히 있지 않고 시아버지를 두둔하는 투로 한마디 거들고 나섰다.

"사람은 집 떠나면 고생이라고 허는 것인디 하물며 나라를 떠나서 어떻게 살 것이요? 송충이는 솔밭에서 살아야제 갈밭에 내려가면 죽는 것 아니겠소? 허욕이 패가를 부른다는 것 아니요?"

"니 처의 말 하나도 틀린 데 없다. 욕심 많은 놈은 먹고도 굶어 죽는다고 허는 것이다. 죽이면 죽, 보리밥이면 보리밥을 먹으면서 오순도순 살아가는 것이 복인 것이다. 부자로 잘 묵고 산다고 해서 피가 파란 것도 아니고, 뼈골이 두 개인 것도 아니지 않으냐?

학동은 기력이 부쳐 가는 한숨을 토해내가며 말했다. 파김치처럼 축 늘어진 노구(老軀)임에도 불구하고 자신의 소신을 당당하게 거침없이 피력했다. 저승까지 가지고 가려던 말이었다. 득창은 애써 무덤덤한 표정을 짓다가 아버지의 지고(至高)한 가르침에 그만 고통스런 신음소리를 내기 시작했다. 돌이켜 생각해볼수록 자신이 너무 잘못했음을 깨달았다. 성미 급한 불나방이 불구덩이로 뛰어들어 날개를 태우는 짓과 다름없는 일이었다. 닥쳐올 일을 어찌해야 할지 난감한 표정을 지어가며 당황스러운 기색을 감추지 못했다.

"그래 지원하면 꼭 가야 한다고 허드냐?"

그는 대답도 못한 채 한숨을 쉬며 고개를 돌려버렸다. 희미한 호롱불에 비치는 그의 용색이 초췌하기 그지없었다. 혼자서 얼마나 애가 탔는지 몰골이 말이 아니었다. 눈이 우묵하게 들어가 뼈만 도드라지게 튀어나왔다. 검은 구레나룻이 우락부락하여 산속에 숨어 사는 산적 같아 보였다. 학동도 아들의 모습이 너무 안쓰러워 가슴이 타들어갔다.

"아버님. 성음이 아빠는 모레 일본으로 가야한다요. 한번 지원했으면 꼭 가야 한다면서요. 안가면 감옥으로 잡혀 간다요."

민순은 체념 속으로 빠져 들어간 사람처럼 흐느끼며 말했다. 목소리는 비애에 젖어 있었고 침통한 빛이 역력했다. 학동 영감은 감옥이라는 말에 심장이 멈추는 듯 소스라치게 놀랐다. 어찌할 줄 모르고 눈을 뛰룩거리며 불안감을 감추지 못했다. 마치 심봉사가 딸자식을 잃어버리는 것 같은 심정으로 허전한 상실감을 이기지 못하며 방바닥을 두드리며 박복한 자신의 팔자에 대한 신세한탄을 늘어놓았다.

"나는 그런 줄조차는 몰랐다. 이 일을 어쩌야 쓸 것이냐? 가난한 소리꾼으로 물려준 것 없는 이 애비가 무슨 할 말이 있겠냐마는 그래도 니 처를 생각해야제. 이 어린 것을 데리고 어떻게 살라고 너 혼자 간다고 도장을 찍었냐? 부부는 일신인디 한마디는 물어보고 도장을 찍었어사제. 사람의 탈을 쓰고서 어찌 그런 일을 할 수 있단 말이냐? 감옥으로 가는 한이 있어도 일본으로는 갈 수 없다. 이놈아! 왜 니 맘대로 허냔 말이다. 워매 이 일을 워쩌야 쓸 것잉고."

학동은 거푸 한숨을 내쉬며 날벼락을 쏟아내었다. 맹혹한 꾸지람에 얼굴을 들지 못한 득창은 머리를 쿵쿵 쥐어박았다.

"아버님! 지가 날이 새면 이장님을 찾아가 싹싹 빌어 볼라요. 죽을 죄를 지은 것도 아닌데 모른 척이야 할랍디여. 늙은 부친 놔두고 갈 수가 없으니 다른 사람을 대신 보내면 안 되겠냐고 사정을 할라요. 부모님 은혜를 아는 사람이라면 들어주겠지요."

민순이 울부짖듯 말했다. 굵은 눈물을 똑똑 흘려가며 시아버지를 위로하려 들었다.

"이장한테 부탁해서 된다면 얼매나 좋겄냐. 이장이 그렇게만 해준다면야 내 머리를 뽑아서 신을 삼아 주겄다."

학동의 얼굴에는 실망스러운 빛이 역력했고 목소리는 잠겨 있었다. 흐릿한 불빛 아래 아들을 바라보는 눈빛에는 원망스러움이 이글거렸다.

"가서 부탁해볼 사람은 이장밖에 더 있겄어요."

민순이의 목소리는 삶아놓은 호박잎처럼 매가리가 하나도 없었다. 빗장이 풀린 듯 눈빛마저 짙은 구름이 덮은 가을하늘처럼 무력감에 젖어 있었다.

"기왕 엎질러진 물을 어떻게 허겄냐? 물에 빠진 사람은 지푸라기도 잡는다고 허질않더냐 힘이 될 성싶으면 붙들어 잡고 사정을 해봐야제."

"이장 힘으로도 안 된다면 면사무소라도 가서 사정을 해 볼라요."

"이것이 무슨 꼴이다냐? 밥 묵고 할 일이 그리도 없어서 목에 칼을 차고 나 좀 죽여주싯시오 하고 간 사람이나 다름없는 일이제."

"아버님. 밤이 깊었어요. 어서 주무셔야지라우."

그녀는 혹시 시아버지 건강이 나빠지지 않을까 걱정이 되었다. 그렇지 않아도 가을로 접어들면서 급격히 쇠약해지는 것을 느낄 수 있었다. 식사량도 예전만 못하고 특히 가래 끓는 소리가 커져가는 것이 걱정이었다. 하루도 빠지지 않고 도라지와 모과를 끓여 드려보지만 큰 효험이 보이지 않았다.

"지금 잠이 오겄냐? 내일 이장을 만나러 갈라면 니가 어서 이불 깔고 귀 좀 붙이거라. 어리버리한 놈 만나갖고 니가 고생이다."

325

학동은 깊고 진한 한숨을 몰아쉬며 비척비척 자리에서 일어났다. 금방이라도 쓰러질 것만 같아 보기에도 불안했다.

"예. 아버님."

학동은 익모초 잎을 씹는 표정을 지어가며 방문을 열고 나갔다. 자정이 지나는 것 같았다. 둘이는 밤새 한숨도 자지 못하고 뜬 눈으로 꼬박 세웠다. 어림잡고 새벽 여명이 밝아질 것 같아 자리에서 일어난 그녀는 아침을 지었다. 밥상을 차려드니 그때서야 동녘하늘이 희붐하게 밝아오기 시작했다. 시아버지께 아침상을 올리고 그녀는 곧장 집을 나섰다. 납덩이같이 무거운 몸으로 이장 집으로 향했다. 가슴이 두근거리고 불안했다. 지난 악연을 생각한다면 꼴도 보기 싫지만 사정이 이렇게 되고 보니 그에게 아쉬운 부탁을 하지 않을 수 없었다. 이제 더 이상 물러설 곳도 없고, 물러서도 안 될 처지에 놓인 민순은 체면으로 씌워 놓은 탈을 벗어던졌다. 이제 와서 탓을 한들 모두 하릴없는 짓, 갑자기 엄습해오는 긴장감을 가슴에 안고 비탈진 산마루 길을 걸었다. 속없는 어린 것은 나들이가 마냥 좋은지 등에서 써늘한 아침 추위에도 아랑곳하지 않고 신바람을 내며 좋아했다.

비탈진 산길 풀포기에는 하얀 서리꽃이 내려앉아 으스스하게 몸을 죄어왔다. 찬 서리에 젖어든 발가락이 시렸다. 이장 집을 묻고 물었다. 나지막한 산길을 돌아 골목길로 접어들었다. 남편한테 들었던 대로 형제봉 자락 남향바지에 고아하고도 덩실한 기와집이 눈길 안으로 들어왔다. 민순은 마치 어렸을 적 외갓집 생각이 떠올랐다. 엄마를 따라 갔던 외갓집이 이와 같은 덩실한 기와집이었다. 엄마 생각이 뭉클 떠올라 형언할 수 없는 감정이 가슴을 후벼 파기 시작했다. 대문은 닫혀 있었다. 그녀는 염치 불고하고 대문을 두드렸다. 예상했던 대로 개가 컹컹 짖어대었다. 조막만한 삽살개도 대문짝을 물어뜯기라도 할 것처럼 달려들어 캥캥거렸다. 개 짖는 소리를 처음 들어본 어린 아들은 자라목 오그라지듯 움츠리며 등에 바짝 붙어 꼼짝도 하지 않았다. 산골에서만 살았던 탓이라 개를 보지도 못했던 것.

"계십니까? 이장님!"

그녀의 소리에 놀란 개들은 하얀 이빨을 드러내며 발광하기 시작했다. 금방이라도 달려들어 물어뜯기라도 할 듯 하얀 송곳니를 드러내며 발버둥을 쳐대었다. 귀청을 찢어낼 듯 짖어대는 개 짖는 소리를 듣고 주인이 다가왔다. 문틈 사이로 비친 사람은 이장 부인으로 보인 여자였다. 초겨울인데도 벌써 명주 저고리에 도톰한 누비조끼를 입고 있었다. 부자가 아니고서야 입을 수 없는 옷. 그녀는 대문으로 다가와 개부터 묶어 매었다.

"누구를 찾는 거요?"

"예. 저 이장님을 뵈러 왔구만요."

쑥스러워 얼굴을 붉히면서 덥석 허리부터 굽혀 인사부터 했다. 엷은 웃음으로 타고난 넉살처럼 아부를 하려 들었다. 부인은 예리한 눈길로 위아래를 훑어보고는 다시 물었다.

"누군데 아침부터 이장님을 찾는겅가?"

눈을 삐딱하게 뜨고 바라보는 눈매가 날카로웠다. 조금 짜증스럽게 들리는 어투에는 불만도 섞여있는 것 같았다. 그녀는 무턱대고 대문 안으로 들어섰다. 송아지만 한 누렁이가 이빨을 날로 새우며 노려보았다. 목줄에 감긴 개는 앞발을 쳐들면서 짖어대었다. 그러다가 뱅글뱅글 돌기도 했다. 민순은 오금이 조려 걸음을 제대로 걸을 수가 없었다. 조그만 삽살개가 다가와 앞에서 물려들었다. 부인은 삽살개 목덜미를 잡고서 짖지 말라고 얼굴을 쓰다듬었다. 남편 말마따나 개들 밥그릇에는 쌀밥찌꺼기가 남아있었다. 남편이 이집에 다녀온 뒤 마음이 변했다고 생각하니 감정이 미묘해지며 서글픔이 밀려들었다. 눈물이 핑 돌았다.

"지는 자정골에서 왔구만이라우."

"자정골이라. 웅 그 소리꾼 며느리가부네."

"예. 그렇구만요."

"그런데 무슨 일로?"

부인은 의아쩍은 눈길로 바라보며 물었다. 심드렁한 표정이었다. 마치 용수철이 튕기듯 냉소적이었다.

"이장님께 부탁드릴 것이 있어 왔구만이라우. 계시능가요?"

"계시기는 허네만. 이리 따라와 보소."

부인은 앞장서서 안채로 향했다. 머쓱한 표정으로 쭈뼛쭈뼛 눈치를 보며 뒤를 따랐다. 부인은 안채로 가서 안방 문을 열고 말했다.

"자정골에서 젊은 애기 엄마가 당신을 만난다고 왔구만이라우."

"무슨 일로?"

"부탁할 것이 있다고 헌디요."

"들어오라고 해."

부인은 민순을 바라보고 안으로 들어오라고 손짓을 했다. 그리고 먼저 마루로 올라가 방문을 열어놓고 서 있었다. 민순은 부인을 따라 방으로 들어갔다. 뒷벽 쪽문으로 동녘 하늘 아침노을이 선연하게 피어오르고 있었다. 반짝이는 노을빛에 방안은 환히 밝았다. 그녀는 방으로 들자마자 눈이 휘둥그레졌다. 윤기가 짜르르 나는 십장생과 꽃무늬 자개농과 문갑이 휘황찬란하게 노을빛에 반짝거렸다. 운학이 새겨진 반닫이가 삼층장과 함께 자태를 뽐내고 있어 눈이 부셔 얼른 바라볼 수 없을 지경이었다. 아랫목에는 휘어 굽은 노송가지에 백학이 노닐고 솔숲 사이로 보름달이 얽힌 팔 폭 병풍이 갈지(之) 자로 세워져 있었다. 병풍 뒤에는 시의 한 구절을 갈겨쓴 채 묵향이 그윽한 대여섯 자짜리 족자도 걸려 있었다.

민순은 남편의 속마음을 이해할 수 있었다. 이렇게 호사스러운 치장 속에 사는 모습을 보고 마음이 들뜨지 않을 수 없을 것만 같아보였다. 서얼차대(庶孼差待) 속에 온갖 차별과 천대를 받고 살았던 것인데 헌병보조원이 되어 일약 지주에 유명인사로 탈바꿈한 것을 보고 마음의 동요를 느꼈을 것 같았다. 그녀도 한편으로 솔깃한 생각이 들었다. 남편이 다녀오도록 내버려둘까 싶은 생각도 은근슬쩍 들기도 했다. 하지만 그것은 길이 아니었다.

이장 진홍은 사람이 들어와도 아랫목에 앉아 빨랫줄 같은 밋밋한 시선으로 바라보았다. 짙은 밤색 마도로스 곰방대를 물고 거만스러운 표정으로 눈을 내리깐 채 쳐다보았다. 민순은 애기를 업은 채 불고체면 반절을 했다. 그리고서 아기를 붙잡고 윗목 방바닥에 슬그머니 엉덩이를 가져다 붙였다. 자리에 앉자마자 그가 얄기죽대며 입을 떼었다.

"자정골에서 왔다고 했능가?"

"예. 어르신."

"무슨 일로 나를 찾아 왔능가?"

처음보다는 한결 부드럽고 밝은 표정을 지어 보였다.

"이장님 지 남편 일본에 좀 가지 않게 해주시라고요."

그녀는 죽을상 표정으로 곱작곱작 고개를 숙여가며 비진사정을 하듯 말했다.

"말도 안 되는 일이네."

이장은 도리질을 해대며 말했다.

"내일 아침에 면사무소로 나오라고 했다고 허든디요."

"설리설리 부탁해 가게 해줬는디 못 간단 말이여?"

"이장님 솔직히 갈 형편이 아니랑께요. 육십 객 아버님께서 고랑고랑하고 계시는디 어디를 갈 것이요. 우리나라라고 해도 못 갈 것인디 하물며 타국엔 더 어렵지라우."

"어허! 이 사람아. 말을 조심하게. 일본이나 우리는 이미 한 나라가 되었는디 타국이라니. 말을 함부로 했다간 큰일 나는 것이네."

그는 이미 일본 사람이나 다름이 없었다. 말 한마디 잘못했다간 혼쭐을 내줄 것처럼 메기 같은 입을 찢어가며 한바탕 나무랐다. 순간 가슴이 뜨끔했다.

"어르신 이번 한 번만 제 청을 들어주시면 그 은혜 죽을 때까지 잊지 않겠구만요."

그는 다시 곰방대를 들고서 담배통에 가루담배를 비벼 넣었다. 이어 성냥불을 켜서 붙이고서는 쭉쭉 빨아대었다. 등에 붙은 어린 아들이 담배연기가 독했는지 연신 기침을 해대었다.

"인자서는 늦었제. 진즉 지원서가 올라가부렀을 것인디 이제야 왔능가?

"그러면 이제는 안 되능가요?"

민순은 얼굴이 샛노랗게 질려가며 부들부들 떨며 물었다. 이장은 차가운 눈길로 기억을 더듬어가며 허심탄회하게 말을 이어갔다.

"이제는 꼼짝 못 하제. 안가면 금방 잡으러 올 것인디. 내가 도와줄 수 있다면 나서 보겠네만 이미 군을 거쳐 도청에까지 올라가부렀으니 아무 소용없는 일이제. 나한테 서운하다고 하지는 말게."

그는 감출 것도 속일 것도 없다는 듯이 알고 있던 사실을 하나씩 벗겨내고 있었다. 민순은 갑자기 목덜미에서 싸늘한 뱀이 입을 날름거리며 턱을 치받는 것 같았다. 오소소 소름이 돋아나면서 아슬아슬하고 위험한 외줄 타는 심정이었다.

"그러면 어디로 가서 사정을 해야 되능가요?"

"인자 소용없당께. 가서 이 년만 있으면 올 것이고 돈도 많이 벌어올 것잉께 갔다오라고 허제 그렁가?"

짜증럽고 불만이 잔뜩 묻어난 말로 쏘아대었다. 커다란 눈을 찡그리려가며 시큰둥하게 콧방귀를 뀌듯 말했다.

"절대로 갈 수 없구만이라우. 늙은 아버님을 놔두고 어떻게 집을 비울 것이요? 객지에 나가 있다가도 돌아와야 할 처지랑께요."

"언제는 대일본제국 황국신민으로 살겠다고 맹세를 해놓고 금세 맘이 변했당가? 그런 자식에게 일자리를 만들어 준 내가 바보였구만. 절대로 봐줄 수 없으니 그리 알게."

진홍은 두말도 내지 못하도록 눈을 부릅뜨며 야단을 쳤다. 싸늘한 시선으로 바라보는 눈빛은 냉랭하기 그지없었다. 더 이상 말을 붙일 수가 없었다. 알았다는 듯이 고개를 끄덕끄덕거리며 반절을 하고 마당으로 나왔다. 솟아오르는 억분을 참을 수가 없었다. 그러나 집으로 곧장 갈 수 없었다. 이장보다 더 높은 면장을 찾아가 매달려보고 싶었다. 절박한 심정을 말해주고 제발 징용만 보내지 말아달라고 사정을 해보고 싶었다. 해가 중천을 향해 줄달음질을 치는 것 같았다. 가을 햇볕이 꼿꼿하게 쏟아지는데도 등골이 시리도록 썰렁한 바람이 휘감았다. 흐르는 눈물을 주체하지 못한 채 면사무소로 향했다. 너무나도 통분한 까닭에 걸음을 걷는 발바닥 감각마저 잃어버렸다. 방향감각도 마비된 것 같았다. 보성강을 따라 싸늘한 북풍이 불어와 슬픈 볼을 후려치는 것 같았다.

곰재면사무소가 눈길 안으로 들어왔다. 방정맞게도 불길한 생각이 머릿속을 매대기질을 하는 까닭에 긴장의 끈마저 사라지고 없었다. 불문곡절 면장을 만나 사정을 해볼 요량이었다. 면사무소간판이 붙어 있는 철제 정문은 열려있었다. 남편이 떠나면 어차피 죽는다는 생각을 하니 세상의 그 어떤 형벌도 무서울 게 없었다. 정문으로 막 들어서려는 순간 헌병보조원으로 보이는 사람이 다가왔다. 그는 팔뚝에 붉은 완장을 두르고 긴 칼을 허리에 꽂고 있었다. 손에는 하얀 끈이 달린 나무 방망이를 들고 있었다. 쳐다보기만 해도 등골이 섬뜩했지만 마음을 비워버린 그녀는 두려움 같은 것은 헌신짝 벗어던지고 말았다. 도마에 오른 생선이나 다름없는 것이어서 식칼도 무섭지 않았다. 눈치 볼 것도 없이 모른 척하며 마당으로 들어가려 했다. 하지만 그는 위아래를 훑어보고서 뒤슬뒤슬 눈꼬리를 꼬아가며 천박한 웃음을 지으며 다가왔다. 여기저기 실밥이 터져 한두 바늘씩 꿰맨 치마저고리를 입은 데다 아이까지 둘러업은 여자의 남루한 행색. 땟국이 꾀죄죄하게 흘러내린 모습을 보고는 고개를 모로 비틀어가며 소리쳤다.

"어허! 여기가 어디라고 함부로! 여기는 당신 같은 여자가 올 디가 아니랑께."

야살스럽게 깔깔거리며 앞을 가로막고서 방망이로 가슴팍을 밀치며 어서 나가달라는 시늉을 했다. 하지만 민순은 못 들은 척 비켜가려고 옆으로 걸음을 옮겨갔다. 그는 계속해서 가로막고 도리질을 해대면서 방망이로 가로막았다.

"내 말이 안 들리능가?"

그러나 그녀는 못들은 척했다. 부러 정신이 나간 사람처럼 고개를 흔들어 싱둥싱둥거리며 비껴가려 들었다. 그는 다짜고짜 천박스럽게 소리쳤다.

"워매! 재수 없게 미친 여자 아닝가?"

그녀는 부루퉁한 얼굴로 그를 쳐다보았다. 어디서 그런 담력이 나왔는지 알 수 없을 정도로 눈을 또록또록 굴리면서 째려보았다.

"면장님 좀 만나려고 왔구만요."

민순은 억분을 참지 못하고 울먹이며 말했다. 눈초리를 삐뚜름하게 꼬아가며 날을 세웠다. 그는 약이 오른 뱀눈처럼 치뜨며 방망이로 내려치려 들었다.

"어디다 대고 주둥이를 함부로 놀려! 이 싸가지 없는……."

그때였다. 찰가당 소리가 나더니 안에서 또 다른 헌병보조원으로 보이는 사람이 나왔다. 안하무인으로 여자한테 핏대를 세워가며 방망이를 휘두르려는 모습을 보고는 의아쩍은 눈치로 다가왔다.

"무슨 일이야?"

헌병보조원은 얼른 고개를 돌려 거수경례를 올리며 말했다.

"실성한 여자가 면장님을 만나러 왔다고 헙니다요."

그는 마뜩치 않은 눈을 새치름하게 올려 뜨고서 민순의 매무새를 이리저리 살피려 들었다.

감숭감숭 난 구레나룻에 팔자수염을 기다랗게 기른 그는 방망이로 자기 손바닥을 탁탁 두드려가며 이리저리 왔다 갔다 하다가 입을 떼었다.

"실성한 여자구만! 이런 사람이 감히 면장님을 만나러 오다니. 면장님은 아무라도 만날 수 있는 줄 아능가 본데. 그래 무슨 일로?"

"지는 면장님한테만 말씀 드릴 것이구만요."

"어허! 감히 누구 앞에서 함부로 입을 나불거리능가. 고얀지고! 당장 내쫓아. 알았나."

"하이."

그는 닭 모가지 비틀 듯 그녀의 팔목을 휘어잡고는 정문으로 끄집었다. 그녀는 버틸 수도 없었다. 팔목이 꺾이고 팔꿈치가 비틀어지니 어깻죽지마저 빠져나가는 것 같았다. 키도 큰 데다 힘이 장사로 보인 그는 인정사정도 없었다. 잘못했다간 아들마저 병신을 만들어놓을 것만 같았다. 생살이 찢어지고 뼈마디가 뭉개지는 것 같은 아픔에 그녀는 그만 울음을 터뜨렸다. 정문 밖으로 끌려온 그녀는 그의 힘에 내동댕이치듯 신작로바닥에 쓰러지고 말았다. 어린 것을 다치지 않게 하려고 앞으로 꼬꾸라진 탓에 땅에 짚은 손바닥이 찢어져 피가 흘렀다. 땅바닥에 널브러진 채 고개를 숙인 그녀는 한참을 버르적거리고 있다가 그를 흘끗 한번 치올려보고 나서 꼬무락거리며 일어났다. 서러움이 뼈에 사무치도록 밀려왔다. 비탄의 한숨을 몰아쉬며 눈에서는 눈물이 걷잡을 수없이 솟구쳤다. 등에서 어린 아들도 서럽게 울어대었다. 면장을 만난다는 것은 결코 녹록한 일이 아닌 것 같았다. 그녀는 하릴없는 슬픔만 맛본 채 외마디소리 하나 남기지 못하고 발길을 되돌리고 말았다. 등에서 어린 아들도 서럽게 울어대었다. 엄마도 함께 울며 다시 논둑길을 걸었다.

그녀는 남편이 일본으로 떠나야 한다고 생각하니 당장 숨통이 끊어질 것만 같은 슬픔이 짓눌러왔다. 억장이 무너지면서 세상의 벼랑 끝으로 내몰린 기분이었다. 암담하고도 참담한 비애를 짓씹으며 몸에 남은 물방울이 모조리 눈물로 빠져나가는 것 같았다. 눈물을 뿌리며 자드락길을 돌아 자정골로 돌아온 그녀는 기진맥진 초주검이 되어있었다. 어린 것도 맥이 풀린 채 젖 달라고 보채기 시작했다. 먹은 것도 없이 탈탈 굶은 까닭에 젖이 나올 턱이 없었다. 그녀는 젖 대신 보리밥을 물에 넣어 으깬 뒤 떠먹였다. 일단 칭얼대는 것을 달래면서도 내일 일을 생각하니 가슴이 미어져 내렸다. 이 일을 어찌해야 할 것인지 하염없는 눈물이 앞을 가렸다.

남편은 고개를 늘어뜨린 채 눈치만 힐끔힐끔 보고 있었다. 산속에서만 사느라 세상 물정 모르고 숫하게 살아온 탓으로 돌려보지만 돌아올 고통을 생각하면 너무 가슴 아팠다.

"어째 이장이랑 만나는 봤냐?"

학동 영감이 목을 놓고 울먹이는 며느리에게 다가와 물었다. 밤새 잠을 이루지 못했는지 피골이 상접한 몰골 그대로였다. 가르랑거리는 목소리는 알아들을 수도 없었다.

"예. 아버님."

"그래 뭐라고 허드냐?"

그는 대답도 하기 전에 쓰러지는 한숨을 내쉬며 울부짖었다.

"아버님. 이미 늦었다요. 지원서가 군을 거쳐 도에까지 올라가서 꼭 가야 한다드랑께요."

학동은 일순 얼굴이 딱딱하게 굳어지면서 경악한 입을 다물지 못했다.

"그래서 내일 가야헌단 말이냐?"

민순은 말을 잇지 못하고 눈물을 울컥 쏟아내었다.

"다른 사람들이 안 갈라고 했다드냐?"

"이리저리 알아보고 했어야 할 일이제. 남들이 가자고 해도 못갈 형편임서 귀신이 씌어서 그랬겠지라우."

학동은 말끄러미 활성산만 바라보고 있다가 이를 옥물어가며 굳은 결심을 토해내었다.

"가서는 절대도 안 된당께. 감옥에 가는 한이 있더라도 일본엔 보낼 수 없단 말이다."

"감옥으로 가면 어쩔 것이요?"

"피해있다가 보면 또 좋은 일이 생길 수도 있을지 알겠냐? 그것도 쉬운 일은 아니다만 세상살이란 새옹지마(塞翁之馬)라고 허는 것잉께 그리라도 해보자."

학동은 그 와중에서도 결코 아들을 원망하거나 탓하지 않았다. 닥쳐올 고초만 생각하고 있었다. 아버지로서 안타깝고 가슴 아플 뿐이었다. 득창은 자신이 파놓은 허방 같은 질곡으로 여지없이 빠져든 꼴이었다. 그러나 민순은 엄두가 나지 않았다. 당장 내일부터 어떻게 몸을 숨겨야 할 것인지 가슴이 꽉 막혀왔다. 지난날 능주로 도망갔던 일이 뇌리에 알알이 박혀들었다. 그러나 그때와는 사뭇 달랐다. 홀몸이면서 여자였기에 가능한 일이었지만 지금은 처자식이 딸린 마당이라서 쉽지 않을 것 같았다.

"득창아!"

"예. 아버님."

"인생이란 새옹지마(塞翁之馬)라고 헌 것이다. 세상을 살다가 보면 어떤 것이 좋은지 모른다는 것이제. 어차피 이리 된 마당에 탓을 한들 무슨 소용이 있겠냐. 니가 그들의 꾀임에 빠진 것임에 틀림없어 보인다. 천만번 생각해봐도 니가 떠나서는 안 될 것 같다. 너는 어떻게 생각허냐?"

득창은 멋쩍은 표정을 지으며 자리에서 일어나 서있었다. 침통한 표정에 수심어린 눈매가 한량없이 애처로웠다. 눈이 우묵배미처럼 들어가고 광대뼈만 도드라지게 튀어나온 아들의 얼굴을 바라본 학동은 참아왔던 눈물을 기어이 흘리고 말았다.

"아버님. 지가 그들한테 단단히 속았구만요. 속은 제가 바보지요. 아버님 말씀대로 피해볼라요. 하지만 제가 피하면 당장 묵고 살 것이 없어서 어떻게 할 것이요."

그는 집안 식구 걱정부터 하고 나섰다. 가정을 책임지고 있는 이로서 착잡한 번뇌와 회환이 뒤섞여 있었다. 닭똥 같은 눈물을 뚝뚝 흘리며 자책감에 사로잡혀 있는 듯 보였다.

"너무 걱정하지 말거라. 눈만 뜨면 산천에 널린 것이 먹을 것인데 어찌 산 입에 거미줄 치겠냐. 내가 동냥질을 하더라도 굶어죽지는 않을 것잉께 가지 말거라."

그는 망부석처럼 표정 없이 굳어 있었다. 눈가에는 아직도 눈물이 그렁그렁 고여 있었고 얼굴에는 원한을 박아놓은 못 자국이 가득했다.

"아버지 말씀 들을라요. 숨어서라도 돈을 벌라요."

식구들을 위해 발버둥을 치려는 모습이 정말 가련하게 보였다. 징용을 가겠다고 지원한 것도 가족을 위한 것이었기에 탓할 수 없었다. 이상하리만큼 나라 잃은 설움은 그들에게 묘하게도 악연이 되어 꼬리를 물며 다가왔고 눈덩이처럼 한을 키워갔다. 얽히고설킨 고통들이 겹겹으로 다가온 탓에 필생의 원이었던 소리조차 할 수 없는 아픔에 젖어들었다. 나라는 망해도 산하는 남아있다고 했는데 소리마저 점점 자신을 떠나간다고 생각을 하니 마음이 안타까웠다.

출간후기

권선복(도서출판 행복에너지 대표이사)

성경에는 '지혜를 얻는 것이 은을 얻는 것보다 낫고 그 이익이 정금보다 나음이니라'고 적혀 있습니다. 책이야말로 '지혜'라는 보물을 가득 담은 창고가 아닐까요? 출판을 해 오며 가장 기쁜 순간이 있다면 지혜라는 귀중한 가치를 담은 글을 발견할 때입니다. 출판인의 입장에서 원석과도 같은 원고를 잘 편집하여 빛나는 보석으로 세상에 내놓는 일보다 뿌듯한 순간은 없습니다. 그 순간을 위해, 책으로 행복해지는 세상을 만들겠다는 사명감 하에 설립된 도서출판 행복에너지는 대한민국 방방곡곡에 행복에너지를 전파하고자 하는 열정으로 부단한 노력을 경주하고 있습니다.

좋은 책을 만들어 내는 것이 결코 쉬운 일이 아니었습니다. 바다 속에서, 숲 속에서 보물을 찾아 헤매듯 수많은 원고들 중 보석 같은 글을 찾기 위해 늘 다양한 모임과 함께 열려있는 사고로 한 달 평균 이십여 편 이상의 원고를 접수하고 세밀한 검토 과정을 거쳐 두세 편 정도가 출판이 결정됩니다. 사실 정상래 선생님의 글을 처음 접했을 때에는 엄청난 분량의 원고에 선뜻 출간을 결정하기 쉽지 않았습니다. 문학가로서 이렇다 할 명망이 없으신 분의 글을, 그것도 열 권 분량의 대하소설을 도서출판 행복에너지에서 세상에 펴낼 수 있을까 하는 고민을 많이 하였습니다.

하지만 원고를 읽으면 읽을수록 걱정은 환희로, 의문은 확신으로 굳어졌습니다. 한 장 한 장 페이지를 넘길 때마다 진주를 덮고 있는 진흙을 손수 걷어내는 느낌이었습니다. 그렇게 애써도 찾을 수 없었던 보석이, 바로 기쁨 충만한 행복에너지로 변신하여 눈앞에 다가온 것입니다. 그것이 바로 '한이 혼을 부르다' 『소리』와의 첫 만남이었습니다. 내부 회의를 수십 차례 거쳐 행복에너지에서는 8권의 대하소설 『소리』를 2013년에 출간하기로 과감히 결정하였습니다.

정상래 교장선생님은 40성상(星霜)을 후세교육에 바친 분입니다. 선생님의 고향은 유달리 소리문화가 살아 숨 쉬고 있는 곳이었다고 하셨습니다. 그중에서도 서편제의 산실이었다는 것이 너무너무 자랑스러웠답니다. 소리를 위해 살아간 선지자의 고결한 삶을 직접 듣고 자랐던 터라 그냥 묻어두기에는 너무 아쉬워 글을 쓰기로 했다고 하셨습니다. 틈나는 대로 자료를 모으고 지인들을 찾아 자문을 구한 지 6년의 세월이 걸렸고, 현지답사만도 수십여 차례가 넘었다고 합니다. 많은 사람들의 박수를 받으며 명예롭게 정년을 마치고서도 소설 '소리'를 원고지에 담아오셨습니다. 10년에 가까운 긴 세월동안 빚어낸 인고의 결정체를 본인에게 출판해 달라고 찾아오셨던 것입니다. 출판인으로 보았을 땐 이건 분명 하나의 보석이었습니다.

다이아몬드는 하루아침에 뚝딱 생겨나는 게 아닙니다. 검정 탄소 덩어리가 억겁의 시간 동안 땅속에서 고열과 어둠을 견뎌낸 끝에 찬란한 빛을 뿜어내는 '결정'이 됩니다. 우리 삶에서 강산이 변한다는 10년의 시간, 그 긴 시간 동안 저자의 열정으로 빚어낸 소설 '한이 혼을 부르다' 『소리』는 세상 그 어떤 보석보다도 찬란하게 빛나고 있습니다.

한 여인의 기구한 삶을 통해 지난 세기 대한민국이 겪었던 고난과 극복의 시간을, 그 한(恨)의 정서를 구성진 '소리'로 뽑아내신 정상래 선생님에게 힘찬 응원의 박수를 보내 드립니다. '가치와 철학'을 잃어버리고 방황하는 모든 현대인에게 한이 혼을 부르는 『소리』는 흐릿한 정신을 깨우는 명징한 울림이자 어두운 미래를 밝게 비출 햇불로 다가오리라 믿어 의심치 않습니다. 독자 여러분의 많은 성원과 지도편달을 부탁드리며 만사 대길한 행복에너지 샘솟으시기를 기원 드리겠습니다. 정말 감사드립니다.

줄거리 요약

7권의 요약

득창은 징용을 기피하다 급기야 일본헌병보조원이 쳐놓은 그물에 걸려 잡히고 만다. 그는 보성경찰서로 끌려간다. 민순은 남편과 생의 마지막이 될지 모른다는 생각에 보성경찰서로 면회를 간다. 하지만 면회를 시켜주지 않는다. 잡힌 지 닷새 만에 형무소로 이송되어 가는 남편의 모습을 바라본 민순은 돌이킬 수 없는 비탄에 빠져들게 된다. 하지만 생이별로 생긴 마음의 피멍이 아물기도 전에……. 아들이 잡혀간 충격을 견디지 못하고 학동이 세상을 떠나게 된다. 민순은 하늘이 무너지는 슬픔을 느낀다. 그녀는 시아버지 제자들을 찾아가 도움을 청한다. 소리꾼들은 곧장 달려와 장례를 치러준다. 장례식이 끝난 뒤 뒤늦게 나기중이 조문을 온다. 적막 산속 빈궁한 처지에 놓인 민순에게 생청장수를 권하고 나선다. 민순은 생계를 위해 생청을 팔러 다니지만 그다지 도움이 되지 못한다. 나기중은 민순에게 남편의 종적을 가르쳐주고 면회를 다녀오도록 호의를 베풀어준다. 민순은 목포형무소를 찾아 남편의 면회를 하고 돌아온다. 이윽고 나기중은 민순에게 씨받이가 되어줄 것을 권하고 나선다.

민순은 거절해보지만 목숨을 보전하기 위해선 어쩔 수 없다는 것을 깨닫게 된다. 하는 수 없이 나기중의 청을 허락하고 만다. 하지만 민순은 딸을 낳게 되는데…….

마지막 통화는 모두가 "사랑해…"였다

정기환 지음 | 296쪽 | 값 15,000원

글로써 연결되는 인간관계가 역사를 새로이 쓰고 지탱하는 힘이다. 그래서 책 『마지막 통화는 모두가 "사랑해…"였다』는 가치가 있다. 인간다움이 점점 사라지는 현실 속에서도 '사람 냄새' 나는 아날로그적 감성을 고스란히 간직함은 물론 이 시대를 관통하는 함의가, 우리 시대의 생생한 민낯이 이 한 권에 모두 담겨 있기 때문이다.

생각을 벗어라

김창수 지음 | 188쪽 | 값 12,500원

저자는 일상 속에서 느끼고 깨달은 것을 자유로이 글로 적은 모든 게 '시'임을, 우리의 삶 자체가 하나의 놀랍고 아름다운 광경임을 독자에게 전하고 있다. 이 세상에는 잘난 인생도, 못난 인생도 없다. 잘난 삶을 살겠다는 생각마저 하나의 굴레임을 깨닫고 세상이 제시하는 틀 밖으로 고개를 내밀어 진정한 희망을 두 눈으로 확인해 보자.

70대 인생을 재미있고
신나게 사는 이야기

김현 · 조동현 지음 | 268쪽 | 값 13,500원

저자 부부는 70대란 나이는 숫자에 불과하며 자신이 좋아하면서도 타인에게 도움을 줄 수 있는 일에 매진하면 얼마든지 노후를 신나고 재미있게 보낼 수 있다고 전한다. 초고령화사회를 눈앞에 둔 대한민국 사회에 가장 필요한 이야기에 귀 기울여 보자.

올드맨쏭

이제락 | 264쪽 | 값 13,000원

배우에서 영화감독으로 이제는 작가로! 다양한 재주꾼, 이제락의 첫 소설! 거듭된 이별이 가져다준 상처투성이 삶을 끌어안고 살아가는 한 사내와 그 앞에 음악처럼 운명처럼 찾아온 아이의 감동적인 이야기. "이토록 위대한 만남을 위해 우리들의 이별은 거룩했다."

성공하는 자녀의 네 가지 비밀

박찬승 지음 | 300쪽 | 값 15,000원

책『성공하는 자녀의 네 가지 비밀』은 자녀들의 성장 가능성과 적성을 가늠해보고, 아이들의 자존감과 자립심을 돕는 방법을 배울 수 있도록 구성되었다. 현재 대전 유성고 교장인 저자가 풍부한 현장 경험을 통해 알아낸 영재 공부 비법과 효율적인 학습법 또한 함께 담겨있다.

꿈의 크기만큼 자란다

조영탁 지음 | 280쪽 | 값 15,000원

'꿈'이라는 목표가 있기에 삶은 가치가 있고 사람은 미래를 향해 전진한다. 가장 중요한 점은 꿈의 크기에 한계를 두지 않았을 때 사람은 성장한다는 사실이다. 지금보다 더 '큰 사람'이 되고 싶다면, 성공을 위한 비전을 정확히 내다보고 싶다면『꿈의 크기만큼 자란다』와 그 첫발을 시작해 보자.

부부가 함께 만드는 행복 사다리

신진우 지음 | 284쪽 | 값 15,000원

그렇게나 사랑한 나머지 손을 꼭 붙들고 함께 식장에 들어섰던 그 혹은 그녀의 존재를 재확인하고 다시 인정하는 것에서부터 관계의 회복은 시작된다. 책『부부가 만드는 행복 사다리』는 너무나도 당연한 부부간의 다툼을 어떻게 받아들이고 부부싸움 후 어떠한 방식으로 화해의 실마리를 풀어가야 하는가에 대해 한 수 알려준다.

그대 인연을 사랑하라

남달구 지음 | 300쪽 | 값 15,000원

『그대 인연을 사랑하라』는 비록 남달구 기자가 세상에 내놓는 첫 번째 책이지만 안에 담긴 '맛과 멋'은 장인의 솜씨와 열정 그대로이다. 특종과 이슈가 아닌 '가치와 진실' 그리고 '참 나'를 찾아 떠나온 삶의 여정. 책『그대 인연을 사랑하라』는 수많은 독자에게 참된 나와 진실한 세상으로 가는 길목의 이정표가 되어줄 것이다.

'행복에너지'의 해피 대한민국 프로젝트!
〈모교 책 보내기 운동〉

대한민국의 뿌리, 대한민국의 미래 **청소년·청년**들에게 **책**을 보내주세요.

　많은 학교의 도서관이 가난해지고 있습니다. 그만큼 많은 학생들의 마음 또한 가난해지고 있습니다. 학교 도서관에는 색이 바래고 찢어진 책들이 나뒹굽니다. 더럽고 먼지만 앉은 책을 과연 누가 읽고 싶어 할까요?
　게임과 스마트폰에 중독된 초·중고생들. 입시의 문턱 앞에서 문제집에만 매달리는 고등학생들. 험난한 취업 준비에 책 읽을 시간조차 없는 대학생들. 아무런 꿈도 없이 정해진 길을 따라서만 가는 젊은이들이 과연 대한민국을 이끌 수 있을까요?

　한 권의 책은 한 사람의 인생을 바꾸는 힘을 가지고 있습니다. 한 사람의 인생이 바뀌면 한 나라의 국운이 바뀝니다. **저희 행복에너지에서는 베스트셀러와 각종 기관에서 우수도서로 선정된 도서를 중심으로 〈모교 책 보내기 운동〉을 펼치고 있습니다.** 대한민국의 미래, 젊은이들에게 좋은 책을 보내주십시오. 독자 여러분의 자랑스러운 모교에 보내진 한 권의 책은 더 크게 성장할 대한민국의 발판이 될 것입니다.

　도서출판 행복에너지를 성원해주시는 독자 여러분의 많은 관심과 참여 부탁드리겠습니다.

^{도서}^{출판} **행복에너지** 임직원 일동
문의전화　0505-613-6133